民国小商人

下册

A MERCHANT IN CHAOTIC AGE

爱看天 著

羊城晚报出版社
·广州·

陨石难找，
但千金求之，
总能找到那么一两块；

一颗真心，
才是世上独一无二的宝贝。

目录

第一章 鼠疫暴发

从南坊回程，一路平安无事。

到了省府之后，谢璟先跟白容久告假，回家去看了寇姥姥。他去南坊之后，事务繁多，一直没有再回家探亲，算起来已快两年的时间没见姥姥了。

省府的小饭馆还是一如往常，跟谢璟离开的时候没有太大变化，连门口的酒幌都没变，风吹过来，幌子飘来飘去。

谢璟从后院的小门进去，院中一切布局和他去南坊前相差不大，只靠墙的位置多了一个大酒瓮。

厨房里有响动，切菜声不断，还有人说笑的声音。

谢璟走近了就瞧见寇姥姥在里头，正穿着围裙在炒菜。老太太身旁还有两个妇人，身量都颇为高挑结实，头发绑在脑后扎了发髻，一个切菜一个烧火，手脚颇为利落。

谢璟站在门口敲了敲门，炒菜声大，寇姥姥没听到，还是那个切菜的妇人先瞧见了，愣了一下，连忙笑着去叫老太太："姥姥，姥姥瞧是谁回来了？"

寇姥姥回头瞧见谢璟，欢喜得锅铲都不要了，快步走过去想抱抱谢璟，又怕身上围裙太脏；还是谢璟微微弯腰抱了下老太太，笑着喊了一声"姥姥"。

寇姥姥"哎"了一声，还未说话，眼圈儿先红了，拿衣袖擦了擦眼泪，又伸手去碰他的脸："这真是，我一瞧见你就欢喜得不知怎么才好，这么高兴，怎么自己先哭起来……璟儿长高了，快让姥姥仔细瞧瞧。"

谢璟站在那儿，任由寇姥姥仔细打量。

寇姥姥看完他，又去看后面跟着的李元，大约是回家高兴，李元一直笑个不住。

厨房里的那两个妇人出来问炒菜的事，老太太略微转头道："把锅里那条鱼炖出来，其余的就先甭做了，今日璟儿回家，跟前头也说一声，先关门，好好说会儿话。"

谢璟道："活儿多不多，姥姥，我帮您一起。"

这话一出，那两个妇人都抿嘴笑。

寇姥姥也笑了，握着他手道："不用，如今请了人手呢，前头有一个伙计，后面又有两位厨娘，足够啦。你快去换身衣服，歇一会儿！"

小饭馆提前歇业。

寇姥姥摆了一桌的好饭菜，家中三人团聚。

谢璟不敢饮酒，寇姥姥坚持倒了些葡萄酒给他，笑着道："这是去年咱们家种的葡萄，就酿了这么一点儿果子酒，一直给你留着呢，尝一小杯，喝醉了就去睡，自己家怕什么。"

谢璟闻着那杯果子酒香气扑鼻，便端起来喝了一小口，果然很甜。

寇姥姥一直问他在南坊的事儿，谢璟和李元互相看了一眼，俩人都瞒了去赌坊的事，只拣着有趣的讲了几件。

谢璟拿出一个小匣子，里头放着整套七件的鎏金珐琅梳篦和小镜子，递过去给了寇姥姥："姥姥，我瞧南坊那边的人都用这些，也给您带了一套。"

寇姥姥瞧着这东西精致，看了好一会儿，笑着道："姥姥一把年纪了，哪用得着这么好的东西，我替你收着，等你将来成亲了，给你媳妇儿。"

一旁的李元正在喝果子酒，听罢呛咳出声，脸都咳红了。

谢璟挠挠下巴，耳尖也微微发烫，含糊道："用不着，姥姥您自己用。"

谢璟在家住了几日，好好放松了一下。

东院先后给他送了几次东西，起初是一些食盒，里头放着糕饼点心，还有每日一盅的热骨汤，都是谢璟平日里吃惯了的那些；第二日又多加了一套笔墨纸砚，还有几匹上好布料，给寇姥姥和李元做衣裳用。这样送了几天，小饭馆侧门再度被敲开的时候，来送东西的人手里还牵了一匹马——白容久让人把白十四也给谢璟送来了。

送马的人对谢璟恭敬道："谢管事，爷说了，怕您在家闷着，让把白十四给您送过来。”谢璟喜欢骑马上山打猎，这事儿东院都知道。他一手枪法还是张虎威亲自教导出来，是整个护卫队里数一数二的好手。

白十四温驯，还认得主人，见谢璟伸手，便凑上去用宽厚鼻梁去蹭了蹭他掌心，跟他亲昵。

谢璟摸了摸它，笑了一声，又问那人："爷在哪？"

“回谢管事，爷在东院。”

谢璟翻身上马，白十四原地踏步几下，轻声嘶鸣。谢璟拍了拍它的脑袋道："等会儿，这里可跑不开。”他骑马在小院绕了两步，掉转方向，对厨房那边喊道，“姥姥，我出去一趟!”

寇姥姥问他:“晚上可还回来?”

谢璟道:“说不准!”

白十四久未见主人，已有些按捺不住，打了个响鼻。

谢璟抚了抚它，轻抖缰绳，白十四就小踏步迈出院门，外头很快就响起马蹄“哒哒”声，人影消失在街角不见。

谢璟没上山，径直去了白府。

白十四刚从府里马房出来，对再回去略有些抗拒。谢璟把它交给马房那边的时候，它轻轻咬了谢璟的衣袖。

谢璟伸手抚摸它鼻梁，从怀里掏出两块糖喂给它吃，又对看守马房的人道："给它吃些精饲料，多加些豆子。”

那人笑着应下:“谢管事放心，咱们一直都这么喂。”

谢璟去东院找白容久。东院里都是熟人，见了他不但没有拦着，反而如释重负，小声道:“你可算回来了，爷今日上午还在问。”

谢璟问道:“爷找我?”

那人苦笑:“不找你还找谁，爷不让人去叫你，你在家里过得舒服，我们整日提心吊胆的。也赶巧了这两日总有人来往枪口上撞，不只是外头的，孙福管事手下还有一家铺子的先生贪了钱，数目虽不多，但那先生在白家做了近十年，下头还有人来求情……唉，爷发了好大脾气，一并发落出去七八个人。”他一路跟着谢璟，一边说一边替他掀开门帘，冲里面努努嘴，小声求道，“今日还未用饭，好歹劝一劝吧。”

谢璟刚走进去几步，就听到里头咳嗽声。

他心里动了一下，加快步子，掀开珠帘走进去。

白容久还当又是下头的人，微微拧眉抬头，瞧见是谢璟有些意外，眉眼舒展开来，招手让他过来，问道："这几日你在家中可好，姥姥身体还好？"

谢璟挨着坐下，点头道："都好，爷，你怎么不让人叫我回来？"

白容久愣了下，失笑道："我不找你算账，你倒是怪起我来，你跟家人久未见面，多休息几日无妨。"

"可我不知爷病了，若是知道，一早就回来了。"这话换了其他人讲，白容久只会觉得是讨好，但谢璟讲出来就显得格外实诚。

"也没有，只是天气凉了些，早上吹了冷风，过几日就好了。"白容久问他，"你这几日都做什么了？"

谢璟慢慢说了，虽是家长里短的琐事，却让白容久听着眉宇间放松许多。

不多时，书房里开始叫人送茶点。

白容久用了一碗粥，盘子里的几块咸酥饼也和谢璟分着一起吃了。

外头伺候的人松了口气。

谢璟回省府之后，除了陪在白容久身边，留意最多的就是城里有无病患。

他记忆里那次鼠疫一直未发生，算算时间，已经比上一次要迟了几月。

大约是之前黑河发生鼠疫，让北地三省都有了警惕，这两年一直格外小心检查，一时间还没听说哪里有人得传染病。

临近年关，城郊一家忽然生病，是一位外乡返家的男人发了高热，第二天家里两个小孩也病倒了。

谢璟一直派人四处盯着药房，但凡有拿药的立刻回报。他得了消息，第一时间让人报给卫生局，又回家同白容久说了。

白容久亲身经历过黑河那场瘟疫，知道严重性，直接去总督府说明情况，请白将军派几位医生前去会诊。

会诊很快就出来了，果然是鼠疫。

有了黑河那次经验，省府各处一直提防着。情况一经发现，省府就迅速做出了应对。

街上开始有巡逻车队，大喇叭一遍遍喊着要人们"饮用热水，忌食生冷"。除了在街道上撒消毒粉以外，省府还分发药片，并派人专门灭鼠，在城郊那一两处较为严重的区设置了路障，就地建了卫生院，请了医生专门治疗。

省府医疗资源日渐紧张，白家药房率先做出表率，为卫生院提供药材、药品；有些紧缺的西药，也在通过各种渠道陆续运送过来。

省府有专门的医学院，里头的医学生也尽数上了“战场”——对他们来说，这是一场争分夺秒、必须打赢的仗。

慢一点，付出的可能就是几条命的代价。

久违的林医生找到了谢璟，求他引见白家九爷。

“小谢，我今日是替我老师来的，我这两年一直替老师做翻译，他是华侨，汉语说得不是很好，才让我跑一趟。如今疫区什么都缺，但最缺的还是药品。老师想做一批药棉口罩，需要用到大量医用酒精。我知道九爷管着黑河大小酒坊，不知道能不能运一批过来？”林医生苦笑道，“我实在是没有办法才来找你，我同白家没有交集，但如今也只有白九爷能帮我们这个忙。”

谢璟没迟疑，点头道：“白家药房今日刚到一批医用酒精，稍后就可以运过去，需要多少只管说。”

林医生又惊又喜，连连点头答应，又道：“你放心，这钱先记在账上，事后我陪你一同去卫生局报销。”

谢璟道：“无妨，救人要紧。”

林医生连忙起身要走，谢璟喊住他道：“林医生，你家中两个女儿还好？若是来不及照顾，可以送到我姥姥那边。”他不知道这次疫情有多严重，记忆里的那次，有些老人和小孩正是因为家中无人照看，病了也没及时送医，才耽搁丢了性命。

林医生看向他的目光变得柔和，笑着道：“我在医学院有一处教师宿舍，她们在那里住着，还算安全，若有什么事我一定再来叨扰你。”他说完给谢璟鞠了一躬，不等谢璟回应，匆匆返回疫区继续忙碌了。

几日后，疫情迎来高峰，当日死亡人数近百。

省府一时人心惶惶，绝大多数居民闭门躲在家中，街上空无一人。

林医生分身乏术，担心照顾不周全，便按之前谢璟说的，把双胞胎女儿林知非、林知意送到了寇姥姥的小饭馆。

小饭馆如今早就关门停业，因之前开店做生意，家中厨房里倒是囤了不少米面蔬菜，足够寇姥姥他们吃用数月，就算多养上两个小姑娘也无妨。

与此同时，黑河商号那边接到白容久的消息，立刻放下手中其他订单，抓紧一切时间生产医用酒精。

白明哲怕有什么闪失，制作好之后，亲自压队给送来了。

白家商队来得很快，随队带来的除了医用酒精，还有一些从边境洋商手里换购的西药，药片、针剂都有不少，一并都送了过来。

没承想当天下午又到了一队车马，对方把货物卸下放在白家门口，拱手拜了拜，不留一句话就走了。谢璟得到消息去查看，那一瓶瓶密封完好的竟然也都是医用酒精，和白家酒厂的一般无二。

之后接连三天，陆续有车队到。这些赶车送货的人风尘仆仆，但看得出不是同一商号的人手。他们把一箱箱医用酒精送到白府，有些箱子是自己厂房的，有些还贴着洋文，显然是从外头购入。这些人情况各有不同，但唯有一点是一致的：货物卸在白家门口，全都拱拱手就走了，不留单子，也不留姓名。

每批多则几千斤，少则几百斤。这些医用酒精比预期的多出许多，远超林医生所求之数。

白容久知道后并未多说什么，只以"北地三省商会"的名义尽数捐赠给卫生院。

原来这些是当初在黑河受了白九爷恩惠的人，当年那笔十万订单，救了不少酒厂；几年过去，当初那些小酒坊也都发展壮大起来，九爷虽只给白家酒厂打了招呼，但其余人知道消息之后一声不吭地跟着一并做了好事，送到了白府。

这批医用酒精很快就被做成了药棉，用两片纱布固定之后，就可以制成厚棉口罩。因医用酒精来得及时，口罩成本极便宜，医护人员和患者几乎人手一个，解决了大难题。

遏制了源头之后，加上天寒地冻，疫情没有大范围散播，逐渐开始好转。

仅半月，省府就没有再新增病例。

腊月。

谢璟不敢外出，他一直在东院守在白容久身边。

白容久前些日子的风寒未散，一直有些咳嗽，但是并未发烧，也没有其他症状。即便如此，谢璟也还是担心，日夜不离开。

没有人上门拜访，省府的生意也停滞数日，一时间日子都过得慢了起来。

东院里有家室的人都已回去，只留了些单身的护卫和粗使丫头在。

谢璟在院中，爬到树上去摘柿子。

院子里的那棵老树已有年纪，枝干要高一些，树梢上挂着几个红彤彤的柿子，顶着昨夜的一层落雪，像一个个小灯笼似的。

白容久站在游廊上眯着眼睛看他，见他爬高了，开口提醒道：“树枝太脆，摘几个就够了，下来吧。”

谢璟在树上答应一声，准备下来。他一只手用衣摆兜着柿子，只用单手爬了下来，最后更是从低枝上朝地面一蹦，猫儿似的轻盈，落地都没声音。

白容久一直瞧着他。

谢璟兜着那几个柿子跑到游廊底下，仰头去看白容久，挑了里头最大最红的一个给他，顶着额上细汗笑道：“爷，你尝尝？”

白容久拿起来把玩几下，没吃。

谢璟自己低头挑了一个剥皮吃了，柿子已熟透，冻过之后冰冰凉凉的，带着一股甘甜，一直涌入腹中——冬天吃这个果然更有滋味。他吃了两口，忽然抬头瞧见白容久没吃，就叼着嘴里的柿子，双手兜起衣摆把其余的往前递了递，示意白容久随便挑，一双黑白分明的瞳仁里带了一点小小的疑惑。

白容久问道：“为何今日突然想起摘这些？”

谢璟用手拿着慢慢吃，比他还奇怪：“爷一直看外头，都瞧了一上午了，难道不是想吃？”

白容久失笑，点点头道：“对。”

他其实是想画，昨夜落了一场雪，落雪和红柿相映成趣，倒是有几分意境。不过现在柿子全被谢璟一股脑儿摘下来，捧到他面前。

白容久只好让人拿来一个白玉盘子盛着，画了一幅“事事（柿柿）如意”。

“爷，我想你事事如意。”谢璟站在一边看着画，忽然说道。

白容久看他一眼，心想，难怪人高兴起来会说即便是天上的星星也摘来给你。陨铁难找，但千金求之，总能找到那么一两块；一颗真心，才是世上独一无二的宝贝。

疫情后，省府逐渐恢复日常运作。

东院众人陆续归来，依旧各司其职。

等到傍晚的时候，孙福管事端了菜前来，亲自给白容久摆在桌上。一抬头就愣住了，他觉得自己好像眼花了，怎么瞧见白容久在管教小孩。

白容久淡声道：“松口。”

谢璟浑身僵硬，不知如何是好，咬着筷子好一会儿才松开。

白容久又夹了一些青菜放在他碗里，叮嘱道：“若是再挑食，就这么喂你吃完一盘菜，听到没有？”

谢璟点点头，耳尖赤红，低头端着碗一个劲儿扒饭吃，不敢抬头。

白容久又看向孙福管事，问道：“怎么是你上菜？”

孙福管事还未完全从惊愕中回神，但身体比意识反应得更快，他立刻转身恭敬道：“伺候爷是应当的事，再说我之前就是做这些的，如今事多，反倒是没时间多留在爷身边照顾。”

白容久道：“你如今身份不同，不必做这些。”

孙福管事嘴上答应着，但还是站在一旁给白容久盛了汤，躬身赔罪：“之前手下铺子看管不严，账房先生贪了钱，原是我监督不力，来给爷告罪……”

白容久道：“我已让璟儿去铺子里把账目核对过一遍，报上来的盈余情况良好，大约是这样才让那人起了贪心。过去的就算了，只此一例，以后要仔细些。”

孙福管事连声应是。

谢璟在东院最常去的地方，一个是白容久的书房，另一个就是马房，帮着一同照料白十四，抑或是跟护卫队上山打猎。

这一日，谢璟回小饭馆看寇姥姥。

他骑了白十四回来，还抓了几只野兔、野鸡，拿草搓了绳子捆住一并带了回来。

李元上前来给他牵马，看到这么多猎物，笑道：“打了这么多，又跟张叔他们上山去了？”

谢璟翻身下马，一边解开草绳一边道：“嗯，去跑了一圈。姥姥呢？”

李元道：“在屋里了，林医生他们今日过来，知非、知意她们正在里头跟姥姥说话。”他接了谢璟手上的猎物，又道，“这兔子好肥，就是可惜皮子打烂了，不然还能给姥姥做条围脖。今儿中午待客，炖野兔好不好？”

谢璟点头应了，在院中打了一盆井水喂白十四。

白十四微微用力从李元手中挣脱，跟在谢璟身后，雪白的马尾摆了几下。

李元知它认主，提了那些猎物去厨房干活去了，把院子留给他们。

堂屋里，林医生提了谢礼，正在跟寇姥姥道谢。

疫情时候，他一直忙着救人，无法照顾家中两个女儿，多亏了寇姥姥收留姐妹俩，如今林家专门过来一趟看望老太太，表达感激之情。瞧见谢璟进来，林医生站起身满面笑容道：“小谢，这次真是要多亏你，那些医用酒精……”

谢璟道："一切都是九爷的意思，我不过是按吩咐办事，再者也是商会众人的心意，只要能帮上忙，大家伙也心安，林医生不必多礼。"

正说着，忽然又听到外头院门被人敲响。

寇姥姥笑道："这还真是稀罕，璟儿，快去瞧瞧，又是谁来了？"

谢璟起身出去，开了院门，外头站着的是一位十八九岁的年轻人，穿了一身干净的半旧长袍，人也清爽，手里提了一包点心正笑着看他。此人拱手道："小谢，好久不见。"

谢璟看了他一会儿，恍然道："方继武？"

方继武点头，笑道："黑河一别，好久不见。"

谢璟还记得他。前几年白家族学里有几位不错的学生，除了拔了头筹的王敬秋，他印象最深的就是这个方继武，人踏实勤奋，也有想法。

方继武道："我去年就来找你一次，可惜你那时不在。我想把钱留给姥姥，但她说什么都不肯收，说没见过借条，等你回来再还不迟。前阵子一直在疫区忙碌，没空过来，这不刚休班就过来找你了。"

谢璟道："什么钱？"

方继武失笑："我就知你忘了，当初在黑河，我曾问你借了二十银元。"他从怀里掏出一个布包递给谢璟，温和道，"如今钱已攒齐，如数奉还。还要多谢你当初这笔救命钱，让我和家人渡过难关。"

谢璟经他提醒，才想起来当初黑河暴发霍乱之时，方继武确实曾找他借过钱。只是时间过去太久，他早就忘了还有这么一笔债。如今对方上门还钱，谢璟也就大大方方收下，请方继武进去喝杯茶，慢慢叙旧。

正巧林医生他们在，大家也都是认识的，三言两语聊起来，倒是理清了许多事。

方继武自从跟随林医生来了省府，一直勤勤恳恳，一边工作一边学医。因林医生在医学院做翻译，他也跟着学了一些外文，如今能接一些兼职，也全靠平日里下苦功学的这些本领，攒下了二十块银元。

谢璟问道："你如今还在林医生那里工作？"

方继武道："是，林医生是我的老板，也是我的老师。"

"学的西医？"

方继武道："都学一些，有些中医理论也挺实用的，而且感冒有时候用中医治疗，比西医便宜许多。"

方继武讲了他患上伤寒症的事。林医生是外科大夫，对这些并不擅长，就让方继武去找了医学院一位同事。那位医生是西医，但偏偏西医治疗伤寒并没有对症药物，只是给方继武开了些葡萄糖和维生素C，让他回去静卧疗养，结果病情越来越严重。

方继武没办法，又找了一位中医的老先生问诊。服药五天，热度退去。

他从那天起，就立了目标，除了在医学院给林医生当助手之外，平日里一有空闲时间就想法子学中医。

方继武道："我跟林医生商量过了，明年打算继续读书，报考职业教育社的医师班，改学中医。"

谢璟不解："怎么改了？"

方继武诚实道："我仔细想过，西医须在医学院就读好几年，我即便筹足学费念下来，等毕业一时也找不到合适的医院就职。若自己开医馆，开业时节各项设备也是一笔很大的数目，我恐怕负担不起，再者大多数人也付不起西医的就诊费用。"

林医生笑道："是，我也这般建议继武。他在我身边这几年，比我见过所有的学生都要刻苦，白天工作，晚上熬夜读书，一年就有了医学基础。只是条件有限，想开一家自己的医馆实在太难。之前他在我这边学的多是外伤治疗，不如索性多学一个方向，这样中医、西医都会一些，简单些的伤都能医治。"

方继武规划清晰，稳扎稳打，倒是在谢璟意料之中。

谢璟点头道："能救命的，就是好医术。"

他们都是白家族学的同窗，聊起过去那些，方继武提到最多的还是好友王敬秋。方继武道："敬秋留学之后，倒是也写了几封信来。他如今在剑桥大学研读化学一科，导师十分器重他，还想多留他在实验室待几年。但他已同一起前去的几位师兄商量好，打算尽快归国，为国家出一份力。"

谢璟道："如今都说实业兴国，他若回来，定堪当大任。"

方继武点头称是。他说起好友的时候眼里带了笑意，完全没有任何攀比的心思，只替他感到骄傲。

林医生等人走了之后，寇姥姥叫住谢璟："今日听林医生他们说了好些话，如今咱们这铺子也运转开了，每月也能有几块钱的结余，我想送你去念书。"

谢璟道："我不去，我跟着九爷就挺好的。"

寇姥姥道："那你总不能跟着他一辈子呀。"

谢璟没吭声。

老太太难得有些挫败，看起来有点难过："璟儿，姥姥舍不得你在外头给人端茶递水。主家没有好伺候的，即便不打，那气头上总也要骂几句的。姥姥只要一想起这个，心都揪起来，我璟儿何尝受过这样的委屈啊?"

谢璟轻笑一下。他还真没受过这样的委屈，不管过去还是现在，脊梁骨都没弯过。

也正是因为这样，他不像是这个环境的家庭里出来的小孩。寇姥姥一直以来都把他保护得太好，养出三分傲气，七分骨气，养出了从不肯轻易向人低头的谢璟。

能让谢璟弯腰的人，除了白容久，也只有眼前这位老人。

谢璟走近，屈膝半跪在她面前，同她讲话："姥姥，我娘让您照顾好我，您已经照顾得很好了。接下来的路，我知道怎么走。"

寇姥姥抬手轻抚他脸颊，看着他，忍不住又红了眼眶。

谢璟脸颊贴在她掌心，问道："姥姥，我娘跟您说过什么没有，您跟我讲讲她好不好?"

寇姥姥看了他片刻，叹了一声道："你和小姐越来越像了。"

谢璟道："哪里像?"

寇姥姥轻笑道："眉眼像，脾气也像，倔得很。罢了，我也不难为你了，你爱做什么就去做吧，你长大了，自己拿主意。"

第二章 黄雀在后

此时，白府。

白容久正在独自用饭，吃得寡淡无味，草草几口就放下了筷子。

外头有人来报："爷，虹姑娘来了。"

白容久道："让她进来。"

白虹起很快就走进来，她眼睛里闪闪发亮，看了看左右道："爷，我有话想单独跟您说。"

白容久挥手，让人退下。白虹起还不放心，又走近了一些低声道："我得到消息，榆港有一批货要到——"

那批货是军需物资，只是来路不正，买方不得而知，但卖方却是再清楚不过，是一伙日本商人。边境沿线一带不管陆路还是海路，白家都摸得清楚，那些日本商船一靠岸，白虹起就得了消息，在确定过之后，立刻就跑来跟白容久说了。

白虹起道："爷，若是在别处就罢了，榆港我们太熟了。那帮日本人就把货卸在码头上，他们人少，看管不过来，正在找人周转。爷，不如让我带人去吧，不拘多少，总能让那帮东洋人吃些亏……"

白容久略想片刻，道："这事若是真的，你不会第一个知道，谁同你讲的？"

白虹起愣了片刻，想了一下道："确实是榆港码头的人说的，说是一个装卸工偶然所得的消息。"

白容久淡声道："你找王玖，他如今管着青龙会，让他派人查清楚。"

白虹起忙答应一声，起身要走。

白容久又喊她，叮嘱道："此事重大，不可走漏风声。你来时可坐了车？"

白虹起摇头："不曾，我外头罩了棉袍，拿风帽遮了脸，坐黄包车来的。"

白容久道："还算机灵，让张虎威送你回去。这两日他留在那边保护，你自己也注意安全。"

白虹起应了一声，匆匆走了。

青龙会人数众多，果然很快查出结果。几日后，王玖派人来报，榆港那位装卸工是真的，但他身后授意之人却在省府，是白将军身边一位叫郭义贞的参谋。这人一直盯着这批物资，此次放出消息，只给了白家。

白容久听了之后，脸上并无波澜，平静道："他想用我们的船。"

那批物资之巨，也只有白家的船队才可能运走。

白虹起坐在一旁羞愧难当，低头不敢说话。

白明禹也在一旁听着，听完经过，小声嘀咕道："没见过你这么贪财的女人，什么底细都没摸清楚呢，上去就想抢。"

白虹起抬头瞪他一眼，眼圈泛红。

白容久让谢璟从书桌上拿了压桌的梨花木镇纸，对他们开口道："伸手。"

对面一男一女都伸出手来。白虹起是出于羞愧，白明禹则是习惯成自然，反应过来想收回手的时候，却被白容久"啪"的一声抽了一记手心！

白明禹都被打蒙了，不敢置信地看着白容久，敢怒不敢言。

白容久淡声道："这是罚你不问青红皂白，就随意诋毁旁人。你可知我白家为何从不与日本商人做生意？"见他摇头，又道，"虹儿养父母因日本人而死，她一向规矩，但因此事破例，情有可原。"

话虽这么说，但他也不轻不重略打了一记白虹起的掌心，对她道："你也长个记性，下次不可再莽撞，让人利用。"

打得不重，但白姑娘眼泪却掉下来。她拿手背狠狠擦了一把，眼圈赤红道："九叔，我错了，只是现今该如何是好？那郭义贞我已查过，此人三易其主，去年刚从京师投奔而来，如今很得军部重用。"

白容久道："对方敢这样做，必然有些底气，静观其变。"

白家二位小辈出去之后，白容久轻叹一声。

谢璟给他倒了一杯茶，手放在他额角轻轻揉了两下，低声问道："爷，可是累了？"

白容久“嗯”了一声，眉头好一会儿才松开，叹息道：“北地看似团结，实则分成几派，如今看来总督府也不是那么太平。”

数日后，郭义贞派人送帖到东院，请白容久去吃酒席。

白容久拿了帖子，手指尖轻敲桌面。

谢璟道：“爷，要不我们想法子推了，去山上住几天？”

白容久摇头道：“躲得了一时，躲不了一世，总要亲自去见见。”他吩咐人道，“去叫张虎威来，璟儿随我去换身衣服，你也一起去。”

谢璟答应一声，跟着去了。

春末时节，天气尚还有些冷，外头下的雨里夹了细雪，空气湿冷。

白容久的车到了酒楼的时候，对方已经等候多时。

酒楼外，郭义贞的亲兵负枪肃然而立，守在酒楼门口两侧，显然是包下了整个场子。

白容久带人上楼，身后跟着的张虎威就被一个身穿制服的人拦了下来。对方伸手想要搜身，张虎威还从未在省府被如此对待过，刚要抬手对上，就听到白容久开口道：“住手。”

张虎威退后半步，手虽放下，但眼睛依旧盯着对方。

白容久看了看对方，问道：“这是何意？”

拦下他们的人恭敬道：“最近省府治安不太平，楼上那位大人也是小心起见，都是为了大家的安全。”

“张虎威在我身边多年，是我贴身护卫，既不便他上去，那就让他在楼下等着。”白容久说完，转身上了台阶，喊道，“璟儿，随我同行。”

谢璟应声跟上。

对方瞧见是一个十来岁的少年人，一时也不好再拦。白家九爷留下护卫已经给足了面子，若真要再生事，他们也怕白容久拂袖离去。

楼上雅间，已坐了数人，为首的是一个五十来岁的男人，脸上胡子拉碴，正在那儿同众人谈笑。郭义贞坐在一侧正陪着说话，见白容久过来，立刻起身打了招呼，笑着道：“九爷来得正好，来来，大伙儿正在说你。冯师长刚还在夸，说你在俄国赚了好大一笔银子，出了好大的风头！”

白容久过去拱手问好，为首坐着的那个男人名叫冯镇北，此刻抬眼看了看他，开口道：“我同你叔父是拜把子兄弟，排行第五，算起来你应称我一声五叔。”

白容久行礼，喊了一声“五叔”。

冯镇北点点头，指了对面位置道：“一家人，不必这般客气，快坐。”

酒楼里的招牌菜流水一般端上来，坐席的都是带兵的粗人，不拘什么精食细脍，有酒有肉就能吃得津津有味；酒大碗喝，肉大块吃，说得兴起便拍腿哈哈大笑。冯镇北年过半百，穿了一身军装，带了酒意的脸上透着几分张狂。他也确实有张狂的资本——二十八师是北地王牌军，又是白将军嫡系，装备最为优良。

白容久坐在一旁也在饮酒，只是话少，多是在听，很快吸引了冯镇北的视线。冯镇北上下打量他，先敬了酒。他带头，桌上其余人也轮番敬酒，白容久一一喝了，亮出杯底。

冯镇北露出满意神色，道：“你酒量不错，也比总督府里其他小子都懂事些。”

酒过三巡，依旧没说一句正事。

白容久喝了不少，趁他们划拳，去外头透了口气。

谢璟一直留神跟在他身边，扶着他小声问了一句。白容久摇头，道：“不必，你去楼下倒碗热茶上来给我就行了。”

谢璟答应一声，很快去了。

白容久站在走廊窗边，不多时就听到身后有脚步声，回头看了一眼，却不是谢璟。

来人正是郭义贞，他在饭局上也喝了不少，走过来同白容久站在一处，递了烟过去，问道：“来一支？”

白容久看他一眼，道：“不了，嘴里尽是酒味，也抽不出什么味道。”

郭义贞自己点了烟，倚靠在一旁歪头看他，笑道：“白九，你可真有意思，给人台阶下也不显山露水的，怪让人舒服。”他穿了一身军装，此刻只松开领口，头发也有些乱，抽了两口烟之后开口道，“我近日得了消息，有人从东洋购买了一批军火，打算运到直隶，此刻那批货已到了榆港。”

白容久装作第一次听说的样子，露出几分惊讶：“当真？”

郭义贞恨得牙痒痒，但不得不把戏做全：“是真的，那批东西不少，足够装备三个师，如何，老弟可有兴趣？榆港是你们的地盘，说起船运，你们白家若说第二，北地可无人敢称第一了。”

白容久沉吟片刻，缓声道：“此事关涉重大，船倒是小事。郭参谋一直在二十八师，来省府的时间少，可能不知这边规矩。这里和师部不同，做事须同上面汇报，手续烦琐。不过白某认识总督府里其余几位参谋，倒是可以替郭参谋牵线，流程审批能快上几日。”

郭义贞心里已经开骂了，面上却要做出一副感激的模样，拱手道：“白老弟这份心意我心领了，只是事出突然，还须权宜从事。”

“郭参谋所言甚是，越是要紧事，越要三思而行。”

“呵呵，这怕是有些不便。”

“哦？可是冯师长有难言之隐？”

“老弟何出此言？此事和冯师长毫无关系，老师长并不知情，是我一人得了消息！”

白容久点点头，听到他这句，就不再说话了。

两人明里暗里对上阵，一番交涉，郭义贞就知此人面相和心肠不符，城府深得很。他暗中诱骗不了，只能硬着头皮挑明了去讲：“这事儿老师长只是略知一二，具体事宜并不多管。你可知我们为何到省府来？这批货到榆港的消息，白老将军早已知道，我这次请你吃饭说和，也是老将军的意思。你若是不信，可稍后去总督府询问，我不诓你。”

白容久侧身看了看对方。郭义贞眼神坦荡，没有丝毫躲避。

谢璟端了热茶折返回来，离着老远就听到郭义贞的笑声。后者拍了白容久胳膊一下，见他过来，也没再多说什么，只拱手告辞：“如此，我便先谢过老弟。至于其他，静候佳音。”

谢璟等人走了，把热茶递给白容久，小声问道：“爷，你答应去榆港了？”

白容久喝了茶，过了一会儿才道：“事情有变，稍后你先走，去把白二叫来东院一趟。”

谢璟迟疑：“我不能留你自己在这儿。”

白容久笑了一声，抬手摸他脑袋：“张虎威还在楼下，这是省府，没人敢对我做什么。”

谢璟这才放心些，答应一声领命去了。

东院。

谢璟骑马去找了白明禹，很快把人带到东院。

白明禹在书房的黄铜小炭炉前烤手，一边跟谢璟说话：“你这一路快马加鞭的，我还当很急的事儿呢，手套都没来得及拿一副……哎，小谢，你就穿这么点，不冷啊？”

谢璟站在一旁道：“不冷。”

白明禹上下看他一遍，嘀咕道：“莫不是个子矮，不怕冷？”

谢璟冷冷看他。白明禹下意识躲开他视线，但很快就反应过来，对方不是白容久，他也不用怕，挑眉又看回去：“我又没说错，你个子是没长啊，你瞧，你比我矮了这么多。”他走近还想跟谢璟比一下。白明禹如今最得意之事，就是他个子蹿得比谢璟多许多，小谢从去年开始就没怎么长了，在北地就是中等个头。

白明禹刚要抬手比画，谢璟耳朵动了下，不动声色地踩住了他的脚，足下用力。

白明禹疼得要叫，刚出声，就听外头人喊了一声“九爷”，一时只能咬着牙把声音咽下去。

白容久进来之后，也不管白明禹为何一瘸一拐，只低声吩咐道：“你过来一下，有事安排你去做。”

谢璟也要跟着进去，白容久身后跟着进来的人拦了一下，低声道：“谢管事，爷路上的时候头疼，想喝醒酒汤。”

谢璟看了里面一眼，知道这是只让白明禹一人进去，略站了片刻，转身出去了。

谢璟在小厨房帮着准备醒酒汤。

小厨房的大师傅瞧见他很是高兴，拿了许多点心给他。但谢璟没什么心思吃，只推脱说在外头已吃过酒席。

大师傅道：“外头酒席都是吃给别人看的，能吃到什么呀。而且你又是当差的，哪里敢真吃，喏，趁热吃块糕。”

谢璟确实没吃饭，忙碌一中午，手里被大师傅塞了一块甜枣蒸糕，就接下慢慢吃着，一边去盯着炉火。

谢璟吃完两块蒸糕、一碗牛肉粉丝汤，白容久的汤也煮好了。

他略等了一会儿，端着去找白容久。

房间里，白明禹已经走了。白容久正坐在一旁圆桌边闭目休息，听见脚步声也没睁眼，只开口道：“过来，坐。”

谢璟端了汤给他，勺子递到嘴边，白容久喝了一口立时拧眉。

“怎么了？”谢璟疑惑，想自己尝一口。

白容久喊住他："没事，只是有些酸。"

谢璟干巴巴道："哦，可能刚才我煮的时间太长了，这汤有些少。我再去换一碗吧？"

"你煮的？"

"嗯。"

白容久睁眼，接过他手里的小碗，一气儿喝了，又倒了一杯清茶压下，眉头略微松开。

谢璟晚上在府里，留意到张虎威不在，心里已有一个猜测。

白容久见他走神，缓声道："榆港的事，我让白二去，自有我的道理。璟儿，不是一腔孤勇即可成事，你有你的本事，白二有他的能耐，这事儿也只有他才能做好。"

谢璟被戳破心事，忽然有些不好意思，闷声说了一句什么。

白容久离着近，还是听清了，笑着道："你同他比什么，留在我身边，我亲自教你就是。"

三日后，榆港出事。

一夜之间，榆港码头上丢失货物上万宗，大小货柜全都被撬开，尤其仓储之地，靠近东南角的一处惨遭洗劫，里头放着的大小木箱尽数丢失。

刚把东西放在仓储地的日本商人气急败坏，连声喊着要追责，榆港码头的官员不敢懈怠，直接找了警员查办。但问起具体事宜，不只是码头上的人说得含糊不清，就连那些日本商人也不肯言明究竟丢失的为何物。

事情查到最后，不了了之。

郭义贞又派人送了请帖来东院，请白容久去吃酒。

白容久借病推辞。

对方竟也毫无芥蒂，还特意派人送了好些贵重礼物前来慰问，礼盒里有许多贵重药材，但也送了不少文玩古董，价值不菲。

白容久手边不缺好东西，他只留下几支年份足的山参，又差人添补了几样古玩在礼盒中，凑了一箱，一并送给了白明禹。

白明禹虽是青河出身，但自幼家中富贵，对这些劳什子把玩之后就淡了几分心思，瞧着里头一枚镶钻和红宝石的镂空胸针不错，拿了这个，又让人找了一个金丝楠木的小盒子来。

寇沛丰送了盒子过来，正想捧着胸针放在里头，就听白明禹吩咐道:“再去拿一方白绸帕，小心些垫着放在里头。”

寇沛丰连忙答应一声，按他说的放好了，捧给他看:“少爷，这样行吗，若是送人可要再包上一层?”

白明禹脸红了一下，瞪他道:“胡说八道什么，谁要送人了啊!”他话虽这么说，但伸手夺过那个小盒子,“我出去一趟，谁都不许跟着，听到没!”

外头下了细雨，春寒未解。

白明禹让司机开车去了一趟省府车行，提前早早下车等在门口，先是想了好一会儿说辞，才抬手敲门。

门声响了几下，里头的人来开门，告知白虹起外出办事，还未归来。

白明禹也没进去，但也不肯轻易就这么离开，站在外头等，拧着眉头也不知道在那儿想什么，被细雨淋湿了衣衫也没反应。白虹起回来的时候，瞧见的就是这么一只呆头鹅，傻愣愣地揣着袖子站在自己车行门口。她忍不住笑着叫他一声:“白二，你来找我? 怎么不进去等，站在外头淋雨，也不怕着凉。”

白明禹看到她愣了一下，张嘴下意识道:“谁说我来找你，不过是路过……”说到后面，声音渐小。白虹起走在前头，他就跟在后面，挪步进了会客小厅，只余一点哼唧声，还在那儿嘴硬,“我就是听说你前几日回南坊，两边来回奔波，也不知出了什么事，就想过来问问。还有这个，给你。”

他最后几个字说得飞快，从袖子里掏出那个小盒子递过去。

白虹起有些惊讶，但还是接过来道谢，笑道:“你还送东西给我，我应当回份儿谢礼给你才是。”

白明禹愣了下,“啊?”

“榆港的事我已听说，你做得很好，比我处理得还好，是我之前轻看你了。”白姑娘看着他，轻声道,“我替祖母同你道谢，无论如何，我欠你一份情。”

白明禹没想到她会这么说，一时慌得摆手，吭哧了好一会儿才道:“我，我原是想同你来道歉。我不知你家中之事，之前乱说话，是我的错，我给你赔个不是。”他说着拱手行礼，把白虹起逗笑了。她坐在那儿看了他一会儿，嘴角噙笑道:“原来你这人也不坏嘛，说起来我也有错，之前老是针对你，我也给你赔个不是。”

白明禹从来没见她这么温柔小意过，一时被那笑容晃花了眼，五迷三道的，只觉得自己魂儿都被哄没了。

白虹起拿了一篮新鲜海棠果让他送回东院孝敬白容久。白明禹慢悠悠地提着篮子回来的时候，心里还美着，心想，要是姑姑每天都这么温柔该多好，冲他笑——不，偶尔笑这么一下就够了。

白明禹熟门熟路，也没让人通报，自己走了进去。

过了垂花拱门，内院静悄悄的。白明禹提着篮子走过去，路过窗边的时候忽然瞧见里头有道身影，他贴墙站在外头，眯着眼睛去瞧。

书房里头的人胆子挺大，书桌抽屉里的文件也随意翻看，白明禹瞧见对方侧脸，是谢璟。谢璟随意拿了文件和公章，倒也没走，捧着给一旁的白容久，对方低声说了什么，谢璟就一边点头一边盖章。

白明禹心里堵得慌，一时也说不清楚其中滋味。倒也算不上拈酸吃醋，就是他在白容久身边这么长时间，还从未如此逾越，谢璟实在太得白容久偏爱。

他不敢找白容久，就去堵谢璟。

一直到晌午，白明禹才在东院小门那儿堵到谢璟，谢璟已换了一身衣裳，瞧着像是要外出。

白明禹抬腿蹬着门框，拦他道："去哪儿?"

谢璟看他一眼，道："回家，有事儿?"

白明禹盯着他仔细瞧了，瞧见他手上有一块红印子，伸手过去冷笑道："这是怎么了?"

谢璟躲开点，但地方狭窄没完全躲开，拧眉道："蹭了染料，你今日怎么了?"

白明禹狐疑看了半天，还真是染料，一时有些下不来台，但也不肯泄了气势，依旧拦着不放哼了一声道："我今日替九爷跑腿，去了姑姑那儿一趟，还去给尚老板送药，忙里忙外的。"

谢璟不明所以看着他，等他继续说下去。

白明禹心里不爽，看着他好一会儿，磨着牙根，一字一句道："我今日回来得早。"

谢璟误会了，他听到尚玉楼，以为白明禹在说当初《白猿献寿》的事，顿了片刻问："你都知道了?"

白明禹冷道："亲眼所见，亲耳所听，知道得一清二楚!"

谢璟斟酌道："其实这事儿，我同爷讲过了。"

白明禹吃惊不已："这事你还敢主动跟九爷说?!"怎么这人如此无耻?

谢璟莫名："为何不敢？虽说起先瞒着没告诉你，但其实也是为了你好。"

白明禹简直气笑了，谢璟争权是为了他好？他倒要听听，这小谢能讲出什么花来。

谢璟慢吞吞道："那十一个孩子出身太苦，又受了许多磨难，虽然是你收入府中的，但也要给他们一碗饭吃。我编了那出猴戏，是想着他们只会唱戏，让他们借着尚玉楼的戏台亮相，这样就算尚老板不收留，好歹自己也能混口饭吃，所以你生辰那天才……"

白明禹越听越觉得不对，眉头都拧起来："你等会儿，你说的是什么东西，猴戏？"

谢璟顿了下，疑惑道："怎么，你说的不是'白猿献寿'的事儿？"

白明禹："……那不是我生辰你特意排演给我看的吗？！"

谢璟抿唇，没吭声。

"你竟然连猴戏的事儿都是瞒着我的吗？谢璟，我倒是不知你还有这样心机，你到底还有多少事瞒着我？你当初明明说是给我一个人看的，怎么我的寿宴，又成了你救人的场子！"白明禹又急又怒，撸起袖子要去抓他衣领，却被谢璟提前一步躲开。他瞧着谢璟抬手准备还击的模样，委屈尽数转为怒火，噌地一下就把最后的一丝理智烧没了。他卷起袖子道："来来，我们打一架！"

白明禹打架没选对地方：一来这是东院，二来离着护卫队又近，平日里小门这边常有护卫巡视，他刚动手就被人喊住了。白明禹不松手，谢璟也没让他，虽没跟他一样嚷嚷，但下手一点都没放水，借力打力，占了上风。

被拉开的时候，白明禹还不死心，嚷嚷道："你有种别喊人，跟小爷真刀真枪打一场，来啊！"

谢璟擦了擦嘴角，看着他淡声道："我以为你只有读书不如我。"

白明禹恼羞成怒："谢璟，你欺人太甚！你给我等着，小爷早晚有一天——"

身后，白容久带了怒意的声音传来："你早晚有一天当如何！"

白明禹闭嘴不言语，撇开视线，依旧愤愤不平。

白容久走过来，白明禹还未开口，就见对方径直从他身边走过去看谢璟。白容久伸手抬高了谢璟下巴仔细打量了，回身拧眉冲白明禹怒道："你做的好事，刚夸了你一次，今日又莽撞行事，到底是为何在院中动手？"

白明禹张了张嘴，到底没敢当众说出原因，把话咽下去，红着眼眶换了一句道："我，我心里难受，小谢骗我，爷你也只帮他。"

白容久："他骗你何事？"

白明禹："……骗我说当初'白猿献寿'是给我一人排的。"

白容久叱骂道："荒唐，璟儿行善做好事，又为你过寿尽心尽力，你这是说的什么胡话，竟还敢动手？"

谢璟低声劝了一句："爷，算了。"

白明禹心态都崩了："他是为了我吗！根本就是为了别人，谢璟你眼里压根就没我……"他看着谢璟，眼圈赤红，"哪里是耍猴，分明是耍我！"

谢璟抬眼看他："二少爷想如何？"

白明禹："不如何，我要你，你给我翻一个！"他说了句气话。

谢璟抬手捋袖子。

白明禹下意识退了一步，刚才被打的地方隐隐作痛。除了脸，谢璟哪儿都没少揍他。

然而谢璟当真给他翻了一个跟头，动作漂亮，行云流水，脚尖几乎落在原地，动作轻盈如猫儿。他停下之后，又看向白明禹："二少爷瞧着，够了没有？若不够我可以再多翻几个。"

白明禹："……够了。"

他本也就是闹闹情绪，谢璟让他一下，他心里也就没那么酸溜溜的了。

白容久冷眼看着，忽然开口道："闹完了？孙福，去请家法。"

孙福管事答应一声，匆匆去了，片刻就取了一根细长鞭子过来，躬身递交到白容久手上。

白明禹眼瞧着白容久向他走过来，皮都紧了。他看看谢璟又看看白容久，显然知道这顿打逃不过了，嘴上还不服道："不能只打我一个吧，小谢刚才也动手了啊，他怎么没事！"

白容久勃然大怒，给了他三鞭子，打得白二龇牙咧嘴。

白容久沉声道："你瞧他嘴角的伤！"

白明禹瞥了一眼，那一点连淤青都算不上，微弱的一丝血痕若瞧得再慢一些，怕是都要长好了。

白容久丢下鞭子，对身边人吩咐道："带他下去，关柴房，反省两日！"

底下人应声答是。

白明禹心里难受极了。此时滋味，就如同他远在青河的老爹站在他面前亲口告诉他自己讨了一房姨娘一样。

白容久带谢璟回去，找了大夫来给瞧了。大夫被催得紧，进府之后几乎是一路小跑，等到了才发现患者伤得极轻，看过之后笑着安慰道："爷不必担心，不过是小孩子间打闹弄的一点擦伤，养上两日就好了。我开些药膏，涂抹一下，好得更快。"

大夫留了药膏，白容久让人去送大夫，亲自坐在那儿给谢璟上了药。

谢璟见旁边有人，歪头躲开一点："爷，我自己来。"

白容久没让，拧眉道："别动，小心留疤。"

谢璟咧嘴想笑，却疼得"嘶"了一声，低声道："就一点擦伤，二少爷没下重手，许是有什么误会……"

白容久看他片刻，终是叹了口气："你可知榆港那次，为何不让你去？你处事冷静，但太老实了些，有些事白二下手比你狠。"

谢璟没吭声。

白容久问道："又不高兴了？"

谢璟摇头，过了一会儿才开口道："爷，我刚才下手没分寸，等会儿我给二少爷也送点药过去吧？"

"他皮糙肉厚，不碍事。"

白容久让谢璟休息了一下午，在主院用了晚饭之后才放他出门。至于谢璟拿了药箱，去问孙福管事询问柴房钥匙一事，白容久权当不知情，任由他去了。

谢璟提了药箱，开了柴房的门去找白明禹。

白明禹坐在那儿一脸颓然，衣服还是脏的，正疼得龇牙咧嘴，瞧见他立刻扭过头去。

谢璟拿药给他，让他自己涂抹，白明禹要面子，没吭声。谢璟笑了一声，撩起他袖子，给他涂药，低声道："晌午是我不对，下手重了些。"

白明禹身上疼得厉害，听见谢璟这么说，也就"哼"了一声，让他涂药了。只是还有些不高兴，对谢璟爱答不理的。

谢璟问道："你到底为何突然发疯？"

白明禹忍了忍，还是没忍住，趁着柴房就他们二人压低声音道："我上午回来得早，去了东院，就在书房门外头。"

谢璟回想片刻，一时没记起做了什么。一旁的白明禹却是涨红了脸，替他不齿："大白天的，你这……这般，不知分寸！就算爷让你动，那公章也是能随意拿的吗？"

谢璟笑了一声。

白明禹指着他道："你还笑!"

谢璟抿唇，笑道："你担心我？"

白明禹："你少不害臊了，谁担心你，我是担心我九爷!"

谢璟不说话，白明禹一时也不好说什么，俩人坐在那儿安静了一会儿。白明禹上了药身上不疼，但是肚子很快"咕噜"了一声，他按着胃部，问谢璟："你怎么只带了药，没带饭来？"

谢璟从怀里掏出一个纸包给他，白明禹接过打开看了一眼，里头只有一个馒头。

白明禹不屑道："就一个馒头，你糊弄谁呢!"

谢璟道："孙福管事在外头守着，九爷吩咐，说给你长长记性，不让人送饭。馒头都是我偷着带的。"

白明禹这才老老实实地啃馒头，饿狠了，吃馒头都香。

谢璟看了柴房四周，全都是合抱粗的圆木，就连白明禹坐着的那个木头墩子都闪着细微的点点金光。他仔细打量片刻，忍不住拍了拍身后的粗大圆木，对白明禹道："你知道这是什么吗？"

白二啃着馒头摇头："不知道，是啥？"

"金丝楠木，这一屋子都是。"谢璟低声道，"你猜运出去，能值多少银钱？"

白二含着一口馒头，目光呆滞地看他，忽然蹦起来愤愤道："你接近我九爷，就为了偷木头啊？谢璟，你到底有没有良心!"

谢璟错愕地看着他，伏身趴在一旁的圆木上低声笑起来。

"你还笑!"

"我不是偷木头，就是觉得这东西应该值些钱。二少爷手底下有当铺，可知道市价收金丝楠木大约折合银元多少？"

"……你还敢说不是偷木头!"

白明禹被关了几日柴房放出来，瞧着和谢璟的关系还有些紧张。也可能是单方面的，东院众人瞧在眼中只觉得小谢和往常没什么不同，倒像是二少爷一个人在闹小脾气。

白明禹偶尔去书房的时候，瞧见谢璟贴身伺候，但凡他离着白容久近了些，白明禹就忍不住犯嘀咕。

书房桌上摆了一盘洗好的海棠果，白容久正在听手下掌柜回话，一边听一边顺手拿了一个果子递给谢璟，谢璟接过站在后面小口啃着吃。

白明禹看着他吃了一个，又去拿了第二个，打算还要吃的时候，被拦住了。

白容久淡声道："不可贪吃，过会儿又不好好吃饭。"又指示掌柜，"艾虎码头上的那几艘货轮不急，先把皮毛一类的卸下，其余杂货慢慢运来省府，另外带的几箱药材送去仁和堂，这事儿你找个利落些的人去办。"

掌柜答应一声，又问："今年皮货多，可要挑选几张一并送来？"

"若有好的就挑一些，浅色最好。"

"可巧，正收了几张上好的雪貂皮呢，回头我让人一并送来省府。"

书房里人聊正事，白明禹却只顾盯着谢璟。他以前从来不知谢璟竟然有这么多小动作，刚倒了茶，就又剥坚果，一小盘松子仁儿放在小碟子里送到九爷手边了，瞧见九爷一抬手，立刻又去取笔研磨，不用九爷吩咐一声就已经把他心里想的全做好了。

白明禹心道，这谁顶得住。

小谢未免太会了，这一套一套的，难怪他家九爷把书房都交出去了。

白明禹站在一边装作咳嗽两声，拿眼神暗示谢璟，却瞧见那人轻笑一声又继续干活去了。

一天下来，白明禹嗓子都快咳哑了。

半月后。

白虹起被叫到东院，白容久同她商谈半日，定了南下的章程。

白虹起虽然之前已听家里提过此事，但真定下来之后，心里依旧有些难过。她在北地出生，从未离开过祖母身边，这一走不知要何时才能回来一趟。想到祖母和九爷，她眼圈儿忍不住泛红。

"九叔，北地近日不太平，我多留一段时间陪您吧，多少能帮上一些。"

"正是如此，才让你南下。"

"可……"

"这里还有白二，你安心前去，不必多虑。"

白容久递了一封亲笔信给她，叮嘱道："你此次南下，我派二十个护卫随行。到了青岛，会有另外几位先生接应，都是颇有声望的大掌柜，随你一同前去做个帮手。原本还想多给你几人，但人太多，反而容易引起注目，怕引来不必要的麻烦，只能先如此。你到了闽地之后，只管找张、王二位掌柜，他们以前是东院管事，把信给他们瞧了，他们就知道如何办事了。”

白虹起应了一声，收下信，走到前面给白容久磕了一个头。

她再起身的时候，眼泪到底没忍住落下来，带着鼻音颤声道：“九叔，虹儿走了，这一去怕是几年不能相见，祖母那里还请九叔多替我去探望，也请您保重身体。”

白容久一直等她出去，过了片刻，才轻叹一声。

白虹起走到外头院子，正好迎面遇见白明禹。

白明禹像是刚得了信儿，匆匆赶来，瞧见她立刻站在跟前，急得有些磕巴：“你……你当真要走啊？”

白姑娘心里又酸又涩，点头“嗯”了一声。

白明禹站在那儿，一脸焦虑，过了一会儿又道：“我去跟九爷说，怎么就非得你去不可了？”

白姑娘咬唇看他：“不是我，难道是你吗？”

白明禹傻愣愣道：“啊？”怎的又扯到他身上来？

“我要是男儿，定当比你出息！”白姑娘红了眼睛，把眼泪硬生生忍下去，抬高下巴去看他，“九叔交代的事，你若是做不了，就写信告诉我，我立刻带人回来！”

白明禹心里不是滋味。

一时也不知道该嫉妒白容久还是嫉妒自己，总之和他心尖上绕来绕去的那股酸意并不相称，不多时转成了浓浓的委屈：“你想对我说的就只有这句？”

白姑娘看他，一双眼睛兔子一般红彤彤的，往日里再凶的美人，只要一哭就弱了几分气势。

白明禹一瞧见她这样，心里就像被揪着一般。

两人站在院中低声说话。远远瞧着，就见从不低头的二少爷，如今一直弯腰陪着，脾气极软。

白虹起坐火车离去，白容久让白二去送。白明禹一直送过了山海关，这才下车。

白容久这两日没找到人，问起之后才从孙福管事那儿得知此事，一时失笑：“我只说让他送人，怎么送出去这么老远？”

孙福管事笑道：“二少爷也是替九爷着想，这虹姑娘头一次出远门，多送送咱们也安心些。”

白容久问道："他还要多久才回来？"

孙福管事道："说是已返程，还要十几个小时的火车，连夜赶回来，明儿一早爷就能瞧见，保准不耽误事儿。"

白容久点头："那就好。"他翻了翻书，又问，"璟儿去哪里了？今日怎么也没瞧见他。"

孙福管事道："小谢上午去了马房，兴许是跟张虎威他们上山去了，可要我去找找？"

白容久："不用，嘱咐小厨房那边下午多做些茶点，再煮一碗甜汤圆。"

孙福管事笑着答应一声，出去了。

白容久在书房处理事务，等到了下午，独自一人用了些清茶，点心碟子摆了五六样，但他一点没动。

一个时辰后，白容久派人出去寻谢璟。

片刻后外头有人来报，白容久问："可是找到了？"

对方道："爷，老太爷派人来请，说让您过去一趟。"

白容久合拢书，起身去了前头院子。

白府占地广，两边院子虽未分开，但中间隔着两个花园并一个戏楼。白老太爷年纪大了，喜欢养鸟、养鱼，前院树木要更浓密一些，修了假山水池，里头养了些鱼，水面波光粼粼，走近能听到水声潺潺。

白容久到的时候，老太爷正拿了饵料在喂一只红嘴鹦哥儿，瞧见他来，招手笑道："来了？过来瞧瞧，我这新养的鹦哥儿如何？"

白容久走近，看了一下点头道："不错。"

老太爷又问："比你身边的如何？"

白容久神色如常："爷爷说谁？"

老太爷把饵料放在鹦哥儿面前的小食盒里："之前在北地的时候，我就瞧着小谢是个好苗子，这孩子本事不错，只这么收在院子里未免有些可惜，不如送到我这里教导几年，将来也是臂助。"

白容久淡声道："爷爷误会了，他可不是您养的鹦哥儿。"

"哦？"

白容久伸手逗弄了一下笼上站着的那只红嘴鹦哥儿，笼里的鸟扑腾两下翅膀伏在横杆上。他收了手道："他性子野，您教导不了，剪羽之后，就算不得猛禽了。"

老太爷道："你说小谢？我瞧着可不像。"

白容久："您跟他接触少，不知道。他年纪小，骨头却硬得很，您管不了，他只听我一个人的话。"

老太爷见他如此，也未多劝，又聊了些北地其他事物。如今乱局初现，府内之事也算不得什么要紧事了。

晚饭时候，老太爷留了白容久一同用饭。

祖孙二人身边没有留伺候的人，方便说话。

老太爷用了一小碗碧粳米粥，放下碗，拿一旁绸帕擦了擦唇边，道："过段时间沪市有个工商业召开的会议，南北都有人参与，我想着，这次就不用别人了，你亲自去一趟。另外去了那边之后，也不忙回来，黄先生那边收了信，说是族学里送出去的那些留学生今年要回来几个，你带他们去沪市见见世面，顺便也做一两桩生意。如今都搞实业兴国，我们也当做些事。"

白容久："非走不可？"

老太爷点头："非走不可。你之前在俄国时候得罪了日本商人，生意上的事自不多说，日本商船被击沉两艘，他们如今把这笔账算到你身上，还是避一避的好。"

白容久："他们也击沉我们几条船，其中有无辜渔民受牵连。"

老太爷拿花生米丢他，气笑了："你少跟我说那些，我可听说了，那船上压根没人。你在外头演就算了，在家还跟我唱苦肉计呢？我可不吃你叔父那一套。"

白容久淡定道："那大概是救得及时，才无人伤亡吧。"

老太爷看了片刻，叹道："前些天你在榆港的事我已听说，这事儿如今闹得厉害，新仇旧怨，日本人正闹着要彻查，你还是莽撞了些。"

白九道："这事儿我有非做不可的理由。"

"为何？"

"为北地将来。"

老太爷拧眉："就算这批军资你要拿下，也应同你叔父言明，最后怎么竟交到了冯师长和郭义贞手中。他们二人狼子野心，原本二十八师就是精锐，如今得了大批补给枪械，怕是北地要乱了，何谈将来？"

白容久道："那批军资叔父不止给了冯师长，省府两个师也给了，唯独没给一个人，爷爷可猜出是谁？"

老太爷怔愣片刻，忽然道："少将军……白君瑞?!"

白容久点头："是他。"

白老将军白西梁手下有两个师都是老部下，只听从老将军的话；而冯镇北的二十八师装备精良却过于激进，两边矛盾不断，拍着桌子骂娘是常有的事。

老将军还有一个儿子，名叫白君瑞，如今跟在他身旁处理政务。老将军有意栽培白君瑞，但省府两个师的老部下只听他的，不听白君瑞的，而冯镇北那里就更不必多说，招呼都基本不打。总督府里几方势力争斗不止，少将军年轻，身上又没有军功，一时不能服众。北地看似铁板一块，实则内里暗潮汹涌。

白容久道："去年我带船队归国，最后几条船，转了几次折返回艾虎，那船上装的是什么，我想爷爷已有耳闻。"

老太爷虽已不管理家中之事，但船队去了哪里，运了些什么，还是清楚的。在艾虎靠岸的船上虽对外说装的是棉花和布匹，但在港口卸下来的却是军资，数量比起这次榆港之数，只多不少。他心里一动，开口问道："那批货物，可是在少将军手上?"

白容久点头。

老太爷面色凝重，好半天才叹了一声，坐在椅子上久久不语。

三军对垒，躲避在后方按兵不动的那一个才是赢家。

不管是守旧派的老部下也好，还是激进派的冯镇北也好，吃了榆港这一批货物，势必又要起摩擦。这两方都处在明面上，就已输了先机。

白容久道："三年前叔父就已谋划此事，秘密购入大量军资，叔父年纪大了，总要为下一任着想。北地若想安稳，势必要学新法、推新政，此事省府老臣不行，冯镇北也不行，唯有少将军可以做到。所以不论俄国或是榆港之事，都是为北地将来，非做不可。"

老太爷看了他片刻，叹道："你倒是瞒得滴水不漏，怕是从你去俄国起，就已猜到会有今日了吧?"

白容久没应声，但也没否认。

老太爷缓声道："你如今主意太大，但白家不能冒这么大风险，下月初你去沪市，避上几年再回来吧。"

白容久迟疑："可是北地……"

老太爷打断他道："北地有我。"

话已至此，再无回旋余地。

白容久把手里半碗饭慢慢吃完，放下筷子，起身跟白老太爷行礼拜别。

老太爷一直看着他身影离去，脸上表情才略微放和缓一些，眼里浮出一丝满意，笑着摇头道："也不知道像谁，胆子也太大了些。"

有老奴上前给他点了灯，听到笑道："自然是像您，我瞧着九爷跟您年轻的时候就像一个模子刻出来似的，脾气秉性都随您。"

老太爷感慨一声，未再多说。

白老将军甘愿冲在前头让枪口对准自己，消耗自己和冯镇北两方势力达到平衡，以扶持继任者，他何尝又不是如此？白家最大的依仗，不是北地万贯家财，也不是总督府的老将军和兵马，而是他的孙儿。

只要白容久还在，白家就可屹立不倒。

第三章 西川谢家

白明禹坐了一日一夜的火车，回到家中。

全府的人都知道他这趟出去送人，送了千里之外。

白明禹起初有些不好意思，但他脸皮厚，过几天也就不当回事儿了，还跑去跟谢璟炫耀了一下，带了点得意道：“小谢，你说我同姑姑的事，大伙儿是不是都知道了？”

谢璟没听懂：“什么事儿？”

白明禹脸红了下，道：“就，我们俩的事儿呗。”

谢璟没吭声。

他这段时间听到的都是关于“傻二爷”的传闻，至于送出去的那位客人，大家都不怎么提及，全都在津津有味地传白二少爷相送千里的事儿，说是没见过这般热情好客的。

白明禹毫无自觉，只觉得他和姑姑的事已在无形中得到大家的认同和祝福，脸上都放光。

下午，东院书房。

白容久这两日除了筹备去沪市的行程外，还在处理北地各项业务，走之前大小事情总要有个交代。

东院众人也在收拾行李。孙福管事正在院子里忙前忙后，指挥众人把日常用的器物都装好，还拿钥匙开了库房，拿了一些文玩古董，装箱小心收好。

谢璟跟着一同去了一趟私库，一排五间暗室，里头没电灯，只点了蜡烛也能瞧出金碧辉煌，墙壁上一卷十余米长的金丝刺绣卷轴在烛光下熠熠生辉，上面的江河波浪翻腾，十分逼真；两侧博古架上玉石翡翠摆了不知凡几，最下方一箱珠翠蒙尘，但一经光线照过，立刻在琉璃盒内透出闪闪星光，珠光宝气；墙边摞起二十余只银镶角的硕大木箱，只最头上一只打开了，里头一封封银元码放整齐……

谢璟提着灯，陪孙福管事往里走，表情有些恍惚。

孙福管事疑惑地看他，谢璟怔愣一下，立刻开口小声道："啊，我还从未见过这么多宝物，一时晃花了眼，有些出神，孙叔别笑话我。"

孙福管事一副"果然如此"的表情，笑呵呵道："正常，别说你，我虽管着这私库，有时进来也吓一跳呢。"他又开了一道门，带着谢璟进去，"这边有个小机关，你跟紧我，走我后头。"

谢璟答应一声，稳稳跟着。

他上一世的时候常被白容久带来这里，那些小机关，他比孙福记得还清楚，闭着眼都能走进去。

内里两间库房，比外面三大间东西要少一些，也更一目了然。

一旁是文玩字画，另一旁是古董器皿，墙边依旧是摞起的大木箱，只是镶了暗金色泽的边角，粗铜铆钉固定一圈，十分牢固。

孙福管事让谢璟举着灯，去最里面一排架子上找了几本古籍，小心用布包好，又取了一对折枝瑞果纹的梅瓶。谢璟眼尖，瞧见一旁放着的一件青花云龙葫芦瓶，心里一动，站在那儿问道："孙叔，要挑摆件，不如把这个也带上？"

孙福管事看了一眼："哦，这是爷前几年在京城收的葫芦瓶，只是瓶身上有几处黑斑，爷瞧了不喜，一直搁置在这儿了。"他顺手拿了递给谢璟，笑呵呵道，"你若是喜欢就一并带去沪市，到时候摆在你房里好了，倒是件正儿八经的好东西，永乐青花。"

谢璟以前从不知孙福管事还懂这些，记忆里这位老管事见了他总是半耷拉着眼皮子、爱答不理的模样，他们说话少，对彼此也不怎么了解。东院众人里孙福管事也是最后一位离开白容久身边的人，走时满头白发，老泪纵横，若不是白容久有要事派他去找白明禹，他死也不会离开。

谢璟借着忽明忽暗的灯光看他，孙福管事见他愣神，把那葫芦瓶塞他怀里，笑着叮嘱道："抱好了，这瓶子当时买的时候可是六千大洋哪！"

谢璟下意识抱紧，孙福管事已经走在前头了，腰背微弓，叮嘱他一会儿过来时要小心。

谢璟不知为何，听到他声音就鼻尖泛酸，答应一声，快步跟上。

孙福管事把手里的两件瓶子，连同谢璟的那只葫芦瓶一起让人装好封箱，叮嘱下头人道："瓷器摆件放在一处，等去了沪市还要收拾出来摆放，这是爷屋里的，别弄乱喽！"他吩咐完，又让谢璟回了白容久身边，自己去给黄明游送书去了。

此次白容久出行，更像是搬家。

听说要在沪市居住三五年之久，老太爷发话，能去的都可以一同前往，不拘多少人。

这么一说，东院没人愿意留下。

就连黄明游黄先生也在收拾行囊，他旁的都不讲究，唯独不可一日无书，跟孙福管事要了几件孤本准备带在路上细品。

谢璟东西少，收拾得很快，但是他打上了柴房里那些金丝楠木的主意。

上一世白容久南下的时候，北地已起战事。其余贵重细软带出去不少，但这些金丝楠木没能保下，许是一把火烧了又或是不知便宜了谁。

谢璟觉得可惜，但是这些东西一时半会儿又运不走，他便趁下午在书房伺候的时候开口道："爷，我想要几件东西。"

白容久知他今日和孙福管事去了私库，心情不错道："想要什么？一会儿我让孙福去开了库房，随你拿。"

谢璟摇头，小声道："我要柴房里那些。"

白容久失笑："不过是些木头，你要那些做什么？"

"爷给吗？"

"给，你头一回开口，一并都给你就是了。"白容久语气轻快道，"不过得同孙福说一声，他攒了好几年，还想凑齐了打一整套书房家具。你这一下抄了他老底儿，怕是要心疼哭了。"

谢璟傍晚去问孙福管事要柴房钥匙的时候，老管事果然有些发蒙。

虽给了钥匙，但人也跟着谢璟过去，期期艾艾道："小谢，这东西你拿了也没什么用，要不再和爷说说，开了库房，我给你挑个好瓶子，不，挑两个，给你凑一对儿好不好？里头还有几件青花瓷，碗碟也有，我挑好的给你玩啊。"

谢璟开了库房门，查看道："不用，孙叔我就想要这些木头。"

孙福管事瞧着他走进去，嘴上没说，但眼睛随着谢璟手移动，他碰一根圆木，就忍不住喊一声："那是打算做顶箱柜的，那两根打算做一套屏风，那边几根凑一下能打一副罗汉榻……"

谢璟回头看他，孙福管事也瞧他，眼神怪可怜，期期艾艾道："小谢，要不多少留两根，让我打几只书箱吧？这东西自带清香，百虫不侵，不论是放衣物还是书籍字画都是顶好的。"

谢璟点头应了："好，那我给您留两根。"

好歹留了一点，孙福管事立刻派人来扛了两根圆木出去定做书箱，生怕谢璟反悔。

谢璟心满意足，揣了柴房钥匙回了寇姥姥那边。

东院已收拾得差不多了，谢璟回了小饭馆，他还要抽点时间通知李元和寇姥姥收拾行李。以前家中再困难，他都从未想过让老太太一人留下。如今条件好些了，自然也要带着姥姥一起南下。再者几年后北地要真乱了，他们留在这里也太危险。

谢璟回到家中，小饭馆这会儿正闲着没什么顾客，后头帮厨的两个妇人在择菜，瞧见他来起身问好。

谢璟没找到寇姥姥，问道："姥姥去哪里了？"

那两个妇人摇头不知，谢璟又去前头找了李元，李元想了片刻道："许是去了驿站，姥姥这几日常去，说要取信。"他又问了谢璟，"可要我去找一趟？"

谢璟道："不用了，我去接一趟，离着不远，我认得路。"

谢璟对省府熟悉，很快就找去了驿站。

如今早已裁驿归邮，只是人们还习惯将此处称为驿站，其实就是邮局。来往客商、运送米粮者众多，一路上人声、马蹄声喧嚣，谢璟过了马路就瞧见邮局。邮局每日上午、下午各投递一次信件和包裹，这会儿正是人最多的时候。

谢璟进去找了一圈，很快就瞧见寇姥姥，见她在窗口询问，一时有些奇怪。

姥姥这两年虽然也跟着他认了几个大字，但并没有听说还有哪家亲戚可以往来写信的。姥姥认识的朋友也极少，这么多年，没见和谁来往过，除了青河县寇沛丰一家，谢璟不记得还有哪个亲戚。

他等在一旁，瞧见寇姥姥走出来，这才从门口迎上去，接了她手里的篮子道："姥姥。"

寇姥姥没想到他会来，一时有些惊讶："你怎的来了？"

谢璟道："今日得闲，想回家陪您，姥姥怎么来邮局了？取信？"

寇姥姥叹了一声道："是，我想着你也长大了，也该同家里亲戚报个信儿，走动走动。"

谢璟："我家里亲戚？"

"嗯，璟儿，姥姥一直没同你说起过，其实你还有个舅舅，他和你娘感情最好。"寇姥姥给他抚了抚头发，慈爱道，"你娘家里算是大户，原在西川，她没嫁人的时候就是我一直伺候着。夫人走得早，你娘一手带大了弟弟，因此少爷同她最亲，长姐为母，也不过如此了。"

谢璟怔愣，他以前从未听说过这件事。上一世寇姥姥病重离世，他十三岁就开始自己打拼挣一口饭吃，从未想过这世上还有亲人。谢璟喉咙紧了紧，问道："那，舅舅为什么从不来找我们？"

寇姥姥叹道："小姐临走前，叮嘱我不要回去，说等你长大成人，再同家中联系。我记得小姐的嘱托，瞧着你大些了，才开始给西川写信，只是邮寄了几封，也不见回信。"

谢璟沉默，现在很多地区邮路不通，别说他们在关外，即便是关内贴足了邮资也很难准确联系到。再加上寇姥姥只记得十几年前的一个老地址，投递出去，很可能是一封永远无法寄达的信。

谢璟一边替姥姥提着篮子一边搀扶她，慢慢走路回家。

寇姥姥开了个头，谈起过往，干脆打开话匣子，一路小声同谢璟讲起他娘家中的事。谢璟认真听着，忽然觉察什么似的，眼角余光微微看了看后头。

后面人群熙攘，但过了最繁华的一段路之后，就瞧出一道陌生身影不远不近地坠在后头。

谢璟垂眼想了片刻，换了一条路。

路过拐角，谢璟忽然扶着老太太走了进去，寇姥姥奇怪道："璟儿错了，这不是咱们回家的路……"

谢璟轻捂她嘴，低声道："姥姥别吭声，您在这儿等我一会儿。若是过一阵不见我回来，别回头，从这里抄小路走，立刻去白府东院找九爷。"

寇姥姥脸色发白，拽着他衣袖，嘴唇嗫嚅道："璟儿别去，你，你走……姥姥腿脚不好，拖累你，你自己跑……"她怕得发抖，却不是为自己，而是担心眼前的男孩。含辛茹苦养大的孩子，以为好不容易过了所有磨难，怎会又突然遇上危险？

谢璟推她一下，低声道："姥姥，你记住我刚才的话。"

谢璟说完，闪身出了巷子。

寇姥姥一双小脚，哪里走得快，篮子也丢下不要了，往前走了几步才恍然回神一般，咬牙转身，也跟了出去。她左右是跑不了了，不如出去替她璟儿挡一棍、一枪，就算豁出一条老命，他们祖孙死也要死在一处！

后头远远跟着的人瞧不见一老一少身影，正着急地快走几步，四处张望，冷不丁就迎面撞上正主。

那人心虚，下意识掉头想跑。谢璟也不等他动作，手腕上软鞭一抖，先冲对方一双眼睛而去！

那人吓了一跳，从未想过这少年看着面善，下手却如此狠辣，退后两步用手格挡，却不想鞭子虚晃一招，紧跟着身上就挨了几脚，全冲他身上关节而去。若不是骨头硬，怕是腿骨都断了！即便如此，他也只是闷哼一声半跪下来。

谢璟动手的那一刻，一旁忽然蹿出一个精瘦干练的矮个儿汉子，穿了一身乡下人常穿的粗布衣裳，猛一瞧像是种地的，但架势亮出来就知道是练家子。谢璟没料到还有人，一时变了脸色，欺身上前先把跪地的那人按倒，一只手伸到腰后掏了家伙——

电光火石之间，两人同时制住了地上那名尾随者。

突然冒出的精瘦汉子正按住那人，他腰上别着镰刀，粗布衣裳上还沾着些许土；虎口带茧，一双手反剪对方手腕，拿膝盖抵着腰死死按住了。谢璟鞭子缠绕着地上那人的脖子，向上拽起，手上握枪，黑洞洞的枪口已指在那蹿出来的汉子的脑袋上。

那汉子被枪指了也不怕，抬眼跟谢璟说了一句暗语。

谢璟道："东院的？这位先生瞧着面生，未曾见过。"

汉子肤色黝黑，面容憨厚，咧嘴笑道："是，小爷没见过咱们也是正常，平日不在院里，只听九爷一人吩咐。"

谢璟："爷让你跟着的？"

"嗯，上回跟那些东洋人闹得有些不太平，爷让咱们悄悄跟着谢管事，怕有个万一。"

谢璟挪开枪，那汉子扭头冲墙角那处打了个呼哨，谢璟这才瞧见墙角还有两人，都是一副刚入城卖菜的小贩打扮，十分不起眼。若不是他们听到呼哨声迅速起身离去，谢璟都未曾发觉。

汉子低声道："这里出事，总要让人去跟九爷回一声。"

谢璟点头，手里的枪又"咔哒"一声落在地上那人的脑袋上，枪口抵着，他眯眼问道："你是什么人，谁派你来的?"

地上那名尾随者已被鞭子缠得喘不过气，涨红了脸拼命扑腾，咬牙挤出几个字。

谢璟还未听清，忽然听到后头不远处一阵玻璃砸碎的声响。他抬眼看去，就瞧见寇姥姥从路边捡了石块正在砸路边一家店铺的玻璃，店铺老板急匆匆出来，老太太正焦急地同他说着什么。那老板连连摇头不肯走出一步，只打发了伙计，一路往南跑了。

谢璟看了一眼，低声道："去叫巡捕房的人了，你先走。"

一旁汉子应了一声，又道："小爷，城里不便开枪，不如我来。"他话少，下手重,手上戴着的指虎说着就要往对方后颈当中刺下去,这一下可就要了命!

谢璟枪口下移拦住他，沉声道："卸他胳膊，留活口——"

那汉子倒也听话，卸了对方胳膊。瞧见寇姥姥小步跑过来，他不说什么，拿斗笠遮了脸拎起地上的鱼篓立刻跑了。

谢璟不动声色收了枪，捆了地上那人。那人已疼得快昏过去，两只胳膊软绵绵的，毫无力气地垂着。

寇姥姥从路边捡了块石头，拿着跑过来，瞧见就要砸地上的人。谢璟拦住道："姥姥，没事了，不过是一个小贼。"

寇姥姥吓得声音还在发抖，上下瞧了谢璟："我着实跑不动，一想到你被人抓住，我吓得什么都顾不得了……"老太太抹了眼泪，又去摸谢璟胳膊，检查他可伤到哪里,"璟儿胳膊上怎么有血，可是哪里伤了，啊?"

谢璟低声宽慰她："不碍事，不是我的血。"

地上被捆的人听到寇姥姥声音，忽然喊了她一声。

寇姥姥愣了下，去看那人，却被谢璟护在身后，谢璟道："姥姥离远些。"

那人挣扎看向寇姥姥，额上尽是冷汗，操着一口不怎么利落的外地口音和寇姥姥说话："沱江……十……十八条扁担，上城谢家……"

寇姥姥握紧了谢璟胳膊,"啊呀"了一声。老太太自己走上前跟对方说了两句，问他府上，那人说话带了口音，一时听不清楚。谢璟凝神，仔细听了一阵之后，才发现对方讲的是西川话。

谢璟曾南下到过云贵一带，西川与贵州相邻，口音有相似之处，隐约能听懂些许。

寇姥姥在北地多年，但能听得懂对方的话，只是回话的时候用的依旧是官话。问了不到几句，他们已确认是西川谢家派来的人。

谢璟上前给他松绑，顺便为他接上了胳膊。那男人闷哼一声，额头上又沁出一层冷汗，抬眼盯着谢璟看了一会儿，试探问道："姥姥，这就是你说的那个孩子？"

寇姥姥道："是啊，这就是小姐的孩子。"

谢璟一边把软鞭收拢，一边也在看他，视线对上之后低声道："方才对不住，误会了，如今世道不太平，总要小心提防些。"

那人还未说话，就听到寇姥姥在一旁抱怨道："就是，你们收到信了吧？不回信就罢了，怎么一来就动了手！我璟儿从小到大连只鸡都没杀过，也不怕吓坏了孩子！"

西川人："……"

要不是他两条胳膊还在隐隐作痛，脑袋上还有方才被枪抵着的触感，他就信了。眼前的小少爷长得漂亮，怎么越好看的人下手越狠？

谢璟带了这人回小饭馆。

寇姥姥关了房门，带着谢璟和他坐在房内讲话。

那西川人名叫胡达，正是谢家派来寻找寇姥姥的人。寇姥姥的信邮寄出去数封，西川谢家虽未全部收到，但也得了信儿。现任谢家主十分谨慎，没回信，派了身边亲近可靠的人前来探访真伪。

寇姥姥道："但你们既来了，打声招呼就是，为何偷偷摸摸？"

胡达道："这些年家里也陆续收到过类似信件，当家的怕有诈，但又不放心，因此才让我亲自跑一趟。"

寇姥姥叹了一声道："也是，少爷如今成了当家人，也自有他的不容易。我们十多年没联系，突然一封信过去，他自然要查查的，小心些也好。"

胡达道："实在是不小心不行。"他抬头看了谢璟一眼，目光落在那张和家主有几分相似的俊脸上恍惚一下，略有几分迟疑，拧眉道："因为沪市，有些变故。"

寇姥姥有心想要追问，对方却不肯再多说了。

谢璟一直安静，此刻开口说了第一句话，声音平淡："姥姥，既是西川派来的人，就好好招待，你去前头说一声，晚上备些酒菜。”

寇姥姥答应一声，去了。

谢璟手上把玩着一支匕首，坐在那儿没走：“胡先生来北地几日了？”

胡达咽了下，抬头小心看了一旁擦拭匕首的谢璟，很快就收敛眉眼低声道：“不敢当一声先生，叫我胡达就好。我来了已有两日，没想到能遇到姥姥和小少爷，我原是瞧着眼熟，但只瞧过照片，一时也拿不准，想跟着确认下，小少爷眼力好，一下发现我了。小少爷同当家的年轻时很像，功夫也好，若是回来西川，定能成为当家的左膀右臂。”

谢璟把匕首绕了一圈，归鞘收好。

这人的话半真半假。若是只来两日，为何一见寇姥姥就尾随跟着？若真想他回去，为何套话利诱，竟像是在防备一般？

谢璟看他一眼，眼神平静无波：“哦？西川谢家很厉害吗？”

胡达愣了下：“姥姥没同你讲过？”

谢璟想了片刻，摇头道：“只听说是大户，家里庭院颇大，还有一片橘园。”姥姥讲的都是和他娘有关的事，谢璟也只对这些在意。

胡达面上露出些古怪神色。

谢璟道：“怎么，姥姥说得不对，没有橘园？”

胡达连忙摇头：“有，有，山上好大一片都是谢家的。”

谢璟同他闲聊几句，见这人老实，起身准备离开，临走时路过胡达身边，忽然弯腰冷声道：“你比我年长，我喊一声胡大哥，今日在街上是我多有得罪了。只是姥姥一直在家中，没出去过，她不知道如今外头世道危险，也不知我这些手段……还请胡大哥替我保密，不要惊吓到老人。”

胡达只觉肩上那只手微微用力，下意识点头答应。

谢璟拍了拍他肩膀，笑道：“那就多谢了。”

胡达硬着头皮问：“敢问小少爷，如今在哪里高就？”

谢璟道：“不过是个护卫，做刀尖上舔血的买卖罢了。”

谢璟有事外出，替胡达叫了大夫。大夫也是白府里常请的，给护卫队里瞧伤习惯了，也不问这一身淤青伤痕哪里来的，开了几贴金疮药给他。

胡达见大夫手段熟练，试探问道：“敢问，谢璟……他是做什么的？”

大夫奇怪道：“自然是护卫队的。怎么，你来访亲走友，竟连主人家做什么的都不知？”

胡达面上发讪，也不再追问。

寇姥姥还未准备好酒菜，胡达上完药就告辞离开了，瞧着行色匆匆。

谢璟去处理了街上的事。寇姥姥白天时候救他心切，砸了店铺玻璃想引人来，谢璟想去替她赔玻璃钱，到了之后却被得知白家已处理好一切。

店铺老板拍着胸口道："下午那会儿可真是吓坏我了，你家老太太也是厉害，那么重的石块都能举起来。我总共就两扇玻璃门，砸得还挺干脆。"

谢璟拱手致歉，却忍不住笑了一声。

姥姥救人心切，也没有太莽撞，还知道喊人。谢璟知她一心护着自己，心里发暖。

傍晚，东院。

谢璟刚进院子，迎面就碰见孙福管事，孙福见了上下打量一遍忙问道："身上怎的这么狼狈？听说抓了一个人，可送去巡捕房了？"

谢璟摇头，道："是场误会，我去换身衣裳，一会儿去跟爷说一声。"

他这边正说着，就听到屋里有人来喊谢璟，说是白容久找他。

谢璟也来不及换衣裳，穿了这身便掀了竹帘走进去。白容久瞧见拧眉，让他走过来，问道："伤着了？"

谢璟袖子上沾了一点血，掀开给他瞧了，低声道："没有，是旁人的。爷派了人护着我，没伤到一点。"

白容久仔细看了，才道："之前榆港的事儿闹得这几日省府东洋人都多了些，有些担心，才让人跟着你。"

谢璟笑道："我知道，今日还要多谢爷。"

白容久问道："那人是谁？"

谢璟："好像是老家的一个亲戚，但也拿不准。"

白容久："为何起疑？"

"对方收了姥姥的信派人赶过来，但我瞧着，不大像走亲戚的。"谢璟有些迟疑，"那人好像在试探，生怕接个假的回去似的，说话都绕着弯子。爷，我本来也没想认什么亲戚，他们若不要我，我也不要他们。"

白容久道："许是有什么难言之隐，若你想，我派人替你去查。"

谢璟点头应了，又听见白容久问："你砸玻璃的本事，也是从家里学的？"

谢璟没听懂，白容久慢慢问道："当初在黑河，是谁砸了我楼上玻璃？"

谢璟面上一红，好半天才小声嘀咕一句。

白容久凑近："念叨什么了，没听清。"

谢璟含糊道："就一回。"

他只砸了一回玻璃，却砌了好多冰灯，每一盏都点亮了，听着马蹄声等爷回商号。

第二日，胡达一早又来了小饭馆，这次买了不少礼品，恭恭敬敬地敲门送进来。

寇姥姥昨天夜里想了一宿，怎么都不是滋味。她以为西川谢家若是知晓孩子的事，一定欣喜若狂，即便少爷不是亲自过来，也会派人派车接谢璟回去。但胡达昨天的举动，已让老太太寒了心，她一时也淡了心思，收下礼物，请胡达喝了一杯清茶，坐在那儿也不怎么讲话。

胡达一时有些尴尬，解释道："我昨天急着去给家主拍电报，姥姥莫要见怪，实在是家主叮嘱过，见了人要赶紧同他说一声。"

寇姥姥淡淡道："少爷可要过来？"

胡达支吾道："这，这还说不准。"

寇姥姥道："那劳烦你再发一封电报，过几日我们就要搬走了，不在此处。亲戚间走动一年半载一趟也就够了，不用每日都来。"

胡达愣了下："要搬去何处？"

寇姥姥道："还说不准，许是沪市吧，一切都听璟儿的。我就养大了这么一个孩子，他去哪我老婆子都跟着。"

寇姥姥态度冷淡，胡达却出了一脑门冷汗，急匆匆又告辞走了。

李元在院中收拾东西，胡达出来差点撞到他。李元抱了一床被褥进来奇怪道："姥姥，那人怎么了？怎么刚来就走。"

寇姥姥叹了一声："谁知道呢。"

毕竟是十几年过去了，少爷身边的人她已不认得，老人估计也没留下几个。就连少爷的态度都变了不少，当初和小姐感情最深，如今连外甥都不要了。

寇姥姥心里难受，中午饭都没吃。

家里收拾了两日，寇姥姥把家里小饭馆租给了那两个帮厨的妇人。那二人手脚勤快，为人也老实，先给了两年的租金。她们钱给得痛快，寇姥姥也大方，把家里那些桌椅和锅碗瓢盆一起都给了她们。

谢璟心知以后应不会再回北地，但小饭馆此时还不能卖。

他是白容久身边的人，做些什么，容易引人起疑，打算等明年的时候再让李元跑一趟；再者，东院柴房里的那些金丝楠木也总要有人来搭把手运走——那些在沪市可是千金难求的宝贝，价格要比在北地高上许多，卖了钱收起来总归能派上用途。

很快，到了启程之日。

孙福管事带了大宗箱子行李，提前去了沪市，布置新居。

东院另两个管事接手随行事宜，他们是孙福一手带出来的，话极少，做事妥帖。

白容久轻装出行，身边带了大批人手。白老太爷明贬暗升，几乎把白家新一代的力量都让他带走，留给他在沪市开设新厂用。

一行人先乘火车再转轮船，白容久上了船之后，一直在房间不出去。

谢璟倒是想出去，但是每次都被白容久叫住，只对他道："再等一会儿。"

一直等汽笛声响，船缓缓开动。

白容久抬眼看他道："如何？"

谢璟不明："什么？"

白容久道："听说晕车的人极易晕船，你现在觉得如何？可有哪里不舒服？"

谢璟眨眨眼，道："好像还行。"

白容久放心些："这就好。"

白容久担心谢璟，除了天气好的时候，很少让他出去。

坐船时间耗费数日，白明禹看了两天风景之后也瞧厌了，左右在船舱里无事，就端了棋盘去找黄明游下了几局。

黄明游正愁没有一战之敌手，一瞧见白明禹来，立刻丢下手里的书，和他大杀起来。

内室奢华的房间里。

隔壁传来因棋子摆位争吵的声音，隐隐约约。

谢璟手里握着笔，正在书桌前练字，白容久亲自教导，格外有耐心。谢璟是个好学生，极听话，学得也快，白容久看了一阵就让他自行去写，站在一旁忽然笑道："黄先生之前怎么说你来着？"

谢璟有点不好意思："先生让我好好练字，这船太大，怕我跑丢。"

白容久捏他耳垂，笑着道："若是丢了，也好找，这里还有一处印记。"

谢璟耳垂上留了一丁点大的小疤，凑近了看，才觉察上面有一枚很小的浅色印子，是以前在黑河出水痘时候留下的。谢璟耳朵敏感，碰一下耳尖通红，手里的笔倒还握着不放，努力认真写下去。

房门外，有人来报："九爷，孙福管事那边的人手已清理好库房，说是已送出最后一批南下货物，问您还有什么交代。"

白容久对外头道："跟他说，把那批金丝楠木一起运去沪市。"

外头应了一声，领命去了。

隔壁房间两个臭棋篓子棋艺相当，棋逢对手，连着下了三局长棋。

等白明禹心满意足地收拾了棋盘，拜别黄先生离去，四周才安静下来。

接下来几天都是如此。一直到了沪市，谢璟写的字才被白容久勉强点头认可，没再额外补课。

沪市。

孙福管事已把房子布置妥当。沪市多为洋房，比之前在北地住的要小上许多，不过房子气派，位置尚佳。

孙福管事亲自去码头接了白容久，见面先行礼问安，脸上尽是笑意。

白容久道："不必多礼，准备得如何？"

孙福管事道："爷放心，都已准备妥当。怕有人打扰，我擅自做主把周围几栋一并买下来了，院子虽小了些，但收拾出来也能用。我移了一些西府海棠过来种上，其余未动，想等您去了再瞧瞧，缺什么我再补。"

白容久点头："有劳。"

孙福管事笑道："爷说哪里的话。我算着今日船要靠岸，昨儿一宿都没睡着，就盼着您来啦！"

一排黑色轿车停在前头，白容久上了其中一辆，张虎威等人不用吩咐就上了相邻的车。他们常年如此，行动默契。

孙福管事购置的洋房环境清幽，周围路边栽种了法国梧桐，几栋洋房把居中最大的那栋围着，中间又有灌木树影相隔，加上前头一个小喷泉，倒是也保护了主人家的隐私。孙福管事安排张虎威等人住在前后两栋副楼，也好保证白容久安全。

东院此行跟随的都是年青一代的管事，极少有家眷，又因之前白虹起在沪市投资车行，在附近购置了几栋楼，平时都闲放着，如今收拾出来给了这些人暂时居住；也有人想清静些，单独出去住，在离着不太远的地方租赁了房屋。

寇姥姥不属于东院之人，谢璟怕她住着拘束，在附近租了临街的房子让她和李元安顿下来。

临街房子可做店面，周围又颇为热闹便利，谢璟想着老人闲不住，多少有点收益也可以让她心里踏实一点。

不过寇姥姥下船之后就不太舒服，说是晕船，谢璟不放心请了医生来瞧，听到医生说没什么大病，只需静养的时候才放下心。

李元道："我在这里照顾姥姥就是，你去忙吧。若有什么事我去白家找你，我知道路怎么走。"

谢璟答应一声，出去片刻又折返回来，带了安装电话的师傅，给家中装了电话。

谢璟教了李元怎么使用，对他道："若姥姥有什么事，你立刻打电话给我。"

李元学了两遍就会了，点头道："好。"

谢璟回到白容久那边的时候，庭院外门上已挂了"东院"二字的牌子。里头院子里西府海棠树旁正有人在忙碌，种了两株玉兰树，和它们在北地时的位置都相仿。

谢璟回了楼上，白容久正在新书架前站着取书，书架上一排书籍虽整齐，但并不是按他平日里看的顺序摆放的。

谢璟瞧见立刻过去，踮脚拿了一本："爷，你之前看的在这儿。"

白容久在他身后笑了一声，接了书道："多谢。"

谢璟不明所以，晚上的时候就发现书房里多了一个木梯，专给他用的。

谢璟："……"

晚饭时候白明禹过来，瞧见谢璟饭后还在喝着什么，凑过去瞧了直皱眉："你多大了，怎么还喝奶？"

谢璟喝完那一杯，道："爷让人准备的，你也有一份儿。"

有人端了一杯过来放在桌上："二少爷，九爷让您也用一杯，牛乳热过了，要尽快喝。"

白明禹嘴上嫌弃，但还是喝了。

白明禹陪着喝了三天才知道这是给谢璟长个子用的，嘴上笑话了谢璟几句，自己可没少喝一口。他如今个头不错，但还想再高一点、壮实一点；他们北地姑娘都喜欢那种高高大大的汉子。他要拼命喝牛奶，偷偷长高，等姑姑见惯了闽地那些清瘦的男人以后再回来看见他，一准就把心拴在他身上。

这里卧室里也和之前不同，睡的是西式软床，虽也有帐幔，但总归感受不太一样。

谢璟认床，挨挨蹭蹭，几天才慢慢能睡得踏实。

这一日早上，外头庭院里有声响，谢璟隐约听到，起身站在卧室窗前去看，原来外头院子里有人在整理花园。谢璟起初未能理解其中意思，等出去之后在院子里看清了新种的那棵树之后，才反应过来。

孙福管事亲自在一旁盯着人填土浇灌，瞧见他来，笑着道："小谢瞧着怎么样，是不是和你们以前在北地种的那棵一样？爷前几日一来就让我去寻柿子树，还得要能结果、果要甜的那种，我找了几天才从普陀山找来一棵，这不赶紧种上了，秋末就能吃上柿子了。"

院里多了一棵柿子树，树身高大，枝冠浓密。

风吹过树叶发出"沙沙"声响，谢璟抬头眯眼看它，当真和在北地时一样。

休整几日，很快就有人带了拜帖上门求见。

白家有四处大商号，北地为首，其次为东、西、南三处。东边沿海的掌柜多在胶州湾，经营商号和洋行，生意做得颇大，多为布匹、染料等。近几年白容久当家做了不少机器买卖，东边商号也经手了许多纺织机、印花机一类，和工厂之间多有来往。大掌柜听说白容久南下，提前几日就来了沪市，只等着他休整好之后递帖子拜见。

大掌柜是鲁地人，也是高大个子，穿着长袍马褂进了书房跟白容久交谈。

大掌柜道："爷，沪市排外，若要建厂倒是也可以，但此处纺织浆染厂众多，怕是不好入手，还需再等时机。"

白容久道："不做那个。我之前问你要的染料厂的几个熟练工人，你可有带来？"

大掌柜不解其意，但还是点头道："人都带来了，可是爷，他们只会做工，并不懂配料。"

白容久道："会做事就够了。"

白家在沪市生意少，笼统算来，也就白虹起之前小打小闹，投了个车行，再无其他。正因是一片空白，也更为好打理，白容久在书房圈画数日，很快之前打过招呼的那帮留学生也陆续到了。

王敬秋和其他几个留学生经过三个月的长途奔波，人都瘦了许多，但看着精神很好。

白容久让他们进来，问话时，几人说起厂子头头是道，显然这几年扎实学习了，一路上也做了充足准备，还有人写了厚厚一沓策划书递交上去。

白容久略翻看一下，里头的热忱倒是让他十分赞赏。合拢之后，他对眼前几个年轻人道："你们先下去休息几日，等过两天跟我出去一趟，正打算在东郊购入一家染厂，你们所学皆可派上用场。"

几人答应一声，下楼去了。

王敬秋走在最后，他看了一眼白容久书房里的清案，上头摆着一盘佛手和一盘番木瓜，他鼻尖动了动，闻到了一点熟悉的气息。番木瓜熟透，散发着桂花和橘子的香味儿，是他这些年在国外能记住的关于家乡最后的记忆，仿佛时光回到了数年前在东院书房拜别黄先生的那一刻。

此去经年，奋然无悔。

白容久谈妥了一家染厂，还打算买入东郊的一片厂房，做一些实业工厂，纺纱染料都在计划之中。

谢璟陪着白容久外出，忙碌了几日。

这日，白容久接了宴会帖子，准备出门。

谢璟伺候他穿了衣裳，正在整理衣襟，白容久开口道："你家中之事已查到一些，事情有点儿复杂，还在确认，等过段时间查清了跟你说。这几日都是些应酬，我带白二同去，给你放几天假，也回去陪陪家里人。"

谢璟答应。

白容久又道："你去张虎威手底下挑几个人，初来乍到，让人跟着你也安全些。"

谢璟道："好。"

谢璟自己去护卫队点了四五个人，都是平日里和他一同上山打猎的人，年轻利落，骑马射击都不错。

谢璟带人回了家中，跟寇姥姥只说是自己升职，没说他们是白容久派来保护的人。

寇姥姥信以为真，等护卫队其他人送过谢璟离开之后，老太太叹了一声道："这样也好，比起依靠旁人，还是得自己有本事。"

谢璟看她面容憔悴，像是大病一场，不免有些担心，坐在一旁问了几句。

寇姥姥还是对西川谢家有些心结，心里难受，需时间化解。

谢璟安抚道："姥姥没事，我自己可以挣下家业，不需旁人帮忙。"

寇姥姥还是病恹恹的，食欲不振。

家里和谢璟几天前走的时候相差不大，勉强收拾了几样东西出来，另外几只木箱放在一旁还未拆开，更别说开门做生意。

李元眼底带着未睡好的小片青色，守着小炉子煮汤，也是一脸担忧。

谢璟过去看了一眼，小砂锅里炖的是雪梨川贝银耳，里头还放了些干山楂以养脾胃。

他问李元道："姥姥今日如何了，大夫怎么说？"

"不太好，早上只吃了几口粥，大夫说是长途跋涉累着了，让清清静静养两天。"李元看了一眼里屋，小声道，"之前煮了两副汤药给姥姥吃，结果吃完药饭都吃不下，今日改了药膳，清肝火也养胃。"

谢璟拧眉，盛了一碗川贝银耳汤去房间。

老太太倚靠在床头那儿正在愣神，一副心事重重的模样。

谢璟端了一小碗汤过去亲自喂她吃，捡着外头有趣的事说给她听："姥姥，您来了之后还没出去吧？这里跟北地完全不同，天气暖一些，外头的花也多，还有街上，我从来没见过那么多的行人，穿什么的都有。听说租界还有洋人开的西餐厅，回头咱们也去尝尝，不知道比起俄人做的炖菜如何？"

寇姥姥道："洋人那些餐厅里吃半生不熟的牛肉，可别去。"

谢璟趁说话，喂她一勺汤："哦，那就不去餐厅。我们去买布料，姥姥不是最喜欢买那些？我领了月钱，包场，随您挑。"

寇姥姥笑道："你当是在青河啊，这里一块布料就要好些钱，而且我也得看看最近时兴什么款式，做出来才不让人笑话。"

说话间，谢璟已喂完了一小碗汤。

等寇姥姥吃了，谢璟就拿了外套过来，哄着老太太穿上，带上李元一并去逛街。

谢璟带他们坐了电车，去了最繁华的一条街上逛街。李元头一次来十分惊奇，不过好歹也在南坊见过好些俄人，对路边穿西装、戴礼帽的蓝眼睛洋人并不怎么稀奇，只看那些店铺。寇姥姥慢慢看着，神情也放松一些，她在家里躺了几日，起初还让谢璟和李元扶着，走到街上瞧见卖布料和衣服的商店就有了力气，进去仔细瞧了。

不管什么年纪的女人，都爱逛街买东西，“衣”到病除，“包”治百病。

寇姥姥挑了一阵，选中一家老字号成衣店。

她在店里给谢璟和李元买了两身衣服，又让老板拿了几匹时兴的布料出来，在两个孩子身上比了比。李元性格内敛文静，不怎么说话，适合素色；一旁的谢璟虽然也是话少，但瞧着和李元完全不同，眉目冷淡，模样俊俏，穿什么都漂亮极了。

谢璟换了一身衣服出来，站在镜前稍做整理。

成衣店老板忍不住站在一旁夸奖，一个劲儿道：“这身比刚才的还好，显白，人也精神。”

寇姥姥招手让他过来，推着谢璟转了几圈，笑着点头道：“是不错，这件薄厚也刚好，就这么穿着吧，不用换回去了。”

老板把试衣间里的衣服叠起装袋，还给他们打了折扣，满嘴不住地夸：“老太太，您家这孩子长得可真好，都能去当电影明星啦，我瞧着最新上映的那部电影里的小生也没他俊！”

寇姥姥倒也没谦让，她也觉得谢璟好看。

这家成衣店可定做衣裳，兼卖布料。店铺里的衣服料子质量好，价格公道，寇姥姥满意地各要了一些。

谢璟穿了新衣，衬得皮肤冷白，跟在一旁拿指尖划过几件深色布料，买了些老太太喜欢的衣料。他垂眼挑布料的时候，眼睫半垂着，看起来完全不像是刚来几天的外地人，倒像是当地大户人家的小少爷。

伙计还没见过他这般好模样的客人，一时看得呆了。

谢璟喊了两声，那伙计才反应过来，手忙脚乱地去取布料了。

谢璟给寇姥姥挑的那些料子，比刚才买的衣服还贵，全拣着最好的拿。

成衣店老板又一叠声夸奖道：“老太太好福气，有这么好的孙儿孝敬您呢，我瞧见过那么多小辈陪着出来逛街的，您家这孙儿可是最有耐心的一位了！”

寇姥姥心里高兴，钱也花得痛快。

谢璟和李元提了大包小包走出去，他们走的时候正好有人进店，旁边有人瞧见了忍不住多看了谢璟两眼，等人走了才转过身问伙计道：“方才那人穿的也给我来一身，就要那件长袍。”

伙计连声答应，一旁的老板笑得合不拢嘴，只后悔没多留小财神片刻。

寇姥姥原本只是郁结于心，身体并无大碍，逛逛街分散下精力就好了。

逛了半日，三人回家。

李元一进来就去准备炖汤，谢璟搬了那些衣服布料进来，弯腰放好。

寇姥姥见他们如此懂事，叹了一声。

她走过去抚摸谢璟头顶，仔细瞧了他的脸，另一只手握着谢璟的手，感受到上面的薄茧，心里到底还是有些难过："璟儿在外头受苦了。"

谢璟笑了一声："姥姥哪里的话，我如今过得很好，有您陪着，九爷对我好，东院大伙儿对我也很好。"能有今天的生活可是他过去从未想过的，每天起来都觉得充满干劲儿，"回来一路上我都在想您做的饭，要是晚上有米糕就好了，我能吃上三大碗。"

寇姥姥被他哄笑了，身上也有了点力气，起身去厨房蒸米糕。

李元给寇姥姥打下手，他跟在老太太身边学了许多本事，手脚也勤快，洗菜切菜十分利落。寇姥姥做了四菜一汤，还蒸了好些米糕，糕里加了一点干桂花和蜂蜜；一打开锅盖，热气混着甜香扑鼻而来，热腾腾的一盘端出来，趁热吃香软粘牙。

做饭的功夫，谢璟已打扫好房间，把东西都收拾了出来。

晚饭谢璟吃得很香，寇姥姥忍不住也跟着多用了一小碗清粥，慢慢恢复了食欲。

谢璟这两日留在家里陪着寇姥姥，担心她年纪大了身体不容易好。寇姥姥倒是催了几次，问道："璟儿，你这几天一直在家，白家那边如何了？可别耽误了正经事。"

谢璟对她道："九爷去参加宴会，我可以休息几天。"

寇姥姥听他这么说才放心些。

谢璟照顾寇姥姥，和李元搭把手，把家里布置妥当了。

寇姥姥给他们做衣服，李元也想去帮忙，寇姥姥笑道："你去学认账识字吧。针线、烧饭你都会，我也没什么好教你的，这些我自己来就行了。"

李元挠挠头："姥姥，你别累着，不用做那么多。"他穿衣服很爱惜。

寇姥姥教他道："这里和北地不同，吃穿精致着呢！人靠衣裳马靠鞍，得穿戴整齐了，旁人才不敢小看你。"

李元看了一旁谢璟，谢璟却道："姥姥，我要一件外衫。"

寇姥姥答应一声，给他量身，谢璟伸直了胳膊低声道："姥姥做大一些，我过两年还会再长高。"

"哎。"

谢璟很少撒娇要什么，这次他开口，寇姥姥只当他缺衣裳，晚上挑灯给他缝衣。

夜已深了，李元在隔壁已经睡熟。房间的小桌上点亮了一盏灯，祖孙俩坐在一处低声说话。

谢璟在一旁陪着，过一会儿就把脑袋搭在老太太肩膀那儿，凑近了伸手去拽衣袖。寇姥姥道："别动它，刚缝了两针，还不结实呢。"

谢璟"嗯"了一声，又去碰另一只袖子，寇姥姥笑道："怎么突然跟个小孩儿似的，姥姥手里拿着针哪，小心别碰到你手上。"

谢璟垂眼道："我做了一个梦。"

"嗯？"

"梦到姥姥……给我做了一件衣服，我放了好些年。"

"傻孩子，穿就是了，坏了姥姥再给你做一身。"

谢璟笑了一声，伸手轻轻搂着老太太胳膊。

上一世寇姥姥走得早，临去的时候一直喊着他名字，她说不清楚话，只流着泪反反复复喊他。

姥姥疼他，连到了最后流泪也不是因为自己的病痛，而是觉得她的璟儿可怜，担心自己走了，再无人照顾他。

谢璟跟她最亲，他去戏班讨一口饭吃的时候，两手空空，只身上一件旧衣是寇姥姥亲手缝制。那件衣服被他保存了很久，上头打的补丁都不舍得拆下来，洗干净了小心收藏，哪怕成名之后也一直带在身边，是他最宝贝的东西。

这是他对亲人唯一的念想。

谢璟低声道："我不用找亲人，姥姥，你就是我的亲人。"

寇姥姥低头缝衣，笑了一声："傻孩子，姥姥年纪大啦，陪不了你多久。"

谢璟执拗地摇头。

寇姥姥缝了几针，又放下衣服，取了一个木匣子过来打开给他，里头是数张银票和几封银元，加起来足有三千大洋之多。寇姥姥一并推给他，道："这是这些年你拿回来的钱，还有上次李元从南坊带回来的一千大洋，加上家里小饭馆赚的，都在这里头了。"

谢璟看了一眼，道："李元没要？"

"那孩子不要，倔着呢，全给家里了。"寇姥姥道，"我说留着给他成亲用，他也摇头说不，瞧着都快急哭啦，我就暂时先收下搁着。原想着再等几年你从白府出来，给你俩留着做个小本生意用。眼下来了沪市，你用钱的地方多，先拿去用吧。”

谢璟也没有推辞，收了几张银票，其余没动。

寇姥姥心结稍微打开一些，慢慢露出笑模样，对谢璟道：“璟儿别急，等小铺子开起来，经营上几年以后心里就不慌了。在外头干得不顺心，总还有条退路。”

谢璟点头应了。

铺子从来不是他的退路，姥姥才是。

他有亲人，一直都在他身边。

第四章 鸠占鹊巢

另一边，白容久接了帖子，正准备去参加宴会。

孙福管事让人送了衣服和拜帖过来，服侍他穿戴好，又道："爷，今日是贺家的帖子。"

白容久应了一声，没什么太大反应。

孙福管事又道："这贺家在沪市十分有名，大老板贺东亭算是白手起家，二十多年前凭着几条小渔船慢慢做大，创办了邵宁轮船公司。前些年又走了大运，现如今通汇银号、通宝公司以及沪市证券物品交易所都在他掌控之下，听说近日正在组织筹建银行。"

简而言之，这位贺老板是沪市财神爷，来了当拜码头。

孙福管事小心看了看九爷神情，这两日小谢不在，爷话都少了许多。他一时也猜不准九爷心里想什么，见他没说话，就继续提醒道："贺东亭有一个独子，唯一的禁忌就是这个儿子，听说小时候被掳走过，好不容易才找回来，平日里疼得跟眼珠子一般，一点磕碰也不许的。"

白容久点点头，视线落在一旁桌边的一只青花瓷瓶上，微微拧眉："怎么把这瓶子摆出来了？"

孙福管事看了一眼，道："哦，这是小谢临来的时候从库房挑的，说是插花儿好看，忙起来一时半会儿忘了，我这就……"

白容久道："让人送些花上来。"

孙福忙答应一声，立刻让人送了几枝花上来。这时节桃花开得最艳，被略作修剪插入瓶中。

白容久看了一会儿，淡声道："确实有些意思。"

孙福管事又问："爷，这次让谁随行？"

白容久道："和上次一样。"

孙福管事答应一声，又笑道："那我现在差人去请，二少爷昨日像是在宴会上受了气，回来去江边跑了一圈。"

白容久淡声道："这里不是北地，他那直筒子脾气在这儿可不好使，是该摔打一下了。受些挫折也好，长长教训。"

"爷说的是，玉不琢不成器。"孙福又道，"只是张虎威那边今日少了一人，派去厂子那边了。我去叫小谢回来一趟？"

白容久略想片刻，道："璟儿先不用去了，他太老实，去了吃亏都说不明白。"

"是。"

孙福去备车，白容久在房间里待着，把玩了一下长枝条上的桃花，瞧着那带黑点的永乐青花瓷瓶也顺眼许多，不过片刻后又索然无味。

外头院子里有人在修剪花园，有人送了今日的报纸过来。

白容久接过看了下，没什么大事，只是几个公子哥捧戏子争风吃醋上了头条新闻，占了大幅版面。白容久略扫一眼，看到上头写了那位贺家独子的事，翻来覆去无非是富二代斗富，十分无聊。

不多时，白明禹赶到，白容久带他一同去宴会。

白明禹和白容久一辆车，坐在一旁不敢说话，但小动作不断。

白容久忍耐片刻，问道："你扭来扭去做什么？"

白明禹眼巴巴看他："爷，今天还是我一个人去啊？"

白容久："什么？"

白明禹小声道："我好长时间没见小谢了。"

白容久转头看他，脸色不大好："你见他做什么。"

"不是，我的意思是……就是以前做什么事儿都是我跟小谢一起，这孟不离焦，焦不离孟的……"

白容久冷哼一声。

白明禹吓得打了个磕巴，一时也不知道自己哪里说错了，下意识道："我就是觉得自己一个人不行，有小谢在还能提点着我些，也能让您放心。小谢平时最听爷的话，可帮我了。”

白容久面色稍缓，但依旧道：“他不必去，若要学什么，留在我身边，我亲自教就是。”

白明禹连声诺诺，不敢再提。

今日宴会，是为筹善款举行的慈善拍卖。

贺东亭带头，从者众多。

贺东亭是成名已久的大商人，在沪市身价不菲，加上书香世家的出身，算得上儒商。他如今四十来岁，正是事业发展的黄金期，但为人稳重，处事公道，加上看起来颇为和气俊朗的容貌，倒像一位大学教授，而不是在商界呼风唤雨的大佬。

贺老板此次带了他儿子贺书玮同行。白容久看了一眼，不过是个白弱的普通年轻人，约莫十八九岁的模样，跟在一旁老实本分，看不出什么特别之处。

白明禹在白容久身后嘀咕一句：“果真和传闻中一般。”

白容久看他一眼。

白明禹心虚，但还是小声道：“我又没说错，我都在报纸上看到了，贺东亭他儿子挺一般的，没什么本事还老折腾事儿。这要是搁我们家，早让我爹和大哥按在祠堂打板子了。”白明禹总结道，“贺老板这爹当得不行。”

白容久道：“你还敢说别人？”

白明禹收敛一二，老老实实跟在白容久左右，不吭声了。

贺东亭远远瞧见他们，走上前迎了两步，热情邀请白容久和他坐一个包厢。这次是贺家下的帖子，白容久初来乍到，这位贺老板倒是对他十分客气：“早就听说你来，一直没能见上一面，今日一见，北地白九爷的名号果真名不虚传。”

白容久道：“惭愧，事务繁忙，一直没能拜见贺先生。”

贺东亭笑道：“哪里，哪里。听说白家在东郊购入几处地皮，事情办得如何，可有什么需要帮忙的地方？”

白容久同他客气几句，二人你来我往，倒也维持和气。

有人送了名单册子进来，贺东亭看都没看，搁在一旁，随意让人拍了几样东西。

白容久在包厢里和他闲聊了一阵，也拍了几样。

这些钱都是要捐出去的，倒也无所谓。

白容久拍的物品里瓷器居多，五件里有三件青花瓷器，还有一只鸾凤纹青花小碗，样子略小，十分精巧可爱；更可贵的是色如宝石，莹润如玉，可称得上是件宝贝。

贺东亭笑问："白老弟中意青花？"

"尚可，只是家里人偏爱此物，年纪小不懂事，买给他把玩几日，过了新鲜劲儿就好了。"白容久语气淡淡，出手倒是不慢，说话间又拍了一件。

贺东亭见他喜欢，也不跟他抢，两人攀谈的时候，他递了手边的册子给一旁坐着的儿子，也问了他几句。贺书玮捧着册子挑选了几样，除了金饰就是宝石发卡，贺东亭微微拧眉，但还是给他买了。

很快就有工作人员送了小盒子过来，贺书玮拿了珠宝首饰，就有些坐不住，贺东亭摆摆手放他出去了。

白容久看了一眼，贺东亭捏了眉心，无奈道："犬子贪玩，由他去吧。"

白容久看了看坐在一旁木呆呆的白明禹，对他道："你也出去吧，不可走太远。"

白明禹刚想答应，忽然听到贺东亭说起新开的夜总会，一下就来精神了，坐在一旁不肯走了。

白容久看他，白明禹低声道："爷，我留在这儿伺候。"

小谢不在，他得在一旁替小谢听着，百乐门、仙乐斯什么的一听就好刺激。

白明禹双目炯炯有神看着手上册子，竖起两只耳朵努力去听。

贺东亭跟白容久不熟，只当他这个年纪喜欢热闹，邀请道："你若是对舞会一类感兴趣，我可以让人带你去喝些酒。我家中还有几位和你年纪相仿的小辈，许是你们能合得来。"

白容久摇头道："我不惯去那些场合，有些放不开。"

贺东亭轻笑道："听说你是留洋回来，倒是保守得很。"

白容久："家中规矩严。"

贺东亭："是吗，平日可有什么爱好？"

"喜静。"

贺东亭失笑，这人瞧着年纪不大，说话口吻倒是老气横秋。

贺东亭颇为善谈，聊起闲篇也十分融洽，坐在那儿和白容久说起家中之事："方才那只小碗，是给家里小孩买的？"

白容久点头道："是，瞧着上头图案还不错，大小也合适。"

贺东亭发现聊这个话题白容久话多一些，就也谈起养孩子的事儿来，两人互相交流经验，倒也和乐融融。

贺东亭谈起自己儿子，摇头叹道："说来惭愧，那孩子被我惯得不成样子，他身体不好，小时候落下些病根，一时半会儿也舍不得放出去吃苦。"

白容久放下杯子，缓声道："我家中的倒是还好，成绩学业俱佳，会骑射，会洋文。"

贺东亭问："哦？可是专门请了老师？"

白容久淡声道："不曾，不过跟我学了些时日，加上酒厂里有些德国工程师，胡乱跟着学了几句，勉强能对话罢了。"

"你教养得好。"

"是他本身就好。"

白容久说着，又拍了一对儿青花瓷瓶，可惜是宣德年间的，略带铁色，颜色发沉。这些还不如东院收着的那几只成色好，不过聊胜于无。

贺东亭摇头笑道："你这也买得太多了些，别人不知，还当你开了瓷器铺。"

白容久道："那孩子跟在我身边一向老实本分，难得喜欢什么东西，买起来就没了准头，见笑了。"

白明禹面色古怪，怎么听都觉得白容久说的是小谢。他坐在那儿只听了一句"仙乐斯"，其余都在谈论生意，听了一阵也坐不住了，找了个由头出去透口气。

外头大厅，贺书玮和他的几个朋友正同一位妙龄女郎谈笑，哄得对方花枝乱颤。

白明禹看不惯里头两只老狐狸，但瞧着外头一帮草包也不乐意搭理。这帮人什么都不懂，聚在一起只知道谈吃喝穿戴和女人，一点儿意思都没有。

白明禹在心里加一句，还不如小谢。小谢棋艺虽不如他，但还能骑马打枪猎兔子呢，这帮软蛋什么也不懂。

贺书玮也瞧见他了，先招呼了一声，白明禹不好在这里让白容久难做，只能走过去。

贺书玮把他介绍给身边人，声音和气道："这是北地来的白二少，白明禹。"

周围人端了红酒敬他，很快又被其他人按了手腕，笑道："北地风俗怕是和我们不同，许是要喝白酒的，白二少，我听说你家中就是开酿酒坊的？可有什么好酒推荐，我们近日也想换换口味。"他话没错，但语气里带了几分高高在上。

白明禹懒声道："北地酒烈，我怕喝死你。"

开口问话那人面色顿时不太好看。

白明禹看了他，又道："真的，不骗你。"

安静了一瞬，那位挨着贺书玮坐的女孩儿却"扑哧"一声笑出来，拿扇子半遮着笑个不住，一双眼看了白明禹道："你这人可真有意思，哎，那你们北地人酿了酒自己也喝不得吗？"

白明禹道："自己当然能喝啊，我们个子高，身骨壮，和在座各位不同。"

这一句话说完，在座的几个年轻男士脸色都不大好了。

贺书玮是个软脾气的，竟然还笑笑道："我也羡慕北地人身体健壮，我平日总是小毛病不断，确实比不得。"

那个时髦女孩仿佛是没瞧出气氛紧张，还在看白明禹："北地人都跟你一般高吗？我能不能摸一下你胳膊，我还没见过你这样的呢。"

白明禹黑脸："我也没见过你这样的，像话吗你，家里人没跟你说过男女授受不亲啊？"他就没见过这么轻浮的，一点女人味都没有。

女孩儿脸色也沉下来，哼了一声，扭头不理他了。

最先开口问话的人翘着二郎腿坐在那儿，道："我倒是不知道北地的酒，这么厉害，改天真要见识一下了。"他说话的时候一直盯着白明禹，眼神阴沉沉的。

白明禹顶腻味这样的人，平日里一群人在那儿吹捧来吹捧去的，被人刺一句都能记仇。

贺书玮倒是劝了几句，但白明禹刚才在包厢里已经瞧见过这位贺少爷，他在贺东亭面前一个屁都不敢放，恭恭敬敬的。白明禹对他印象更差——狂都狂不起来，只知道从老子那儿讨钱吃喝玩乐，是个没出息的怂包，还不如身边一群狐朋狗友。好歹对方还敢挑事儿呢！

白明禹跟他们说不到一处去，坐在那儿浑身难受，干脆站起身扯了扯衣领："有些热了，我去外头亭子里坐坐，失陪。"

他起身时候，身上衣服宽大，没留神差点碰了随身佩戴的玉佩，忙伸手护了一下。

斜对面有人嗤笑出声："土包子，现如今谁还戴这个。"

白明禹这玉佩是白容久给的，平日里爱惜还来不及，听到这话顿时就怒了，还未开口，忽然就听身后有人道："哦，我倒是不知，佩玉竟要被取笑，想来诸位习惯当真与我北地不同。”

坐在那儿的女孩眼睛落在走过来的人身上，立刻就亮了，脸上都带了一抹羞涩的红霞。

谢璟走到白明禹身后，黑发黑眸，目光带着冷意。他手里握伞，还有雨滴顺着伞骨掉落，溅起细小水珠。

白明禹惊喜道：“你怎的来了？”

谢璟道：“下雨了，孙福管事说九爷出门匆忙，没带伞，我来给爷送伞。”

谢璟容貌俊俏，声音也如玉石，一开口不过几句就让坐在对面的女孩身子都酥了，她忍不住羞涩地问道：“这位是？”

白明禹抢先一步道：“我兄弟。”

那帮纨绔子弟不能从谢璟外貌上挑剔，只能从衣服上挑，不知是谁低哼了一声道：“又一个土包子。”

谢璟扫了一眼白明禹腰上的玉佩，抬眼看了对方身上佩戴的怀表、礼帽，开口道：“古之君子必佩玉，君子无故玉不去身，诸位可知原因？”

“不过是——”

谢璟也没打算让对方说话，喘了口气，接着说：“是因玉有君子之德。玉色温润而光泽，是为‘仁’；玉虽有棱而不伤割于物，是为‘义’；玉体下坠谦恭卑下，是为‘礼’；玉身瑕瑜互不掩盖，是为‘忠’。此为《礼记·聘义》所记载。”他视线扫了对面一圈，微微拧眉，“怎么，不曾读过《礼记》吗？”

白明禹乐不可支：“小谢快别说了，他们没读过。”

谢璟点头，恍然道：“难怪。”

不过平淡两字，从他嘴里说出来，活像是对面的人都没念过书，不懂什么是“仁义礼忠”似的。

这话比白明禹刚才说的还要气人，直接往人心上浇了一勺滚油一般，让人又气又急，却又一时想不出什么反驳的话。

贺书玮道：“这位朋友，话也不必这样说，如今黄明游黄先生也讲‘兴举西学，救国图存’……”

谢璟视线落在他身上，声音冷道：“我倒是没看出，诸位坐在此处，是为了救国，怕是黄先生瞧见也要寒心。”黄明游要在这儿，一寸厚的铁尺怕是已经按不住了。

贺书玮脸上笑容顿时有些挂不住。

对面站着的北地二人软硬不吃，白明禹一股蛮劲儿就不说了；新来的这个长得漂亮，却是块硬骨头，听起来读书还多，简直最难缠不过。

贺书玮身旁坐着的时髦女孩倒是时不时偷瞄一眼谢璟。谢璟模样英俊，出脱得比时下最红的那位电影明星还漂亮，但偏偏气质是冷的，苍松白雪，孤竹桀骜。任哪家姑娘第一眼瞧见，都忍不住心里小鹿乱撞，起初还是偷着看，后面就明目张胆地盯着瞧，盼着对方也能看自己一回。

谢璟没看她。

贺书玮倒是瞧见了，眉头拧起来，好一会儿才松开。

白明禹心里那口气儿彻底顺了，跟着谢璟兴高采烈走了，一边走一边小声跟他说话，想哄他回来："小谢，你都不知道这里多少女人给九爷抛媚眼，那拍卖会上女人也多，比外面那丫头厉害多了，胸是胸，屁股是屁股的。"

谢璟看他，没说话。

白明禹在那儿硬编："真的，没骗你，都在那儿打歪主意，咱们一起守着九爷才好。"

正巧拍卖会结束，白容久同商会一众人出来，身边全是西装革履或长袍马褂的中老年男人，唯一年轻的还是他们身边的侍从，瞧着也都三十来岁。白容久身边跟着张虎威，后者一脸胡子拉碴，小心地护在白容久身侧。

谢璟瞧了一会儿，又回头看白明禹——这里头可一个女的都没有。

白明禹："……"

白明禹找补道："今日特例，平时还是不少的。"他撑不下去，摊牌道，"行吧，我就是想叫你来陪着九爷……好好好，陪着我，总行了吧？你这些天不在，我辈分小，在跟前说不上话，每回都让我去找刚才那些纨绔子弟闲聊。这要是再聊上几回，小爷肺管子都快气炸了。"

谢璟想了想，建议道："回去多读书，骂人的时候嘴皮子也利索些。"

白明禹不想读书，只想谢璟帮他怼人。

白明禹："我也是怕你失宠，你倒是争一争啊？"

谢璟："我同谁争？"

"……"

这话倒是也对，如今小谢管事还真是集九爷宠爱于一身。

白容久走过来，问道："在说什么？"

白明禹吓得咳嗽，不让谢璟说实话，谢璟看他一眼，白明禹背对白容久跟他比口型："我请你吃饭，羊肉锅子——"

谢璟笑道："二少爷说了些趣事。爷，外头好大的雨，我来接您回去。"

他陪在白容久身边走到门口，撑起伞，低声道："爷，慢些，小心水。"

贺东亭恰好与他擦身而过，听到声音下意识回头，却没有看清对方的相貌，只看到一道人影；待还想细看时伞就落了下来，遮住了那人大半脸，只露出一个精致下巴。

贺东亭看着，忽然愣神。

贺书玮走过来，恭敬地喊了一声"父亲"。

贺东亭看着那道为白九撑伞而去的身影，不知为何心里莫名涌上一股熟悉感，但一时也想不通其中缘由，只得颔首道："走吧。"

白明禹自己撑了伞跟在后头，他完全沉浸在谢璟到来的快乐中，平日里觉得小谢狡诈，一致对外的时候却只觉痛快。白明禹跟着走到车边，忽然瞧见白容久看他，下意识往后退了退，上了后头一辆车。

白容久上车之后，谢璟又问："爷可是冷了？我还带了一件外衫。"

白容久笑道："不冷。家里如何，姥姥病可有好些？"

"已大好了。"

白容久过了片刻，又问："晚上住下，不走了吧？"

"嗯，我给爷守夜。"

白容久心情大好，缓声道："晚上想吃什么？"

谢璟想了想，又笑："二少说请我吃羊肉锅子。"

白容久点头道："好，那就吃这个。"

晚上吃饭和白明禹想的不同，白容久派人请了福顺楼最有名的师傅来片羊肉，崭新的铜锅，牛、羊肉和各色蔬菜、菌菇在盘子里码放整齐，下头人端着几步就送到餐厅——他还是头一回在自己家"下馆子"。

白容久入座的时候，白明禹愣了下："爷也一起吃吗？"

白容久淡声道："怎么，我吃不得？"

"不不不，当然不是。"白明禹坐在下首，帮白容久倒了一杯酒。他自己要喝的时候却被白容久拦住吩咐道："你明日还要去厂房那儿，不宜饮酒，多吃些菜吧。"

白明禹答应了一声。

刚坐下，就瞧见孙福管事端着一小壶烫好的酒过来，这是从北地带来的珍藏佳酿，白家也不见得有几坛。白明禹闻着味儿就馋，嘴里的羊肉吃着都没那么香了，若是吃一口蘸满酱汁、饱满肥嫩的羊肉，再配一口烧酒——不忌是冷的还是热的，入喉都是滚烫，那滋味才叫美呢。

谢璟喝了两杯，他酒量浅，没再多饮。

即便是这样，他晚上也小醉了一场，睡得极为香甜，第二天起来之后还恍惚了一下，才想起回了白容久身边，已不在租住的小房子那儿了。

沪市这里的住处挂了“东院”的牌子，除了房舍不同，其余都是仿着东院来的，院子里布置更是如此。

谢璟上午没去厂里，留在东院帮孙福管事一直整理库房。

等收拾好库房，孙福管事又带谢璟去了一个房间，里头架子上摆满了大小青花瓷器。孙福管事道：“小谢，这是爷昨日拍回来的几件青花，说是你喜欢，我就挑了一间屋子先摆着。”

谢璟一时没想到会有这么多，愣了一下道：“都是给我的？”

孙福笑呵呵道：“是，爷说了，这些随你处置，留着把玩也好，送人也好，都可。”

谢璟走近细看，让他眼熟的那两只瓷器的年份、落款都和记忆里的一样。若他没记错，只这两个在几年后就能拍出上万大洋的天价。

谢璟喉结滚动了一下：“爷买它们，花了多少？”

孙福管事道：“总共不到一千大洋吧。听说是从豫京斋铺子里找来的一摞，挑挑拣拣的，也就这么几只还能看。”

谢璟闭闭眼，若是豫京斋，那就没错了。

现下卖得便宜，是因为豫京斋还存了一批，一连几年都不好出手。但后因一位大学者鉴定之后发现这批青花瓷器与其余不同，釉色分外细腻，且年份独特。想再去寻找的时候豫京斋库房却起了一场大火，原本存着的那些都没了，这几只成了孤品，也就越发一价难求。

谢璟会记得，是因为它的价格在几年间暴涨十余倍，现在买，只赚不亏。

他对过去的记忆大半都模糊了，关于白容久和自己的更像是隔着一片白雾，无法看清。谢璟隐约觉得或许是事情已同上一世不一样，发生了改变的关系。但不管如何改变，有些事还是注定要发生，因此他也就还能记得一些零星片段，例如物价，还有日后慢慢不值钱的纸币。

谢璟拿了那只青花小碗放在手里把玩，心里想着的却是等几年之后价格涨上去，卖了换钱，可以囤积一批粮食或者食盐，换取所需要的资源。世道乱了，这些远没有粮食放在手里来得踏实，再者当年白容久也是如此……谢璟愣神，刚想起一点旧日细节很快又从指间溜走，记不起来了。

孙福管事夸他道：“你上次挑的那个瓶子，插花儿不错，爷夸了几回。”

谢璟放下手里的瓷器，对孙福道：“孙叔，我学得不全，想跟您再多认认物件。”

孙福倒是很高兴，答应道：“应该如此，以后跟着爷出去，用到的地方还多。多学点没什么坏处，技多不压身嘛。”

东院里人人一身本事，谢璟留在白容久身边，跟着出去的时候就代表了东院的人，自然得是最优秀的。

孙福带了责任感，下足了力气好好教导。

谢璟跟着孙福学习，态度端正认真，老管事就喜欢这样老实本分的孩子，对他越发爱护了。

中午白容久差人回来送信，说是在外头有公务要忙，不回来吃饭了。

谢璟随意吃了一餐，下午的时候去厂子找了白明禹。

白明禹坐在办公室里听两帮人争执不休，表情隐忍，瞧见谢璟过来，立刻抓住机会，“腾”地站起身道：“好了，好了，这事儿我知道了，给我点时间想想怎么处理，散会！”

他在厂子里想也是有些威信，那些人拱拱手，也都散了。

谢璟站在一旁，等人都走了才问道：“这是怎么了？”

白明禹仰躺在真皮椅上，生无可恋：“还能怎么回事，又和国外那几个留学生吵起来了，一边喊着改革，一边嚷嚷着老一辈手艺丢不得，拉了我做裁判，却一个都不听我说，叽叽喳喳吵得我头疼。”

谢璟问：“你打算如何做？”

白明禹道：“还能怎么着，两边都得供着啊！反正我是一个都得罪不起。那帮留学生会用机器，也能教，但现在厂里也不是人人都愿意学，还得慢慢培训，从长计议。一点点耗着吧，总归能找到融入的办法。”

谢璟看了他片刻。

白明禹忍不住坐直了些：“你这么看着我干啥？”

谢璟：“你长大了许多。”

白明禹：“……不是，你能不能别这么跟我说话，在九爷跟前是一回事，咱们私下可说好了，平辈论交啊！”他想了想，又坚定道，“别想趁机占我便宜。”

白明禹虽这么说，但他现在看到谢璟特别亲切，尤其是昨儿谢璟刚帮他出了气，让二少爷心里有着说不出的得意。

白明禹带了谢璟一起去厂房里转着看了下，给他讲了下大致情况。

王敬秋几个人已经和昔日大不相同，穿戴打扮和说话的方式都极为西化，见了白明禹过来也只颔首打一声招呼，又匆匆去忙自己的去了。谢璟倒是没觉得什么，他以前也见过不少留洋归来的人：当初战乱，他逃难去了春城，一路上见了不少大儒名家，不管是穿着长衫还是西服领带，这些人心里都是一样的，装着对国家的热爱。这些人更专注于自己在做的事，人情上反而瞧起来十分生疏，做学术的大多如此。

白明禹也没那么多规矩，他年轻，反而放得开手脚，敞开了让王敬秋等人发挥。

白明禹为他们没少挨骂，但厂里两派吵架，出发点都是为厂子好，白明禹也就替王敬秋他们扛下了。

王敬秋太过理想主义，也是幸亏遇到了白家这样不缺钱的主儿，换了其他家早就撑不住了。

白容久拨了大量钱款，对白明禹依旧没得说。

有人来找白明禹，说有公事要处理，白明禹就让人陪着谢璟，自己匆匆去了。谢璟在厂子里转了一下，又遇到了王敬秋。

王敬秋脸色有些苍白，额头上带了细汗，谢璟走过去问了几句：“怎么了，可是身体不舒服？”

王敬秋摇摇头，但上台阶的时候又不小心踉跄了一下，被谢璟扶住，缓了一会儿才道：“没什么，老毛病，胃疼又犯了。”

厂里没有医生，谢璟让人去请了一位。对方给王敬秋看过之后开了些药，叮嘱道：“旧疾复发，你才这般大，年轻人还是要正经吃饭，不要太过劳累，不然等以后身体撑不住。”

王敬秋点头应了，合着温水把药吃了。

谢璟等他吃完，问道：“在国外吃不惯？”

王敬秋抿抿唇，道：“吃不惯，也没那么多时间。”他的时间都用来读书，一分一秒都不敢耽误，吃饭都是匆匆果腹罢了。

他话少，谢璟也不是擅长聊天的人，两人坐了一会儿，谢璟道：“你以前在族学里那个同窗方继武，现在做了医生，若他见到你这样，肯定要念叨上半天。”

王敬秋听到这个名字时神色就缓和了下来，他和方继武感情十分要好，如同兄弟一般，听到谢璟说就笑了道：“他真当了医生？我之前和他写信，说是好像还跟在林医生身边做助手。”

谢璟道：“今年可以自己问诊了，他人不错，在北地开了一家小诊所。”

王敬秋高兴起来：“我就知道他一定能做到。”他这话说得真心实意，“继武现在的地址变了吗？我回国之后事情太多，还未来得及写信回家问问。”

谢璟想了想，道：“我记得他的诊所离着医学院不远，应当可以通电话。”

王敬秋惊喜道：“当真？”

谢璟道：“我试试看。”

厂子里装了一部电话方便联系，电话就在白明禹的办公室里。白明禹现下外出谈生意不在，谢璟进出倒也方便，先是打电话联系了医学院的林医生，然后辗转找到了方继武。一个钟头后，两个多年未见的老同学便通上了电话。

谢璟在门口等着，给了他们一点单独谈话的时间。

王敬秋依旧话不多，但能听出他言语里的欢喜，还笑了几次，一直聊了好一会儿才依依不舍地挂断，出了办公室对谢璟道谢。

谢璟问：“讲好了？”

王敬秋笑着点头：“好了，继武唠叨了许多，当真是医者父母心，我瞧他比以前还爱操心了。”

电话的事情之后，王敬秋和谢璟的关系拉近了一些，他在谢璟面前放松了许多，也有了笑意。

等傍晚的时候白明禹回来，王敬秋对他的态度都好了不少，说起工作上的事也有了商量的余地，十分配合。

白明禹一脸惊奇，等人走了，扭头问谢璟道：“小谢你可以啊，你下午施了什么法，连他都跟你低头了？”

谢璟道：“不过是帮了一点小忙。”

白明禹追问了一会儿之后，听说不过是一通电话，一时啧啧称奇。

晚上要回东院吃饭，白明禹和谢璟乘了一辆车回去。回程路过一家首饰店，白明禹让司机停车，去买了一根发簪。

老板笑道：“您又来啦？东西还留着呢，我这就让人给您包起来。”

白明禹脸红了下，嘴硬道："什么又来，我就是顺路，过来随便买支簪子。"

谢璟也不戳破他，在一旁溜达，也挑了一块籽料雕刻的小玉鱼儿。鱼儿衔着尾巴，浑圆可爱，鱼首处带了一点皮料，看起来像是化鳞一般，金灿灿的。

老板笑道："这个好，鱼最招财，遇水则发，老板好眼力。"

谢璟没要盒子，只另要了一条五彩手绳。

白明禹没等走出店门就按耐不住，偷偷对谢璟道："哎，小谢，你知道我为什么买这个吗？姑姑上个月给我写信了，你说她都这么主动了，我不买点东西也不好，对吧？"

白虹起的信其实是群发，白容久那边几乎半月一封，十分规律。

谢璟也没多说，只笑着点头称是。

晚上到家稍晚了些，白容久坐在那儿等他们。

白明禹规规矩矩请安，坐在下首，他这么坐了，谢璟也学他。

白容久道："自己家里，不用这么拘束，坐近些吧。"

白明禹答应一声，和谢璟一同挨着白容久坐下，开始用饭。他今日高兴，吃过饭还想找谢璟倾诉一下感情，白天时候只顾着谈公事，没来得及聊他的爱情故事，现在迫不及待地想跟谢璟分享一下。

谢璟看了眼白容久，白容久点头道："去吧，早点回来。"

白明禹就住附近一栋洋房，不过百十步的距离，来去十分方便。

等谢璟一进门，白明禹就迫不及待地给谢璟看姑姑给自己写的那封信，谢璟愣了下："我看？这不大方便吧？"

白明禹一心炫耀："无妨，你是自己人，我只给你一个人看。"

谢璟展信瞧了，还真没什么不能公开的。

白虹起担心车行和白容久，交代了许多事情。信纸用了三页，两页讲了车行，一页提点白明禹去给白容久准备时节礼物，叮嘱他端午将至，务必多费心照顾周全，也就落款前头一行跟他客气了一句。

白明禹得意指着一行，对谢璟道："你瞧这里，她让我去给九爷置办节礼，瞧见没有？"

谢璟道："然后？"

白明禹："你没看见她用的词儿吗，她说'咱们'，嘿嘿。"

谢璟："……"

谢璟觉得二少爷真是容易知足，一个词，就脑补出一场大戏。看他现在幸福的样子，只怕是已经想到将来孩子抓周如何布置了。

白明禹情窦初开，愣头愣脑，但满腔赤诚，一丁点细小的滋味，都能美得说上半日。

“快到端午了，我还记得上一年，咱们一起吃的粽子。”白明禹趴在桌上，手指拨弄发簪，小声道，“小谢，我好想她。”

谢璟听他念叨过这些思念之后，回了白容久那边。夜已深，但白容久尚未休息，还在忙碌。

桌上放了一盏热茶，紧跟着白容久感到手腕上微凉，有什么被系在腕上。

白容久抬手看了一下，是一条五彩绳，上头是一枚拇指肚大小的玉鱼儿，衔着尾巴，圆润可爱。

谢璟道：“爷，端午快到了，要系五色绳。”

白容久指尖拨弄玉鱼儿，低声笑道：“何以结恩情，美玉缀罗缨。”

新得了礼物，白容久一连几日心情都颇好，喝茶或者写字的时候，也不避讳旁人，露出腕上戴着的一截五彩绳。

白容久佩戴的东西里还从未有过如此接地气的，不由让人想多瞧两眼。孙福管事管着私库，见过无数宝物，都被那一丁点儿大的羊脂玉鱼弄得迷茫起来——这到底是个什么宝贝，能让九爷贴身戴着？

白容久问起谢璟，孙福管事忙道：“小谢家里来信儿，跟我告了假，说回家里去一趟，下午再过来。”

白容久点头，又问：“他家里可是出了什么事？”

孙福管事：“应该不是什么大事，没听人来报，只是那个胡达还一直在周围转悠，爷，可要我找人把他赶走？”

白容久：“不用，随他去吧。西川那边查得如何了？”

孙福管事道：“回爷的话，派去西川的人今早刚回来，正在外头等着了。”

“让他进来说话。”

西川回来的人风尘仆仆衣服都未换下，那探子拱手道：“爷，谢家查到了，只是——”

白容久：“但说无妨。”

那探子拿了报纸和几张照片出来，指给白容久看，在一旁道：“这报纸是在西川带回来的，照片费了些功夫，但也弄到几张。爷，我们去了一趟，才知道这上城谢家在西川极为有名，那十八条扁担，说的乃是蜀中盐帮。我们辗转打听到谢家的地址，探访之后才发现那谢家当家人名叫谢泗泉，十分了得，全凭一人振兴了祖上基业，如今蜀中盐帮，大半船运码头皆在他掌控之下，可谓是富甲一方。只是谢泗泉性情古怪，尚未婚配，也没有子嗣，只有一个外甥……"

白容久拧眉："他还有一个外甥?"若没记错，谢璟的母亲应只有这么一个弟弟，并无其他兄妹。

对方看了白容久，小心翼翼道："回爷的话，谢泗泉只有一个外甥，如今养在沪市贺家。"

"哪个贺家?"

"通汇银号，贺东亭。"

白容久闭了闭眼，喉结滚动，片刻缓缓睁开："难怪。"

难怪谢泗泉会只派了胡达一人去北地，也难怪胡达态度如此奇怪。

他们不是怕接回一个假的，而是已经养了一个假的。

探子道："爷，我来时得到消息，谢家要往沪市运送大批井盐，谢泗泉亲自带队，往年他也是差不多这个时候到沪市，说是，说是要给外甥庆生……"

白容久闭闭眼，再睁开时已带了愤怒，拂袖把桌上摆件扫下去："荒唐!"

谢璟生日在三月末，分明已过了。鸠占鹊巢之人，却堂而皇之占了位置，顶替姓名、人生，如今连生辰竟也改了。

探子仓皇跪下，地上满是碎瓷玉片，孙福管事也吓得不轻，小心看了白容久神色，很快视线就落在他手上，低声道："爷，您的手伤了……"

白容久看了探子，淡声道："你事情做得好，孙福，赏。"

孙福管事把嘴边的话咽下去，忙应了一声。

白容久又道："你继续盯着谢家的船队，另外拨几人去贺家。记住，只跟着，不要让人发觉，下去吧。"

探子拱手道："是。"

白容久在书房没再踏出过一步，只接连叫了数人过来，其中有几位大管事，也有极为面生的人。

孙福管事远远瞧着书房，面露担忧。

第五章 舅甥相认

与此同时，谢璟值夜后刚到家中，推门进去，却看到李元站在那儿一动不敢动，只拿眼睛去看楼上，期期艾艾地喊了一声："姥……姥姥，小谢回来了。"

谢璟倒了一杯茶水，一边喝一边问他："怎么了，我回来又不是什么奇事——"

正说着，忽然听到楼上"噔噔噔"的脚步声。寇姥姥租住的房子带了一段楼梯，楼板陈旧，踩出的声音极为响亮。这脚步声明显不是老人的。谢璟心里带了警惕，看向楼梯口。

很快楼梯口冲出来一个年轻男人，大约三十余岁的模样，穿着件颜色鲜艳的窄袖蜀锦长袍，细带束腰，胸口佩一串白玉佛珠手串，衬得人挺拔英俊，入眼尽是风流。他看向门口，一双眼睛落在谢璟身上，顿时亮了一下，上前先是仔细打量，紧接着就伸手去抱谢璟。

谢璟不认得他，下意识防范。

男人愣了下，抓耳挠腮，说了几句什么，言语里夹杂了一些西川话，说得极快，谢璟没听清楚。

他说话的时候，谢璟也在打量他，视线落在男人左耳的宝石耳钉上，别说沪市洋派，这人的打扮就连中原人都不太像——太过热烈张扬。

男人放慢了语速，笑着道："璟儿？你叫谢璟，对不对？"不知为何，面上虽笑着却红了眼眶。

楼梯口传来寇姥姥的脚步声，老太太动作慢刚走下来："慢些，慢些，他不认得你……璟儿，这是你舅舅谢泗泉，你得喊他一声舅舅。"

谢泗泉高兴得不知如何是好，他抱不到谢璟，反手就抱住了老太太，亲了一下她满是皱纹的额头，特别响亮！

寇姥姥气得直拍他胳膊："少爷又胡闹！这像个什么样子！"

谢泗泉却哈哈大笑起来，抱着她转了个圈儿："保保，我可太高兴了！"

今日有客，寇姥姥高兴，要亲自做菜。

谢泗泉却不肯，拦住她，吩咐手下人去酒楼买了菜肴，前前后后一共来了七八位酒楼伙计。寇姥姥家里地方小，桌子上硬是叠了三层菜碟，还有些没法放开，只能摆在一旁椅子上。

谢泗泉一个劲儿地盯着谢璟看，谢璟但凡抬头，对方就立刻露出一个大大的笑容，不住劝他吃菜。

谢璟被他瞧得有些不自在。

谢泗泉见他筷子动得慢，心里有些没底。他不知道外甥喜欢吃什么，小心问道："璟儿怎么不吃，是不是不合口味？"说着就又要喊人。

谢璟摇头，道："舅舅，不用了。"

谢泗泉被他喊了一声，刚要咧嘴笑，就听到小外甥又平淡说了一句："太过浪费了。"

一句话，就让谢泗泉红了眼眶，背着谢璟偷偷擦了下眼泪，粗声粗气道："这算什么，你就是要天上的月亮，舅舅也要修天梯给你摘下来！吃饭，吃饱了舅舅带你出去逛逛，你要什么，咱们就买什么！"

寇姥姥难得没有开口阻拦，只笑着看他们。

谢泗泉只顾着看谢璟，饭都吃不下几口，他话多，提了好几个地方问谢璟想去哪儿。

谢璟道："都行吧。"

谢泗泉笑道："那就都去。"他抬头又道，"保保一同去，还有这个……你叫什么？"

李元被吓得不轻，忙报了自己名字。

谢泗泉道："对，李元，我听保保说你会算账，这些年做得好。"他招手让门口守着的人过来，吩咐了一句，不多时就拿了一个小匣子来，丢给李元道，"给你的见面礼。"

匣子小但极沉，李元一下没接住，“哗啦”一声掉出几根拇指粗的金条，他连忙捡起来把匣子放在桌上，饭都不敢吃了。

寇姥姥护着李元道：“这也是个老实的，他不要这些，你快把钱收起来，老吓唬小孩做什么。”

谢泗泉单手托腮，笑吟吟地看他们，视线最后还是落在谢璟身上：“送出去的钱哪有收回来的道理，他不要，保保自己留着，买花、买衣裳。”

饭后，谢泗泉也不走，当真叫了车要陪他们一同出门逛逛。

谢璟挨着寇姥姥，低声问了一句：“姥姥，‘保保’是什么，他为什么这么叫你？”

寇姥姥握着他手，笑道：“这是西川那边的一种称呼，当初算了八字，说我八字好，能保佑小姐和少爷，让他们拜了我作保嬢。”

谢泗泉回头道：“可不是一直护着我和姐姐，若没有保保，我又怎么能见到璟儿？”

寇姥姥听到他说，叹了口气：“可惜我也只护住了璟儿，小姐她……”

谢泗泉忽然开口打断她道：“车来了。”他叫了人力车，护着寇姥姥让她坐上去，自己硬跟谢璟挤在一辆上。谢璟跟他不熟，一时也不知说什么，谢泗泉也搜肠刮肚，过了片刻才试探问道：“我听说你晕车，坐这个行吗？”

谢璟点点头，又道：“其实晕得不厉害。”

只要他开口，谢泗泉就高兴，笑了道：“那回头舅舅送你一辆汽车。”

谢家主说的回头，当真是字面意思上的两个字，刚跟谢璟说完就让车夫掉转车头往回跑，直奔沪市车行。

谢泗泉执意要带谢璟去买车，选了大洋车行。

谢璟抬头看到招牌的时候，心想还真是巧。

谢泗泉一年里总要往沪市跑个两三趟，对车行也略知一二，笑着道：“这家车行不错，车子最新，也全。璟儿一会儿随意挑，有看中的就告诉舅舅。”

他在前面走了两步，又回头喊谢璟跟上。

谢璟只能跟着走进去。

多了个舅舅的事儿迟早要跟白容久那边说一声，既然要花上一笔钱买车，花在自家也好。

白明禹不在车行，谢璟随意转了转，谢泗泉一直陪在他身边，见他对一辆车多看两眼就问他如何。谢璟不过刚点头说了个“好”字，谢泗泉立刻扭头吩咐道:“就这辆,买了。”

快得谢璟都还未反应过来。

买好车之后,谢璟看了左右,问:“姥姥呢?”

谢泗泉道:“我让人带他们去看布料绸缎了,你肯定不爱那些,舅舅陪你逛逛别的。你以前开过车没有?我找人教你。”他言语里跃跃欲试,说着就想让谢璟拿新车练手,全然把车当成了哄外甥玩儿的玩具。

谢璟摇头道:“我平日只骑马。”

谢泗泉眉眼笑弯起来,立刻改口:“我也喜欢骑马,家里养了好些,等以后舅舅带你去骑马。”

谢泗泉听他这么说,也不管学车的事儿了,又带着谢璟去百货商场买东西。

进去之后,谢泗泉习惯性带谢璟去了楼上柜台,先给他买了两块进口手表,又挑了宝石领带夹,还要带他去买时下流行的那些西式衣服行头。

谢璟这次没要,摇头道:“我平时用不到这些。”而且他多用枪,那些衣服也不好放。

谢泗泉愣了一下,露出些无措来:“璟儿不喜欢这些吗?可是像你这么大的男孩一般都——”他话到了嘴边又顿住,抿抿唇,片刻后又笑了道,“是舅舅的错,我想岔了,璟儿不喜欢,咱们就不买了。你能不能告诉舅舅,现在最想要什么?”

谢璟最想睡觉。

他这几天值夜没睡好,在车行的时候都已是在强撑,身上实在是累得很了。

谢璟连着推了几样东西,见舅舅有些失落,就开口道:“舅舅,我想买支钢笔。”他顿了一下,又道,“我读过书,会写字。”

谢泗泉果然高兴起来,给他买了一支美国金笔。

谢璟对这个突然冒出来的舅舅还是好奇,偷偷用眼角余光打量几次,谢泗泉任由他看,笑吟吟的。他模样和谢璟很像,只是更爱笑,唇也薄一些,是一个英俊的男人,身上即便穿得鲜艳,也只觉得是他风格如此,并不遮掩他半分英气;尤其是左耳耳垂上佩戴的那一枚宝石耳钉,有光照过,颇为闪耀。

谢璟开口道:“西川。”

“嗯?”

谢璟努力看向前面,装作若无其事地同他说话:“西川那里,男人都戴耳饰吧,我以后也要打?”

谢泗泉怔了下，看了他片刻，脸上慢慢露出一个大大的笑容来，他笑得太肆意，谢璟都快起疑心了。

谢家主点头道："对，都打。"

谢璟拧眉："当真？"

"千真万确，等咱们回了西川，我亲手给璟儿打。"他伸手揉了谢璟脑袋，亲昵道，"车要晚上才能送来，不若一会儿我带你去骑马？"

"不了。"谢璟摇头，他今日实在骑不动了。

谢泗泉也不强求，带着谢璟去买了很多东西，见什么拿什么，恨不得一口气买足小外甥十几年所缺的东西一般。他更像是把谢璟当成小孩儿，谢璟劝阻的时候，谢舅舅嘴里哄着说"不买了"，转头就把谢璟穿过、试过，甚至只碰了一下的装饰品，一并都买下来，一起带回去。

谢璟道："真的够了，家里放不下。"

谢泗泉道："放得下，舅舅有办法，以后咱们回家了，房间大着呢。"他最后一句说得飞快，使了点小心眼，偷偷去看谢璟。

谢璟并未听出来，他困得已经有些坚持不住，是真的累了，此刻只想回家。

谢泗泉给小外甥买了一大堆礼物，写下地址，让人送回去。他还要带谢璟去吃大菜，因为中午的时候见谢璟都没怎么吃东西，盘算着另找几家好吃的饭店，坐车前往的时候，谢璟没撑住，坐在后排歪头打起了瞌睡。

谢泗泉起初还兴奋地跟谢璟聊天，回头一看，不禁哑然失笑——小孩已经睡着了。

他小心用手护着谢璟的脑袋，低声跟司机改了地址，带谢璟回家。

出租车司机见他一路爱护，忍不住道："先生，这是你家中幼弟？你们关系可真好。"

谢泗泉笑了一声，低头看了小外甥。都说外甥像舅，他们两个长得确实有几分相似，加上蜀地气候湿润又少见阳光，他人看着也比同龄人年轻一些，猛地看过去确实更像是兄弟。但不论如何，他最高兴的就是旁人一眼就瞧出他们是血亲，瞧出这是他们谢家的孩子。

谢泗泉心情大好，临下车的时候给司机小费都爽快。

谢璟打个瞌睡，迷迷糊糊醒来发现回到了寇姥姥和李元的住处，一时还未反应过来。

谢泗泉推着他进卧室休息，自己拿脚勾了一条高板凳过来，坐在床对面看他："我瞧你是累着了，快睡，舅舅守着你。"

谢璟头发睡得微翘，坐在床边，被谢泗泉推了一下就陷在软被里，一时困意涌上来。

他努力睁开眼，还想去看一旁的人："舅舅……"

谢泗泉心都软了，抬手给他盖了被子："嗯？"

"姥姥说你从西川赶过来，一定很累。"谢璟带了鼻音，眼睛快要睁不开，"你也去休息吧。"

谢泗泉伸手抚顺他额前的碎发，笑道："舅舅不困，我啊，每天睡两个时辰就够了，从小就是如此。姥姥没跟你讲起过？"

谢璟摇头，过了一会儿又小声道："你看着年岁不是很大。"

谢泗泉："比你大多了。"

谢璟"哦"了一声，眼睫微微抖了两下，慢慢垂在那儿睡着了。

房间里开了一点窗，有风吹进来，把纱帘吹开了一些。外头的阳光照进来落在谢泗泉身上，他坐在床边，替谢璟遮挡了大半的光线，看不清楚他的容貌，只瞧见他唇角的笑意。

寇姥姥回来的时候，谢璟还在睡着。

谢泗泉披了一件衣裳坐在一旁的凳子上，正一手托腮，一手伸出手指勾着玩儿谢璟头发。寇姥姥放轻脚步走进来，担心他吵醒谢璟——这位看着像是大小孩带小朋友。

"璟儿睡啦？"

谢泗泉点头轻笑。

他视线还落在谢璟身上，目光柔和，小声道："保保，璟儿小时候也是这般乖吗？"

寇姥姥："是呀。"

谢泗泉看了片刻，舍不得移开视线："可惜我没看到。"

寇姥姥轻叹一声："现在也不晚。"

"保保，他今日一共叫了我十八声'舅舅'，喊得好听极了，我也不知为何，一瞧见他就想给他花钱。"谢家主小声道，"他是个好孩子，保保教得很好。"

谢璟睡得沉，并不需要舅舅哄他入睡。

谢泗泉守了一小会儿，摆摆手和寇姥姥去外面说话。

上午的时候，谢泗泉带人找到寇姥姥的住处，老太太在惊喜之后就已经把她和谢璟这些年在北地的事同他讲过了，只是时间仓促，要说的话太多，只讲了个大概。现在有了空闲时间，两人坐在那儿，谢泗泉问道："保保，姐姐当初怎么去的，可是有人害她？"

寇姥姥红了眼眶，道："当初姑爷在津市购船，出海未归。一伙匪人突然闯入府里，小姐似是早有预感，准备了马车从后门带着我和两个乳娘仓皇逃出，可那伙人沿路追杀，小姐动了胎气，在车上产下璟儿。小姐临走前叮嘱我，怕遇到危险，要我沿铁路向北走，先不要回西川……"

谢泗泉双目通红，手攥得骨节泛白，他闭了闭眼道："撒谎。"

寇姥姥道："确是小姐临终嘱托。"

谢泗泉再睁眼，泪已淌下，双目泛红："她知我年轻气盛，那时又在西川站不住脚，连船都要从贺家手里买，怕我提刀杀上贺家要人，闹出人命。"

寇姥姥眼里含泪，她抚摸谢泗泉的脸颊，没说是，但也并未否认。

谢泗泉闭了闭眼，哑声道："保保，若早知如此，我拼死也不要阿姐嫁他。"

"少爷，你如今长大了。"

"阿姐不在了，他却活得好好的。"

寇姥姥听了反应片刻，忽然站起身惊愕道："你说姑爷，他，他还活着?!"

谢泗泉冷漠道："自然活着。当年海难，他命大，遇到一条渔船救了一命。"

寇姥姥捂着嘴，脸上滚下一串泪珠，念了一句佛："真是佛祖保佑，当年姑爷出海一直未归，我只当他也……"

谢泗泉拧眉，问道："保保，阿姐不让你回西川，那为何你不带璟儿回贺家？"

寇姥姥："怎么没去？那时姑爷还没有音讯，路上又怕遇到那伙匪人，只能使了银钱小心让人去贺家打问情况，结果听说贺家在报纸上刊登了讣告。那会儿正在分家，闹得厉害。"她想了片刻，低声道，"我信不过贺家人，这是小姐最后一点骨血，我拼了这条老命也要保全下来。璟儿还那么小，猫儿似的一团，哭起来声音都不大，我怎么敢把他送进贺家呀。"

寇姥姥想过要送谢璟回去，但终究还是怕了。

她已经失去了小姐，不能再失去怀里的这个孩子。

若送进贺家，她一个老妈子，被人赶走也只是一句话的事，她的璟儿该如何活下去？

所以她抱着孩子，连夜去了北地。

寇姥姥追问了贺家许多事，尤其是关于贺东亭的，听说他也在沪市之后犹豫道："少爷，璟儿如今大了，我还是觉得不该瞒着他……既然姑爷还活着，就应该让他们父子相认呀。"

谢泗泉拧眉，低声道："保保，我也不瞒你，贺东亭身边还养了一个孩子，已有十多年。"

寇姥姥怔了片刻，一时手脚都不知该如何放，张了几次嘴到底还是红了眼眶："姑爷，姑爷他另娶了是不是？唉，我知道的，你刚才一直不说认亲的事，姑爷这么多年，若是活着是该另娶一个大娘子……"

谢泗泉摇头，道："没有，他只认姐姐一个。"说到这里，他的语气才有了些许松动，"贺家说那是阿姐的孩子，是他们府上的小少爷。"

寇姥姥不解："怎么可能，璟儿一直在我身边，哪里都不曾去过，哪里来的小少爷？"

"贺老板对独子疼爱如明珠，全沪市人人皆知，不会有错。"谢泗泉嗤笑道，"贺东亭白养了十几年的儿子，竟是个假货。保保，你说他蠢不蠢？"

寇姥姥眉头紧皱："姑爷不应如此啊。"

"是不应如此，贺东亭这人我虽看不惯，但他脑子确实好使。保保你说，若他都被骗了十几年，那对方是得多厉害？"谢泗泉眼睛微眯起来，"保保，你方才说的那些，我总觉得还有哪里有些不对，我要再想想。你且藏几日不要让人察觉，现在贺东亭也不知你们来了沪市，这样正好，璟儿在暗，他们在明，反而安全些。"

寇姥姥一时有些紧张："要不，我先带璟儿回北地去？"

谢泗泉笑道："保保别怕，你当我如今还要从贺家买船，看人脸色？谢家现在是我当家，你和璟儿哪里都不用去，安心在我身边就好。"

寇姥姥点点头，又问："那这事儿要告诉璟儿吗？"

谢泗泉摇头："不了，等我查清之后再跟璟儿说。他还小，我怕他一时承受不了。"

寇姥姥点头应了，脸上还有些担忧之色。

谢泗泉哄了一阵让她别怕，又跟她讲了如今上城谢家的一些事之后，果然看到老太太放松下来。

谢泗泉看着她，心里却想起另一个人。

他长大得太晚，没能护住他的姐姐。

晚上，谢泗泉没去别处，抱了一床被褥要去谢璟房间。他对寇姥姥道："保保，我去璟儿那屋，随便搭条板凳睡就行。”

寇姥姥道：“那怎么行……”

“您就让我守着他吧。”

寇姥姥看他神情认真，心里叹了一声，点头应了。

谢泗泉锦衣玉食，却也极能吃苦，放得下身段睡板凳，并且甘之如饴。

寇姥姥心疼他，给多找了一条棉被让他铺着，低声念叨几句，也只能由他去了。

房间里，谢璟还在沉沉睡着。他是真的累了，睡得很香。

谢泗泉并了两条长凳，随意铺了一下躺在上面，双脚交叠，手枕在脑后。他闭上眼睛，大约是因为谢璟在身边的缘故，他梦到了二十年前的往事。

那时他还未满十岁，手里使劲儿牵着两条獒犬，拦着它们不向前扑。阿姐正在前头哄树上的外乡人下来，拿手放在嘴边同他喊话：“哎，你下来——”

那人拼命摇头，不肯听话。

阿姐就笑了，一边摆手让他把獒犬牵远一点，一边对树上的人道：“我家獒犬不吃人的，不骗你。”

小谢泗泉十分不爽，他就没见过这么怕狗的人，一下竟蹿那么高，都快到树顶了。

不知阿姐如何劝的，对方终于下来。跳下树的是一个年轻男人，读过书的穷秀才模样，斯斯文文，脸上白净，身上虽挂了一些枝叶，但拱手行礼问好的时候，还是看得出气度。和他们西川人不同，那人总是笑，脾气温和，遇到什么事儿都不着急一般。

小谢泗泉嘁了一声，心里骂他是假夫子。

夫子是他现在最讨厌的人，但阿姐让他念书，他就勉为其难地念了。夫子也是中原人，打人特别疼，但比不上阿姐给他吹手时候掉的眼泪计他疼。阿姐一哭，他心里就难受。他现在已经不怎么挨打了，只要下点功夫，读书也不算多难的事儿。

那个外乡书生名叫贺东亭，会拿柳枝吹小曲儿，会写诗、画画，阿姐说他家里“世代簪缨”，要他拜了当新先生。

谢泗泉撇嘴，皇帝都没了，那些名头有啥子用嘛！

但姓贺的书生把阿姐哄得高兴，他也就拜了。

阿姐和他的话越来越多，走得也越来越近。有时候谢泗泉不放心，总要偷偷跟着，听到他们说话，贺东亭声音低沉温和，阿姐的却十分清脆，每一句都听得清。

“獒犬是我养的，它可以保护弟弟，平日里很听我们的话。你不要乱走，它就不会咬你。”

“我弟弟很懂事，会摘果子给我吃，也会在族老那儿护着我呢。”

“我爹娘走得早，就只有我们两个啦，但是你不要以为我好欺负，等会儿你得把我画漂亮些，若是丑了，我就让獒犬追你跑一座山。”

……

谢家有钱，但只有他们姐弟二人相依为命，阿姐想尽了一切办法护他长大。

阿姐等了几年，最后还是得嫁人了。姓贺的书生弄来两条船做聘礼，三媒六聘，十里红妆。

他只有这一个姐姐，阿姐出嫁时，就属他哭得最大声。长姐如母，他们的关系岂是寻常人家能比的？

阿姐不顾其他人劝阻，从轿上走下来，给他擦干眼泪，哄他道：“哭啥子嘛，我嫁他，以后他也帮你。你要快点长大，赚钱买了大船来看我，没准过两年还会有小外甥……哎呀，你莫哭啦！”

他还是哭得难以自持，觉得自己最重要的人被抢走了。

两年后，却当真收到噩耗。

他千里奔波，带人跑去贺家，恨不得跟贺东亭同归于尽，瞧见的却是形容枯槁、只知道抱着骨灰盒的贺东亭，人已瘦成一副骨架，说他活着，都算是抬举了。

他打了，也骂了，最后扶棺痛哭。

他怪贺东亭没护住阿姐。

贺东亭何尝不怪他自己？

后来他就想，或许阿姐知道贺东亭还活着，一定心里欢喜。

阿姐喜欢什么的时候，眼睛里是亮的，她打从第一次瞧见爬上树的那个读书人，眼睛里就是亮晶晶的。

……

谢泗泉眼角有泪水，缓缓睁开眼，一时分不清是梦里还是现实。

他听到耳边有小孩儿咂嘴的声音，很轻的两下，随即窸窸窣窣地又翻身睡去了。

谢泗泉无声笑了一下，又合拢双眼。

阿姐的孩子找到了，眉眼和嘴唇长得都像阿姐，只是鼻梁太挺拔，有那么一点点像姓贺的。

但也只有那么一丁点。

另一边，东院。

护卫队的人来跟白容久通报的时候，书房已有一个黑衣探子站在那里说了谢家主来沪的事。白容久看了他们身上一眼，多少都挂了点伤，但并不严重。

护卫道："爷，我们本来只是守在外头，那帮西川人好不讲道理，上来就动手。"

白容久淡声道："许是有什么误会，可有伤到？"

护卫摇头。

白容久想了片刻，又问："对方可有伤到？"

护卫仔细想了片刻，有些不确定道："只动了些拳脚，应当没什么伤。"至少面上瞧不出来，他们打人都是专业的，从来不打脸。

白容久道："这几日不用去守着了，把璟儿那边跟着的人也撤回来。谢泗泉带了不少好手，你们没伤着，也是他手下留情。"

护卫答应了一声，下去传话。

白容久晚饭时候拖延了片刻，饭重热了一遍才从书房出来用餐。

白明禹坐在那儿不知发生了什么事，吃了半碗饭之后才恍然察觉，问道："小谢怎么没来吃饭？"

白容久道："他家中有事。"

白明禹还想再问，白容久打断他道："食不言，寝不语。"

白明禹："……"

白二老老实实扒饭吃。他算是看出来了，在爷这儿规矩都是给他立的。

白明禹第二日去了车行，瞧见手下人准备送车的时候，忽然听到一个熟悉的名字。他走过去拨开那几个店员，拿了单子核对之后，发现还真是谢璟。

白明禹叫了经理过来，跟他形容了一下谢璟，问是否为昨日买车之人。

经理记得清楚，笑道："对对，就是这位少爷，店里新到的那辆车就是他买去了。身边还有一位约莫三十余岁，像是他兄长。"

白明禹吓了一跳："可是姓白？"别是九爷来了他还不知道。

经理摇头："不是您府上的，九爷我认得，虹姑娘已提醒过咱们，绝不会错。昨天来的那人是西川口音，人长得倒是不错，出手也阔绰。"

白明禹心里不太痛快，打发经理走了之后，想了想，还是去找了一趟谢璟。现在九爷越发重视谢璟，若是知道他乱认什么"兄长"，怕是要动怒。小谢倒霉不倒霉他不知道，反正他是一定要倒霉啊！

白明禹知道寇姥姥房子的地址，当初还是他帮着谢璟一起挑的地方，拍了几下，也没听见里头有人开门。

白明禹还要再拍，忽然木板门"吱嘎"一声从里面打开。门口一个打着哈欠的男人依靠在边上，身上披了一件外套，里头领子都是乱的，显然刚从床上起来，带着些起床气，一脸不耐烦："你谁？"

白明禹看了这个衣衫不整的男人有些傻眼，又往屋里张望："我找谢璟，姥姥呢？姥姥怎么不在？"

"我问你是谁，谁管你找哪个！"谢泗泉也不痛快，在西川，他睡觉的时候，还没有人敢打扰。多少年了，谢家是他一言堂，即便来了沪市，他瞧着贺东亭不顺眼了，在贺家说砸就砸。

换了旁人或许早就察觉此人身份特殊，但偏偏白家二少爷一根筋。两人都问话，都不回答，白明禹沉默一下，就一边往里冲一边喊着谢璟的名字，嚷嚷着让他下来。

谢泗泉没这傻小子高，但力气却跟他不相上下，瞬间黑了脸色，反手就捏住他手腕，踹了他膝盖骨，反拽着胳膊让他跪倒在地，挑眉冷笑："你是个什么东西，跑到我家中来大呼小叫?！小子，有没有人跟你讲过，拜山头，要先自报家门啊？"

白二疼得龇牙咧嘴，开口喊道："谢璟，你再不出来，我就去找九爷——"

楼梯上"咚咚"几声，谢璟赤脚跑下来，头发都是乱翘的，显然也是从床上刚爬起来，见状赶紧开口道："这是白家二少爷，白明禹，我认得。"

谢泗泉哼了一声，松开他。

白明禹还要喊，刚一个"九"字出口，谢璟就急忙捂住他嘴："出去说，出去说！"

白明禹："唔唔！"

谢璟拽着他去楼梯那儿嘀咕了一阵，白明禹回来之后老实道歉，喊了一声"舅舅"。

“我刚才猪油蒙了心，误会了。平时没见小谢有亲戚走动，也没别的朋友，我一时心急，这才冒犯了舅舅，在这儿给您赔个不是。”白明禹拱手行礼，还给他鞠躬。

谢泗泉脸上好看一点，摆摆手，也不跟他一个小孩计较：“算了，算了，下回记得说清楚自己是谁，上来就闯，若是在西川我早就打断你的腿了。”

白明禹：“……”

风水轮流转，终于有一天也轮到别人制裁他了。

谢璟在一旁没憋住，笑了一声。

白明禹拿胳膊撞他一下，谢璟下意识回了一下，没吃亏。

谢泗泉看在眼里，没吭声。

白明禹知道这位是谢璟舅舅之后，嘴里就没停下过，一口一个“舅舅”，喊得比谢璟还勤快。

谢璟洗漱完，换了一身衣服下来，正好看到白明禹在倒茶，双手捧着端给谢泗泉道：“舅舅慢些，新烧开的热茶，还有些烫。”

谢泗泉“嗯”了一声，喝了一口就随意搁在桌上了。

白明禹给谢璟使眼色，一脸得意。

谢璟不知道他葫芦里卖的什么药，一直等白明禹孝顺完毕被他送出去的时候，才从他那儿听出来。

白明禹美滋滋道：“小谢，我刚才喊舅舅，他应声了。”

谢璟：“啊？”

白明禹：“这样咱们以后就是一个辈分儿了啊，平辈论交，你记住了！”

谢璟：“……”

是他高看了二少爷，这位也就这么点芝麻绿豆大的心眼儿了。

谢璟把白明禹送到弄堂口，看到了昨天买的那辆车。白明禹拍了拍车身，把钥匙抛给他道：“原本想给你打个对折，但既然是你舅舅送你的第一件礼物，我也不好做人情。回头我请你和舅舅吃饭，务必赏光！”

谢璟接了钥匙，点头答应。

等回去之后，正好胡达送了早点过来，摆在小桌上好几样。谢泗泉换了一身略素淡些的衣裳，正坐在那儿眉开眼笑地喊他：“璟儿，来吃饭。”

谢璟坐过去，问道：“姥姥和李元呢？”

谢泗泉给他豆浆里加了点糖，道：“哦，我让人陪她去见几个老朋友了，她这些年一直待在北地，难得还有几个朋友在，见面叙叙旧。那个李元说要跟着一起去，就一块儿过去了。”

谢璟坐过去吃饭，胡达站在一旁没走，他看了胡达一眼。

谢泗泉误会了，立刻道：“对，璟儿若不提，我都快忘了。”他冲胡达板了脸，“亏你在我手边也干了七八年，竟然连人都认不得！璟儿这张脸和我是一个模子刻出来，你竟然还不敢认，拖了这许久，该罚！”

谢璟一口油条差点噎住，咳了一声：“舅舅，我就想问问他要不要一起吃。”桌上摆了太多，他们绝对吃不完。

谢泗泉到了嘴边的话硬生生转了个语调：“哦哦，吃饭，胡达，你坐下一块吃吗！”

胡达听这话当然也不敢坐下，连声道：“当家的，我吃过了。”

“哦，那就算了吧。”谢泗泉美滋滋地给谢璟夹小菜，叮嘱道，“璟儿吃这个，脆脆咸咸的，配饭刚好。”

吃过饭，谢泗泉跟外甥讲起家里生意，西川大半布盐土杂，都归他们上城谢家。

这其中井盐，更是占了大半。谢家水路、旱路通吃，手下船舶更是数以百计，在码头上喊一声号子，顷刻间上千人相应。

谢泗泉穿了一件素锦外褂，石青色内袍，箭袖长可蔽手，束了细腰带，这一身儿合身利落，随时都可弯弓打猎一般。他翘着二郎腿坐着，微微晃了两下脚，对谢璟道：“璟儿可知‘湖广填川’？当年我们祖上迁过来，也出过几个探花什么的，反正读过书。至于家风舅舅打算重塑，也就没继承什么，不过这不重要，回头咱们商量着一起写几条就是了。”他之前见过贺家的家规，左右不过就是一本小册子，都是人写的，他和外甥现写也一样。

谢泗泉搜肠刮肚，还在琢磨如何体现家中祖传的风骨，但想来想去，也憋不出什么来。

谢璟一边吃饭一边听，用完早饭，看了眼时间道：“舅舅，我出去了。”

谢泗泉：“去哪儿？”

谢璟：“去干活，我在白家做管事，管着几个人。”

谢泗泉懵了片刻，小心试探道：“璟儿，舅舅刚才说的你，听清了？”

站起来的人点头。

谢泗泉茫然：“那你为何去工作？舅舅可以养你啊，你跟我回西川，一辈子吃香喝辣的不好吗？”

谢璟莫名：“那是舅舅的家产，与我何干？”

“傻小子，舅舅的就是你的。”

“我不要，舅舅等以后有了小孩儿，给他们留着吧。”

“哈哈哈，你才多大，说话这般老气横秋，怪有趣！璟儿不用想那些，舅舅有的是钱，都留给你！”

谢璟也不跟他打这些嘴上官司，起身要出去。谢泗泉原本不赞成，但转念一想又点头道：“也好，你去吧，我今日也要去一趟盐务局，有些事要忙。”他把自己胸前佩的那串白玉佛珠给谢璟戴上，趁谢璟还未反应过来，“吧嗒”一口亲在他额心，爽朗笑道，“去吧，舅舅晚些去接你回家！”

东院，谢璟去找了白容久，跟他提了舅舅的事。

白容久耐心听完，问道：“你如何想的？”

谢璟坐在椅子扶手那儿，垂眼想了片刻，抬头的时候带了点笑意：“爷，我之前可能想岔了，舅舅待我很好，许是失散太久，一时半会儿不敢相认。”

白容久伸手轻轻拨弄他胸前的那串白玉佛珠，“哦”了一声，并未多说什么。

谢璟眼尖，瞧见他手上有伤，伸手要握住看：“爷，你手怎么了？”

白容久道：“没什么，没留神碰了下。既然你想认下舅舅，那我改天也要正式拜见一下，你可知他什么时候有空？我提前拟个帖子，差人送去。”

谢璟想了想，道：“他好像很闲，没什么事做，不过今天出门了，明后天应该都有空。”

白容久失笑。

西川上城的谢家主，手里握着蜀地大半盐货，怎可能闲着没事做？只怕每日忙得昼夜不歇，寻常人想要见一面都难。

白容久见他说话的神情认真，心里也放下许多。

谢泗泉已认下谢璟，且很疼璟儿，这就足够。

第六章 设宴以待

另一边，贺家。

谢泗泉坐在会客厅，一边喝茶一边等贺东亭。

不多时，贺东亭就赶来，瞧见他微微有些疑惑："今年怎么来得如此早？书玮生日还要几天，端午前一日，你莫不是记错了？"

谢泗泉手里茶杯随意一放，抬眼看向他："你记得倒是清楚。"

"每年不都是如此？"贺东亭知道小舅子素来脾气大，也只顺着，亲自给他续了茶水道："今日书玮去学校了，我这就差人叫他回来，你也有大半年没见他了吧，叙叙话。"

谢泗泉没接那杯茶，整了整衣袖懒散道："算了吧，不在也好，我就敞开天窗说亮话，问你几件事。"

"你说。"

"我近日又收到几封信，都是外头邮寄来，里头说，又有新线索了。"

贺东亭淡淡道："这样的书信已经太多了。"

"是，不过这次不一样。"谢泗泉问，"当年这孩子抱回来的时候，已是三岁，是当初阿姐身边伺候的一个乳娘抱回来的，对不对？"

贺东亭点头道："是，沅沅当初给孩子挑了两个乳娘，是由其中一个抱回来的。"

谢泗泉："也是她说保保死了？"

贺东亭微微拧眉，道："是生死不知，当年听说有人看到她往西北而去，沿途也找到沉沉的几支金簪。金簪是真，但人却无论如何都找不到，这么多年也没什么结果。"他叹了一声，又道，"你这几年不是在同汉中一带做生意？若是跟他们那边马帮熟悉，也麻烦他们帮着找找。"

谢泗泉嗤道："你儿子都找到了，找保保做什么？"

贺东亭沉默片刻，道："沉沉去了，我总要给她一个交代。"

当年的事，他查了许多。

他出海九死一生，好不容易活着回来，却听到了妻儿离去的噩耗。他的沉沉走了，也带走了他大半条命，若不是后来找到了沉沉给他生的那个孩子，怕是无法支撑过来。当年有人说是妻子身边的保嬷卷了钱跑了，但他并没有信，只是这么多年来依旧费尽心力去找，想从她口中听听究竟是怎么回事。

到底为何，一夜之间家破人亡？

谢泗泉道："如果我说，有人找到了保保呢？"

"你的人找到了？"贺东亭瞳孔收缩一下，站起身急忙问道："寇姨她在哪里……"

"还未找到，只是看着像，而且信上说的不太清楚，我已让人跟上去查了。"谢泗泉看了贺东亭，"我以为你守着儿子，就不管其他了。"

"你明知我对她的心，何苦来折磨我。"

"我没想折磨你，"谢泗泉闭了闭眼，缓缓睁开道："我只是觉得你蠢，还养了那么一个蠢货。"

贺东亭拧眉，脸色有些不好。

谢泗泉嗤道："这么多年来，你就没怀疑过？你养在身边的这个儿子，到底有几分真，几分假？他小时候还有几分像，但大了跟阿姐没有半分相似，不说容貌，就说他学业，你下了那么大的功夫，可有见起色？不像阿姐，也不像你，半分聪明劲儿也没有。"

贺东亭道："他小时候伤了根骨，又流落在外受了好些苦，确实不及常人。"

谢泗泉嗤笑道："怕是伤了脑子。"

贺东亭不悦，拧眉低声："你不该这么说，好歹你也是长辈。"

谢泗泉却在那儿摇头："不如我们来打赌，我赌你一定会后悔。"

贺东亭在外强硬，但对妻弟实属无奈，只能先软下态度道："我知书玮平日和你不亲，是是，这是我的错，是我一心养他在身边，不让他去西川，但他时常生病，去了西川我实在担忧。这孩子身体不好，又不怎么接触外头的人，不如这次趁你来沪市，我让他陪你到处走走……”

谢泗泉起身，掸了掸衣摆道：“我跟你说了，我不是来看他，你带我去佛堂，我去祭拜阿姐。”

贺家里面有一个小佛堂，请了人来念经，供着的牌位上写着“亡妻谢沅”。

此处安静清幽，修葺得并不起眼，但处处用材奢侈，供奉了佛家七宝，只求让故去之人寻一方净土。小佛堂里面有人念经，外面有人守备，极少有人能进来打扰。

贺东亭带谢泗泉走进去，见对方上香祭拜，视线落在他身上，略微停留片刻。谢泗泉那么张扬的一个人，今日穿了素衣，他早该在见到对方第一时间就想到，他是来祭拜他的姐姐的。

谢泗泉认真上完香，站在那儿看了片刻，伸手轻轻拭去牌位上的一点香灰，丝毫不怕脏。他站在那里道：“阿姐，我收到保保的信，你想对我说的话，我都知道了。你安心，我一定听你的话。”阿姐最后都不舍得他和这个姓贺的打起来，他又怎会让阿姐为难。

祭拜之后，贺东亭未走，一直跟着他欲言又止，最后还是开口喊住：“泗泉，你阿姐还给你留了信吗？寇姨都跟你说了什么，沅沅她……她最后有没有提到我？”

谢泗泉道：“你不是不信吗。”

贺东亭怔愣，片刻后又无奈道：“书玮的事，我们这么多年来吵过无数次，当初也有人提出疑问，不还是你带着书玮入贺家族门的吗？”

谢泗泉一听这话就心里不痛快，上前一步推搡他肩膀，愤恨道：“那是你贺家无礼，我不管是谁，欺负阿姐、欺负阿姐的孩子都不行！”他不管这个孩子是真是假，那些应该是阿姐的东西，半分都不能少。

“我们不谈这事了吧，”贺东亭也有些焦躁，难得在他身上看到这种情绪，他被谢泗泉所说的信吸引了全部注意力，眼眶渐红，“你当我求你，沅沅最后，留了什么话没有？若我能做到，你尽管说，我想为她做些事。”

谢泗泉看了他一会儿，略微缓和了一点脸色，拿了一封请帖给他道：“你对阿姐还算有几分良心，至于信里说了什么，一时半会儿也说不清。明儿晚上，请你吃饭，到时候慢慢谈吧。”

贺东亭收了帖子：“明晚我一定准时到。”

谢泗泉摆摆手，慢悠悠地走了。

路过外院的时候，刚好贺家三爷回来，迎面看到谢泗泉带着手下几个人走过来，吓得掉头就往外走。起先还是小步，紧跟着就提起长袍，快跑了几步，好歹是躲过了。

谢泗泉大摇大摆出了贺家，上车走了。

贺府门口有两个小厮守着，有个新来不久的，一时有些疑惑。这贺家三爷是府里贺东亭贺老板一母同胞的弟弟，好赌钱，手头紧了或在外头欠了赌债，来府里打秋风也是常有的事儿。平日里仗着身份颐指气使，还从未见过如此狼狈躲出去的时候。小厮低声问："哎，刚才府里出去的那位是谁，如此神气，连三爷都怕成那样，难道是来府里收赌债的？"

另一个小厮连忙捂上他的嘴，低声呵斥："不要命了你！在这里，尤其是见到谢家主不能说这样的话，你没见三爷都躲着走吗？"

"谢家主？"

"对，西川上城谢家，也就是咱们家小少爷的舅舅！"

"可是，这是为什么啊？这西川谢家，当真这么厉害？"

"岂止！当初三爷就是说了一句，西川谢家能爬起来无非是沾了贺家的光，弄到船才有了如今的财势，谢家主便笑着说了一声'好'，然后二话不说，让人动手砸了贺府。"

"这……这咱们老爷不管管？"新来的小厮惊在原地，贺东亭这位大老板好歹也是沪市有头有脸的人，跺跺脚沪市震三震也不为过啊。

"就当着老爷的面儿砸的！"

小厮吓了一跳，果真不敢再乱看乱问，一时规矩了许多。

贺家三爷约莫四十岁出头的年纪，唇上有小胡子，此刻跑得快了几步，额上就出了汗，停在墙边干咳几声。他瞧见谢泗泉如同老鼠见了猫，手脚都哆嗦，现在心跳都还是慌的。西川上城谢家和沪市贺家，虽说不是死敌，但见面言语总是不客气。

贺家三爷喘着气问小厮："他，他追上来没？"

小厮回头张望一下，老实道："没，三爷，谢家主走了，瞧着像是沿正街去前头了。"

贺家三爷这才松了口气。

但他现在也不敢去贺东亭那里。他大哥是个痴情种，谢家那个谢泗泉也是个疯子，两人每年只要凑一起，绝对要去祭拜；之后几天贺东亭脾气都不好，也就对谢泗泉和贺书玮能忍耐几分，旁人这会儿去了，别说要几块银元了，见面一准要被骂个狗血淋头。

贺三爷心里不耐烦，但也没有任何办法。他心里想着，还是去找贺书玮，从他那里弄两个钱来先应急。他大哥贺东亭对独子重视，谢泗泉虽不说什么，但每年都会来沪市给外甥庆生——若不是后来找到了这个失散的孩子，谢泗泉怕是已经和贺家反目成仇。

傍晚的时候，贺书玮从学校回来。

他换过衣服，就去了父亲贺东亭那边，顺便问了问身边仆人父亲今天做了什么。仆人低声道："少爷，老爷和平日差不多，只上午的时候见了一次客。"

贺书玮好奇，问道："谁来了？"

仆人道："是舅爷来了。"

贺书玮"哦"了一声，转念就想到了自己的生辰，只当谢泗泉是从西川赶来给自己庆祝生辰的，今年来得倒是早。他随口道："让厨房多做几个菜，辣一些最好，晚上就不出去了，在家中吃就好。对了，舅舅现在人在哪里？"

仆人支吾片刻，低声道："这，舅爷已经走了。"

贺书玮拧眉，但一时也没想到自己身上，想了想又问："他又和父亲吵起来了？"

"小的不知。"

贺书玮摆摆手让他下去，自己进房间去找了贺东亭。

贺东亭正在通电话，即便是在家中也颇为忙碌，贺书玮安静站在一旁，听着好像是在商谈中华总商会选举之事。一直等到贺东亭挂了电话，他才上前一步问安，跃跃欲试道："父亲，这次全国总商会选举的事，我也从同学那里打听到一点，他父亲是在财政部门工作……"

贺东亭却不太在意这些，对他道："你不用管这些，抓好学业就是了。"

贺书玮连忙躬身道："是，儿子也只是想为父亲出力，分忧。"

贺东亭揉了揉眉心，道："你来得正好，我有事同你商量，今天下午你大学里的先生来找过我，说你学问做得不是很好，与其在这上头耗费时间，不如转去从军。正好有一家军校正在招人，去历练几年对你今后发展也有用，你的意思呢？"

贺书玮慌张无措："父亲，我在军队可能不行，您也知道我体弱多病，怕是要连累大家，丢了父亲的面子。"

贺东亭摇头道："你只管自己就行，军中也有文职，过几年……罢了，你若是不愿，再想想其他。"

贺书玮答应一声，站在那儿脸色苍白，看起来十分虚弱。

贺东亭看到他脸色，让他下去了。

等人走了之后，贺东亭摘下鼻梁上的眼镜，闭眼休息。他不知道书玮这个孩子像谁，文不成，武不就，眼光也看不长远，也就还剩下几分听话，尚有一点可取之处。

他无意识地叹了一声。

另一边，西川那位谢家主就亲自找上东院。

白容久让人把谢泗泉请了进来，在书房里接待了这位客人。谢泗泉人长得和谢璟极像，只是更肆意一些。白容久以礼相待，见到他的时候刚想起身致意，就见这位谢家主拖了一把雕花椅子过来坐下，还极不客气地把脚搭在他面前的桌上。

白容久看着桌上那两只皮靴，身形微顿，又坐了回去。

谢泗泉笑道："白九爷，久仰久仰，这两日一直听璟儿说起你，一直想来见见。"

白容久道："谢家主客气了，于情于理，我应当先去见您。"

谢泗泉只当他拿了谢璟的卖身契，言语里不怎么客气："你既已知我身份，那么我也就不藏着掖着了。谢璟是我外甥，我呢，天生福薄，总共就这么一点血亲，也不想他流落在外，不若白九爷做做好事，把璟儿的文书给我，你当初多少钱买下他，我百倍奉还就是。"

白容久微微拧眉，视线还在那双靴子上。

"或是白九爷还有什么其他条件，旁的不说，在西川我还能说得上几句话，你尽管开口。"谢泗泉本就是来给外甥撑腰，口气狂妄，只差拿钱砸人。

白容久移开视线，看向他道："我和璟儿不是谢家主想的那般关系。"

"那是如何？"

"他于我，交情匪浅。"

谢泗泉嗤笑："他？他不过还是个半大孩子，怎么敢跟北地白家谈什么交情?”

他来的时候也是查过的，到了关外，白家几乎可说是一手遮天，在关内也还有三家大的商号。百年基业，非一般人家可比肩。他们西川谢家也就占了蜀地天高皇帝远的好处，不掺和外头几方实力交战，再加上祖上留下的盐井，世世荣华富贵不愁，财力或许不输白家。但他尚有自知之明，即便是白容久知道璟儿的身份了，“交情匪浅”四个字也过重了。

外头有护卫队的人来报，站在门口没有进来，低头道：“爷，门口有一队人嚷着要进来，我们拦不住，可要找张总头来?”找了张虎威，那便是要动真格的了。

白容久看了看谢泗泉，谢家主大大咧咧道：“哦，对，我来的时候忘了跟你说，带了几个人，西川那边你也知道，我自己管手下都麻烦得很！我们还是尽快谈好，我也好带着这群不听话的家伙回去。”

白容久道：“不必找张虎威，你去寻谢璟，这些小事由他处理。”

谢泗泉：“……”

门口的护卫领命去了。

谢泗泉把靴子从桌上放下来，不太自在道：“你找璟儿做什么，他才多大，哪儿管得住这么多人?”

白容久淡声道：“他在我这里，管得住。”

谢泗泉心里骂他一声老狐狸，这人简直比贺东亭还可恨。他原本还想给他们个下马威，结果白容久这臭小子竟然让璟儿去拉架——他手下的人谁敢对璟儿动手?

“谢家主，我知你这次带了许多好手过来，但我手下护卫也是多年历练，只是不想伤了两家和气。下次还请不要硬闯，白家对朋友，自有好茶、好酒招待。”白容久略微停顿之后，又道，“璟儿自幼在我身边长大，他十三岁那年在黑河救我一命，从此再未离开过我。我待他如家人，你是璟儿长辈，我自然也尊敬您。”

谢泗泉拧眉看他：“璟儿是你护卫?”

“他只是其中之一。”

“你让他动枪了?”

“自保而已。”

“北地有些乱，”谢泗泉手指在腿上敲了几下，莫名有些烦躁，“璟儿在你身边我不放心。你把他契纸给我，既救过你，要回卖身契总不过分吧？”

白容久摇头：“没有这种东西。璟儿救过我一命，我这里只一份聘任书，去留全在他自己。”

谢泗泉错愕，这才正眼瞧了眼前的人。白家这位主事人相当年轻，眼目疏远冷俊，看起来也不像是甘居人下的，带着些骨子里的尊贵。越是这样的人，说话越真，因为不屑于编造谎言。

谢泗泉对他渐渐放下戒备，忽然听到对方又问：“谢家主问了这么多，白某也想问一句，璟儿既是你唯一血亲，那贺家那位少爷又当如何？”

谢泗泉眯眼：“你查我？”

白容久平淡道：“我只不过答应璟儿替他找寻身世罢了。璟儿身边只有姥姥一个，心里还是挂念亲人。”

谢泗泉神情柔和下来，叹了一声道：“是我来晚了，你查到多少，璟儿知道多少？”

白容久缓了片刻，道：“也是刚得到消息，还未来得及同璟儿说。”他从抽屉里取出一个宽大牛皮纸文件袋，推给谢泗泉，里头厚厚一沓，塞得很满。

谢泗泉垂眼看了封面上的“贺”字，伸手接过。

东院，庭院大门口。

谢璟被人叫来，刚跑到就瞧见两边都已停手。

西川那些人马穿戴低调，却和他们家主谢泗泉是一个路数，猖狂得要命，还没开始打架，满嘴挑衅的话就让对面白家的人一个个拳头都硬了，但碍于白容久交代，纷纷敢怒不敢言。

西川那帮人原本正在推搡，见了谢璟一时哑火，立刻规矩了。

东院护卫瞧见谢璟来，只当上头发话可以动手，眼睛都亮了：“小谢，行吗？”

谢璟莫名其妙：“行什么？”他又看了对面那帮西川人，视线落在为首要躲的那个身上，喊道，“胡达，你怎么在这里，舅舅也来了吗？”

胡达被抓了个现行，手脚都不知道该往哪里放，讪讪笑道：“小主子，你不是去码头了吗？”他之前明明查好的。

谢璟道：“是去了一趟，刚回来，你们这是做什么？”

东院护卫开口要说明，胡达抢在对方前头道：“交流！交流一下嘛，我们看这几个人身手好，想跟着学一下，胡乱比画着耍的！”

东院护卫冷笑："我们枪法更好，要不要也给你比画一下！"

有听出对方称呼的护卫，转头问谢璟道："小谢，这些人你认得？"

谢璟有些头疼，道："认识，他们刚来，应是有什么误会，我替他们道歉。"他安抚了东院的人，又去问胡达，"舅舅人呢？"

胡达几个人涨红了脸，站在那儿一个字都不敢讲。

东院护卫道："方才在九爷书房瞧见一个人，好不讲道理，还把脚搭在桌子上！"

谢璟："……我去瞧瞧。"

谢璟匆匆跑进去，刚到书房外头，就听到里面有人谈话，还有笑声传来。他心里疑惑。敲敲门喊了一声进去，一抬眼就瞧见白容久和舅舅谢泗泉在那儿言笑晏晏的。两人似乎谈得不错，尤其是谢泗泉，揣了一个挺厚的文件袋，还在那儿拍着白容久的肩膀夸："好，今天就先聊到这里，我与你很是投缘，你说的有几分道理，不过我自有打算，你配合我就是。"

白容久点头道："好，一切按您说的来。"

谢泗泉摸着下巴嘿嘿直乐："你这人不错，既收了你的东西，那我也送份儿大礼给你。"他说着从怀里掏出一张帖子，搁在桌上，"明天晚上，你只要来，那两家厂子我包你拿下。"

白容久接过，颔首道谢。

谢泗泉心满意足，拿了文件袋，起身招手要带谢璟走。

谢璟回头看了白容久，见对方微微点头，这才跟着过去。他心里奇怪，问道："舅舅，你刚才和爷说什么了？"

谢泗泉哄他道："舅舅听说你这些年在东院多受人照顾，因此特意来谢谢这位白先生，明儿摆宴席，你也去啊，咱们请他吃饭。"

谢璟答应一声，送舅舅到东院大门口就停下脚步。晚上护卫队还要巡逻守夜，他今晚并不回去住。

晚上谢璟得了夜宵，一小碗甜汤圆，捧着碗吃得特别香。巡夜之后，谢璟瞧着白容久书房灯还亮着，借添茶的借口进了书房。谢璟小心问了一句："爷，我舅舅今天来，没说什么吧？他人很好，就是散漫惯了，要是有做得不对的，我……"

白容久摇头，笑道："没什么，他人不错，我和他聊得很好。"

谢璟心里放松了些，又问："他今日来做什么？"

白容久："来谢我。"

"啊?"

"谢我将你养得这般好。"

白容久过了片刻道："他今日来这里，提了一件事，他说西川……"

谢璟等了一会儿没听见后话，好奇问道："西川如何?"

白容久道："没什么，只是说起西川一些有趣的事。蜀地风景不错，等以后得空了，咱们和黄先生一同出游。先生钟情山水，你只见过他的字，尚未见过他的丹青吧？泼墨山水，堪称一绝。"

谢璟点头："嗯，以后同去，先生一定喜欢。"

白容久又问："下午的时候去码头，接到白十四了吗?"

一说这个，谢璟就高兴起来，眼睛都发亮："接到了！爷，你怎么想到把白十四带来?"

"骑射功夫不可荒废。"白容久轻笑，"明天不用来这边了，你舅舅难得来，陪他转转。若有什么吃用，一并记在我账上，另外晚上的时候我派车去接你们，咱们一同去赴宴。"

白容久留谢璟说话，一直到半夜才让他回去，怕他路上不安全，吩咐白明禹送一送。

白明禹半夜被抓了苦力当司机，在门外等着一声不敢吭。

等把谢璟送回家之后，白明禹也跟着下了车。谢璟赶他走，白明禹也委屈："我倒是想走，爷说让我送到家门！行了，你就快进去吧，我瞧你到家就放心了，回去也好交差。"

正说着，门就被打开，谢泗泉提了一盏灯照亮了门前的路。

白明禹有点怕这位舅舅，瞧见立刻低声问好，一溜烟儿跑了。

谢泗泉看了那道离去的身影一眼，视线又转到谢璟身上，眼睛转了转，有些微妙道："白家二少爷送你回来的?"

"嗯，舅舅，我上楼去睡了。"

谢泗泉给他照亮楼梯，问道："明儿还要早起吗?"

"不早起，爷给我放了两天假，让我陪您。"

一贯晚睡晚起的谢家主心里满意许多，跟着上楼去了。

寇姥姥不在，谢泗泉住隔壁，隔着薄薄的一道木板墙壁和小外甥住在同一个屋檐下。晚上有轻微落雨声，檐下水滴敲打，带起一点声响。

谢泗泉听到隔壁起床的动静，闭上眼睛装睡。

紧跟着窸窸窣窣的声音响起，谢璟放轻了脚步走过来，给他盖了一床薄毯。谢泗泉呼吸如常，直到对方放轻脚步走回隔壁房间，那张小木板床上“吱嘎”一响。听到外甥翻身睡下，谢泗泉这才缓缓睁开眼睛。

他用手指捏了薄毯一角，摩挲几下，嘴边带着控制不住的笑意。

他的璟儿，真的很好。

谢泗泉第二日起床，听到楼下响声，打着哈欠下楼去就看到谢璟已经准备好早点，看样子还是自己做的。

谢璟简单煮了面，味道很不错，谢泗泉连吃了两碗。

饭后，他带谢璟去了福泉庄。

福泉庄是沪市的一家盐庄，也是西川谢家在这里设立的一处商号，主要经营雪花盐。

谢泗泉带他去看了一圈儿，喊了一众掌柜招呼他们来认识谢璟，只介绍道：“这是谢璟，以后就是西川谢家的小主子。若我不在，他有什么吩咐，你们只管从命。”

掌柜们答应一声，喊了一声“小主子”。

谢璟有些不自在，但当着外人没吭声，等只剩下他和舅舅两人的时候，才拧眉道：“舅舅，我跟您说过了，西川是您打下的基业，我不要，我自己将来可以挣。”

谢泗泉哄他道：“你不要，那舅舅给谁？”

“舅舅以后成亲了……”

谢泗泉不等他说完就哈哈笑起来，伸手揉了他脑袋一下，笑吟吟道：“傻小子，舅舅才舍不得成亲，若我成亲了，西川不知道要哭晕多少人。嗳，你也不要太在意这些，不过是先认识一下，在这里我们的商号只有一处，人也少，等以后你跟我回西川了，那边人才多呢！”

谢璟干脆利落道：“我不走。”

谢泗泉：“璟儿，不要闹小孩子脾气。”

谢璟平淡道：“舅舅才是，我在这里干得好好的，即便舅舅之前没来认我，我也过得很好。”

谢泗泉心里被戳了一下，有些手足无措，他最怕，也最愧对的就是这件事。

谢璟脾气倔，一旦认定了不会轻易更改。

谢家主心里又纠结又宽慰，纠结一时半会儿没法把外甥带回西川，同时又觉得谢璟这脾气可真像他——倔得有种。

谢泗泉先服了软，连声哄了外甥几句，不想因为这件事跟谢璟吵架，只转了话题跟他谈起晚上吃饭的事："璟儿，今天晚上还有一个人要来。你可听过贺东亭？"

谢璟摇头。

谢泗泉笑道："你初来沪市，不认得他也正常。这贺东亭是沪市商会的会长，手底下有许多买卖，略有些家产。他今天晚上也会过来一趟，哦，你们东院那位白先生这段时间不是想收两个纺织厂吗，那两个厂子就是贺东亭的。晚上我帮白先生说几句好话，贺东亭必然不会推辞。他在北地帮过你，这些力所能及的小事，我自然也帮他。"

谢璟脑海里闪过一些零散片段，恍惚了一下，问道："华星纺织局？"

谢泗泉笑道："对对，其中就有这家。怎么，你也去瞧过？"

谢璟点头说是。

他对沪市的事记得不多，只记得白容久刚开始来的时候确实和一位贺老板交锋过几次，各有输赢，对方是一位劲敌。但那时白容久身体就已经开始不好，时常咳血，他守在白容久身边哪里也不敢去，生意上的事全交由白明禹在外打理，白容久只在幕后指点。后来北地战乱失去支援，最终棋差一着。他记得贺东亭是位大商人，白容久对他赞誉颇多。

谢泗泉小心问道："你可曾见过贺东亭？"

谢璟道："不曾。不过九爷见过，曾跟我提起贺先生，说他行事正派，值得尊重。"

谢泗泉啧了一声："也就那样吧，假仁假义。"

谢璟想了想，道："他也做过许多好事。"

谢泗泉不满外甥替那人讲好话，拧眉道："你可是看到报纸上写的那些了？那里头吹牛的占了一半，作不得真。"

谢璟记忆里闪过一栋刻着捐赠人名字的教学楼和粥棚，虽记不清，但能肯定这位贺先生确实做过善事。

谢家主不想多提贺东亭，只带谢璟去看了自家铺子，后又去大世界转了转；若不是"仙乐斯"白天还未开门，他还要带小外甥去开开眼。谢璟有些无奈，拽着他道："舅舅，灯红酒绿，有什么好看的。"

谢泗泉一脸吃惊："灯红酒绿，还不够好看？"他看了谢璟片刻，又问，"你在北地的时候，都玩儿什么？"

谢璟认真想了下："北地天冷，越往北冬日越长。我夏天骑马打兔子，冬天的时候就凿冰钓鱼，还会做冰灯，院子里有几棵柿子树，下了雪就能吃冻柿子了。"

谢泗泉听得心都软了，捏捏他脸，轻笑一声：他家璟儿还是个孩子。

谢泗泉带谢璟去买了一副新马鞍，谢璟眼睛都亮了："舅舅，九爷把白十四给我送来了，哦，白十四是我在北地的坐骑，它特别听话。要是晚上酒局散得早我就带你去瞧瞧它，你一定没见过这么漂亮的马。"他说起白十四话多了许多，谢泗泉想插话，但刚说了两句西川的赛马，就听谢璟不甚感兴趣道，"哦，太矮了，我骑不惯。"

谢泗泉："……"

他们西川马确实不如北地高大，但耐力足啊！

晚上，酒楼。

谢泗泉设宴待客，包了整个场子，二楼雅间的隔门和木板墙全都拆了打开。整个二楼通透平整，一览无余，气派敞亮了许多。

中间只摆了一桌酒席，一张矮桌，像是暖桌一般，众人席地而坐。

谢泗泉占了主位，披了衣裳坐在那里捏了小酒杯品酒，眉眼含笑，带了几分得意。谢璟被他拽着坐在一旁，斜对面则是白九爷。谢璟先是跪坐，后有些脚麻，被舅舅按了一下差点歪倒，就听到谢泗泉笑了一声道："这么拘谨做什么，都是自家人。我同贺东亭认识已久，你只当见长辈，放松些无妨。"

谢璟慢慢换了姿势，学着谢泗泉的样子，把腿伸开一些。

矮桌上有桌布垂下，遮挡了大半。

不多时，谢泗泉言语里就带着等人的不耐烦："姓贺的委实慢了些。"

白九淡声道："许是有事忙。"

谢家主嘁了一声："就他忙？当别人都是吃饱了没事干不成！"

有人匆匆上了楼梯，躬身行礼道："谢爷，我家老爷因商会有些事要忙，现正在赶来的路上，特意让小的前来知会一声，一定赶到，还请几位爷稍等一会儿……"

谢泗泉“啪”的一声放下酒杯，脸色极差:“他昨天如何答应的？心里只顾着生意，这么多年，当真是未曾变过!”

来传话的人吓得不轻，小心翼翼跟他赔礼道歉，被谢泗泉骂了一句，也不敢留下，连忙退出去了。

谢泗泉倒了几杯冷酒，仰头咽下，看着心情不好。

谢璟“啊”了一声。

他才回神，转头问道:“璟儿怎么了？”

谢璟摇头，勉强撑着桌子起身道:“我脚麻得厉害，我……我起来去外头转一圈。”

谢泗泉缓了神色道:“去吧，我让胡达陪你在外头转转。”

谢璟答应一声，起身走了。

第七章 初次会面

席上只剩下两人。

白容久道："谢家主少安毋躁，许是路上耽搁，既已派人来说，一定会来。"

谢璟不在，谢泗泉也不装了，他一贯肆意，此刻也毫不掩饰对贺东亭的愤恨："若是其他事，也就罢了。但此事关于璟儿，关于阿姐，他怎么敢来迟……当年若不是他一心想去买船，阿姐怎么会跟他跑去那么远的地方，又如何出了意外！"

白容久道："既是意外，大家都未曾预料。"

谢泗泉眯眼看他，道："白先生倒是公道，我以为你和贺东亭争厂子和地皮，生意上多有重叠，不太合得来呢！"

白容久慢慢咽下口中的酒，斟酌片刻道："就是因为如此，才对贺家多有关注，贺老板于治理方面确实有过人之处。"

等了不多时，贺东亭匆匆赶到。

白容久起身同他打招呼，但谢泗泉只坐在那里叼着酒杯，懒得起身应付。

贺东亭也不以为意，解开外套扣子随意坐下。他刚散会，头发向后梳拢露出额头，鼻梁上架了一副金丝边眼镜，穿了一身西装，一边倒酒一边皱眉看着对面的两人，视线落在谢泗泉身上道："我以为今日是家宴。"

谢泗泉不答，只捏了酒杯缓声道："'政院一枚印不及贺东亭一封信'……"他嗤笑一声，抬眼去看对方，"以前还只当是外头传言，如今看来，贺老板确实忙得很，好大的威风啊。”

贺东亭为人不显山露水，做什么都是一副云淡风轻的模样：“确实是我来迟，自罚三杯。”

他要倒酒，却被谢泗泉伸手挡住杯口。谢家主喊了酒楼老板来，让他拿了如小碗大小的新酒盏。

谢泗泉道：“受罚，就应拿出些诚意，你说是吧？”

贺东亭不置可否，谢泗泉给他倒了酒，他就端起来喝了。

谢泗泉披着衣裳坐在对面，双手环胸，点头道：“好，你今日想聊什么？”

贺东亭抬眼去看白九。

白九坐在一旁，端了小杯慢慢细品，垂眼并不说话。

谢泗泉看了一眼，道：“这里没外人，你只管说就是。”

贺东亭道：“这位白老弟，瞧着面生。”

谢泗泉道：“他帮过我一个大忙，我们谈的这些，他也没什么不能听的。”

贺东亭过了片刻才问道：“你之前说的那封信，可查到是谁寄来的？”

谢泗泉又倒了三杯酒，摆在贺东亭面前，对他道：“你喝了我们再讲。”

贺东亭喝了，没有丝毫犹豫，亮出杯底给他看。

谢泗泉道：“是保保亲笔写来的信。”

贺东亭拧眉：“你不会连这个也信吧？寇姨不识字。”

谢泗泉道：“你怎知她这么多年，不会学、不会写？”

贺东亭轻轻摇头，否定了这个猜测。别说当年突逢剧变，寇姨要奔波逃命，处处躲藏；即便是当年出事之前，妻子念书识字的时候老太太也没有跟着学会一个字，这么多年，如何会突然去学写字？

谢泗泉冷笑：“你就是这点最让人生厌，冥顽不灵！固执成这样十几年也不见一点改变，你认定的，难道就不会有一点转变不成？”

贺东亭拧眉：“我没这么说过。”

“哈，你没说过？”谢泗泉仰头喝了手里的那杯酒，“砰”的一声把杯子放在桌上，身体前倾，低声质问，“那为何我对那孩子起了疑心，你却在那儿装作视而不见？这么多年我一直都在找阿姐的孩子，你呢？你只会拦着我，不让我当面问个清楚……”

“我只是觉得孩子大了，你这么问，会让他伤心。”贺东亭也有些心烦意乱，他觉得妻弟这么多年来并不是在找遗失的那个孩子，而是在给他找堵。“这种事也不是一回两回了，隔两年就闹一场，书玮从小就活在这样的猜疑声里，性子越来越沉闷。你也该闹够了。”

谢泗泉不依不饶：“若他是假的呢？”

贺东亭抿唇：“即便是假的，也是我养了十几年的……”他话还未说完，忽然听到背后有脚步声走来，略一回头，他就愣在那里。

“哐啷”一声，贺老板手边的酒杯碰落在地上，里面的半杯酒洒了一地。

贺东亭看着那个少年从自己身边走过，想要伸手去拉，却连抬起手指的力气也失去了。他以为的抬手，不过只是举起了几根手指，唯有视线还死死追随那道身影。耳边像是有电车“轰隆隆”驶过，他什么也听不清，只呆愣愣地看着斜对面——那个男孩坐在了白容久身侧。离得越近，他看得越是真切，那个孩子长得同沅沅一个模子刻出来一般。那孩子仰头，动作像是被放慢了无数倍，他看到对方张了张嘴，喊了一声“舅舅”……

贺东亭心脏像是被重重锤了一下，闷疼得厉害，几乎喘不过气来。

他只觉得眼前发黑，头晕得几乎坐不稳，咬牙保持了一丝清醒，努力去听、去看。

谢泗泉抬手摸了谢璟脑袋一下，他从谢璟进来就卸了戾气，唇角带笑：“璟儿刚回来，我同你介绍。这位是贺老板，和舅舅是老朋友，也是你家白先生最近的合作伙伴。”

谢璟跟他问好。

贺东亭手指发抖，嘴边说不出话来，只盯着他看。

像，实在是太像了。

像沅沅，也像当年的他，无论眉眼还是身形，都像极了他们夫妻俩。

贺东亭控制不住地起身，想要去碰谢璟，但还未靠近，谢泗泉就伸手拦住。他起身太急，加上刚才被谢泗泉连灌了许多酒，一时酒劲冲上来，有些站不稳，扶着矮桌踉跄了一下。在外面向来以自律著称，从未失态过的贺老板，此刻却什么都不顾了，呆愣愣地看着谢璟，嘴里喃喃念了一个名字。

谢泗泉伸手拦着，冷笑道：“贺老板睁眼看清楚，这可不是你家的孩子。”

贺东亭一直盯着看，几次深呼吸之后才有了说话的力气，手指按在桌面上依旧难以察觉地微微发抖：“他是谁？”

谢泗泉心里畅快：“他叫谢璟。”

贺东亭诧异：“他，他姓谢？”

谢泗泉道："自然，他既是我西川谢家人，跟我姓有什么不对？"他眉宇间没了刚才的咄咄逼人，反倒带了笑，只是话依旧刺耳，"贺老板眼神不好吗？你仔细瞧瞧他，璟儿长得同我，同我阿姐，一个模子刻出来一般。说我们不是一家人的人怕是眼瞎了。"

谢泗泉的话像是小刀一样割在贺东亭心上，字字见血。

谢璟不认识贺东亭，于他而言，这是初次见面。他小心地看了舅舅，又看了看斜对面坐着的大商人贺东亭，一时也想不明白两人为何会突然吵起来。但舅舅对此人成见极深，应不是一两日造成。

长辈说话，谢璟就坐在一旁不吭声。

白容久略微侧身，挡了他半边身子，低声问他要不要吃什么。

谢璟拧眉，摇头说不用。不过白容久端了一小碗甜汤给他，他还是喝了。

贺东亭一双眼睛已经离不开谢璟。他内心震颤，完全没有心思应付谢泗泉的冷言冷语，一心只想问清楚眼前这个男孩是谁，但刚一开口准备说话就听对面喝甜汤的人打了一个嗝儿。贺东亭立刻噤声。

谢泗泉伸手过去，想摸摸外甥额头，但被谢璟躲开了。谢泗泉立刻背过手去，连声哄道："不碰，不碰，舅舅就是见你出了些汗，怕你一会儿受凉生病，给你帕子你自己擦啊。"见谢璟擦了，又低声笑问，"刚才跑了好大一圈儿吧，吃慢些，呛了冷风是容易打嗝。"

白容久见谢璟擦得不仔细，用手帕轻轻拭过他唇角："慢些，这里还有一点。"

谢璟被这几个人盯着，压根就吃不下去，勉强喝了一小碗甜汤。

贺东亭咳了一声，放缓了语气问道："你叫谢璟是吧？我能不能问一下你之前……"

谢泗泉打断他道："贺老板，有些过了吧，你今日才第一次见我外甥，不好问得太过私密。"他手指不耐烦在桌上敲了几下，又看向白容久，问道，"白先生，你之前不是说有两家纺织厂的事想同贺老板谈谈？刚好，今儿我组局，人也齐，若有什么想聊的正好大家一起聊。"

贺东亭闭了闭眼，他此刻一点谈生意的心情都没有，只想知道有关谢璟的事情。

但偏偏谢泗泉一点说的意思都没有，处处拦着，处处与他作对。

谢泗泉说了纺织局的事，白容久就接了话，顺着说了下去。若是放在其他时候，贺东亭完全能处理得很好，但现在只觉得焦灼。他眼睛能看到对面的男孩，对方就坐在离他一步之遥的地方，他却只能眼睁睁看着。

谢泗泉道："贺老板，在同你说话呢，纺织厂的事按刚才说的你意下如何？"

贺东亭视线落在谢璟身上，等谢泗泉不耐烦又喊他一遍，才转头看过去开口道："你说华星纺织局？那家原是官商合办的机器纺织厂，只是现在机器老旧，再加上经营不善，已亏损两年。若是你开口，作价四十万银元。"华星纺织局其实分为两家，厂子连成一片，占了最好的一块土地，离着码头也近。现如今在沪市不说别的，只说华星所处地价、房价，也不止这个钱。

贺东亭言下之意再明确不过，只要谢泗泉开口，他甘愿把手里两个纺织厂送出去。

谢泗泉冷笑，手上的酒杯转了一圈，挑眉道："贺老板怕是误会了，我家在西川，开口要这些有什么好处？不过是帮朋友说和。上赶着不是买卖，这么大一笔生意总要你情我愿才好，别过段时间，贺老板又张口说什么真的、假的，心里反悔，你说对吧？"

贺东亭脸色沉着，但也不好讲什么，谢泗泉坐在对面冷嘲热讽，半点让步的意思都没有，一时气氛有些剑拔弩张。

白容久忽然开口道："华星纺织局的事，我不是想买下来，而是想租。"

贺东亭愣了下："租？"

白容久点头："是，租期五年，每年五万大洋。"

贺东亭拧眉道："恕我直言，白家在东郊的染厂我也有所耳闻，规模并不算小，若此时得了这两家纺织厂应有所助益……"他话说得委婉，并不赞同白容久的想法。

谢泗泉爽快得多，直接开口问道："你手头缺银子？需要多少，别的不说，银钱上我还能帮上些忙。"

白容久摇头，笑道："多谢好意，只是这些就足够了。"

谢泗泉："你没打算在沪市待久？"

白容久："说不准。"

谢泗泉怎么想都觉得亏了，拧眉劝他道："你这不是白白给人家打工了吗？若是五年后生意做得好，那你白给人做了嫁衣；若五年后生意不好，你这钱就打了水漂……白老弟，你之前在北地护我璟儿，这钱莫说借，我给你都行。"

贺东亭听到谢泗泉这么说，这才把视线从谢璟身上移到白容久那边去，问道："白兄在北地的时候帮过璟儿？"

谢泗泉不乐意道："哎，你别乱喊啊，他比我还小上几岁，你也好意思这么喊人家？"

贺东亭道："今日家中之事，让白先生见笑了。不管如何我当敬你一杯，只是酒量实在有限，我们喝两杯红酒吧？"他说着要去倒酒，手刚碰到酒瓶，就被斜对面坐着的谢璟按住了，谢璟低声道："贺先生，我来。"

贺东亭愣了片刻，连声说好。

他坐在那儿看谢璟起身给他倒酒，一时失态，咳了一声，仓皇摘下眼镜拿了手帕去擦拭，低头遮住湿润的眼眶，好歹没让人看到狼狈模样。

谢璟仗着桌子宽大，中间摆了菜肴挡着，手脚利落地换了白容久的酒杯。

白容久端起来的时候，果然是一杯清水。

他用余光瞥见谢璟杯中酒液，小孩只端着沾了沾唇，几乎一滴未动。

白容久轻笑，手伸到下面，借着桌布遮掩捏了捏谢璟的手指，跟他道谢。

贺东亭极少在外大量饮酒，他这种地位的人，偶尔只小酌几杯而已，但今天却是连喝数杯烈酒，连谢璟给他倒的红酒，也涓滴不剩地喝了个干净。他握着杯子，有些紧张地看了看谢璟，开口问道："你叫谢璟？"

"嗯。"

"多大了？"

"我……"

谢泗泉道："你老跟一个小孩聊什么，璟儿年纪小，跟你聊不到一处去。"

贺东亭道："我只是对他一见如故，想多了解一些。"

"有些话不如等会儿一起说个清楚。我还叫了一个人来吃饭，等一会儿吧，人马上就要到了，他和璟儿年纪相仿也好说说话。"谢泗泉晃了晃手里的酒杯，唇角扬起，笑意却未达眼底，"刚好，都是熟人，认识一下也好。"

正说着，就听到楼梯口那儿有响声，酒楼老板带了两个人走过来，向众人拱了拱手。

前头走着的白弱模样的年轻人正是贺书玮。另一个矮胖的男人西装革履，手上还戴了一块金表，大老远就满面笑容地迎过来，连声道："贺老板，好久不见，递了帖子一直想见您一面呢，这次赶巧在路上遇到了贺公子，冒昧跟来吃一顿饭。"他说着挨个儿递了名片给在座的人，走到谢璟这里的时候，略一犹豫，还是笑着递了一张，"鄙人王永鑫，是大成交易所的经理人。"

谢璟穿着普通，但相貌出众、气度非凡，王永鑫猜这位可能是哪家大佬带出来的小公子。

递了名片之后，王永鑫低头瞧见谢璟身上随意搭配的一块翡翠坠子。他眼尖，认出是好货，顿时面上堆满了笑容，越发热情客气起来。

谢璟接过名片之后，随手搁在一旁，不甚感兴趣。沪市这几年开了无数家所谓的交易所，见到得利颇丰，投资人全都一窝蜂涌入。但也只如昙花一现，不出三五年这些交易所便纷纷倒闭。当年白容久就交代过，不可去做这些，当以实业救国。

拿钱生钱，天底下哪有这么便宜的事儿，若人人都来做，那才真是乱套了。

谢璟面上淡淡的，不怎么参与说话。

王永鑫显然没想到在座的三位都是大人物，一时热血沸腾。他原就是贺书玮想方设法挖来的经理人，自觉在交易所业务上还颇有几分本事，兴奋地讲起最近形势，努力彰显自己的作用。

贺书玮入座之后，大约瞧着贺东亭脸色不好，犹豫一下还是解释道："父亲，我接到电话，说您晚上让我来一同吃饭，不知道您还请了旁人。刚刚在路上正好碰到王经理，上次信托公司的事，我想再和您商量一下，王经理是不可多得的人才，我想……"

贺东亭脸色难看道："闭嘴。"

贺书玮迟疑片刻，规规矩矩坐在一旁。

谢泗泉哼道："信托公司？贺老板这是要把家产托付出去啊？"

贺东亭道："没有的事。"

贺书玮也羞愧道："是我自作主张，想替父亲分忧。"

谢泗泉拉下脸，酒杯重重放在桌上，不悦道："长辈说话，哪里轮得到你开口？"

贺书玮到了嘴边的一声"舅舅"也不敢喊了。西川的这位当家人可不比沪市人文雅，生气了要抽人鞭子。

谢泗泉转头问王永鑫道："你同贺少爷很熟？"

王永鑫对各位大佬满脸赔笑，猜着对方的意思道："算得上熟悉，贺少爷一表人才，对公司的事务也很快上手。我看过他写的几份草案，都很出色。"

谢泗泉懒洋洋道："你平时也常去贺家吧，我听说贺老板很宠少爷？"

王永鑫往贺书玮那儿看了一眼，见对方面色从容，面上也露出笑容道："是是，贺老板就这么一个儿子，怎么能不宠着呢？莫说去年贺公子成年大礼贺老板送了一艘轮船，即便是平日里也是没少精心准备，每年贺公子生辰，贺老板都会施粥做善事，当真是可怜天下父母心……”

贺东亭闭了闭眼，猛拍桌面：“够了！”

王永鑫噎了一下，一时不知道自己说错了哪里，惴惴不安。

谢泗泉单手托腮，挑眉道：“怎么不继续说了，说啊，我还想再多听听，也好跟贺老板学习一下。”

贺东亭心里拱火，握紧了拳头，但抬眼看到坐在对面的谢璟一下又百口莫辩——那些确实是他所作所为。

白容久又夹了一筷子青菜放在小碟子里，递给谢璟。桌上只有谢璟在吃饭，一时视线都汇到他身上。

白容久淡声道：“抱歉，家里小孩幼时吃过不少苦，最扛不住饿。”

谢璟不爱吃青菜，因此吃得很慢。

但这在贺东亭眼中却变了一个样子：谢璟吃东西很小心，很仔细，不过两根再普通不过的青菜而已，那孩子没有一丝一毫浪费。贺东亭想象着谢璟所有吃过的苦，五脏六腑犹如放在油锅里煎熬。

王永鑫也察觉不对，不敢再谈家事，只提商会的事：“今年商会举行换届选举，外头舆论普遍看好贺老板，报纸上都登了好几天。贺老板，我先提前恭喜您了，哈哈哈。”他有意拍马屁，说的也都是实情。此次选举怕是贺东亭连任可能性极大，这话说出来也不算太虚。

谢泗泉故意打岔：“我听说，你们商会的人经常去什么百乐门、仙乐斯？”他看了眼白容久，拉他作证，“哎，白先生，上回你去参加拍卖会的时候，贺老板不是还请你去仙乐斯开眼界了吗？”

谢璟原本在吃最后一点青菜，听到停下筷子，抬头去看白容久。

白容久淡声道：“是邀请了。但白某初来，工作繁忙，没能应约。”

谢泗泉“啧”了一声道：“那可太可惜了，听说仙乐斯里有一个当红歌女叫什么白玫瑰、红玫瑰的，外头传说同贺老板颇为投缘……”他话还未说完，贺东亭就猛地拍桌站起身，脸色沉下来：“你若说别的，尽管去说，但只这件事我绝没做过！”

谢泗泉讥讽道：“没有就没有吧，反正我一年就来一两趟，也不知道如何。”

贺东亭从未被人气成这样过，憋得胸口都要炸开。他的视线和谢泗泉的视线相触，整个人心里那根弦彻底崩断，从未在人前失控过的人，此刻却抬手把面前的酒瓶和酒杯摔到地上！

贺书玮吓了一跳，他从来没见过父亲这般过，见他踉跄几步，连忙起身想要扶着他："父亲！"

贺东亭甩开他手，不让他靠近："你闪开，谢泗泉，我今日一定要和你分辩个清楚——"

谢泗泉冷笑，他在西川还从未受过这般气，也不等贺东亭说完，抬手就掀翻了整个桌子！众人一声惊呼中，矮桌上碗盘摔了一地，汤水溅出，全摔倒了对面人身上。贺东亭站着只弄脏了裤腿，而贺书玮和那个王永鑫一时躲闪不及，衣服上弄了好些脏污。

谢泗泉起身冷笑道："你也配跟我理论！"他拽了谢璟的手，懒得看旁人一眼，"璟儿，我们走！"

两帮人不欢而散，贺东亭已有些站不稳，被贺书玮等人扶着离开，但走了几步又不肯离去，哑声道："松开，我要回酒楼。"

贺书玮慌了神："父亲，舅舅今日发了好大的火，而且刚才我瞧见他们坐车刚走，不如改天……"

贺东亭掰开他的手，闭了闭眼道："那就让司机把车开过来，追上他们。"

贺书玮不敢违抗，只能照做。

白家的车在沪市并不算特别招摇，但同样的黑色轿车前后五辆一排行驶过，实在是北地的风格，也算不得婉约。

贺东亭一路让司机跟上对方，但绕了一圈，对方却在一家大排档门口停下，外头一排护卫守着，外人不得靠近。

贺东亭等在大排档外，一直等到半夜，也不见人出来。

他揉了揉眉心，吩咐司机道："走吧。"

贺书玮问道："父亲，要不我进去找找？"

贺东亭摇头："他们已经走了。"

大排档好几个出口，他们只守着车，却没想过对方会直接离开，再等下去也是枉费工夫。

司机开车上路，贺东亭又低声吩咐了几句，贺书玮不敢靠太近，但他人坐在车里，隐约能听见几句"务必今晚查清""住处"一类的话。他心里有些忐忑，勉强维持镇定道："父亲，我看舅舅今天身边带了一个人，他……"

贺东亭道："他如何？"

“他和前几年找来的人，很像。”贺书玮缩在一旁轻咳了几声，脸色苍白道，“父亲，舅舅是不是还在生我气？我念书不好，他上次还发了火，是我没用。”

若是以往，贺东亭都会安抚他几句。贺书玮身体一直不好，小毛病不断，在读书这件事上心有余而力不足因此成绩只能勉强维持中等，无法提升。前几年的时候，也不知道是谁找了两个面容姣好的少年送到贺府，他们除了年纪和贺书玮相仿，还有一点，就是容貌更像已故的夫人谢沅。

贺东亭让人收留了那两个少年，最后却发现对方只是骗钱的江湖人士。这样的事多了，贺东亭也就渐渐不信了。

贺书玮在那几个骗子被拆穿之后生了一场大病，休养了一个学期才好，学业更是赶不上其他同学，大学都是贺东亭捐了钱送进去的。

贺家三爷一直嚷着是谢泗泉送来的人——在贺家但凡不清不楚来闹事的，一律按谢泗泉处理。

但是这次谢泗泉当真带了人坐在他面前的时候，贺东亭心里却无法维持淡定。这次和前面几次不同，他从一见到谢璟开始，心里就涌上一种说不清道不明的情绪，那种感觉作不得假，那种与生俱来的亲近感也作不得假。他是看着这个孩子，就想要照顾、呵护对方。

贺东亭拧紧眉头，陷入沉思。

贺书玮始终没有等到父亲的一句安抚，抬头看了看对方，抿了抿唇没再说什么。

另一边，贺老板只猜对了一半。谢泗泉确实带着白容久和谢璟走了出来，但并没有回家，而是又去了小酒馆续摊，高高兴兴喝了一顿。

谢泗泉酒量极好，但谢璟沾不得酒，谢泗泉一喝多就开始拽着人拼酒，全都被白容久拦下。

白容久道：“璟儿酒量不好，我替他喝。”

谢泗泉眯眼，好一会儿才定住认清人：“有……多不好？”

白容久无奈：“沾杯即醉。”

谢泗泉拍了他肩膀，哈哈大笑起来：“他和阿姐一个样，阿姐也是，一杯之后就要打醉拳，你不知道她打人其实挺疼的……”他断断续续说了很多，像是高兴，又像是下一刻就要哭出来，仰头“咕咚”几声喝干了手里的那一小壶酒，拿手背擦过唇边，“我今日太高兴了，不醉不归！”

谢璟怕他喝多，上前劝了两句，被谢泗泉捧着面颊左右各亲了一下。

谢璟震惊。谢泗泉还要再亲，谢璟捂住他嘴，急道："舅舅!"

谢泗泉吃吃地笑个不住，眼里都是热烈又快活的光芒，他拽着谢璟问道："你可知道，你的名字是我取的?"

谢璟迟疑摇头。

"是我当年和阿姐说好的。"谢泗泉手指勾着酒坛晃了晃，眼角眉梢都是得意，另一只手提起来揉了小外甥脑袋一把，"我说不管孩子姓什么叫什么，乳名都由我来起，要叫'璟儿'。"

谢璟疑惑："为何?"

谢泗泉却在他脑袋上胡噜了几把，只笑不说了。

待喝到半夜，谢泗泉才心满意足。

白容久道："谢家主，璟儿晕车，这里离租住的房子不远，不如走回去。"

谢泗泉道："难怪你选了这家馆子，你做事妥帖，多谢了。"他说完又招手让谢璟过来，摸了摸外甥的脑袋，轻笑道："璟儿，你先跟白先生回去在东院住几天，舅舅有点事要做，忙完了就去找你。"

谢璟点头，又问："可要我帮忙?"

谢泗泉得了他这一句话，比吃了蜜还甜，捏他脸一下道："不用，你只管自己玩，等两天舅舅带你去骑马。我让人去找片能跑得开的场地，你不是想让我看看白十四？到时候你带上它一起去跑上几圈。"

"好。"

谢璟回到东院的时候已是深夜。

白容久喝了酒，但只是白酒，并不碍事，洗漱之后瞧着和往常没有什么不同。他看了谢璟，心思微动："璟儿可是有话想问?"

谢璟想了想，道："也没什么想问的。"

白容久："你就不好奇今天晚上谢家主为何和对方吵起来？对贺家也不感兴趣?"

谢璟道："我知道贺家啊。"

白容久问道："你都知道贺家什么?"

谢璟道："我知道贺家和爷有生意来往，还有华星纺织局名下的两个厂子，爷今天租下来，肯定有大用。就是贺老板看起来十分精明，应该不是好对付的，有道是‘一山不容二虎’……爷，你笑什么？”白容久趴在他肩上笑了一阵，谢璟莫名，“我说错话了吗？”

白容久叹了一声：“没有，我就是在想你嘴这么甜，赏你什么才好。”

谢璟看了不远处桌面上摆放的一只甜白梅瓶，张口道：“我要那个瓶子。”

白容久顺着他视线瞧过去，问道：“这几日又瞧上甜白瓷了？好，都给你。”

谢璟趁机提道：“爷，北地的私库里还有好些。”

白容久轻笑：“小财迷，我知道了，回头让孙福都给你拿来就是。北地那些东西原本年底也都要送来这边的，爷爷送了信来，说怕是要乱上两年。”

谢璟心里跳了一下：“严重吗？”

白容久过了片刻，才道：“冯镇北反了。”

“那省府……”

“他离着省府还远，黑河一带又临近边境，都未曾波及。”白容久叹道，“尚在能控制的范围之内，尽人事，听天命吧。”

谢璟一时也沉默下来，他对北地的关心，远超对谢、贺两家。

他和舅舅刚认没两天，对西川十分陌生；贺家于他更没有什么牵连。反倒是北地有众多朋友，他一夜辗转，直到天边泛白才慢慢睡去。

今日东院比平时沉闷些许。他们的家在北地，战乱一起，怎能不忧心。

白容久白天依旧和平日里一样，忙于各种事物，顺带把华星纺织局租赁一事也处理妥当。

贺东亭亲自来办理了此事，他一连几天都没找到谢泗泉，只能来白容久这里碰碰运气，想着或许能再见谢璟一面。

显然这次赌对了，白容久身边带着的正是谢璟。

贺东亭虽未在租金上减免，但签字之后，语气和缓道：“如今百废待兴，即便是沪市，懂得技术的工程师也不算多，白先生下定决心实业报国，我也当多提供便利才是。正好有认识的朋友运来一批电动机，不如我介绍几个工程师给你，把纺织厂里的蒸汽机更换一遍吧？”

白容久拱手道谢：“如此便有劳贺老板，白某正想从此处入手。”引进新技术、新设备，需花费很多心思，贺东亭算是送了一份大礼。

贺东亭又带白容久在纺织厂大致转了一圈，他心思都在谢璟身上，时不时用眼角余光去偷看。谢璟一路上沉默安静，但做事利落，遇到德国工程师的时候竟然还能对话几句。贺东亭看在眼中，心里带了几分惊艳，忍不住问道：“他还会德语？”

白容久点头道：“会几句简单些的，之前在黑河酒厂，也请了几位德国工程师。璟儿天资聪颖，又好学，跟他们共事的时候无意就学会了，倒也没有特意请老师去教。”他话说得平淡，像是并不值得炫耀的小事。

贺东亭看得眼睛都移不开，连声称赞：“他在语言方面很有天赋。”

白容久道：“尚可，英文较好一些。”

贺东亭吃惊道：“他还学了英文吗？”

白容久：“是，我闲了的时候顺带教他，学了几年，如今很流利。”

贺东亭已有些恍惚，看看谢璟又看看白容久，不太确定道：“你是说，这孩子没念书，全靠自学？”

“也算上过几年学。”白容久淡声道，“他幼年和姥姥相依为命，日子过得清苦，幸而那位姥姥待他极好，省吃俭用供他读了几年书。十三岁那年他出来做工，半路遇到些意外，险些丧命。”

贺东亭想要追问，白容久摇头道：“都已是过去的事了。贺先生，没有人是生下来什么都会的，这孩子会的东西多，是因为他吃的苦多。”

贺东亭闷得几乎喘不过气，脸色发白，点头说是。

谢璟走过来，道：“爷，已谈妥了。有需要修改的图纸他们会尽快交上来，厂房太旧，好些线路要重做。”

白容久点头：“应当如此，安全为上。”

中午的时候，贺东亭要请他们吃饭，找了商议要事的理由：“白先生，我计划筹资两百万银元，创办新式银行，你可有意参与？”

白容久道：“我手头资金怕是不甚宽裕。”

“无碍，十万几十万可入股，一万两万也行，只是数额多一些，我方能举荐你入董事会。”贺东亭认真道，“欧战既平，世界经济之竞争日益激烈，我华国工商业也应及时发展，此时正是我们为国出力之时。”

贺东亭手握通汇银号，又兴办新式银行，他深知只有工商业发达，金融业务才会发达。换句话说，投资工商业乃是金融家天职。

白容久略想片刻，点头应道：“好，中午一起用餐。”

贺东亭扭头问道：“璟……小谢想吃什么？”

谢璟道：“我？”

贺东亭笑道："自然是你。你年纪最小，你挑一家我请客。"

谢璟去看白容久，见对方微微颔首，这才道："我也没什么特别想吃的，这两天下雨，有点儿冷，吃羊肉锅子……行吗？"

贺东亭立刻答应道："当然，我去安排，稍等片刻让车来接。"

贺东亭让人安排了一家专门吃火锅的店，挑的还是蜀地特色，红油汤一端上来，谢璟被辣气呛得打了个喷嚏。

贺东亭有些无措，看了红油锅又看看谢璟，试着问道："你不吃辣吗？"

谢璟摇头："我没吃过这种。"

贺东亭"啊"了一声，坐在那儿好半天不知道说什么，堆笑道："是我的错，要不换一个吧？"

谢璟想换，因为白容久吃的向来清淡。

白容久却举筷道："没事，试试看吧。"

白容久这么说，谢璟就点头说好。

幸而是个鸳鸯锅子，有两种汤底。谢璟刚开始只吃不辣的那边，后来慢慢试探，接受了红油汤的味道，吃得鼻尖冒汗。

桌上三人里，反而是贺东亭和白容久两位吃不了太辣。白容久是日常吃清淡的菜习惯了，一时不太适应，只吃清汤；贺东亭是真的碰不了辣椒，吃了之后额头上一直冒汗，不住地擦，但也没放下筷子。谢璟吃，贺老板就陪着，每每看到谢璟多吃一口，他脸上笑容就深一分。

贺东亭吃得慢，看了谢璟问道："还合口味？"

一旁的白容久接话道："还不错，贺老板挑的地方好，平时对吃也有些研究？"

贺东亭愣了一下，道："算不上什么研究，也不太常吃汤锅。"

白容久道："北地天寒，我们平日倒是时常吃这些。"

贺东亭这才想起来这顿饭是请白容久谈工作，自觉有些失态，勉强笑笑，跟他谈了几句关于银行合作的事。只是他心思不全在这上面，时刻也在留意谢璟，见缝插针问了几句谢璟的吃穿喜好。

谢璟对这些无所谓，贺东亭问得多了他就道："我不挑。"

贺东亭又问："那平时喜欢吃甜还是吃咸？"他拿了手边一碟薄切羊肉烫给谢璟吃，"还有衣服，我上次见你的时候就是这身，喜欢这样的款式？"

"府里包吃包穿。"

"这是府里发的？"

"嗯。"

贺东亭心脏微微抽疼了一下，疼惜道："不如我让今天酒楼的厨师跟你回去？我看你爱吃羊肉锅子，让他专门煮给你吃。"

谢璟抬头看他一眼。

贺东亭也看他，欲言又止，最终脸上露出一个和气的微笑。

谢璟过了片刻，摇头道："贺老板好意我心领了，不过我住在东院，厨房的大师傅做菜也很好。"

贺东亭大约也觉得自己有些殷勤过了，讪讪地停下动作。

白容久咳了一声，道："璟儿去帮我拿一下止咳药，应是放在车上了。"

谢璟答应一声，放下筷子立刻去了。

他一出去，贺东亭心里就不是滋味，看了白容久道："他还没吃饱，白先生使唤他跑腿，未免太勤了些。"

白容久道："璟儿做惯了。"

贺东亭拧眉，想起之前听到的那些话，问："他十三岁就进白府做事了？"

白容久拿绢帕擦了擦唇，平淡道："贺老板怕是对外头有什么误解，他又不是锦衣玉食的少爷，只做些跑腿杂活已算好的。"

贺东亭叹了一声也放下筷子，正色道："白先生，我们见过几面，也算熟悉，我家中之事想必谢泗泉同你讲过吧？"

白容久："不曾。"

贺东亭到了嘴边的话生生被噎了回去，一时不知该如何开口，犹豫再三道："我家中当年遭遇不幸，幼子被人抱走，这些年也得了一些消息，查过很多地方。你上午说起的那个姥姥，是否姓寇？"

白容久点头道："是。"

"那位姥姥，可否让我见一见？"贺东亭沉吟道，"若是真的，她可能和我家中一位长辈是同一人，我当喊她一声寇姨。"

白容久不接话，反问他："为何见她？"

"我想问清璟儿身世，问清当年之事。"

"贺老板是说，璟儿是您的儿子？"

贺东亭看着他，缓缓点头："确有此可能。实不相瞒，我这几天也一直在找谢泗泉，一心想问个清楚，但是未能找到。"他苦笑一声，又道，"其实不用问，我心里也能猜到一二，只希望白先生让我见一见姥姥，亲口问上几句话。"

白容久："然后?"

贺东亭："自然是把璟儿接回来，他在外受了许多苦，我应当补偿他。若是姥姥不在沪市，也不打紧，不如今天就让璟儿先跟我回去，我有好些话想问他。对了，你或许不知，璟儿长得和我发妻实在像极了……"

白容久稳坐喝茶，听他说完才道："可据我所知，贺先生府上有一位小少爷了，上次拍卖会上还见过。"他停顿一下，语气平缓道，"一表人才。"

贺东亭揉了揉眉心，深叹一口气："书玮的事，白先生不必担忧，我会安排好。"

白容久没接话。

贺东亭皱眉："我不知谢泗泉跟你讲了什么，但我可以用人品跟你保证，我不是他口中的轻浮之人。"

白容久道："我知道贺老板不是孟浪之人。"

贺东亭神色稍缓，又听白容久道："只是谢家主痛失至亲，心有怨恨，发泄几句罢了。这还算好的，北地人性烈，换了我们那里怕是早就要动枪。"白容久端起茶杯慢慢喝了一口，摇头道，"我不能把璟儿这样交给你，贺老板只丢了一个儿子，如今身边怎能收下两个?"

贺东亭颇有些头疼，想了片刻，道："书玮的事有些蹊跷，我还要再查一查。他回贺家已有十余年，时间太久，牵扯的人也多，还需一段时间才能查清楚。"

白容久叹了一声，摇头道："若是如此，我更不可能把人给您。"

"为何?"

"贺老板心中既有疑虑，却拿不准主意，如此真假不分，我信不过。你要查，那就等查清楚了，再来白家要人不迟。"

贺东亭还想说话，白容久却冲他举杯示意，淡声道："断没有两个都要的道理，我等贺老板的消息。"

贺东亭握着茶杯，怔愣一瞬。

片刻后，谢璟拿了药回来，他敏锐地察觉桌上二人交谈变少。白容久神色如常，那位贺老板却一直出神，好几次不小心夹了红油锅里的辣椒，连着呛咳几声。

谢璟觉得气氛微妙，一边把药瓶里的薄荷小药丸倒在手上，一边小声问道："爷?"

白容久就着他的手把药含在口中，淡声道："没事，只是谈的生意数目有些合不拢，贺老板正在考虑。”

贺东亭看看谢璟，又看看白容久，对他道：“最多半月，不会更久。”

白容久颔首，面色稍缓：“谢家主临走时托我给您带句话，他说，这是最后的机会。”

贺东亭点点头叹了一声：“我知道了。”

白容久说话客气，贺东亭有心领会他的好意，吃完饭亲自送他们到楼下。贺东亭客气道：“白先生看起来身体好像有些弱，我家里也有医生，医术颇为高明，改天可以请去府上给白先生看看。”

白容久：“……我身体无碍，只是不太适应南方气候。”

贺东亭：“还是要小心些，年轻不要为工作太拼命，身体要紧。”

白容久想了想，点头道：“也好，请来一起给璟儿看看，他才是身体弱，我听姥姥说当年早产一直都没好好调理。”谢璟听到下意识张口想说什么，白容久不动声色地捏了一下他的手指，继续道，“劳烦贺老板家中医生顺便一起给瞧瞧，开些补药，或许趁着年纪小还能补回一些。”

贺东亭果然愧疚起来，连声答应。

等上了车，谢璟一路拧眉不语。

外头车水马龙，行人里不乏一家人挤在马路上经过，男女老幼，步履匆匆。

谢璟看着车窗外，忽然问：“爷，是他吗？”

没头没脑的一句，白容久竟也听懂了，片刻才开口道：“我让人查了贺家，查了西川，应当是他。”

谢璟道：“贺老板有个儿子，我上次还见过。”

“是，三岁时候被乳母抱来，贺家认下，上了族谱。你想怎么做？我帮你。”

谢璟略微有些困扰，眉头皱起来一点：“姥姥要是在，肯定想让我认他。”

白容久：“你自己呢？”

“我无所谓，反正我以后……”谢璟含糊道，“以后会有自己的家。”

谢泗泉不在，但留了胡达等人给谢璟差遣，他们每天想着法子去讨他们小主子欢心。只是谢璟平时忙，不是跟在白容久身边，就是去护卫队练拳脚，对他们那些哄纨绔子弟开心的小把戏完全没兴趣。

胡达琢磨着也不是回事，这要是当家的回来，肯定又是一顿叱责，干脆带着手下那帮人一起去了护卫队。他们都是谢泗泉在西川找来的好手，拳脚、火器都使得极好。

谢璟平日里跟着几个师傅，对战的都是正统路数，还真没遇到西川这样的野路子，很感兴趣地叫了几个人上来交手。

胡达知道谢璟本事，故意没提醒身边的兄弟，瞧着他们起初小心翼翼，没几下就被谢璟的软鞭缠住手脚和喉咙，在那儿一个劲儿乐。

几个西川人被软鞭抽得吱哇乱叫，但也抽出了几分火气，梗着脖子道："不用这个！用枪，敢不敢用枪嘛！"

谢璟甩甩手腕，点头道："好，打什么？"

那几个人指着胡达，嚷道："打他！"

胡达："你们想做什么?!"

胡达被拽过来，站在一棵宽叶枇杷树下，闭着眼睛一脸视死如归，胳膊平展开，双手和头上各顶了一只茶碗。

西川人里头推选了两个好手出来，斜背了火枪来和谢璟比试。他们动作利落，扛枪姿势老练，瞄准开火几乎没有停顿，"砰砰砰"三声枪响之后，胡达身上的三个茶杯应声而碎！第一个还好，第二个人打得太快，最后一枚子弹打碎茶杯的时候低了几分，几乎擦着胡达的手过去，烫了他掌心一下。

胡达气得用西川话大骂他们，对面一群西川汉子却哈哈大笑起来，习以为常，并不当回事。

胡达又拿了茶碗，认命顶上，闭着眼睛当靶子。

谢璟举枪瞄准，胡达闭眼听着三声枪响心肝都颤了下，他见识过小主子的鞭子，但没见过他用枪啊！

手上茶杯"砰砰"两下炸开，胡达下意识缩手，心里略松一口气，但头上茶杯却没炸开。胡达刚有些疑惑，就听到树上有轻微声响，紧跟着"啪嗒"一声，一小串熟透的枇杷果稳稳当当落在了他头顶的茶杯里。枇杷果约莫两三颗的样子，差点把茶碗坠倒，胡达连忙用手去扶了下。

谢璟在对面朗声笑道："我第三枪没打准，你们赢了，请你们吃枇杷，管饱。"

一帮要强的西川汉子怔愣片刻，几个人走过来，把谢璟架起来往空中抛了几下。谢璟没经历过，一时吓了一跳，但被抛起来也躲不开，听着耳边那些西川汉子"呦吼"的兴奋声，也跟着笑了。

东院几个护卫平日里哪见过这般蛮人，你看我我看你的，有人试探道："咱们也去？"

另一个人拿眼睛瞥了洋房的位置，不动嘴角压着声音道："那边楼上可是爷的书房，肯定看着了，要去你自己去啊，我不去。"

这话一出其余几个护卫都不动了，按捺下一颗蠢蠢欲动的心。

五月枇杷成熟，正是最好吃的时候。

院子里热闹得很，胡达他们摘了好多枇杷果子，挑着最好的拿给谢璟和东院那些护卫分着吃，自己也擦了擦就啃起来："这里的果子好小，等以后去了西川，带你们上山去摘，我们那儿的枇杷又大又甜！"

东院护卫跟他们不打不相识，早就忘了之前的矛盾，好奇道："你们还有山啊？"

胡达挑眉得意道："有！好大一片哪，都是我们上城谢家的！"

"上城？你们那儿还有个下城谢家吗？"

"少见多怪，地名没听过啊，难道北地就许有一个白家，不能有黑家啦？"

"这，还真没听过'黑家'，我们那儿倒是有个黑河。"东院护卫也得意起来，"黑河一带的码头、轮船一大半都是我们的，还有酒坊，等你们去了北地，请你们喝酒！"

几个人说得热闹，谢璟拿衣摆兜了些枇杷跑回楼上书房，拿给白容久吃。

白容久果然站在窗边，冲他招手道："刚才怎么动了枪，伤到没有？"

"没有，跟他们比画着玩儿的。"谢璟额头上还带了薄汗，笑着上前，"爷，吃枇杷，我挑的！"

白容久轻轻敲他额头一下，失笑道："何止你挑的，我刚还瞧见你爬树。"

第八章 真假少爷

五月初。

贺东亭一连几日，都去了菀玉斋。

他打听到谢璟喜欢青花瓷，本想买来送给谢璟，结果去了跟老板一问才发现这孩子买进也卖出，而且眼光极好，瞧东西的品味简直像是沪市流行的风向标，什么赚钱他就刚好倒腾什么，一时获利颇丰。

贺东亭拿了一个青花瓷盏放在手上看，一边听店铺老板说话。

“您要问起这位小爷，那可当真不得了，我之前还觉得他年轻，应当喜欢鲜艳些的物件，拿出来人家愣是一件都没瞧上，挑剔着呢！我也不瞒您，我做生意走南闯北这么多年，还头一回见这么厉害的买主，运气可太好了，但凡一个物件在他手里过一遍，不出半月都能贵上好些！”

贺东亭欣慰道：“他眼光很好。”他对古玩没有太多涉猎，但看起来谢璟精通此道，或者说天生带了几分运气——沉沉的运气就很好。

老板道：“是，不止您，两家大店的掌柜都常来问。现在跟着收甜白瓷呢！”

贺东亭问他：“他还说什么了？”

“那位谢小爷这几天也不知道从哪里弄来一批上好的金丝楠木，品相是真不错，就是数量太多了些，正想办法出手呢！”

贺东亭想了想，道：“你这里收不收金丝楠木？”

“收是收，但我店小，上回谢小爷拿来的那只梅瓶我都是和对街的王老板合力买下的，实在有心无力呀。"老板语气痛心。这两年金丝楠木价格渐涨，这样好的一批木料不知要花多少时间才能收集到，实在不可多得。

"你留意些，若他出手，就以你的名义尽数买来，到时候一并送去贺府。"贺东亭开了支票，叮嘱道，"做得隐蔽些，事成之后我自当再谢你。"

老板有些错愕，但那支票上白纸黑字顿时让他兴奋起来。贺老板果然出手大方，光是中人的钱就是一小笔不菲收入，他立刻点头应下。

古玩店老板也想抓紧赚一笔，当天就联系了谢璟，跟他要那批木料。

金丝楠木之事实在太过凑巧，谢璟略微一想，就知道是怎么回事了。

贺东亭在公司听说谢璟来找的时候，立刻停下手中的事，下去见他。谢璟换了一身新衣，坐在那儿正在等，一见到他开门见山就提了金丝楠木之事，和贺东亭想的不一样，他开口就是推辞："贺老板，那批木料怕是不能卖给您。"

贺东亭道："为何？"

"我卖它确实是想换一笔钱，但也是你情我愿，沪市近一两年时兴金丝楠木家具，我出手并不困难。"谢璟委婉道，"我动作慢些，半年左右也能卖掉，若您只是为了帮我那就不用了，这钱我不能收。"

贺东亭听了松了口气，笑道："你误会了，我确实想打几件家具，就放在书房里用，一直没找到好料子。"

谢璟抬头看他，贺东亭站在那儿大大方方让他看，一直带着笑意。

谢璟看不出他说的真假，但从这人身上释放出的气场他能感觉得到，没有半分恶意。

贺东亭故意道："不过那些木料确实有些贵，买了之后还有些心疼。小谢，你赚了一笔，不如请我吃顿饭如何？"

若是贺老板开口请吃饭，谢璟立刻就会拒绝，但对方反过来讲，谢璟一时没反应过来，怔愣片刻才道："好。"

贺东亭高兴极了，生怕他反悔，外套都是让人送下来的。

谢璟问他："你想吃什么？"

贺东亭肯定道："就吃羊肉锅子。"上回谢璟吃了好些，他记得清楚。

谢璟来的路上想好的那些说辞，基本就用了个开头，其余都是贺东亭引导着说下去的。贺东亭戴一副金丝边眼镜，看起来温文尔雅，对他客气又小心，并不多讲，连关爱都是看他脸色试探去做，不敢越雷池分毫。

这让谢璟觉得有些怪。

这人和谢泗泉完全是两种路子。

谢泗泉热情似火，高兴起来什么规矩不规矩的，全都不放在眼里，会用酒坛喝酒，会拍着桌子跟大伙儿起哄，也会捧着他脸使劲儿亲上两口，迫不及待地想融入彼此的生活之中；而这位贺老板的面容和大学教授类似，人也规矩得多，总是带着温和笑意，对他的需求观察很细，也知道留有分寸，让人感觉十分舒服。

这是贺东亭第一次和谢璟同桌吃饭，略有些激动，筷子掉了两回，让人换过之后不好意思道："这筷子太长，有些用不惯。"

谢璟道："贺老板不用勉强，我看对面有西餐厅……"

贺东亭立刻道："不不，我不是这个意思，我一直都用筷子，只是家里没这样的长筷，多用几次就适应了。"他说着又夹了一筷滚开的羊肉，刚从辣汤里夹出来，放在嘴里一边吃，一边额头就冒出汗，连声道，"这肉熟了，你尝尝？"

谢璟看他一眼，忽然放下筷子，起身出去。

贺东亭有些无措，坐在那儿不敢走，也不知该不该留。

很快谢璟就回来了，他端了一杯水放在贺东亭面前，对他道："你先喝水，我要了甜品，解辣的。"

贺东亭有些意外，一杯水喝得分外珍惜。

过了片刻，饭店的人送了两碗甜汤圆上来。谢璟接了一小碗，一边吃一边道："你可以吃清汤，不用和我一样吃辣的。"

贺东亭垂下眼，镜片略有些雾气也遮住他泛红的眼眶，努力用平稳些的语气问："你也喜欢吃甜汤圆？"

谢璟"嗯"了一声。

贺东亭轻笑："还喜欢放醪糟是不是？"

谢璟想了想，道："只能放一点，我喝一点酒就容易醉。之前练武，力气大，怕醉了打伤身边的人。"

贺东亭笑声里带了哽咽，他艰难开口，刚喊了一声"璟儿"，就听见身旁的男孩含糊道："等，等我舅舅和姥姥回来之后吧。我现在只想吃饭。"谢璟并非不知贺东亭为何这样，但他们只见过几次面，谢璟实在不知该如何应对。

贺东亭沉默了片刻，点头缓声道："也好，是不能这么随意。"

好歹是把饭吃完了。

谢璟吃饱之后，抢在前头下楼去付钱，贺东亭故意坐在那儿又喝了一杯茶，给他留足时间。

喝完茶，贺东亭算着时间差不多了，这才起身下楼，刚走下楼梯就听到外头大堂有几个年轻人说话的声音，略有些嘈杂，里头还能听到谢璟简短的回话。贺东亭听着不太对，加快了脚步，不远就看到五六个人把谢璟围在那里。

谢璟站在那儿已有些不耐烦，开口道："让开。"

围着他的都是学生模样打扮的人，正是贺书玮的同学，看得出家境都还不错，只是说话不太客气，嗤笑道："不过留下来问你几句，何必这么急着走。哎，你是叫谢璟吧？"

另一个伸手碰了谢璟身上的衣服，手上似乎沾了什么，衣服上登时出现了些指印。

谢璟低头去看，眉头微微皱起。

那人甩甩手，嗤笑道："换了身新衣，一时没能认出来，上回拍卖会的时候我还瞧见你来着，送伞那个嘛！你不是白明禹的兄弟吗，怎么又姓谢了？"

"我听说你是白家的护卫，又和谢家主有牵连，够能耐的啊。书玮这个舅舅财大气粗，不过才来沪市几天，你竟也能抱上这条大腿！"

"这姓谢，怕也是刚改的吧？"

周围一片哄笑声，拿他逗乐。

这帮人平日没少跟着贺书玮一起吃喝玩乐，因之前听贺书玮无意中提过几回"烦心事"，便有意讨好，这回正巧在酒楼碰到谢璟，是故意来给贺书玮出气的。刚才那个弄脏谢璟衣服的男生，伸手还要去拽谢璟胳膊，贺东亭瞧见大怒，上前两步喊道："住手——"

他说话瞬间，谢璟已动作极快地捏了他的腕骨拧到后方，略一用力便卸了对方胳膊，这边"咔吧"一声骨头脆响，比惨叫要快！谢璟听到贺东亭喊话时刚好做完这么行云流水的一套动作，想了想，退到一旁，果真住手了。

被卸了胳膊的男同学哪里受过这样的疼，眼泪鼻涕都流下来，垂着一条胳膊，只当自己残废了，号哭不止。

周围人纷纷围上去，但不敢靠近谢璟了，几个人鹌鹑一样缩在一旁跟谢璟对峙，却敢怒不敢言。

谢璟一个人站在对面，神情平淡。

贺东亭走过来，人都傻眼了，他喊的时候不是那个意思，但现在告状的人显然变成了对方，几个人纷纷指责谢璟下手太狠。

贺东亭训斥道："那也是你们挑衅在先，我刚才在楼梯那儿瞧得清楚。"

"可是贺先生，我们……"

"没有什么好可是的，稍后我让律师去找你们家中父母，仔细商讨赔偿事宜。"

那几个人慌了，尤其是胳膊脱臼那个男生，还傻乎乎道："贺先生，我们是书玮的同学啊。"

贺东亭沉了脸色："他让你们做的？"

那几个人纷纷摇头，小声道："没有，没有，是我们之前有点小误会。贺先生，我们是趁着没课，来看看施粥位置的。往年书玮生辰府上不都要施粥吗，书玮说这次多定一处，听说这家粥料足实惠……"他们原本想搬出贺家太子爷，总能缓和一下气氛，但眼瞧着贺东亭脸色越来越黑，渐渐住了口。

贺东亭见谢璟走出去，连忙快步跟上，喊了几遍他的名字。

其余那几个学生站在大堂里，面面相觑。

贺东亭方才那样，只差劈头盖脸骂他们一顿了，哪怕他们搬出贺书玮都不好使……不是说贺家只疼那一位太子爷的吗？

贺东亭一直追到路口，跟在谢璟身后道："璟儿，那几个人我一定替你教训一下，出口气，你不要同他们置气啊，不值得。我保证他们不会再出现在你跟前，还有施粥的事，我都可以取消……"

谢璟摇头道："施粥挺好的，这是好事，我以前也喝过这样的粥。"虽然记忆模糊了些，但那些片段里他确实曾喝过一碗祈福粥。

贺东亭哑然，眼里有愧疚，也有疼惜。

马路对面已等了一辆汽车，谢璟认得车牌号，指了指那边对贺东亭道："我没有生气，只是要回去了。车在对面等我。"

贺东亭想开口留他，但是又不知道此刻能用什么身份开口，犹豫道："不如我送你回去，我车也在，你衣服脏了我给你买两身……"

谢璟摇摇头推拒了，对他道："贺先生，要多做好事。"想了想又补充道，"保重身体。"

他已经过了需要父亲的年纪，凡事可亲力亲为，再不需要任何人庇护。

贺东亭站在路边，一直看谢璟跑过马路，上车走远。

车上。

谢璟脱下外套，闻了闻，一时有些头疼。

那几个男学生手指上竟还有胭脂，在谢璟衣服上抹了几个红印子，看起来脏兮兮的。车里空间小，充斥着一股甜腻腻的香粉味。

谢璟把外套卷了卷，扔在后头，对司机道："这车是二少爷的？"

司机点头道："是，九爷让我来接您，说下午和二少爷去厂房那边看看。纺织厂那边换机器，爷不放心外人，让谢管事和二少爷多盯着些。"

谢璟道："路边停一下。"

司机停下，谢璟下去在一家香粉铺子里买了几盒时下最流行的化妆品，也不拘是什么，瓶瓶罐罐拿了七八样，光胭脂就三盒，买好之后把它们裹在脱下的外套里。谢璟只穿了衬衫长裤，五月天气已渐暖，没那么冷，这么穿倒是也利落。

到了工厂，他先把白明禹叫来，让他去车上看。

白明禹莫名其妙："什么东西？"

谢璟："衣服里，你打开看。"

白明禹鼻尖动了动，打了个喷嚏："这什么，小谢，你买这么多胭脂干什么啊？还拿衣服裹，外套都脏了，你这也太不讲究了！"

谢璟站在车门那儿，"哦"了一声道："上次虹姑娘来信，好像说想要沪市的化妆品，我正好路过，就买了，你不要那我就——"

没听他说完，白明禹就一把用衣服裹了那些瓶瓶罐罐，立刻道："要要要，我就知道，还是你够兄弟！"

谢璟看了一眼："我衣服脏了。"

白明禹得意道："不过一件衣服，明儿就给送件一模一样的去！"

谢璟点头说好。

白明禹又紧张问道："我这是头一份儿吧，你们给她买了没？"

谢璟挑眉道："绝对第一份。"

白明禹美滋滋地抱着进去了，谢璟悠闲地跟在后面，也解决了一桩麻烦。

他不好把弄脏的衣服带回去，解释起来太麻烦，势必要说出那帮男学生。其余都还好，今天对方弄脏九爷送他的衣服，他实在没忍住卸了那人的胳膊……打架的事，不能让白容久知道。

他在爷跟前一直乖顺，动手卸人胳膊这样粗鲁之事，是绝对不会做——做了也不认的。

另一边，贺东亭回到家中。

他今日回来得早，一连打电话吩咐取消了几件事，贺书玮的生日还有一两天，之前安排的那些隆重典礼也都一并取消了。

若是没有谢璟对比，他都不知道自己在此事上的花销如此之多，越看心里越不是滋味。

下头人不知发生了什么事，小心问道："先生，那这些钱当如何？"

贺东亭道："买些米粮，搭粥棚，都留着施粥吧。"

下头人应了一声，领命去了，刚走几步又被叫了回来。贺东亭思索片刻道："今年的帖子还未发出，就不用通知发下去了，只在家中简单吃一顿饭即可。另外去把书玮叫来，我有事同他说。"

"书玮少爷今日去三爷那边了。"下头人道，"上午的时候三爷差人过来，说是病了。那边催得急，赶巧您不在家中，书玮少爷怕那边出什么事就请了洋人医生赶过去，现在还没回来，可要我打电话催催？"

贺东亭拧眉，不悦道："老三又闹什么，他哪里是生病，我看分明是缺钱用了！你打电话把书玮喊回来。另外告诉下头，三爷来取钱，谁都不准给，也不许给他请什么洋人医生。花钱不少，这么多年也没见治好他那一身臭毛病！"

下头人应了一声，小跑下去。

贺东亭难得发火，他脾气好，但不代表没有脾气。贺家三爷和他一母同胞，但老夫人偏疼幼子，多年前他刚开创基业的时候，甚至开口说出让他将产业分一半给弟弟这样的胡话。贺东亭自然没有答应，但贺三爷也没少找各种借口来要些小钱。洋人医生就是其中一项，每次只肯找这么一位西医去看病，病没看好，钱花了不少。

贺东亭这几年已对贺家这些亲族失望透顶。

他有些疲惫地坐在那儿，用手撑住额角，缓缓揉了揉。

他轻易不动怒，偶尔一次，头疼得厉害，太阳穴鼓起来一些，好半天才退下去。

烟馆。

贺三爷正躺在软榻上吞云吐雾，小桌另一边有娇娇软软的娘子伺候。那娘子是他老相好，一身绸缎新衣，头戴珠翠，光给他点烟枪的手上就有三枚戒指。

贺书玮拧眉坐在对面的宽椅上，那个金发碧眼的洋人医生正站在他身后，房间里光线暗，被布幔帘子遮住了看不清手上动作，只听到一点药水滴落的声音。贺书玮似有些看不惯，微微拧眉道:“三叔，西川谢家送了一个男孩过来，这事你可知道?”

贺三爷吞吐片刻，懒散道:“知道，又不是什么新鲜事，也不是第一个了，你慌什么?”

贺书玮道:“这次不同。”

“哪里不同?”

“我前几日生病，父亲没有理会。”他以为生病了贺东亭就会来看他，但是这次没有，贺书玮抿了抿唇道,“那个叫谢璟的，我见过一回，长得太像了。”

贺三爷嗤道:“像谁？谢泗泉？前年闹到府上来的那个，不也像谢泗泉？最后呢，也没留下呀。”

贺书玮还在拧眉。

贺三爷打了个哈欠，道:“你不就是担心西川塞人进贺家吗？这事好办，过两日就是你生辰，多多地请人来府上，这知道的人越多，贺东亭他就越没法换人。你不用担心帖子的事，我认识伊川先生，这次保证给你办得周全，宾客比往年只多不少。”

贺书玮道:“不，今年还是不要请人，父亲怕是不会答应此事……”

“瞒着就是了，人来了，他还能赶出去不成？再说商会换届选举在即，贺东亭也要顾全自己颜面，我们这是替他做人情呢!”他看了贺书玮，颇有些不满地催促道,“上次信托公司的事没办好，伊川先生已经发了脾气，这次银行创办之初，有油水的位置多的是，你也抓紧时间，好歹捞一个经理当当。什么都不成，难怪被人一再认成‘西贝货’，你这哪里有贺家少爷半分样子，啧!”

贺书玮也带了几分焦躁:“你不了解他，这事没那么容易。”

贺三爷冷哼一声，放下茶杯，狠狠地给了他一巴掌，阴沉道:“你也配教训我？一事无成的东西，你懂个屁!”

贺书玮头被打得向一侧歪去，闷哼一声。他身后的洋人医生急忙收起手中的小手术刀，但还是不及时，在贺书玮耳后斜划了一刀，原本的小伤口被划开，一半没入头发中。

洋人医生有些慌张，手上的小碗差点没捧住，里头半凝固的液体晃了晃，有近半碗血。

贺书玮耳后又有鲜血流出，他伸手捂住伤口，脸色越发苍白。

贺三爷手上也沾了一点血，一边拿帕子擦，一边骂他晦气:“文不成武不就的东西，但凡长得像那么一点，也不至于让西川那边年年找碴儿！你自己看看这张脸，除了白一点，哪里像贺东亭的儿子？”

贺书玮拿棉球止血，闭了闭眼，他不敢现在就出去。

贺书玮眼底一片青色，皮肤如白纸，毫无血色。被紧紧按住的耳后有一片细碎伤痕，有些是新伤，有些则是陈年旧伤，藏在发鬓底下不易让人瞧见。

贺三爷还在骂他，让他滚。

但贺书玮手指微微颤抖，坐在那儿没动。洋人医生熟练地给他止血。房间里有一面描花铜镜，贺书玮咳了一声，病恹恹地看着镜子，视线发直，镜子里的人也在同样看他。

洋人医生不是为贺三爷找的，其实是为了他。

他十二岁时第一次做耳后放血，一丁点的伤口，都想不到会流这么多血。他已经不知道自己原本的肤色是如何，只知道贺三爷口中的“贺家小少爷”应该有这样的肤色——贺东亭和谢沅沅夫妻二人都白，生的孩子自然皮肤白皙。两人又都是一等一聪明之人，小孩儿理应聪慧过人，学什么都会。

他不过是个普通人，没有傲人天资，唯一能做的伪装也只剩一样，做一个白弱无能的贺家少爷。洋人医生是贺三爷给他找来的，听说国外有些女人为了让皮肤看起来白一些，会在耳后、颈上放血。贺三爷不敢让人看出他的伤口，起初是在头发遮挡的地方，后来渐渐大了，就改为耳后。

每次一碗血的剂量，这么多年，他已习惯。

除了这些，他被耳提面命，时刻熟记家中主母的喜好，从喜欢的颜色到平日喜欢吃的口味。他幼年也曾仗着父亲宠爱任性过，他以为那是独属于他的宠爱，但事后就被乳母关在房间里狠狠教训了一顿。也是从那时起，他知道自己在“扮演”另一个人。

他不能选择自己想吃的菜，从来没有人在乎他想要什么，而是更在意他和主母像不像——哪怕，那只是一个供奉在佛堂里的牌位。

贺书玮拿下沾血的棉球，用酒精小心擦拭干净周围的血迹，面色平静。

贺三爷烟瘾又上来了，一旁的娘子拆了一包新的点上，讨好道：“三爷别急，尝尝伊川先生新送来的福寿膏，这次成色极好，您一准儿喜欢！”

贺三爷连忙接过，沉醉其中。

贺书玮微不可觉地露出嫌弃神色，但垂眼恭顺道：“三叔，侄子走了。”

贺三爷刚出了气，心中畅快很多，摆摆手让他走，自去享乐了。

贺书玮回来之后，换了一身衣服，确保没有烟馆的味道才去到前厅。下头人对他道："少爷，先生今日早回来，找了您一下午。"

贺书玮心里跳了一下，面上做出无事的样子，问道："找我？出什么事了？"

下头人摇摇头，道："不知，之前催了几遍，刚才贝律师来，先生同他去书房谈话，想是等一会儿就叫您了。"

贺书玮想上楼，但是楼梯口那儿站了一个仆人拦住道："少爷留步，先生交代了今日有访客，书房谁都不能去。"

贺书玮脚步顿住，抬头看了旋转楼梯片刻，又转身去客厅沙发坐下。他心里总有些不安，像是揣着一只兔子一样，乱跳得厉害。

贺书玮坐在客厅拧眉想着，仔细想哪里还有纰漏，哪里还可以找补。一直等了一个多小时，贺东亭还没有从楼上下来，家里用人端了饭菜摆在餐厅，问贺书玮要不要用饭。贺书玮今日放血，有些晕，怕等下和贺东亭说话的时候精神不济，就起身去吃了一些，顺口问道："父亲用过饭没有？"

佣人道："先生晚上吃了一碗粥。"

"这么少？"

"是啊，先生说是中午去吃了羊肉锅子，没留神吃多了些。"

贺书玮道："不可能，一定是你听错了，父亲从不吃羊肉……"

用人笑道："我起初听到也吓了一跳呢，这么多年，打我进府里开始就没见过先生吃羊肉，往年即便冬日打边炉也不吃的呀。先生回来的时候外套上还沾了一两滴红油，还是我送去洗衣房的，错不了。"

贺书玮筷子停顿片刻，又问："父亲中午和谁一起吃的？"

用人摇头："这我也不太清楚，不过瞧着先生回来的时候心情不错，许是和朋友找到一家不错的馆子。"

贺书玮自然不信。贺东亭这么多年来一直喜好清淡，忌食牛羊腥膻，这种习惯哪里是一朝一夕之间可以改变的。

客厅电话响了，是贺书玮一个同学打来的。对方满是不悦，电话打通，就开始发牢骚："书玮，我下午打了几遍电话给你，怎么都找不到你人？"

"抱歉，有些事在忙。"

"是是，你是大忙人。我和沈齐他们几个一起去帮你看过施粥的地点了，你说巧不巧，那家汤锅店里刚好遇到谢璟……"

贺书玮心猛地跳了一下，还装作若无其事道："谢璟？哦，就是北地来的，听说是个护卫的?”

“可不是吗，就他!”电话里道:“我们原本想堵着他教训几句替你出口气，这家伙倒好，瞧着闷不吭声的，结果谁知道他是和你父亲一起出来吃饭的。”

贺书玮脸色微变，问道:“他和我父亲一起吃的饭？你看清楚了?”

电话里唉声叹气，一叠声求饶:“是啊，看得清清楚楚。我们堵人的时候被看到，贺先生发了怒，说我们几个人欺负老实人，怕是沈齐几个人要被学校开除呀……书玮，贺先生平日最疼你，你求求情!”

贺书玮:“你们动手了?”

电话那边声音憋着委屈:“哪里啊，那个谢璟做护卫的，出手厉害得很，沈齐都被他卸了一条胳膊，我们送去医馆才治好。”又问,“你不是说他巴着你舅舅图谋不轨吗，我瞧着也像，他长得委实太漂亮了些，比咱们学校那些女生还好看。我看你也小心些，提醒你父亲一下!”

那边又说了求情的话，贺书玮统统应下，挂了电话。

他握紧扣上的话筒，骨节泛白，闭了眼好一会儿，再睁开的时候眼底还是带了红血丝，控制不住的嫉妒一点点啃噬心脏。

楼梯那儿有人说话的声音，贺东亭和贝律师一边交谈一边走下来。贺书玮回神，连忙放好电话筒赶过来问好。

贺东亭看他一眼，依旧对贝律师在说话:“那就这么定了，若有其他具体细节问题，我们再商讨。”

贝律师点头道:“好，只是太复杂，光地产需要整理的就有许多，可能要过一两个月才能弄好。”

“有劳。”

“贺先生哪里的话，是我分内之事。”

贺书玮不知道他们在楼上说了什么，但他知道贝律师是有名的大律师，同时也是贺东亭最为信任之人，只从听到的“地产”二字，他心里隐约有了一个猜测。但又不敢直接问，站在一旁勉强笑道:“父亲，可有什么我能帮忙的吗?”

贝律师笑道:“贺少爷学的文学，怕是处理不了这些官司上的事，不劳费心了。”

贺书玮碰了一个不软不硬的钉子，一时讪讪站在一旁，也不好再问。

贺东亭送了贝律师之后，回到家中同贺书玮谈了谈。

贺书玮坐在沙发上，心里不安，眼神都不敢和他对视。

贺东亭道："你今年生辰，我打算一切从简，就不通知外人了，只在家中简单吃顿饭。"

贺书玮忙道："应该的，应该的，父亲平日忙于工作，赚钱不易，我花着也不安心。"

"另外关于施粥……"

贺书玮抢先道："施粥的事，不如一并取消吧，父亲今天是不是遇到我学校里几个同学了？其实我也是这个学期才同他们熟悉起来，若他们哪里惹恼了父亲，您尽管放手去做，不用顾虑我。"说到最后他露出几分厌恶神情，"他们总是这样，也不管我乐不乐意，老是擅自安排一些事情。"

贺东亭到了嘴边的话，又咽了下去。他第一次用探究的视线去打量眼前的这个男孩，他养了他这么多年，往常听到的全是赞誉之声，但当他接触到与贺书玮年龄相当的谢璟之后，忽然觉得有很多事情不太对。尤其把两人行为处事放在一处对比，优劣高下，一眼可见。

谢璟让他多做善事，而书玮却在揣测着他的心思、一味讨好。

贺东亭心里那股不对劲的感觉越发明显，越发觉得眼前的人和他、和沅沅不一样。

如果是沅沅——她根本不可能在外头受欺负。按她的话说，她们西川人没有隔夜仇，当场就会打得对方爬不起来，再不敢来招惹。就像今天的谢璟一样，他没有沅沅那么泼辣，打架之前不放狠话，但一言不发就卸了人胳膊。

之前蒙在眼前的一团迷雾散开一角，他看贺书玮的时候，眼神里带了几分探究。贺东亭沉默良久，忽然问道："你来的时候，有三岁了吧？"

贺书玮点头道："是，父亲怎么突然想起这件事了？"

"没什么，只是这两天在想，当初送你来的乳娘已回乡下老家许多年了，不知她过得如何。"贺东亭手轻轻点了脸侧几下，眯眼思索，"我记得你小时候还请过一个家庭老师，好像姓吴，那个女老师教你读书识字……"

贺书玮忽然在对面落下眼泪，哽咽起来。

贺东亭怔愣："怎么了？"

"吴老师她前几年生病去世了。"

贺东亭拧眉，他并未听人提起过。

贺书玮眼眶泛红，握着的手微微发抖，哽咽道："父亲，我去给吴老师送了奠仪，回来做了好几天噩梦，我很怕。"

贺东亭道："你为何不跟我说？下次可以让管家替你去。"

贺书玮摇头，只一味发抖，苍白着脸说不出什么。

贺东亭道："许是年纪大了，总有些怀念旧时。我打算把当初救你的那位乳母请回来，另外你那位家庭教师虽然故去，但家里人应当还在，我让人去找找，看有些什么地方可以帮帮忙，也好了却一桩心事。"

贺书玮像是松了一大口气，连声答应说好。

用人送了满满一尖盘的煎糯米糕过来，糯米糕还冒着热气，上头撒了桂花、蜂蜜，略微煎炸过，两面金黄，中间软糯。

贺书玮露出欢喜神色，把糕往父亲那边推了推："您吃些吗，我听他们说您晚上回来都没怎么吃东西。"

贺东亭摇头。

贺书玮就用手拿起一块，笑道："那我就自己吃了，晚上吃饭的时候总觉得少了点什么，一直没什么胃口。别的不缺，就馋这口糯米糕了。"他三两口就吃完一块，很快又拿了一块去吃。

贺东亭端了一盏茶，安静看着他。

贺书玮一连吃了大半盘，还想要吃，贺东亭平静道："可以了，小心积食。"

贺书玮不以为意："父亲说的哪里话，我虽然从小身体不好，吃糯米糕却是不怕的，平时都能吃完一整盘。"

贺东亭放下茶杯，起身道："那你慢些吃，我去楼上处理些公务。"

贺书玮一直坐在那儿听着他上楼，听到脚步声渐渐消失，嘴里最后一块糯米糕也刚好咽下。他在客厅坐了一阵，然后去了洗手间，把刚才吃的东西。全都吐了出来，他的身体已经弱得完全消化不了糯米一类的食物了。

贺书玮仿佛经历了一场劫难，后背衣衫尽数湿透。他用凉水洗了脸，头发打湿贴在额前，狼狈不堪，脸白得不像样，一双眼睛直勾勾盯着镜子里的自己，漆黑不见一丝光。

第九章 十个木箱

五月初四。

胡达等人一大早就去了东院，等着谢璟出门。他们之前就和谢璟约好了，今日要去郊外马场骑马散心。

胡达谨记谢泗泉临走前的吩咐，生怕谢璟闷着，一直在找宽敞些能跑开的马场。白家送了马，那他们就负责让小主子开开心心地骑马跑上几圈。

谢璟来沪市一段时间，许久没出去跑了，对骑马很是心动。

白容久知道他不是能圈养的主儿，也想放他出去透透气，只叮嘱道："自己去护卫队找几个人带上，另外不要贪玩，傍晚的时候记得回来。晚上我让小厨房烧了你爱吃的小菜，大厨还跟当地的师傅学了蒸米糕，等你回来尝尝看，合不合口味。"

谢璟眼睛都亮了，连连点头。

白容久轻笑一声，给他整理好衣裳，轻轻拍了他肩膀："好了，出去玩儿吧。"

谢璟很快下楼去，胡达几个人在楼下等着，一瞧见他纷纷起身。他们穿着西川的鸦青色长袍，有些人还梳了几缕小辫子，串了些珊瑚珠一类的东西一并扎起。他们见到谢璟想喊"小主子"，刚开口就被谢璟拦下："我上回说了，喊我名字就好。"

胡达笑道："那怎么行，不能坏了规矩嘛。"

谢璟看了看他们，问道："怎么今日人好像少了几个？"

胡达道："哦，他们吃坏了肚子，我让他们去歇着了。"他带着谢璟出去，迫不及待地问道，"小主子，我知道你有马，不过昨儿去马市刚好瞧见有几匹漂亮的枣红马，你帮咱们掌掌眼，看看好不好？"

谢璟挺感兴趣，跟他们去了院子里。

院子里停了六匹骏马，枣红色和黑色的各有三匹，其中有一匹枣红马格外神俊，长得高大威猛不说，额前一道白色菱形痕迹，四只马蹄上也一团白毛，让人一见心里就喜欢。

谢璟看了一圈，点头道："不错，都挺好的。这匹马叫什么？"

胡达道："还没名字，小主子给起一个？"

谢璟想不出什么有新意的，瞧了马房一眼，顺口道："那就叫谢一。"指了旁边道，"它们几个就叫谢二、谢三，一直到谢六。"

胡达："……好名字。"

谢璟虽然夸谢一好，但还是更偏爱自己的马，去马房牵了白十四出来，翻身上马，带了东院几个人一同出去。胡达几人也骑马跟上，走在最后的那个西川汉子手里还牵了一匹空着没骑的枣红马，正是刚才谢璟夸好的谢一。这是他们给谢璟备下的，也一并带了去。

楼上书房。

白容久在窗前看着谢璟一行人走远，等了片刻，喊了孙福管事进来，问道："之前让你找的人手，找齐了？"

孙福管事道："齐了，总共三十余人，听您的，全是好手。"

白容久道："好，一会儿有几个西川谢家人过来，让他们跟着去。吩咐下去，出去东院一概都听谢家主的，按他说的做。"

"谢家主回沪市了？"

"嗯，今日是贺府小少爷的生辰宴。"

孙福管事略一想就明白过来，又问："爷，可要让下头的人带些防身的？"

白容久摇头："不必。谢泗泉顶多砸些东西出口气，他看在璟儿的面上也不会闹得太过。"

孙福管事答应一声，下去准备了。

白容久在书房看账册，半天未翻动一页。他心里惦记其他事，干脆把手里账册放下，闭眼歇了一会儿。他有些羡慕谢泗泉，若是可以，他也想替谢璟走这一趟，亲自出这一口气。

谢璟吃了太多苦，让他每每想起都心有不甘。

上午，有人来汇报纺织局的事宜。白容久让白明禹过来一趟，吩咐他收购几支市面上数家工厂的股票，数目颇大。白明禹在书房中待了许久，走出来的时候带着满腔斗志，虎虎生威。他早就知道白容久要在沪市做一番大事，参与其中，只觉兴奋不已。

另一边。

东院那三十几个护卫没有立刻去贺家，而是被几个西川人带去了一所住处，后者拿了一些黑袍让他们换上。这些衣服看起来就是西川的款式，盘扣都是银扣子，风格鲜明。

护卫们面面相觑，但还是都换了。

等换好之后，有护卫忍不住问道："你们那儿的扣子都是这样，银子打的？"

西川人得意道："对啊。"

护卫："可是，不都说财不外露吗？"

西川人震惊："那我赚了钱有什么意思嘛，留在屋头自己耍？"

护卫："……"

不愧是谢泗泉的属下，嘲讽技能开得过于熟练。

谢家主这次倒是规矩了很多。他要人，虽然跟白容久说要力气大些的，但谁也没想到是为了抬箱子。

谢家这次准备了硕大的木箱，四十人分成十组，每四人抬一个大木箱。白家护卫以为那木箱里装满了东西，因瞧着箱子比普通的要大上几圈，抬起来的时候下意识使了力气，但没想到手里感觉却是轻飘飘的——这木箱，竟都是空的。

西川人喊了号子，其余人应和一声，气势汹汹地抬箱出门。

白家护卫沉默寡言，紧跟其后。今天怕是要干仗，这帮西川人抬着空箱子去，显然没想空着箱子回来。

贺府。

贺家今日并未宴请宾客，但托人来送礼的依旧不少，门房收了一些，另一些却僵持不肯收下。

现在被推拒在门外的是贺三爷带来的几位日本商人，穿着打扮都是西式。

贺府管家道:“伊川先生的礼物，实在不能收，恕难从命。”

“这是为何?”

“因官司未结。先生说，前些日子救助的那些学生还未放回，他还需再配合各界周转。此时见领事馆伊川先生派来的人，再收礼恐生闲话，也于理不合。”管家坚持，语气冷淡。

前些日子日本纱厂里死了一个华国工人，闹得厉害，学生们上街游行揭露华国工人被杀害的内幕，日本商人非但没有认错赔偿，反而让巡捕在公共租界抓了数名爱国学生。此事上了报纸，各界震惊。贺东亭为此奔波数日，联合沪市几位有名大律师一同发声，贝律师更是分文不取为学生们出庭辩护，但时至今日学生还被关押，未能放出。一时间沪市对日本商品十分抵触，对日本人也没什么好脸色，

贺三爷领了一帮人站在外头，有些下不来台，虎着脸道:“这算什么待客之道，既然客人来了，哪里有不让进的道理?”他说着要硬闯，管家让人拦住，面色平静道:“先生吩咐，今日是家宴，三爷要进，可以，旁人不行。”

贺三爷推搡他一把:“起来，贺家还轮不到你说话!”

管家:“先生还说，若三爷犯浑，一并驱赶出去。”

贺三爷恼羞成怒，正在那儿争执不下，忽然门外传来一阵笑声:“既是家宴，我西川谢家能不能进?”

贺府管家抬眼看了看来人，连忙问好:“谢家主。”

谢泗泉今日穿了一身轻薄绸衫，领口那儿竖起两角雪白立领，长发挑了几缕编了，小辫间点缀珊瑚数颗，挑高了扎在脑后，其余散发垂于肩背。打扮艳丽，却绝不会让人认错性别。谢家主只站在那儿薄唇带笑的样子，就让人忍不住退开几步，更何况他身后还跟了四十余人，浩浩荡荡抬了木箱而来。

贺府管家给他们让出路，谢泗泉不客气地踏上台阶，路过管家身边的时候看了眼他身边的贺三爷，好笑道:“贺老三，你们贺家不是早已分家，你还赖在这里做什么?难不成想借着侄子生辰，捞几个钱，贴补家用?”

他这话说得轻飘飘，贺三爷却被气得够呛。

谢泗泉又抬眼看了门口守着的左右，嗤了一声:“你们吃谁的饷粮?若是连门都看不住，不如告诉我一声，我帮贺东亭把人赶出去!”

管家额上冒了冷汗，哪个也不敢得罪，只躬身带他进去，口中道:“谢家主这边请，先生已在等您。”

门口的人依旧拦着，只许贺三爷一人进去。三爷在日本商人面前早已吹下海口，如今下不来台，实在尴尬极了。

伊川派来送礼的那些人平日里也都趾高气扬惯了，现在吃了闭门羹，立刻冲贺三爷冷哼一声，带人走了。贺三爷连忙上前拦着想再劝说几句，却劈头盖脸得了一个巴掌，对方怒道："你所说之事，没有一件能做好，伊川先生对你不满已久，等回去你亲自同伊川先生辩解吧！"

贺三爷当街挨了一个巴掌，脸上红红白白，十分难看。

谢泗泉走到院子里，也没进去，抬手让身后人把木箱放下，喊贺东亭出来。

贺东亭匆匆出来了，身后还跟着贺家诸位宾客。这次宴席来的都是贺姓人，年纪最大的一位就是贺东亭的母亲贺老夫人，她穿了一身绛紫色新衣，贺书玮正扶着她的手，两人跟在贺东亭靠后一步的位置。

院子里十个巨大木箱落地，众人一颗心也慢慢放下。

有人小声道："这是西川首富谢泗泉，是书玮的舅舅，应当是知道书玮这次生辰办得小，来给撑门面来了！"

也有人面露羡慕，视线在那些木箱上巡视而过，啧啧感叹："这么大的箱子，我还是头一次见，这里头得装了多少宝贝？"

但也有人疑惑："这西川谢家，有些年没来了呀，前两年来还是——"砸了贺家的事这会儿不好提起，只含糊过去。

"许是来交好吧？"

……

贺书玮看到院子里的人，遥遥对这位西川来的舅舅拱手问安。

谢泗泉却不看他，只抬眼看了贺东亭问道："我给你留足了时间，你可想清楚了？"

贺东亭点头，道："想清楚了，我已同母亲说过，过几日重写族谱。"

这话一开口，顿时引得周围人哗然。

众人虽不知道发生了什么事，但"族谱"二字还是听得清楚，一时目光纷纷落在贺书玮身上，甚至还有些偷偷去看贺老夫人。

贺东亭跟贺老夫人提过谢璟的事，但显然老夫人另有打算，焦急道："东亭，万万不可！"她手里拐杖连连点在地上，"你糊涂啊，怎么可以就这样认下一个外人！已经接连几次了，哪次不是外人故意惹事，你难道还信谢家的话吗？"

"你们贺家人说话才该放客气些！"谢泗泉不悦道，"我做过的事，没一件不认账，但我没做过的也休想扣在我头上！”

贺东亭正想开口，但贺老夫人仗着在场都是族人，抢先道：“总之我不认他，我只认书玮一个！”

谢泗泉拊掌笑道：“你当我就愿意让璟儿认你吗！你们贺家把人教得不像样子，烂泥扶不上墙，我可不敢拿我心头的宝贝放在这里！实话同你说了吧，即便你要认，也得看我心情！你贺家福薄，那给我就是，我还正盼着有个人继承家业呢！”他转头看向贺东亭，虽笑着但眼里没有丝毫温度，“贺老板，我看你今日还未想好，若是想清楚，便不会有人开口阻拦!”

贺书玮张口喊了一声“舅舅”，谢泗泉抬手打断道：“哎，不必再喊了，我与你，与贺家已断得一干二净，以后不再往来。”

贺书玮一脸震惊，看了他问道：“这是何意?”

谢泗泉道：“就是字面上的意思，我不认你。”

他让人打开木箱，齐刷刷都是空箱，谢泗泉站在前方扫过众人，视线落在为首的几人身上：“贺老夫人怕是刚才有些误会，我不是来分你贺家的财产，是来要回我谢家的东西。我阿姐当日嫁入贺府，一担担、一杠杠皆是鬃金饰玉，嫁资百万！如今阿姐不在了，你们贺家随便养了一个孩子就想昧下这笔钱财，实在是可笑至极，你既养着这个……”他手指点了点贺书玮，冷笑道，“还想承领这家私，简直做梦，这么多年，也是时候物归原主了！”

西川谢家不是来送寿辰礼，而是来要回当年的陪嫁。

不管是讨钱也好，还是“重写族谱”也罢，这两件事任何一个拿出来都足以惊掉人下巴，来到这里的贺家族人一个个虽没有明说，但想说的话都恨不得写在了脸上。有不少人已开始看向贺书玮，和刚才不同，这次的震惊更甚。贺书玮如芒刺背，扶着贺老夫人，低头一言不发，只沉默着，若是细看可以看到他的双手微微发抖。谢泗泉的十口箱子，把他多年来的自信在众人面前砸了个粉碎。

众人还在院子里说话，贺书玮听到父亲开口，耳中嗡鸣一片，什么也听不清，费劲了力气听到的全是关于“谢璟”。

不是严厉，也不是宽容，是他十数年来梦寐以求的那种语气，是父亲对儿子的口吻。

贺书玮几乎站立不稳。

贺老夫人捏了捏贺书玮的手，焦急看向他，紧跟着又强装镇定地向谢泗泉求证："你说是，难道就是了吗？总要有人证吧？"

谢泗泉拍拍手，让人请上一位年约七旬的老太太。一身西川式样的衣裳，青灰色螺纹长袍，上头斜襟一排银纽扣，来者正是寇姥姥。

贺老夫人认得她，脸色不禁一变。

寇姥姥并未和贺家其他人说话，只上前跟贺东亭拱手行礼，喊了一声："姑爷。"

贺东亭神情触动，立刻几步走下台阶，激动溢于言表："寇姨，您还活着！"

"是，老婆子还活着。"寇姥姥表情淡然，抬眼仔细看了看他，叹道，"姑爷老了些，有白发了。"

贺东亭眼眶泛红，抬手扶她，寇姥姥却退后一步摇头道："姑爷，我来这里有话同你说。"

贺东亭："寇姨，您说。"

谢泗泉却拦住道："这里不是说话的地方，保保，你跟我来。"他拿眼神看了贺东亭，"你也来。"

贺书玮看着他们要去的方向是佛堂那边，心里猛地跳了一下。他脸色发白，额上挂了细密冷汗，下意识就要跟过去，但刚走了两步却被谢泗泉回身瞪了一眼，骂道："你若敢走近一步，我就打断你的腿！"

贺书玮从未见他如此凶过，已经不是对他猜疑、不满，而是带了不加掩饰的恨意。

贺老夫人上前安抚他几句："书玮别怕，西川蛮人每次都是如此，你别放在心上。"

贺书玮心里知道这次不同以往。打从在拍卖会第一眼见到那个叫谢璟的人之后，他就有些担心，但那会儿还能自欺欺人，心想这人与西川联系不大；但谢泗泉认下对方，是他始料未及的事。

这么多年，谢泗泉起过疑心，但这人胆大心细，没有证据不会轻易动手。

哪怕之前贺三爷弄来那么多假货，谢泗泉一气之下也只是砸了贺府，没有断绝关系。西川的谢家主像是一匹老谋深算的头狼，看似莽撞无礼的举动，其实是在试探，同时也是示威——他在给谢沅真正的骨肉留着位置，也是在告诉所有人他的立场。

贺书玮心里其实有些怕他。小时候舅舅对他很好，但是随着他年岁渐长，对方态度也在变化，每次都盯着他看上一阵，眼神里说不上有什么，但总让他担心自己是不是哪里露出破绽，惶恐不已。尤其这几年，谢泗泉的古怪性子变本加厉，每次问起他他却好些事答不上来的时候，对方都会“啧”一声，让他羞愤难当。

佛堂里。

寇姥姥给小姐的牌位上了香，跪坐在那里已哭得没了力气，哑着声音说了自己这些年带着谢璟逃亡的过往。

谢泗泉眼眶也发红，但忍住了，握着拳头没有落泪。

贺东亭几次眼泪滚下，摘下眼镜。几乎是在寇姥姥出现的那一刻，他就已经确信无疑。因为这是他妻子的保嬷，是他妻子最最信任的一位长辈。

寇姥姥哽咽着讲完，对他道：“姑爷，我原没想着还能见到你，既然见了，那我也同您讲一句。我看着璟儿出生，亲手剪断了脐带，小姐临终嘱托我未敢有一刻忘记，这孩子我带在身边，在我眼皮子底下长大成人……小姐说，等璟儿长大一些，再让我送他回来，老婆子没有食言，做到了。”

贺东亭羞愧难当，喊了一声“寇姨”。

寇姥姥道：“老婆子是黄土埋到脚脖子的人了，也没什么求你的，只为了璟儿，求您一回。”

“寇姨您别这么说，您要什么，只管开口，只要我能做到——”

“我要带小姐回去。”

贺东亭哑然，睁大了眼睛看向她。

寇姥姥艰难起身，伸手抱了供奉的那方牌位在怀里。一旁的僧人吓了一跳想要上前，寇姥姥却抱着不肯松开，哭着道：“姑爷行行好吧，可怜我璟儿从小没有见过娘亲，一日都没有跪拜过她，您怎么忍心让不相干的人跪在这里祭拜啊！若是小姐在天有灵……小姐她……”老太太向他跪下行礼，贺东亭哪里敢受，立刻单膝跪下搀扶她起来，几次未果，也给她跪下了：“寇姨，您要什么都行，唯独这个，我，我……”

谢泗泉上前拽开他，亲手扶了寇姥姥起身，把老人护在身后，面露凶狠道：“保保，你拿着就是，我看今日谁敢拦你！”

贺东亭想上前，谢泗泉抬手给了他一拳，骂道：“我看不惯你许久了！阿姐当初嫁给你，你是怎么跟我说的，你说你护她一辈子！贺东亭，我阿姐死了——死了啊！”他攥着拳头，赤红的眼睛里终于滚下热泪。

贺东亭听到，但未反驳一句，他眼里只有寇姥姥怀里的那一方牌位，只知道死死抓住谢泗泉的胳膊不让他走。

谢泗泉一根根掰开他手指，咬牙道:“你既愿意守着那个假的，那就一辈子守着他过吧！你配不上阿姐对你的维护，这么多年，守着假象不愿醒来，拿着鱼目当珍珠，真是可笑!”

贺东亭血液往头上涌，但他无法反驳。他的确委屈了谢璟，委屈了那个从小受尽苦难的孩子，也是他和沅沅唯一的孩子。

院子里。

西川谢家列了好长的陪嫁单子，让贺家开了库房，一件件搬出，有些凑不上的，也折算了银钱或用其他物品相抵。不拘什么，只要是值钱的，地皮、房契都可以，谢家不挑。

贺老夫人痛心疾首，想去阻拦，但架不住对方带了四十余人的好手，完全奈何不了他们。

这帮西川人在最初受到阻拦的时候，劈手砸了一把太师椅，贺家其他亲戚族人见状已作鸟兽散，实在不敢拦在前头。几年前谢泗泉把贺家砸了个稀巴烂的事儿，还历历在目，谢家主是混不吝的，再加上贺东亭事后对妻族未怪罪一字，这也让周围的人不肯去蹚这浑水。

贺老夫人催贺书玮上前去拦着，贺书玮却扶着她，面露无奈。

身后一道声音传来，贺东亭平静道:“让他们拿。”

贺老夫人回头一看，见贺东亭正跟在谢泗泉二人身后缓步走来。她视线落在寇姥姥怀里的事物上，心里立刻知道不好，虽蒙了一层黑纱，但她也能猜出是何物。贺东亭对谢沅迷恋至深，当年为了那个西川女子什么大逆不道的事都做得出来，这会儿谢家抱着谢沅的牌位，只怕贺东亭什么都会听他们的。

贺老夫人心疼钱财，口不择言道:“东亭你醒醒，当年便是如此，为何现在你还执迷不悟啊！谢沅已经死了，你为了那个妖女丢了魂，连我们都不要了吗?!”

她只说了谢沅一句不是，贺东亭立刻黑了脸，沉声道:“老夫人病了，来人，送她去乡下静养。”

他眼里看着的，只有那个牌位。

再无其他。

傍晚，谢泗泉带了十个硕大木箱抬回东院。

谢泗泉回来之后，径直去拜访了白容久。白容久有些意外，对他道："东西都装好了？这比我预计的要快许多。"

谢泗泉大大咧咧坐在对面，手里玩着一把镶嵌了宝石的匕首，笑道："怎么，你在这儿都听说了？"

白容久点头："略有耳闻。"

谢泗泉坐在那儿想了片刻，从怀里掏出几张合同，递给他道："这是东郊的两家厂房，你瞧瞧，是不是你这两日想收购的？"

白容久疑惑："是，但这并不是贺家所有，为何在你手上？"

谢泗泉道："那家原本就快做不下去，贺东亭用了一年多的时间刚吃下来。不然你去东郊建厂，他为何这么紧张？你当拍卖会的时候他是想跟你交好吗，无非是探探底细罢了，你们看中了同一片地方，说起来姓贺的也就这点本事还算不错，看东西准，看人眼光实在太差。"

白容久没接，还在看他。

谢泗泉愣了一下，道："给你就拿着啊，看我做什么？"

白容久："无功不受禄。"

谢泗泉啧了一声："我就烦你们读书人这点臭毛病，给了东西还得要夸奖是不是？好好，这是我替璟儿谢你的，你在北地照顾他多年，我心里感激，可以了吧？快拿着吧，那片地皮不错，你收了我心里也痛快些，好过便宜那些王八蛋。"

白容久："那我就以璟儿名义入股，等过几年一并给他。"

谢泗泉没在意，只当他说客气话，左右看了又问道："璟儿呢，今日怎么没见他？"

白容久："胡达早上来找他骑马，玩儿了一天，应当快回来了。"

"胡达个龟儿子，早上带出去肯定没挪窝，马场那边偏远，让璟儿吃什么！"谢泗泉骂了一句，匕首都不玩了，起身去找人。

也是赶巧，刚到院子里就遇到了谢璟一行人。

谢璟身边跟了一个眼生的护卫，正在低声同他说着什么。谢泗泉赶到的时候刚好听到说起贺家，对方看到他，噤声让开了几步。

谢泗泉也不管这些，上前推开胡达，亲手替谢璟牵马，笑着道："璟儿出去玩了一天，可还好？"

谢璟没下马，拧眉问道：“舅舅，贺东亭和日本人做生意？”

谢泗泉摇头道：“那倒没有，是为了营救几个学生之事，因此才有些牵连。”

谢璟神情放松许多。

谢泗泉以为糊弄了过去，还未开口，又听谢璟问道：“你今天为什么抬了空箱子去贺家？”

“啊，这个，就是把这么多年的东西要回来，一来是你那份儿，还有就是舅舅这些年送出去的，不能便宜外人不是。”谢泗泉有些尴尬，但还是说了，“我也认错了几年，当初送了不少好东西，那都是舅舅留着给你的。”

谢璟：“没动手吗？”

谢泗泉笑道：“当然没有，舅舅跟他们讲道理啊。”

谢璟看了他一会儿，才点点头，想要下马。谢泗泉没让，一路给小外甥牵了马送过去，跟他说这次回西川的趣事。

谢璟喊他：“舅舅。”

“嗯，怎么了？”

谢璟缓声道：“我不是你们斗气的工具。”

谢泗泉连忙道：“当然不是！白先生都同你说了？舅舅原本也没想瞒你，只是时间太赶，这次回西川还要交代一些事，找一些家里的人，一来一回，耽搁了时间。”他不等谢璟再问，全都跟他讲了，“其实我临走的时候就和白先生安排好了这些，你爹……就贺东亭，他已经有所察觉。之前的时候背后的人藏得太深，我这次其实是帮他一个忙，水得搅浑了，才好摸鱼。”

谢泗泉念叨一路，在他嘴里贺家就没什么好人，几个兄弟死了的不说，活着的贺老三就是个无赖，他们贺家的才气算是都汇聚到贺东亭一人身上，也就出了这么一个好人。谢泗泉总结道：“贺书玮装得太像，非得做一个局才能把他和背后那只老狐狸一并抓出来。”

谢璟问：“是贺三爷？”

谢泗泉摇头：“他有那个心，却没那个胆，背后一定还有人给他撑腰。”他叹了一声，又道，“你不知道，你爹他这辈子最想的那个人已经不在了，他想多一个人记住，所以着相了，走不出来。说起来，他比我可怜。璟儿，你以后遇到喜欢的人不要陷得太深，不值得。”

谢璟翻身下马，对他道：“舅舅不用担心，我心里有数。”

谢泗泉握了他的手，忽然笑道：“璟儿心里有人了？那个人是谁，我见过没有?”

谢璟挑眉没吭声。

谢泗泉本想带谢璟回去，但谢璟到了东院，只说有事去见白容久。谢泗泉眼睛转了下，笑道:“去吧，我知道你现在还不信舅舅的话，你去问问也好。”

白容久还坐在客厅未动身，见他进来，也把今日事情的经过跟他讲了一遍，和谢璟之前听到的差不多，细节上略有出入。

谢璟微微惊讶:“带了四十多个人去?”

白容久点头:“嗯，挑了些好手，以防万一。”

谢璟拧眉没吭声，白容久对他道:“你身世的事，之前查到的那些我留了一份儿，晚上让人给你送去，你自己看。你舅舅不让我说，但我同你一伙的，你想知道，我就都告诉你。”白容久抬手轻揉了谢璟脑袋一下，低声道,“只是有些我也知道的不是很清楚，具体的，你还要再去问舅舅。”

“好。”

因为寇姥姥回来，白容久没留谢璟在东院吃饭，让他回去和老人团聚。

白容久让白明禹亲自开车送谢璟一程。一路上白明禹倒是很想和谢璟聊几句，他刚开始跑生意，十分兴奋，但谢璟有一搭没一搭地回话，似乎没怎么听进去。

即便如此，也让谢泗泉有些羡慕。他自打从东院出来之后，总觉得被白家叔侄俩给比下去了，心情十分微妙。

谢泗泉双手抱在胸前，看看垂眼沉思的小外甥，又看了看前头开车的白家二少爷。他家谢璟半天只回一个“嗯”字，白明禹也能滔滔不绝地接着讲下去。他眯了眯眼睛，手指在下巴那儿摩挲一下，视线在两个小辈身上又转一圈，若有所思。

谢璟回到租住的房子那儿，推门进去，就看到寇姥姥和她手里的一盘供果，房间里有线香火烛的气味。他看了看前头摆放着的那方牌位，又看了看姥姥红着的眼眶，心里已明白了几分，转头问舅舅:“你只跟我说抢了十箱子东西，没说还抢了其他。这也是计划之内?”

谢泗泉:“咳，这个也有许多原因，贺东亭遇事不决，不如我替他做决定。他也就遇到阿姐的事才能清醒过来，而且你也未曾见过……”他和贺东亭多年不合，路上的时候忍不住提了一句，是寇姥姥动了心思，从贺家抱回了这方牌位。

寇姥姥擦了眼泪，招手让他过来："璟儿，你舅舅说得对，你还未见过你娘，给你娘磕个头吧。"

谢璟打小儿最听老太太的话，走过去之后又有些犹豫："姥姥，我身上还穿着白天的衣裳，有点脏，要不我换一身下来。"

寇姥姥道："不碍事，你娘不怪你。"

谢璟就上了三炷香，跪下来恭恭敬敬磕头，口中道："娘，儿子来看您了。"

他话一出口，寇姥姥先落了泪，站在一旁颤声道："小姐，我把孩子给你带回来啦，你看到了吗？他长得像你，也像姑爷……"她今日哭了太久，嗓子已经有些沙哑。

谢璟怕她太过伤心又要病一场，祭拜之后，就扶着寇姥姥坐到外头小厅里，陪着她说话。

寇姥姥叹气道："这些天少爷带我去见了好些人，都是当年在府里当差的老人，有谢家陪嫁来的，也有贺家的。问了一圈儿，我才明白过来，不怪姑爷糊涂，是那些人装得太像了……"

原来谢璟出生的时候，腰侧靠下的位置有一块胎记，当时在场的接生婆和两个乳娘都看见了。那贺书玮被乳娘抱回来的时候，身上也有一块胎记，因贺、谢二家没有人见过谢璟身上的胎记，也就没有怀疑过。但当年谢泗泉无意中获知了当年那接生婆的行踪，从她口中得知了谢璟身上胎记的存在，正想带着接生婆去贺府辨认，没承想贺书玮被烫伤了，胎记被遮了大半。等谢泗泉回过神来时，接生婆也不知去向了。

谢泗泉冷笑道："就是因为这件事，我才真正怀疑起了贺书玮的身份。世上哪有两块一模一样的胎记，那帮人这么做，必定是为了掩盖真相。"

寇姥姥道："唉，下手也是太狠了些，连胎记都能这般。那假的有些习惯还和小姐很像，恨不得全府上下都瞒着姑爷一个，他如何能看得清啊。"

谢泗泉"哼"了一声，有些不高兴。

寇姥姥握着谢璟的手，有心想替贺东亭讲上几句，但又替小姐心酸委屈，一句话没说出来又抹了眼泪。

谢璟心疼，抬手轻抚她后背："姥姥别哭，你要我认他，我就认。"

寇姥姥心里越发疼惜这个孩子，只是那句"好"卡在喉咙里半天没能说出来，缓了气息才道："再等等吧，既然见都见了，也不急在这一时。"

谢璟立刻点头："好，我都听您的。"

寇姥姥年纪大了，睡得早，谢璟去给她烧热水，准备烫热毛巾擦脸。

谢泗泉坐在小厅嘀咕了一句，他还是看贺东亭不痛快。

寇姥姥叹道："少爷别这么说，姑爷是个好人，他待谁都这么好，若不是他对亲族重视，小姐也不会嫁给他。当初小姐还托他照顾你，姑爷也做到了。"

换了旁人，谢泗泉定然要翻脸，但寇姥姥说得他再不痛快也只能磨几下牙齿："过去的事别提了，保保不要只看他帮了咱们多少，我也从未亏他半分。他能给的，难道我就不行吗？他贺家有什么了不起！保保，我已经决定了，等这件事解决之后我就带你和璟儿回西川去，咱们不要他贺家的东西，他是阿姐的孩子，就是我的孩子，谢家万贯家财，都给我璟儿便是！"

寇姥姥愣了下，连忙劝阻："不可，少爷成家以后……"

"我不成家。"谢泗泉摆摆手，不在意道："至于孩子，我养璟儿就是，他既已姓'谢'，和过继在我名下有何区别？"

"少爷，使不得呀。"

"保保别劝了，我心意已决。"

谢璟烫了热毛巾端过来，给了寇姥姥一条，又给了谢泗泉一条。

谢泗泉不是没被人伺候过，这次却笑得合不拢嘴。他拿过那条略微烫手的毛巾擦了擦脸，舒服地叹了一声，扭头对寇姥姥道："保保你瞧，璟儿跟我亲着呢。"

寇姥姥抬头看了他们舅甥两个，相似的容貌，只是一个笑晏晏的，另一个却眉目冷清。但不管如何一眼就能瞧出是血脉亲人，实在是太像了些。

她摇头笑了一声，不再劝说。

谢璟留下陪了寇姥姥和舅舅两天，胡达他们来了数次，送了好些东西。大多是谢璟母亲的遗物，其中还有几张照片，寇姥姥瞧见感慨万千，其余东西也不收拾了，拿着照片给谢璟讲了许多当年小姐的事。

十箱金银虽不及当初谢家送进来的那般齐全，但贺东亭也补偿了金钱。谢泗泉对贺东亭没怎么客气，少了多少，加倍要补偿。

贺东亭亲自来送了一趟"赔偿金"，谢泗泉要的那些，只多不少。

贺东亭敲门的时候，是谢璟去开的，一打开门双方都愣了下。

谢璟冲他颔首，喊了一声"贺老板"。

贺东亭连忙答应了，现在不管谢璟喊他什么，他都心怀感激地应下，只要谢璟还肯跟他说话就行。

谢璟请他进来坐，贺东亭穿了一身考究的衣衫，但看得出他并没有用心搭配，衣服的深灰色都有些不同，并不是同一套；加上人消瘦了许多，看起来衣服有些松垮。他进来之后先是打量了一下窄小的楼房，试探问道："买了这里的房子吗？"

谢璟摇头："租的。"

贺东亭连忙跟他道歉，谢璟奇怪道："租房子有什么好抱歉的。贺老板坐，我去倒茶。"

贺东亭答应一声："好好。"

谢璟不太习惯跟他相处，去楼上拿了新茶杯，又叫了寇姥姥下来。今日谢泗泉带人外出不在，不然这会儿可能已在楼下打起来。

寇姥姥下楼之后，就看到贺东亭站在亡妻牌位前，静静伫立。

寇姥姥心里酸涩："姑爷，坐下喝杯茶吧。"

贺东亭缓步走过来，坐下端起茶杯的时候，谢璟发现他的手指有两根缠了绷带，看起来像是骨折了一样。贺东亭喝了茶，沉默片刻，开口道："寇姨，我手里还有几栋房子，环境比这里安静一些，不如你带璟儿搬到那边去住。"

寇姥姥没答应，一边给他续茶一边道："姑爷不用麻烦了，我们在这里也不久住，过些时候就走啦。"

贺东亭还在打量这老旧房屋，听了问道："你们搬去哪里？"

寇姥姥道："白家九爷，您知道吧？璟儿之前在北地的时候，一直在白家做事，九爷已派了人来帮着收拾整理，过两天搬到东院去住。至于以后，再说吧，我年纪大啦，璟儿去哪我跟着就是。"

贺东亭神情有些失落，但还是勉强笑着说是。

过了半晌，谢泗泉回来了。

他一瞧见贺东亭，就向左右使了眼色，吩咐道："胡达，你带人搬上这几个箱子，先送东院去。璟儿你陪着保保也过去吧，之前整理的那些保保不放心旁人弄，你帮着些，别让她累着。"

谢璟答应一声，扶着寇姥姥出去了。

他们刚走，谢泗泉就走过去低声问道："出事了？"

贺东亭点头，缓声道："我今日收到消息，当初送孩子来府里的那个乳娘，在来沪市的路上死了。"

谢泗泉冷笑："杀人灭口。"

贺东亭并未反驳，依旧紧拧眉头："这段时间不安全，我已雇了些人手守在这附近，但这里每日进出的人太多，还是换一个住处为好。"

谢泗泉道："这你就不要想了，我买的房子，璟儿都不肯去。他既然愿意住在白家东院，就住那边吧。"

贺东亭问："白家靠得住吗？"

谢泗泉淡淡道："比你那边好得多，白九年纪轻，管人管事比你强，你当谁家里都跟贺家一般打成筛子一样呢？"

贺东亭面上并未有太多情绪，他坐在那儿等了片刻，又道："璟儿既在白家，你帮我联系一下白九，我三天后有事请他帮忙。"

谢泗泉略一想，就点头应下："我知道了，话一定带到。"

贺东亭起身离去。

谢沅的牌位被带走这件事，对他的打击是致命的。他比往常话少许多。

第十章 最后机会

三天后。

贺东亭发报声明，贺家认回谢璟，并将在月末设宴庆祝。

报上没有照片，但一连几天经常能看到有一位穿着学生服的年轻人进出贺府，几次都是白家的车送来，身边还跟着两个护卫。

贺书玮在楼上房间里，站在厚重窗帘旁看着那个脚步轻快走进贺家的人，眼神黯沉。

身边一个随从打扮的人低声道："伊川先生说，上次的事已解决好，请您放心。"

贺书玮点点头，又道："我还想要一辆车。"

他握紧了窗帘绒布，死死盯着院子里停放的那辆白家的汽车，眼里带了一点疯狂。

贺书玮跟人商议完，很快就下楼去。他穿戴得依旧考究，身上随便一件衣服就能抵外面一家人的嚼用，但他心情已然不同。如今贺东亭的态度摆在明面，他总觉得家中仆人也在暗中小声议论他。贺书玮挺着脊背一直走到大厅，随口叫住一个干活的人问道："父亲在哪？"

对方看了他带了几分小心："先生在书房，和……和璟少爷在说话。"

贺书玮面上不显，只点点头，自己走了。等他走出贺府，才忍不住重重一拳击打在墙壁上，顿时手骨节皮肤蹭破流血。他感觉不到疼痛，愤怒席卷了全身，想着的全是刚才那一句“璟少爷”。

他在那儿站了许久，让愤怒慢慢平息，然后打了一辆黄包车去了烟馆。

烟馆里，贺三爷依旧在老地方，只是这次身边没有带人，只他一个躺在榻上在吞云吐雾。

贺书玮找过去的时候，贺三爷看到了立刻坐直了身体，双眼瞪着道：“我刚得了消息，抱你回来的那个乳母在路上死了？”

贺书玮坐在一旁，点头道：“是。”

贺三爷拧眉：“你做的？”

贺书玮没否认。

贺三爷一下恼怒起来，伸手拿烟枪狠狠砸了他脑袋。贺书玮头都被打偏过去，一道血从额角蜿蜒流下，直到眉梢。

贺三爷常年吸烟，身体没什么力量，只打了一下自己就有些气短，胸口起伏几下，嘴上还在骂：“你这蠢货，这个时候杀人，那不是明摆着告诉大家这是灭口吗?!”

贺书玮道：“可是三叔，我害怕。”

贺三爷一瞧见他这窝囊样就忍不住想发火：“你有什么好怕的！不就是西川谢家送来一个人吗，之前找的那些和谢泗泉相似之人，不也都没过几天就送走了？我既然能安排几次，这次也能蒙混过关，而且次数多了，贺东亭还能信？那谢泗泉是个暴脾气，正好借机让他和贺家多起几次冲突……”他说到一半，忽然见贺书玮一直盯着自己，胳膊上起了鸡皮疙瘩，被他瞧得没来由有些瘆得慌，“你这么看着我做什么？”

贺书玮哑声道：“我怕死。”

贺三爷想了一会儿，才明白贺书玮是自顾自讲下去的，压根没听自己方才说的话。

“三叔，我从小就知道自己不是贺家的少爷，你猜我是怎么知道的？

“因为你当年给我找的那个家庭老师，她亲口告诉我，我是她的儿子。她告诉了我许多事，让我小心伪装，提醒我该吃什么、不该吃什么，吃了荔枝要过敏，但我做不到又怎么办呢？她拿针管在我手腕、脚腕扎了近百下，沾了发痒的药水，伤口又红又肿，我还因此病了一场。我一直不知道她对我是好，还是不好，她一边教我如何伪装起来 在贺家活下去，一边又每天告诉我以后要孝顺她，给她钱……后来她死了，我亲眼看着她一次次喝下‘补汤’，那汤乳母从不让我碰。可我不敢告诉她，我害怕啊，三叔。

“我怕死。”

贺书玮脸上流了两行泪，他抬眼看着贺三爷，眼神里毫无温度。

他看着亲生母亲一点点死去，阴影自始至终笼罩在他整个人身上，有的时候半夜惊醒，即便张大了嘴、按着胸口，也无法呼吸。

贺三爷想骂他，但手脚发麻，毫无力气。他变了脸色挣扎想走，却只从榻上摔下，用极难看的模样往门口方向爬了几步，汗湿透了衣裳。

贺书玮缓步走过去，穿皮鞋的脚踩在贺三爷的手背上，贺三爷疼得大喊，却被贺书玮捂住口鼻，只发出一点不足以惊动外头人的声响。他越是拼命挣扎，贺书玮手劲儿越大，勒得他脖颈上的青筋浮出。

贺三爷甚至开始惊恐，他不知道这个看起来懦弱的侄子什么时候有了这样的力气。

贺书玮却依旧用着往常的语调，谦卑又胆怯道：“三叔，我以前常去看戏，您猜我悟出什么来了？我瞧着他们就想到自己，我就像活在‘戏台’上的一个人，每时每刻，即便睡在自己床上也不敢有丝毫懈怠。这是我偷来的一生，早晚有一天要还回去，所以每一刻我都能咂摸出滋味来……有一天我忽然想明白了。

“我不想当别人，我就想当贺家少爷。

“我想要这一切。”

他松开勒住贺三爷的手，起身去拿了一个小箱子，有轻微玻璃器皿被拨开的声响。

贺三爷胸口如拉风箱一般起伏，看到他拿了一支针剂过来，立刻恐慌地想要躲，嘶哑着声音道：“你……你想做什么！”

贺书玮蹲下身，按住他道：“三叔，我想留在贺家，就不能有任何人拿捏住我的把柄。只要您死了，就没有人再知道我的身份。”

“伊川……伊川不会答应！”

“我之前去见了伊川先生。”

“你瞒着我……！”

“不是，三叔没想过，他最开始找的就是两个人，你在明，我在暗。”他按着针头一点点刺入贺三爷皮肉，对他道，“伊川先生说，华国有句老话叫‘置之死地而后生’。有些事，即便是对生父，也不能手软。”

贺三爷猛地弹跳一下，瞪大了眼睛看他，冰凉针剂已经进入血肉，他口中咳出几口血沫，用尽最后一点力气试图抓住他的衣角："你，你这个……毒物……你不得好死……"

贺书玮等他没有动静了，才伸手合拢他的双眼。

他起身去拿了酒壶，从大烟膏里挖出一些来混入酒中，很快酒壶当中的酒液变成浑浊的酒水。他倒了一些在酒杯里和桌上，并把酒杯摆成洒了大半的模样，酒水顺着床榻一直滴落在地上。

布置好这一切，贺书玮才离开。

这一日，贺家发生两件大事。

一件是当天下午谢璟乘坐的车在东郊被尾随并发生车祸；另一件是贺三爷在烟馆，死了。

贺书玮穿了孝服，等在贺东亭书房门口。

走廊里有风吹过，天气已经开始热起来，但他却脸色苍白虚弱，连着咳了几声，看起来身体并没有变好，依旧是病恹恹的模样。

贺三爷暴毙，贺老夫人最疼的就是这个小儿子，白发人送黑发人，一时间悲痛万分，也是她让贺书玮过来询问如何处理丧事。

等了大约一刻钟左右，书房门从内推开，走出几人，为首正是白九爷。

白容久这是第二次见贺书玮，淡淡扫了他一眼，停下脚步道："今日下午白家的车在东郊出了事故，一死两伤，这事贺少爷可听说？"

贺书玮咳了一声，道："还不曾听说，家中发生了一些事，一时无暇顾及。白先生处理得如何，可需要什么帮助？"

白容久摇摇头，道："东院人只是轻伤，但并非偶然，只因北地多雪路滑，我习惯让车多装一层铁皮防护，因此今日才躲过一劫。"

贺书玮点点头，做出一副担忧模样："白先生下次还是要小心些才好，沪市车多，手下司机驾车也要多注意……"

白容久看他一眼，缓声道："若有下次，我当按北地规矩来处理。"

说完带人离去。

贺书玮站在走廊那儿，心猛地跳快了几下。北地白家的主事人没说什么狠话，但刚才那一句就让他莫名有种心惊肉跳的感觉，额上冒出冷汗，像被人拿枪抵了太阳穴威胁一般。

书房里传来声音，叫他进去，贺书玮连忙回神，走进去恭敬请安。

贺东亭已听说贺三爷在烟馆暴毙之事，贺书玮再来禀报的时候，他并未开口说话，只抬眼看着他。

“……烟馆的人发现的时候身体已经僵硬了，烟馆老板说白天的时候三叔叫了一个长三书寓里的妓子陪同左右，但死时身边已没人了。我请了巡捕房的人去查，还未得到什么消息，警探说三叔的死因是误食了混了鸦片膏的酒水。”贺书玮说的时候，面上露出些悲伤神色，像是一个失去亲人的小辈侄儿，“父亲，祖母伤心极了，她让我来问问您，三叔的丧事该如何办？”

贺东亭桌上放着一支烟，他想了片刻，揉了眉心道：“你说呢？”

贺书玮道：“我听祖母的话买了一些奠仪用品，但如何操办却不知晓，儿子年幼不懂，全凭父亲安排。”

贺东亭哑声道：“让管家带你去吧，守灵三日。”

贺书玮答应一声，又问：“祖母那边想请您过去一趟，怕是病了。”

贺东亭淡声道：“我又不是医生，生病了叫医生或送去医院就是，我去了也帮不了什么。我和白家还有一些生意往来，白九爷的车从我这里出去之后遇到的事故，总要查一查清楚。”

贺书玮答应一声，出去了。

等他走了之后，贺东亭才打开抽屉，里面放着的是一把手枪。白容久刚才送来的不只是消息，还有这把枪，下午车祸之事并没有那么简单，他们也绝非轻易脱险。

白家的车接了“谢璟”，出去之后在半路就发现有几辆车尾随其后，他们改了路线，去了东郊厂房，但依旧被追尾拦截。白家的车护了一层铁皮，硬是撞开一条生路，也多亏里头坐着的都是身经百战的好手，连伪装成谢璟的那人身上都带了双枪——白、贺、谢三家，上足了保险，布下了这个险局。

对方动了枪，那他也不可能再留余地！

第二日，晨报上大幅刊登了昨天车祸的消息，四辆车撞到了一处，追尾车辆上的人一死两伤，其余三辆车上人员轻伤。

原本是无意中的一场车祸，结果却被晨报社记者爆出这件事还有黑幕，原因竟与几家纺织工厂收购案有关：追尾车辆为日本纱厂商人的车子，警探同时也从后备厢里翻找出铁棍和扳手等物，一看就是图谋不轨。而白家想要收购的那几家工厂，正是贺东亭名下的厂子，两家都与日本人有些过节，一时间报上疑云重重。

贺东亭得知消息之后震怒，检举至省厅，写信请求彻查车祸真相。

而白家则一直低调，并未出面说什么。小报上倒是写了一些关于白家的事，报道了这位白九爷在关外的义举，赚了大量外汇，实在是一位经商奇才。

除此之外，还有些报纸把关注点放在了发生碰撞的那四辆车上——被追尾的是白家的车，而其余三辆则都是日本汽车，三辆日本车几乎报废，只有白家的车尚还完整。白家大洋车行的车结实耐撞这样的消息一时间满天飞，无形中提高了车行的口碑，来买车的人都多了些。

三天不到，日本大使馆的铁门被砸了两回。

之前爱国学生的事未平，接连数日内又发生了这种案子，一时间沪市抵制日货的浪潮此起彼伏，甚至有些义愤填膺之人当街燃烧了大批日本制造的布匹，高声疾呼购买国货；日本纱厂的华国工人们也组织游行，为不公待遇发出呼声，要求严惩之前杀害华国工人的真凶。巡捕房内抓了一些游行闹事之人，但在工商各界联合之下，很快又将人放了出来。

一场小小车祸，成了一个导火索，点燃了全城人的愤怒。

贺三爷守灵三天期满，贺东亭派人把贺书玮接回府中，找他谈话。

偌大的客厅空空荡荡，贺东亭坐在沙发主位，身后站着两个黑衣保镖。

贺书玮坐在对面，神情憔悴，身上还带着线香火烛的呛鼻气味，整个人看起来依旧沉浸在悲伤之中，但也只是失去叔父的哀悼。

他坐下之后，喊了一声："父亲。"

贺东亭看向他，问道："我给了你三天时间，你可有什么想跟我说的？"

贺书玮眼眶发红，说了些生命短暂易逝之类的话，贺东亭没听完就打断他，让人带了一个人上来，正是之前"逃亡"的长三书寓妓子。她一瞧见贺书玮的脸立刻"呜呜"喊叫起来，挣动着要扯下塞在口中的棉布骂他。

贺东亭只盯着对面脸色苍白一脸懦弱的年轻人，看着他眼珠震动躲避的模样，冷声道："许是一个证人不够，那就再带一个上来。"

很快，又有保镖押了一个男人上前。那男人三十余岁，一身贺家仆人的穿着打扮，此刻头破血流，被五花大绑拖过来，口中塞了一团棉布，但依旧能看出正是当日帮贺书玮和日本商人联系之人。

贺书玮猛地站起身，看看地上跪着和趴着的两个人，又抬眼去看贺东亭，额上冷汗滚下，嘴巴张开几次却说不出一句完整的话。

长三书寓的女人挣扎吐出口中的棉布，瞪着贺书玮破口大骂：“你这个杀千刀的东西！你杀了人，往我身上栽赃……你打从一开始就知道自己是个假货，和贺家三爷一起瞒着！”她看向贺东亭大声哭喊，“贺先生，这个狗东西他自己心里什么都知道啊！你一定要为我做主，我是苦水里泡大的，只在一旁点烟什么都没做呀！而且今天被人接到郊外差点杀了，一定是贺书玮这个王八蛋想杀我灭口呀！”

贺书玮猛地跪在地上，向贺东亭那边跪行几步，但立刻就被保镖拦下来，他也不管不顾，扒着前头的手臂诚惶诚恐地喊道：“父亲，父亲我冤枉，我没想杀人，你知道的……我，我没那个胆子杀人啊……”

贺东亭看了他，沉声道：“你和日本人来往，是不是？”

贺书玮心里飞快掠过几种想法，摇头道：“没有。”

长三书寓的那个女人听到立刻高声反驳：“他撒谎！他在烟馆见过日本人……”

贺书玮跪着，面上露出悲切的模样：“是三叔让的，父亲，我没有办法！这么多年我已经把您当成了我亲生父亲一样，三叔说如果不按他说的去做，就把我赶出贺家！”

贺东亭面沉如水。

贺书玮还在苦苦哀求。他心里清楚，贺东亭对亲族最为在意，他可以承认自己胆小懦弱，承认自己舍不得离开贺家，但绝不能承认和日本人有勾连——他若是认了这一件事，那便是认下了一桩杀人罪行，这样一来，被查出来也只是早晚的事。

“我见日本商人也只是那一次，就因为上次生辰宴的事，三叔为了做排面让他们来道贺……我也是那个时候，才知道自己和谢璟抱错了的事。我一时鬼迷心窍了，才把谢璟乘车离开贺家的事告诉伊川先生，是我的错，我害怕您不看重我，害怕被比下去，只是想给他一点小小的教训，万万没想到会发生车祸啊。”贺书玮声泪俱下，祈求谅解，他用最后一分希望去赌自己对贺东亭十多年的揣度。

赌他的仁慈。

贺东亭沉默片刻，从口袋里拿出一张船票，放在桌上推给他：“你犯下错事，沪市留不得你，这是今天晚上的船，你走吧。”

贺书玮怔愣片刻，跪在桌前，颤巍巍伸出手去拿。

贺东亭按着船票，深深看了他一眼，松开手。

贺书玮被两名保镖带着送上车，客厅里其余的人也被送去警局，一时间贺家大厅空荡荡的，只剩下贺东亭一人。

和往日的热闹不同，此刻走路都能听到回声。

脚步声由远及近，一坛酒先放在桌上，紧跟着对面坐下了一位老朋友。

贺东亭抬头看了谢泗泉，问道："你是来看我笑话的？"

谢泗泉坐在那儿倒酒，平淡道："不，我找你喝酒。"他倒了两杯烈酒，自己先拿起一杯一饮而尽，"这么多年，我跟你争吵不断，也是时候停下了。从今日起，我不会再找你贺家的麻烦。"

贺东亭端起酒杯，也喝下烈酒，过了半晌才哑声道："我教子无方，教坏了一个人，也差点害了璟儿，一切错都在我……你带璟儿去西川吧，我不配把他留在身边。"

谢泗泉道："当真舍得让我带走？"

贺东亭苦笑："一来是想反省自己，二来贺家这次和日本人结下仇，怕是还得一段时间才能平息下来。璟儿在我这里，不安全。"他喝了两杯酒，咳了一声，起先想憋着，结果却咳得更狠，拿手帕捂住口鼻好一会儿才止住，手帕上已落下刺眼血迹。

谢泗泉坐直身子，拧眉看过去："这是怎么了？"

贺东亭折起手帕，收好，轻声道："近几日换了一位家庭医生，才发现这些年一直有轻微中毒的迹象，所幸还不会伤及性命，提前治疗，能再活十几年吧。"

谢泗泉骂了一声日本人，摔了酒杯。

贺东亭又去倒酒，谢泗泉拦他，脸色不好道："你身体这样怎么还敢喝酒，放着吧，等你调养好了身体，有的是时间陪你痛饮一场。"

贺东亭笑了一声，点头应了。

谢泗泉看了一眼客厅里的挂钟，已经过去近一个小时了，他手指在桌上敲了敲，有些焦虑道："你当真安排了人在码头做掉贺书玮？怎么过了这么久，还没有人来通知，你不会半路又心软了吧？"

贺东亭摇摇头，叹了一声道："我给过他机会。"

谢泗泉："什么？"

·

贺东亭垂眼看着桌上的酒杯，低声道："守灵三天，他并未悔改。"

谢泗泉眼睛眯起来，宾客一日，孝子才是三天守灵不得离开；贺家死了的只有贺老三一人，贺书玮竟然是贺老三的儿子？

去码头的路上。

贺书玮眼皮跳个不住，他看了车窗外，一再确认了是开往码头方向，但不知为何，心里一直狂跳不止，像是预感到有什么不好的事要发生。他拍了拍前面司机的座椅，焦躁喊道："停车，我要下去。"

司机道："先生吩咐了，要送您去码头。"

贺书玮猛地去开车门，但发现车门已锁，拽了几下喊道："我让你停车——"他话音未落，司机就打了方向盘，贺书玮猝不及防差点甩下后排座椅，车也整个儿横在了马路中央。

贺书玮挣扎着爬起来，外面天已经黑了，只听到一阵脚步声，紧跟着就是外面有人暴力破开了车门，前头司机闷哼一声就软倒趴在方向盘上。他身侧的车门被拽开，穿了一身黑衣的男人弯腰看向他，操着一口不甚流利的华国话对他道："书玮少爷，我是伊川先生派来的人，你现在很危险，先上车，路上我慢慢跟你说!"

贺书玮略微犹豫一下，咬牙跟着对方上了车。

那辆车上没有其他人，黑衣人在前头开车，让贺书玮坐在后排。贺书玮看了车窗外还有一些黑衣人留在那里，忍不住问道："他们还留在那儿做什么?"

黑衣人道："贺家派了人来，需要拦截他们。"

贺书玮心猛跳了一下："贺家?"

"是，你可以看一下手上的船票，看清楚上面的时间，你今天不会坐到船。"

贺书玮错愕一瞬，连忙掏出船票借着车上微弱的光看了一下，他手发抖，费了好大力气才看清楚上面的日期，竟是三天之前的。他手脚发凉，一再确认之后还是不敢相信："怎么会，怎么会是三天前的……"

黑衣人坚定道："贺东亭想要你的命。"

贺书玮瘫坐在座椅上，脑海里拼命回想这三天的事。是了，贺东亭怕是从那天开始找到了证人，知道了是他在烟馆杀了贺三爷，甚至知道了……贺三爷是他的亲生父亲。

贺书玮脑袋里乱糟糟一片，一会儿是烟馆贺三爷临死时的样子，一会儿是贺东亭冰冷的目光，太阳穴像是被长针刺入，疼痛难忍，忍不住弯腰抱住了脑袋，发出一声哀号。

难怪……

难怪他守灵三天回来，贺东亭会问他，还有没有什么话要说……贺东亭给了他最后的机会，但他却戴着一张自以为完好的伪装面具，亲手把那一线生机撕碎了。

前面坐着的黑衣人操着怪异的口音对他道："书玮少爷，伊川先生交代，让您先出去避一避，上次你在码头的时候上的那辆日本货轮和见过的人，你还记得吧？"

贺书玮把自己从情绪中抽离出来，咬紧牙齿努力维持一丝清明，点头道："记得，是伊川先生身边的人。"

黑衣人道："这次我还是送你到那边，你自己上去。另外你拿上脚边的皮箱，里面装了一些钱和金条，出海之后用。"

贺书玮只当他们要送自己去日本，伸手在脚边摸索一下，果然翻找到一个沉甸甸的皮箱。他紧紧把它抱在怀里。

黑衣人低声道："记住，这件事知道的人越少你就越安全，上船之后一切靠你自己。"

"好。"

车子停在另一处码头，贺书玮很快下了车，提着那个黑色手提箱匆匆忙忙自己去找船了。

送他来的汽车没急着走，反而远远停在那儿，像是在等什么。

黑衣人手腕上带了一只手表，低头正在看着，慢慢读数，只是这次他没有再说腔调奇怪的话，而是字正腔圆的汉语。若是谢璟在，定能一眼认出这个留了一脸络腮胡的男人，正是东院护卫队里身手最好的张虎威。

东郊，厂房。

白家的工厂修建起来一批，其中后面的几栋小楼也被修复如初，白明禹留了一栋加班时候留宿用。平时除了他自己，也就谢璟和几个护卫队的人会过来住一下。王敬秋等人都是工作狂，他们平时在染料厂压根就不肯走出来半步，住在厂房顶楼，不来这里。

谢璟已经在小楼这儿住了好几天，白明禹这边事情多，忙不过来，他喘口气的时间都没有，一直忙到今天晚上才能早休息一会儿。

但也已经是入夜时间了。

谢璟在小楼天台上走了一圈，这里靠东，夏夜的风吹着很舒服，离着码头也不算远，比市区凉快几分。

东边码头那里远远传来一些声响，谢璟耳朵动了下，紧跟着就看到天上燃放了烟花。

他神经略微放松了些。

刚才的声音太大，他差点以为是哪里发生了爆炸。

天台镶嵌了三面栏杆，都是四方的大理石柱，谢璟翻身坐在上面，抬头看着台上的烟花。也不知道是什么人放了这许久，在黑夜里染了一片绚烂之色。

身后有脚步声，谢璟动了下，回头道："爷，你怎么来了？吓我一跳。"

白容久道："我才是被你吓到，怎么坐这么高，万一摔到怎么办？"

"不会，下面是草坪，很软。"

白容久微微拧眉，并不赞同这个说法。

谢璟看着前方，道："爷，你看到烟花没有？刚才那边放了好多啊，声音真大。"

"嗯。"

正说着，空中又亮起数朵烟花。

烟花声音很响，颜色也足够绚烂，遮掩了许多声音和亮光，比如码头上突然发生爆炸的一艘日本货轮，在海面燃烧所发出的火光。

谢璟很久没看到烟花，还在仰头看着。大约是白容久来了的缘故，他比平日放松了许多，看向夜空的眼神干净而纯粹，烟花落下，在他眼里如映星河。

白容久视线落在他身上，唇角微扬。

他的璟儿只要看过烟花就好，不用看到黑夜。

此路漫漫，一切有他。

白容久哄他下来，道："璟儿，过几天你跟舅舅去西川好不好？就去一段时间，我在沪市有些事要忙，忙完了去接你。"

谢璟愣了片刻，追问道："爷要做什么事？我可以帮你……"

白容久摇头道："这件事你帮不了。"

谢璟站在那儿没吭声，但也没走。

白容久道："别赌气，我打算建一家制碱厂，需要大量的盐，你去西川才是帮我。”

谢璟听了之后这才放松神情，点头应道：“好，我去，爷给我几个人手，我带着一同前往。”

白容久道：“嗯，我让王肃他们几个跟你一起过去。”

王肃是东院护卫队里的好手，之前和谢璟一起做事，枪法仅次于谢璟，尤其擅长伏击，是配合谢璟最好的一个人选。谢璟点头答应了，又问：“爷要运盐？若只是要几批货，舅舅那边的船队就足够了。”

“不一样，你回去一趟，也让舅舅安心，他找了你二十年。”白容久其实有些不舍，“我在沪市还有些生意要谈，之前同贺老板谈了些买卖，只是处理方式上……有些出入，算是我擅自插手吧，可能之后会稍微有点不愉快。”

谢璟犹豫一下，问道：“要不，我去说说？”

白容久摇头，轻笑出声：“不用，你只管去西川好好玩一阵子，等年底处理妥当，我就接你回来。”

谢璟十分不舍，但还是顺从点头，答应了。

另一边，贺府。

贺东亭接到电话的时候，已是半夜，在得知贺书玮上了一艘日本船并且船上发生了爆炸之后，心里也猜到大概。他沉默片刻，问道：“劫车的事，是你们九爷安排的？”

电话那边的人并无隐瞒：“是，九爷安排人假扮劫车，并送了他一只皮箱，说是金银，其实里面装着的是炸药。”

“我知道了。”

“九爷还说——”

“说什么？”

“九爷说，您处事不决会伤害到身边之人，他便按照北地习惯出手帮忙清理干净，还请贺老板勿怪。”话说得客气，但口吻强势，并未见半分妥协之意。

贺东亭过了片刻，开口道：“烦请代我谢过，只此一次，下不为例。”

沪市接连发生许多大事，日本货轮发生爆炸更是连上了几天报纸头版，一时间全城戒严，检查都严格许多。

贺东亭想要认回谢璟，谢泗泉却提了条件，只准请他和寇姥姥等人吃一顿家宴，连祭拜等俗礼都免了；而且名字不能改，依旧要写谢璟二字。条件苛刻，但贺东亭全都答应下来。

谢泗泉转眼也明白过来，如今贺家站在风口浪尖，摆明了要和日本商人打对垒，贺东亭并不敢让谢璟出现在明面上，怕他遇到什么不测，用“谢璟”二字倒更安全些。

写族谱的时候，寇姥姥有些犹豫，一直看着谢泗泉想等他说些什么。

谢泗泉却看着贺东亭，见他面不改色提笔要写了，才开口道：“阿姐当年曾跟我说过，若生儿子，小字由我取，名字她想了几个，儿子女儿都有。”

贺东亭笔尖微顿。

谢泗泉道：“阿姐说‘饮水思源’，‘思源’二字不错。”

贺东亭心里默念了一下，在族谱册上写下“贺思源”三字。

写作思源，念为思沅。

三个字写得很慢，他一向稳重，此刻手指却微微有些发抖。等登记在册之后，贺东亭想要回身道谢，但谢泗泉已带谢璟离开，没有让谢璟留下跪拜他们贺家人的打算。一旁族内老人面面相觑，只看向贺东亭。

贺东亭把族谱名册交还他们，道：“无碍，就这样吧，劳烦诸位。”

几个老人接过，恭恭敬敬摆放归位。

门外，谢泗泉手臂搭在谢璟肩上，一边走一边叮嘱他道：“等会儿要是贺……你爹哭了，你也不许心软，咬死了一定要跟舅舅回西川，听到没有？”

谢璟有些想象不出那样的场面，困惑道：“他，还会哭？”

谢泗泉挑眉，嗤道：“当然！要不然当年你娘怎么软下心跟他好的？中原的小白脸没什么好人，尤其是会读书的，璟儿你以后记住了，就算找相好的，也别找这样——”远远瞧见有人跑过来，他立刻收了声音，胳膊也放下来做出一副家主模样，绷着脸问道，“胡达，怎么你一个人过来，其他人呢？”

胡达手放在胸口弯腰行了一礼，道：“当家的，都在外头等着了，还跟白家借了七辆车，您就放心吧。”

谢泗泉脸色稍缓，带谢璟去堂厅跟贺东亭吃了一顿饭。

贺东亭倒是没跟谢泗泉说的那般哀恸，面色如常，只是吃几筷，就看向谢璟。一顿饭吃得很慢。

谢泗泉给谢璟剥虾，这个时候的河虾正当季，鲜嫩爽甜，只一点就是个头略小，吃起来好吃，剥着费劲儿。

谢泗泉极少干伺候人的活儿，把虾掐头去尾，就连壳直接放在小碟子里给谢璟吃。

贺东亭刚想开口，就瞧见谢璟夹起来吃了。

谢泗泉问道:“好吃吗?”

谢璟点头:“嗯。”

谢泗泉就高高兴兴地又剥了几只给他，谢璟吃了几筷，摇头低声说够了，他才意犹未尽地停下，一边拿湿帕擦了手一边得意道:“你要是喜欢，晚上舅舅还剥虾给你吃。”

贺东亭坐在一旁看着他们互动，心里说不羡慕是假的。他也剥了几只河虾，一直到虾肉冷了也没敢端给谢璟尝一口。

吃过饭之后，谢璟就跟舅舅一起回去，贺东亭送到门口，顺着谢泗泉的意，依旧喊他谢璟，叮嘱他空了常来。

谢璟点头道:“好，改日再来。”

贺东亭唇角扬起一点，只这么一句话，心情就跟着好转许多。

回去路上，谢泗泉对他道:“你不用管贺家给你改的那个名字，不过是占个位置，将来不能便宜了那帮王八蛋。”

谢璟心里也没太当回事，那个名字听起来更像是父亲怀念母亲，而不是关于他。他以前唱戏的时候也有过其他名字，但不管怎么叫，他依旧是他自己。

傍晚的时候，白家东院设宴，留了西川谢家众人一同吃饭。

谢泗泉最爱美酒，席间和白容久畅饮数坛，蜀地的酒绵软、后劲大，而北地的烧酒性烈，一饮入喉，立刻如小刀一样辣得痛快!

谢泗泉拉着白容久拼酒，很快就勾肩搭背以兄弟相称了。

谢璟担心白容久，让小厨房做了两碗甜汤，亲自端到他们跟前。

谢泗泉拍了拍白容久的肩膀，站在那儿脚步已经摇晃了，但还忍不住得意道:“兄弟，瞧见没有，我幺儿乖不乖?”他伸手拽过谢璟，推近了让白容久看，“你仔细瞧瞧，见过这么乖的没有?”

他力气大，谢璟差点被推到白容久怀里去。

白容久看了片刻轻笑道:“乖。”

谢璟在东院住了三天，临出发去西川的当天早上去了贺府，在后门叫了管家出来，请他去通知贺东亭。

管家知道谢璟身份，因为这位小少爷，贺府几乎被闹了个底朝天。他们先生把贺老夫人送回老家的宅院养病之后，一个敢说闲话的都没有了。管家如今见了谢璟自然是笑脸相迎，一叠声请他进去:“璟少爷您站在这里做什么，这是您自己家，回家哪里用通传呀，您进来就是……”

谢璟牵马站在那儿没动，对他道：“劳烦您帮我叫一下，我只说几句话，说完就走了。”

管家答应一声，立刻去了。

不过片刻，贺东亭就急匆匆小跑过来，都未来得及穿外套，站在谢璟面前上下打量他，看他没有异样才松了口气，笑着道：“璟儿怎么来了？我知道你今天启程，还打算过会儿去送送你。”

谢璟摇摇头，道：“不用。”

贺东亭脸色白了几分，站在那儿思量一会儿勉强笑道：“也是，一定很忙，那我就不去打扰……”他话还未说完，就被谢璟上前一步轻轻拥抱了一下。谢璟低声道：“我去西川怕是许久不能回来，你好好保重身体。”

贺东亭抬手想回抱一下，但手刚抬起对方就立马退回原位，怀里的温度转瞬即逝。

谢璟翻身上马，跟他道别，很快就走了。

贺东亭下意识追出去几步，站在街边看他的背影，眼眶微微发红。

第十一章 返回西川

六月中旬，谢泗泉返程回西川，谢璟和寇姥姥等人随行。谢璟初次走水路入川，而寇姥姥却是重返故地，一路上一直看着，舍不得眨眼。

寇姥姥瞧着沿路崇山峻岭，擦了好几回眼泪。二十余年过去了，物是人非，这条路上的风景没有变化，和当年她陪着小姐远嫁时看过的一样；只是这次只有她这个老婆子回来，小姐再也回不来了。

寇姥姥手里摩挲着一张照片，上面最前头的就是年轻时候的谢沅和贺东亭，她自己则站在小姐身后，一脸紧张。

谢璟凑过去看了一眼，故意问道："姥姥，后面站着的是你吗？"

寇姥姥点头叹道："是呀，姥姥那会儿第一次拍照片，灯闪得太亮，吓了我一跳，还是小姐让人多拍了几张，这才留下这张。"她伸手爱惜地抚摸过。这是他们临走时贺东亭让人送来的，除了照片，还有好几箱物品，都是细心为谢璟准备下的。

谢璟哄她道："姥姥，等回了西川，我陪您拍照，咱们拍好多。"

寇姥姥被他逗笑了，抬手摸了他脑袋："傻孩子，姥姥年纪大了，拍了也不好看。我璟儿长得俊，是该多拍些照片留下。"

祖孙俩说了一阵话，谢璟忽然想起一件事，小声问道："姥姥，我娘的牌位……"

寇姥姥道："前天的时候，你舅舅亲自送回贺家了，你既已祭拜过，我也就放心了。”

谢璟头枕在老太太肩上，看着江面上倒映的山岭，树木苍翠，层峦叠嶂，和他之前生活的地方完全不同。

几天后，船行至阳平关。

阳平关的行船码头与一路上别处的码头相比要大得多，载满货物的木船沿江而下，全都汇于此处。

码头上挤挤攘攘，都是等待卸货的客商和招揽生意的船帮挑夫，天气炎热，光是从码头挤下来衣裳就已汗湿了后背。

谢泗泉到了这里就已放松了大半，把船上的货物都交给胡达等人处理，自己带了谢璟和寇姥姥去找了地方先吃饭。寇姥姥许久不吃蜀地的辣椒，加上年纪大了不好克化，要了两碟清炒素菜；谢泗泉带了谢璟去后头，打算挑两条鱼。

这家小饭馆就在江边，已经做了十数年买卖，最拿手的菜就是鱼；尤其是这江边的鱼现打捞上来，活蹦乱跳，新鲜得很。

小二过来帮着挑鱼，刚想起筐，就被老板赶过来制止了。老板让他去江边拎起泡在水中小些的竹筐，转又讨好笑道：“谢爷，不知道您来，我这就让人去瞧瞧有没有新捕上来的雅鱼。您去前头坐着喝茶，收拾好了立刻给您上菜。”

谢泗泉道：“也好，天儿热，再切两只西瓜。”

老板连声答应，不一会儿送到桌上的，不只是西瓜，还有两碟瓜子和两碟糕饼。

谢泗泉不耐热，穿了一件银红薄袄坐在那儿拿袖子扇风，他手腕上缠了七八圈珊瑚珠，粒粒像黄豆般大小，滚圆饱满，精心打磨过。谢家人本就肤白，佩上赤色珊瑚珠，越发衬得白玉砌成一般。只是桌上二人没人瞧他，寇姥姥拿了西瓜给谢璟，谢璟自己吃了两口，又掰下一小块尖尖的瓜皮给门口的那只黄毛土狗。

天儿太热，蒸笼一样的天气，连小饭馆门口的黄狗也懒懒散散的。它闻了闻谢璟扔过来的瓜皮，几口吃了，尾巴轻轻摇了摇。

谢璟边吃边掰瓜皮喂那黄狗，正要把手里最后一点丢过去，黄狗忽然动了动耳朵，抬头看向门口方向。

不多时，就听到一阵车马声，紧跟着有人匆匆向这边走来。

小饭馆门口竹帘被掀开，走进来数人。老板弯腰跟他们打了招呼，为首的男人也没理睬，左右看了一眼之后，径直向谢璟他们这桌走来。

谢璟不知对方什么来路，手放在桌下，视线盯紧。

谢泗泉顺着他视线回头看了一眼，笑道："璟儿莫慌，是自己人。"他说着站起身来，冲那边招手道："徐骏，这里！"

男人很快走过来，谢泗泉指了他介绍道："这是徐骏，西川上城有名的"算盘"，算盘一响，黄金万两说的就是他了。我费了好大功夫才把人挖过来，跟了我有几年了，外头都喊他一声谢家二当家的。"又指了指谢璟，面露得意，"这是我在信里同你提起的璟儿，怎么样，是不是和我长得很像？"

徐骏面容清俊，看起来不过二十五六的模样，人比谢泗泉要正经得多，他拱手先对寇姥姥行了一礼，然后才打量了谢璟片刻，道："是很像。"

谢泗泉勾着外甥的肩膀，和他咬耳朵道："璟儿别理他，这就是个闷葫芦。"

徐骏看了他手臂一眼，忍了几次，还是开口道："这是外头，家主自重些。"

谢泗泉不耐烦道："我又没跟别人搂搂抱抱，璟儿是自己人。"

徐骏冷声道："无规矩不成方圆。"

谢泗泉看他一眼，徐骏视线跟他对上，未移开分毫，开口道："我记得去年中秋的时候，家主在下城喝醉酒，我和胡达等人找到的时候你——"

谢泗泉连声打断他道："好好好，我知道了，我听你的那些规矩就是！"他面上老大不痛快，但还是挪开了手。

徐骏道："家主在外多少讲些礼节，不可太过孟浪。"

小饭馆的老板端菜上来，又摆了酒，笑着道："谢爷先吃酒，鱼已经送来了，稍后做好了给您端上来，还是按以前的口味？"

谢泗泉道："麻辣去一些，不要太重，我外甥刚来怕他吃不惯。"这话说出的时候，带了十足的炫耀，像是有外甥多了不起一样。

老板一叠声答应下，自去准备了。

徐骏带来的那些人也比胡达他们要听话一些，规规矩矩跟家主问好之后找了地方坐下，小憩片刻。

徐骏坐了谢泗泉那一桌，斟酒、布菜，做事十分妥帖周到。

蜀地人嗜辣，天气越是炎热越是喜欢吃口味重一些的菜肴，好下饭。这次吃的饭菜也是如此，上来的都是红彤彤的一盘盘小炒，连素菜都是如此。谢璟刚开始有些不敢下筷，不过舀了一勺麻婆豆腐尝过之后，眼睛都亮了。

谢泗泉见他喜欢，笑着道："吃着还行？加了鸡汤熬煮，我让他们特意做了两个味儿，这边放了野菜，那边拌了辣椒面，你都尝尝看。"

谢璟吃着都好，豆腐也不知道怎么做的，嫩得恰到好处，入口即化；鸡汤和辣椒混在一起入口，味道带了浓郁的香辣，让人胃口大开。谢璟舀了几大勺豆腐拌饭，埋头吃得停不下来。

徐骏倒是没想到谢璟如此好养，一盘豆腐拌饭就能吃得心满意足，忍不住多看了两眼。

孩子不错，就是家长有点不像样。

谢泗泉拦了几次，不让谢璟吃饭："璟儿慢点吃，尝尝就行了，后头还有更好吃的。"

谢璟："我吃着这个就很好。"

谢泗泉："一盘豆腐有什么好吃的，放下。舅舅点了一桌子好菜，你一会儿每样都尝尝，喜欢吃哪个咱们就吃哪个啊。"

……

徐骏闭了闭眼，他就知道会变成这样。

谢泗泉自己任性惯了，教孩子也这般胡来，好好的小孩儿不出半月就能给惯得挑食不肯吃饭。

徐骏还未开口，就听对面坐着的谢璟淡声道："舅舅退些菜吧，浪费不好。"

谢泗泉还想再劝，谢璟摇头道："我和姥姥习惯了，你若这样，以后我不敢跟你一起出来吃饭了。"

这话比什么都管用，谢泗泉立刻点头答应了，他叫了老板过来，不过那些菜没退，只吩咐给店内其他谢家的人端过去："每样分出一小碟来放到我这桌，只一小碟就行了，切勿浪费。"

老板答应一声，很快就端了一个木托盘过来，上面七八只小碟子上码放整齐，荤的素的，各式菜肴都有。

寇姥姥尝了一口甜烧白，夸了一声"好"。

谢璟好奇："这店看起来简陋，饭菜倒是精致。"

谢泗泉托腮看他，听见笑道："这算什么精致，川菜一贯都是如此，等回家之后让家里的厨子做给你尝尝，那才叫精致。璟儿喜欢吃汤圆吧？舅舅让人做好多小汤圆给你吃，干炒汤圆吃过没有？"

谢璟摇头。

"外酥里嫩，回去之后我让厨子做好，拿油纸包起来给你当零嘴吃。"

谢璟一边吃一边听他说，头一次知道世上还有这么多种新鲜吃法。他以前跟在白容久身边，虽然从未亏过嘴，但白容久喜欢清淡一些的菜式，他对吃也没什么特别的喜好，偶尔吃些桂花蜜蒸米糕、甜汤圆，就已经很满足。白容久那边用料都好，就是太过养生，山参、鹿茸从未断过，味道上从来没吃过这么多酸甜苦辣。

谢璟不小心咬了一颗花椒，舌头麻了一半，一边面不改色吃了口米饭压下，一边想着幸亏不是白容久吃这顿饭，爷最不喜青壳花椒。

谢璟吃到半饱的时候，鱼端上来了。刚煮好的过水鱼，鱼肉浸在汤汁里，吃的就是一个鲜嫩。

谢泗泉哄外甥吃鱼，亲自给他挑了鱼刺，还把鱼头夹了过去，教他找藏在鱼头正中央的“骨剑”。雅鱼头骨正中央有一根形似宝剑的刺，完整剥离出来之后，不过指节长短。谢泗泉拿茶水冲洗干净放在谢璟手里，逗他玩儿：“璟儿晚上回去把它放在枕头下面，保平安的。”

谢璟迟疑，抬头看向对面的徐骏。

徐骏冷道：“假的。”

谢泗泉又改口：“那就是招桃花的，反正放着图个吉利嘛。”

谢璟更不肯接：“我不用招桃花，舅舅拿去用吧。”

寇姥姥坐在那儿笑个不住，对谢璟道：“你舅舅逗你玩儿呢，就是个小玩意，找宝剑逗乐子。”

谢泗泉手里拿着那把小小的“骨剑”，也在吃吃地笑。今日的这把“骨剑”剑柄齐全，十足一把威风凛凛小宝剑的模样，比他以往寻到的都要漂亮。

中午吃过饭，略微歇息片刻，徐骏就让人牵了马车过来。从这里回西川上城还有一天多的路程，晚上需要住在旅馆里。

谢璟这次来带了一个“大件儿”，他在小饭馆门口等了片刻，就见胡达送了一匹白马过来，正是白十四。

谢璟翻身上马，骑马跟着马车一起往前走。

徐骏骑马跟在一旁，跟他攀谈了几句，两人都是客客气气的，对彼此印象都不错。

西川还遵循旧例，三十里一驿，一百二十里一舍，赶路赶到了天刚黑的时候，才到了休息的旅店。大约是炎夏的关系，来往行商并不多，偌大的院里只停了几辆马车，显得有些冷清。

晚饭吃得简单，他们要了炖鱼，用脸盆一样大的铜盆端上来，里面煮了粉条、豆芽、青菜、豆腐等，红汤荡漾，香气四溢。

谢泗泉嘴刁，挑着吃了几口就不怎么吃了，只吃了一小碗芽菜炒饭。

徐骏看他一眼，要了一壶冰过的酸梅汤。但谢泗泉也只喝了半杯，就兴致缺缺地放下不喝了。

反而谢璟吃得还不错，十分好养。

寇姥姥赶了一天的路，有些疲惫，晚饭匆匆吃了几口就回房睡了。她年纪大，住了楼下的单间，其余人上楼找了房间住下。

谢璟自己住了一间，谢泗泉和徐骏住了一间。

谢泗泉正披着一件轻薄的外衫，坐在竹床边把玩手里的鱼骨剑，玩得不亦乐乎。

徐骏倒了一杯凉茶喝，问他："你多大了，怎的还玩这种逗小孩的把戏?"

"我小的时候攒过许多鱼骨剑，有一阵最爱这个，拽着阿姐一起吃了一年多的鱼，阿姐吃伤了，再不肯碰雅鱼。"谢泗泉转了几圈指尖的鱼骨剑，笑道，"以前我就想，等将来阿姐有了孩子，我也要带他这么玩儿。"

徐骏面色稍缓，对他道："小谢已过了玩耍的年纪，你若是真心对他，当请老师好生教导。"他说了几个老师的名字，都是上城有名的，"这些老师我已差人去学馆打了招呼，可以直接入学。若是不便，也可以请老师来家中教导，多使些钱就是了。"

谢泗泉抬眼瞧着他笑："你怎么对我家中的事如此上心?"

"收钱办事，理所应当。"徐骏看他，忍不住还是说道，"别教成你的样子就好。"

"我什么样?"

"去年中秋，是谁喝多了在下城跟人家拼酒玩骰子，还把十几个人输得脱裤子?"

"他们自己不中用，关我什么事!"

徐骏登时站起来，怒道："就你中用、有能耐！若我带人去晚了，你还想做什么?"

前些日子，谢泗泉一去两个月没回来，把西川上城大小事务都托付给徐骏，压得徐骏差点喘不过气来。现在谢泗泉又是这副吊儿郎当的态度，徐骏不由得怒从中来，捋起袖子就要把他赶出去："走走走，看到你就来气。"

"哎，走了我睡哪儿？我不走。"谢泗泉偏赖在那儿，不肯起身。两人推搡起来。

隔壁房间的谢璟换了环境睡不着，一直到深夜才有了点睡意，但很快就被家具磕碰声惊醒，很轻微的声音，但在这深夜里特别明显。他从枕头下拿了匕首，仔细听了片刻，忽然起身推门出去，站在隔壁门口敲了敲，问道："舅舅，舅舅你在里面吗?"

房间里安静片刻，听到谢泗泉开口道："在，有事?"

谢璟道："我听到有声响。"

房间里静了片刻，谢泗泉又道："……无事，我翻找东西，你回去睡吧。"

谢璟答应一声，但还是不放心，拿着匕首去楼下巡视一圈。等再回到楼上房间，老远就看到走廊上站着一个人，走近才瞧见是徐骏。

徐骏衣服穿戴整齐，和白日一般。徐骏叫住他，绷着声音道："小谢，这里不用警戒。"

谢璟不解："为何?"

"你可知这里还有一个名号叫'转斗乡'? 意为从水路入西川途经此地的人，必在此过夜，故名'转斗'。谢家盐帮运货途经此地已有百余年，昔日你们谢家先祖索性将此地买下，专做拴马之用，直至今日慢慢扩建成如此规模。"徐骏顿了一下，又道，"也就是说这里方圆十余里，包括这家旅店都是谢家所有，你只管安心住着，不会有人打扰。"

谢璟怔愣片刻，他只知道西川谢家有钱，但从未想过会有钱到这般程度，竟沿途买了地专供车马休息。

徐骏同他解释完就下楼去睡了，怀里抱了一件长袍，瞧着并未打算再上来。

谢璟回房间躺了半晌才慢慢睡着。

这次周围安静许多，只有偶尔几声虫鸣，一夜无梦。

第二日一早起来赶路，谢泗泉瞧着没睡好，躲在马车里睡了一路，一直快到西川上城的时候才醒过来。

他一边伸了懒腰一边招手让谢璟过来，对他道："璟儿，你这马听不听话?"见谢璟点头，就下车去利落翻身上马，和谢璟共乘一骑。白马轻声嘶鸣，只甩了甩头，稳稳驼住他们。谢泗泉坐在后方揽住谢璟，接了他手里的缰绳，轻喝一声，白马奔驰，很快就离开车队。徐骏在后头喊了两声他也没理睬，只低声在谢璟耳边笑道："舅舅带你去看样东西!"

白马跑了一路，穿过一条条街道，很快就跑到了一个壮阔的盐场，数十架高耸入云的天车伫立在那儿，刺向青天。天车架子近百米高，皆是用杉篙、巨竹搭起，一处架便是一口井，远远望去犹如一汪汪“海眼”；数间平矮的瓦房坐落在其中，不断有热气冒出；好几个精壮结实的汉子正一铲铲地挖出半干的盐水摊开晾晒，一派热火朝天的情形。

谢泗泉骑马带着谢璟继续跑，越往前跑，巨竹天车越多，甚至能听到工人提取卤水的号子声。

谢璟问道：“舅舅，你要带我看什么——”

“看井!”

风声大，谢泗泉笑得肆意畅快，提起马鞭指了沿路盐场天车：“你之前不是问我为何给你起名‘璟儿’？这些就是舅舅给你的生辰贺礼，西川上城谢家上百口盐井，自你出生之日起，皆归你名下!”

谢璟从未听过此事，一时怔愣。

谢泗泉问道：“保保没同你讲过吗?”

谢璟摇摇头，还未开口，又听谢泗泉得意道：“我十三岁时就跟阿姐许诺过了!”话音未落，谢泗泉便又策马向前跑起来，大笑道，“今天，我终于实现我的承诺了！走，璟儿，我们回家!”

西川分上、下两城，依地势命名。谢家住在上城，而产业遍布全城，大大小小的铺子也都是谢家在经营，只要进城来，可以说都是自家地盘。

谢府今日修缮一新，格外喜庆，扎了红绸、鸣了礼炮，热热闹闹地迎接家主归来。

谢泗泉骑马到门前，翻身下来，把手递过去扶了谢璟：“来，跟舅舅回家。”

谢璟把手给他，谢泗泉握紧了，一路牵着他走进家门未再松开。

谢璟眼角余光看到门口的小厮牵了白十四去马房，未来得及多看，就被谢府布置的模样晃花了眼睛。全府上下完全是按照谢泗泉喜好布置，花团锦簇，金碧辉煌，到处不是鲜花就是华丽的绫罗绸缎，谢泗泉行走其中，若不是那张脸生得俊俏，只怕也会被淹没在这一片缤纷花海里。

谢家主认回谢璟这个外甥，仪式隆重又热闹。

他带谢璟去祭拜了谢家列祖列宗，若不是被族中几个老人拦着，只怕当场就要在族谱上提笔写下谢璟的名字。

族中老人劝道："不可，不可，就算是要过继，也得他父亲到场才符合规矩……再不济，那总要挑个良辰吉日呀……家主，可不敢胡闹啦！"

谢泗泉毛笔都握在手中了，颇有些遗憾："最近的吉日在哪天？"

"这得先拿到小主子的生辰八字，算上两日，再慢慢挑个好日子。"

谢泗泉这才收手，把族谱还给他们，族中几个老人慌忙接过，捧着又供奉回去了。

谢璟当着外人没开口，等跟着舅舅走出来之后才道："舅舅，盐井和过继的事儿我都不知道……"

谢泗泉哄他："你不知道的事儿多着了，舅舅只你一个心肝宝贝，不给你给谁？你爹那边乱七八糟的，回去也不痛快，不如留在西川陪舅舅。而且当时你上贺家族谱的时候我同他商议过了，你名字不变，跟我姓谢，他答应了。"

谢璟："……"

谢璟："我爹好像不是这个意思。"

谢泗泉："就是这个意思。"

贺东亭出于愧疚，答应没改名，但绝对没同意把唯一的儿子过继给妻弟，他若是在这里只怕当场就要和谢泗泉争论起来了。

谢泗泉仗着在西川没人管得了自己，很是无法无天了一把。

谢府摆流水席庆祝，一连宴请了三日。也不知道外头怎么传的，有说谢璟是谢泗泉的外甥的，也有说是私生子的——大概是"谢璟"这个名字的缘故，相信是私生子的人更多一些。

谢泗泉这几天带谢璟见了一些亲戚，男女老少都有，一个个也都是披金戴银的模样，旁的不好说，有钱是肯定的。那些人见了谢璟格外热情，反倒是谢璟有些拘谨，不知道说什么才好，谢泗泉只介绍了几个给他认识，其余只让谢璟拱手问好就算走了过场。

谢璟跟在谢泗泉身边，两人身高模样相仿，即便一个爱笑一个表情淡然，但眉眼相似，一眼就能看出血脉相连。

西川不少姑娘一夜梦碎。

谢璟回到谢家，一连几天，收礼收到手软。

谢家这些亲戚从未离开过西川，说的都是一口地道西川话，语言沟通起来有些问题，但送礼是没问题的。不知为何，谢家人全都喜好金银，除了送整匣小黄鱼的，还有送了诸如长命锁一类的金器，打得都十分厚实，放在手里沉甸甸的很有分量。有些女性长辈则送了一些珠宝首饰，其中有一位送了全副头面，项圈儿上的东珠有鸽子蛋那么大，谢璟见过不少宝贝，知道这物件价值不菲，还特意问了舅舅能不能收。

谢泗泉道："都是家里人给的，你收着就是。"

谢璟就留下了，一件件礼物码放在房间里，谢璟只略看过一眼，就都交给寇姥姥去处理了。他低声道："我不知道家里还有这么多人。"

寇姥姥也在惊讶，她今日勉强认出几个老一辈的人，年轻些的已分辨不出，她想了一会儿问道："今天来送长命锁的那个后生，是姑老爷家的孩子吧？"

谢泗泉坐在一旁把玩一根金链，听见道："是。"

寇姥姥："倒是比他爹娘实在，看着也本分。"

谢泗泉嗤了一声："以前那些臭毛病，我早给他们治过来了。保保放心，他们现在听话得很，不听话的那些都已赶出上城了。"

谢璟看他一眼，这确实是谢泗泉一贯的风格。

寇姥姥收拾了好久，才把礼物全都归类存放好，瞧着那两箱东西忍不住叹息道："要是知道如此，就早几年带璟儿回来，也不至于在外头受苦。"

谢璟道："我觉得北地也挺好，九爷跟舅舅一样待我好。"

寇姥姥笑道："哪儿能一样呀，这是亲舅舅呢。"

谢泗泉虽未说话，但也在拿眼睛瞟向小外甥那边，等他夸自己。

谢璟没回话，垂眼在箱子里挑了两样东西，拿出来单独放在一旁。金镶玉打造的两件小玩意儿，这东西可以给白容久做扇子坠儿，很合适。

寇姥姥看他挑了一些，笑着道："是该多留几样出来用，你身上一向素淡，多戴点儿显得活泼。"她只当谢璟要自己用，因为一看就是男孩儿用的东西，还帮着谢璟一起挑。

谢泗泉扫眼看了，瞧见谢璟拿了一对白玉小狮子，顺口问道："璟儿自用还是送人？"

谢璟："都有。"

谢泗泉视线落在那一对玉狮子上，没再说什么。

他坐在这里陪了谢璟片刻，打了个哈欠，准备回去睡了。

谢府极大，谢泗泉住的院子分了两进，门厅放了几只宽口陶缸养碗莲和锦鲤。谢泗泉踏月而归的时候，院子里莲香幽幽，偶尔能听到几声鱼儿跃起的轻微水声。

徐骏已在房间等他。

桌上点了灯，一旁摆放了厚厚几摞账册，徐骏正在翻看其中一本。

谢泗泉推门进来的时候，一瞧见这架势就头疼。

徐骏一副秉烛夜谈、公事公办的模样，正要开口说话，谢泗泉抬手道："打住，你等我片刻，好歹让我擦把脸，歇一歇。"

谢泗泉洗漱之后，到底没能逃开公务，在徐骏的监督下把盐场账目相关整理过半才被放去睡觉。

谢泗泉一觉睡到近晌午，还觉疲乏。

徐骏瞧着倒还好，送来新衣，并把一串白玉佛珠手串佩戴在家主胸口。他低头看了佛珠一眼，问道："之前那串佛珠去哪里了？怎么没见你戴。"

谢泗泉懒洋洋还在回味昨夜美梦，过了片刻才道："给璟儿了。"

徐骏整理衣领的手顿了一下，微不可察地拧眉："那是我给你的。"

"又不是什么稀罕东西，回头再拿几串去开光就是。"

徐骏没吭声。

谢泗泉被人伺候惯了，抬手让徐骏给他穿衣服，有些没睡饱，一连打了两个哈欠："以后私下里也不许和我争吵，璟儿上次差点撞见。"

徐骏冷声："他瞧见又如何，又不是什么稀罕东西。"

谢泗泉看他一眼，嗤笑道："一大早火气怎么这么大？不过就是拿你一条手串送人罢了，我赔你。"

徐骏给他系腰带时故意用力勒他一下："你又要我！"

谢泗泉忙抓住他胳膊，"哎"了一声，连忙道："不要你，不要你，这次是真的，回头给你补上，你快松开点儿，我要喘不过气了——"

徐骏心里虽气，但手上还是松开了些，臭着一张脸跟在谢泗泉身后。

谢泗泉临出门的时候，看了桌上那些账册头疼道："坏了，还有一半账册没看。"

徐骏："我看过了。"

"何时看的？"

"昨天夜里，你睡着之后。"

谢泗泉仔细看了他片刻，忽然笑道："我就知道你能干。走吧，我一会儿去下城会会那些人，你今日先在家中，替我照看璟儿。"

徐骏点头应了，一路陪谢泗泉走到谢府门口，才转身回来打理府里的事情。

这些工作他做了数年，里里外外一把好手，已经习惯了，跟在自己家中无异。

他打理好这些之后，又带了几个用人去找了寇姥姥。

寇姥姥和谢璟住在一个院子里，同院还住着白家跟来的那些护卫，徐骏到的时候，谢璟正在和护卫们一起训练。院子南北两头摆了草靶子，还做了几个简易木桩可供人打拳，院子里一众人大汗淋漓，有些还脱了外衫，赤膊在那儿比画。

谢璟手里卷了一条软鞭，黑色细长的鞭子，也不知是什么材质，像是一条细长柔韧的黑色小蛇盘踞在他一截手臂上。徐骏还想再看的时候，谢璟垂手，袖子落下遮挡了大半，只能隐约看到一点了。

谢璟走过来跟他问好："徐大哥，你来有事？"

徐骏道："我虽和你相差没几岁，但和你舅舅同辈。你若愿意，可以喊我一声二当家。"

谢璟从善如流，喊了一声二当家。

徐骏让后头的几个婢女过来，开口道："这是你舅舅之前就挑好的人，身世清白可靠。姥姥年纪大了，多留几个人照顾，你在外也可放心做事。"

寇姥姥以前身边只一个李元，日子过得也很好，她用不惯这么多人，只留了两个年纪小些的丫头，让她们在房里帮忙做些缝补的细活。徐骏没强留，又另拨了两个小厮来在院子里做些洒扫的粗活。

院子里其他房间也都被占了，住着谢璟从白家带来的护卫。

徐骏站在一旁观察了片刻，发现谢璟和他想的很不一样。

谢璟对身边的人似乎都是一样的态度，能做的事从不会假手他人，十分勤快，即便突然改变了身份也不见他身上有半点少爷脾气。尤其是对白家东院的护卫们，谢璟自始至终都是客客气气的，陪练的时候还会喊一声师哥。

一旁有个刚陪练完在休息的护卫，徐骏走过去，低声同他问话，想打听一下谢璟以前的事。

那护卫正是王肃，他跟谢璟关系很不错，以前在北地的时候最常带人去寇姥姥小饭馆吃饭的就是他，听见徐骏问立刻道："小谢可太厉害了！"

徐骏："怎么个厉害法？"

王肃挺胸得意："他是我们里头最有学问、读书最好的人！"

徐骏不以为然，护卫队里能识字便是秀才了。

"小谢去黑河酒厂一个冬天，就跟那边的德国工程师学会了德文，还跟着九爷学讲英文，另外他还师从黄明游先生，能写一手漂亮的文章——黄先生你知道吧？”他见徐骏点头，又继续道，“小谢算账特别快，那么厚的账册，不是我吹牛，小谢翻一遍就知道数目了！听二少爷说，小谢除了不怎么会下棋，其他没有不会的。”

徐骏大吃一惊：“他在白家不是做护卫吗？”

王肃道：“是啊，小谢是我们师傅收的小徒弟，关门弟子，打枪的本事厉害着呢！”

徐骏：“……”

徐骏看向院中和人比画的谢璟，一时不敢信。谢家就没出过读书人，若这护卫说的是实话，那真是谢家祖坟上冒青烟了。

徐骏在这里看了半晌，等谢璟休息的时候去找了他，带他去了一处小楼。临到门前，徐骏看了王肃一眼道：“这是谢家祠堂，外人勿进，还请留步。”

王肃等在外面，只谢璟一人跟徐骏进去。

谢璟只当徐骏要教规矩一类，结果进去之后，对方却给他讲了一下谢家先祖。前几日谢泗泉带他来祭拜也只是随意上香，没像徐骏这般正式，讲得也不全，谢璟还是第一次听到谢家之事。

谢家这个大族起起伏伏上百年，祖上辉煌过，也落魄过，到了谢泗泉这一代的时候只剩下一些钱财。姐弟二人谨慎小心地守着这笔财富，头十三年全凭谢沅心细，养大并教育了弟弟；后面则是凭借谢泗泉的胆大、敢闯敢试，才收回祖上家业，并发展到今日这般地步。

徐骏道：“你舅舅不爱读书，最讨厌中原人那些规矩，不过也不怪他，谢家人一贯如此。”他带谢璟看了一处泥塑，对他道，“你谢家祖上只出了一个当官的，就供奉在这里。”

谢璟：“是读书人？”

徐骏：“不，捐钱买的县令。”

谢璟：“……”

这倒也是谢家一贯风格。

徐骏又道：“此人还写过一些诗和文章，极力赞誉西川天火——”

“什么是天火？”

“你舅舅之前带你去过盐场吧？下回去了可以仔细瞧瞧，锅底下用的是可以点燃的气体，不用柴薪，因此叫天火。”徐骏解释道，“你家先祖为此专门写了一个册子，详细描写了如何在地上钻一个窟窿，然后放口铁锅做饭，还曾发下宏愿，原将此法传天下。若非蜀地山陡路难行，书册早已传遍华国。”

谢璟不知道是不是刚才眼花了，他怎么好像瞧见二当家笑了一下。

徐骏上了香，带谢璟拜过，开口道：“你谢家先祖终其一生想普及天火，殊不知外头极少有这东西。但既是发下的宏愿，若以后有机会，你谢家后人尽量替他完成吧。”

说完谢家遗留下来的历史问题，徐骏也没什么其他的好讲。谢家以前的祠堂被火烧毁过，东西这么多年丢的丢、散的散，只找回这么一位憨厚仁义、一心颂扬“天火”的先祖，家规更是无迹可寻——就算有，恐怕也早就被现任谢家主撕碎扬了。谢泗泉这脾气，受不得半点约束。

带着谢璟大致看了一下，徐骏又状似无意问他道：“白家那些人是你自愿带来的，还是白九爷让他们跟来的？你回了家中，可按自己意愿行事，在上城无人敢阻拦你。”最后一句，已是在为谢璟撑腰。

谢璟道：“是我自愿的，我跟九爷借了人手。”

徐骏道：“你身边若是缺人用，可以跟我说，要多少帮你找就是。”

谢璟淡声道：“我没打算在西川久留，过段时间还要回九爷身边去。”

徐骏拧眉，但没说什么。

他上午带着谢璟在谢家转了一圈，中午又带着谢璟去饭馆吃了一顿饭，没点雅鱼，特意要了一份儿麻婆豆腐。豆腐比起之前赶路时候在小饭馆要的那份要精致得多，加了脑花进去，味道更为香醇，也是一半清口一半加了辣椒。清淡那一边鸡汤味道浓郁，吃不出半点豆腥味，只有细嫩爽滑，比肉还好吃些。

谢璟吃得很香。

徐骏也很满意，亲手给他盛饭道：“你舅舅说你喜欢吃这个，让我特意带你来这里尝尝。若是喜欢，就把厨子带回家去，常做给你吃。”

谢璟道：“家里的厨子做饭也好吃，我早上吃的面就很好。”

徐骏问：“可还有什么需要置办的？一会儿我陪你去街上瞧瞧，缺什么就买下。”

谢璟摇头：“不缺什么，够用。”

徐骏吃了两碗饭，夹菜的速度放慢了些，有意同谢璟攀谈，聊了一些在北地的事，又问他道：“我听你舅舅说，念过几年书？”

“嗯。”

“可想再去学堂？西川也有几家不错的学校，年初的时候还有一所新建的大学，就是离家稍微远了点，你要是不习惯我们可以请老师来家中上课。”

谢璟还未回答，就听到有人“噔噔噔”地跑上楼来，人还未到，动静不小。

谢泗泉从楼梯那儿探出头来看了看，三两步跑过来：“我回去听他们说你带璟儿出来吃饭，一猜就是这家。”他挨着谢璟坐下，亲热道，“如何，这家味道吃着还行?”

谢璟点头应了，给他倒茶。谢泗泉心里更加舒坦了，一杯茶喝下去，暑气都去了大半。

一旁的徐骏已招呼小二多拿一副碗筷过来，盛了一碗饭递过去。

谢泗泉忙了一上午早就饿了，一边吃一边问道：“你们刚才聊什么呢，这么热闹。”

徐骏：“聊小谢上学的事，我问他有没有喜欢的学堂或者新式大学。”

不等谢璟开口，谢泗泉立刻否了：“不去念大学，要跑老远，回家都不方便。”

谢璟也顺着道：“嗯，我也不想上学。”

徐骏微微拧眉：“我听说你读书很好，过目不忘，而且还会讲洋文，不读书可惜了。”

谢璟一本正经地撒谎：“他们吹牛的，我不爱读书。”他只打算在西川待个大半年，把寇姥姥安顿在这里，并未打算久留，对读书上学也没有太大执念。比起这些，他更想快点回到白容久身边。

谢泗泉对这个可太有体会了，立刻护着道：“不读，不读，整日念那些劳什子有什么用，璟儿不是学过算账吗，回头你亲自教他就是了。”

徐骏愣了下：“我……”

“璟儿来，吃菜!”谢泗泉见谢璟一直吃面前的一盘豆腐，给他夹了肉，“怎么只吃豆腐，也尝尝别的，都是自家人，不必拘谨。”

其他菜都还行，只是夹了青菜的时候，谢璟避开两回。

谢泗泉硬把青菜塞到他碗里，盯着他吃完。

徐骏瞧着，摇头轻笑：这人自己都不好好吃饭，带小孩倒是还算细心。

谢泗泉让徐骏亲自教谢璟，徐骏就把这事提上日程，并且详细做了教案，有板有眼的。

不过也有意外之喜，徐骏亲自带了谢璟几天之后，就发现谢璟学习速度极快，之前只当那句“过目不忘”是夸大，没想到谢璟心算、珠算样样精通。若不是徐骏知道他之前在白家东院护卫队做事，还以为这是被当作哪家的继承人专门教过一般。

徐骏现在看小外甥的目光都柔和许多，简直哪哪儿都满意。

徐骏翻书，略喝了一口茶，让谢璟算出账册上的数目，不过片刻就见谢璟算出了答案。徐骏点头道："对。"

谢璟坐在桌前，翻开一页白纸，抬头看他。

徐骏越发满意，问道："璟儿，你以前学过这些？"

谢璟想了想，道："我做过白二少爷的陪读。"

徐骏点点头："难怪。"

大家族里的少爷不爱学习的大有人在，一旁的陪读若是天资聪颖，确实能学不少真本事。就是也有一点不好的地方——徐骏看了他手一眼，声音冷了几分问道："你在白家，可曾挨过打？"

谢璟轻笑，摇摇头。

徐骏面色这才稍缓。

又教了一个时辰，徐骏让他稍微休息一会儿。谢璟起身活动一下，打算回自己小院。

徐骏叫住他道："璟儿慢些走，我有话要跟你说。"

谢璟站在那儿等着。

徐骏沉吟片刻，对他道："外头庭院里站着等你的那个护卫，叫王肃是吧？"

谢璟点头："是他，怎么了？"

徐骏道："今日一早有人瞧见他从后门出去，送了一封信，信上所写都与你有关。"

谢璟眨眼工夫就想过来是怎么回事，站在那儿做出若无其事的样子道："哦，送去哪里的？"

"沪市，白家。"徐骏拧眉，"我不知道你平日和那些护卫关系如何，但如此这般明目张胆监控行踪、传递消息，实在有些过了，那信我已让人拦截下来。"

谢璟忙道："倒也不必，是我让他去送的信。"

徐骏疑惑："你让的？可上头记录了你这些天的全部行踪。"

谢璟没压住心里的好奇："有多全？"

徐骏冷哼："一整天全都记录在册，连一日三餐吃什么都记录了。

谢璟笑了一声，让徐骏不必在意，他心中有数。

徐骏更加不解，但谢璟这么说，他也不好阻拦。

晚上徐骏跟谢泗泉说了信的事，谢泗泉道："璟儿既然说了，那就听他的，以后不用截下来，随它去吧。"

徐骏："白家的手未免太长。"

谢泗泉不在意道："长又如何，我这里可不像贺东亭家中，别说几个护卫，再多来几个又能打探到什么消息？白九这人我见过，人还不错，做事也稳重，一准是下头小辈乱来没告诉他。"

徐骏点点头，他听过白家九爷的事，虽未见面，印象也不错。既说起贺家，徐骏又提起之前从贺家带回来的那些嫁妆，询问该如何处理。

"阿姐以前最喜欢的几样我已挑出来，让保保替璟儿收着了。"谢泗泉放下茶杯，提起阿姐的事，心情差了几分，冷笑道，"其余金银器皿全部融了新铸，贺家那些人碰过的，也配给我璟儿用？"

徐骏答应道："好，我明天让人去处理。"

他见谢泗泉坐在那儿沉默，又道："我今天带璟儿学账目管理，他做得很好。我瞧着这些也没什么可再教的，不如明天带他去盐场瞧瞧？"

谢泗泉点头道："你看着安排就是。"

第十二章 盐场纷争

第二天，徐骏早饭时候过来，说起要带谢璟一起去盐场。谢泗泉提醒道：“身边多带几个人，下城那边最近有些不太平。”

徐骏问：“又闹山匪？”

“对，沈老大跟我说的。”谢泗泉拧眉，老大不痛快道，“另外，下城那几家盐商隔三岔五喊着没钱，让宽限几日。祖上都是拜把子的兄弟，我也不好催得太急，我今日还要找他们谈谈。”

“当初定好的合同，白纸黑字写得清清楚楚，他们当初不过拿了四千两银子投资建井，收回盐井之事势在必行。”徐骏略有些不满，“那些人吃了这么多年红利，还不知足。”

谢泗泉嗤了一声：“人心不足蛇吞象，好日子过多了。迟早收拾了他们。”

谢泗泉今日又跑了一趟下城，去谈收回盐井的事。

徐骏也没闲着，让人备了马车，带谢璟去盐场。

谢家的盐场分成两个片区，徐骏一路带他认了一遍，还同他讲了一下如今西川各大盐商之间的利益关系。

西川盐商大致分成两派，一派是老式盐商，大多居住在上城区，谢泗泉虽是靠自己厮杀出来，但也算是继承了祖上基业，因此算是老式盐商的代表；另一派是新式盐商，多住在下城区，刚冒头不过几年时间，生意做得生猛，也敢卖命去拼，彼此之间争斗得厉害，手段更是层出不穷。

西川上、下二城之间争斗由来已久，再加上有些老式盐商家中后代不争气，败了不少家产，连盐场都抵押卖给了下城区。上城区如今谢家一家独大，而下城区互相蚕食吞并，虽说不上谁做主，但对上谢家也隐约有了一争之势。

徐骏坐在马车上，伸手撩开车帘指了一片插着黄色旗帜的盐场给谢璟看，叮嘱道：“这处老板名叫黄万兴，黄家在下城生意做得还算可以，在上城也买了一处小盐场，只是有些不大讲规矩。你若是见到了，不必跟他们客气。”

谢璟侧身看了一眼外面，问道：“如何不讲规矩？”

徐骏冷淡道：“他们养了几十个打手，平日在下城作威作福惯了，现在把上城也当他的地盘……”

正说着，马车“砰”的一声闷响，车厢里晃动几下。徐骏稳住身形，拧眉问道：“发生何事？”

车夫在前头道：“回二当家的，对面是黄家的马车，刚才突然冲过来抢路——”

徐骏沉了脸色：“撞回去！”

车夫一直跟在当家的身边，办事利落，二话不说当即驾车撞了回去，架势比对方还要凶狠！

黄家的马嘶鸣一阵，里头的人因为没坐稳，骂了几句脏话。

两辆马车狭路相逢，互不相让，将原本足够让两辆车并行的石板路堵得无法通行。黄家车上先开了口：“对面的可是徐二当家？”

徐骏没搭理他。

黄家人又高声问道：“我初来上城，有些事不大清楚，徐二当家拦路不让小人经过……莫非这路上只允许谢家马车行走，其他家不能通行？”

徐骏冷笑一声，道：“贼喊捉贼，也不过如是了。你若想在上城撒野，不如回去先问问你主子黄万兴，谢家的车，你也敢撞？”

对面安静片刻，先让开了些，紧跟着走下来一个富态端庄的中年人，正是黄万兴的心腹掌柜李春林。李春林穿了一身春绸大褂，看起来像是一个浓眉大眼的富家翁，站在谢家马车一旁跟徐骏拱手见礼，徐骏却只撩起车帘看他一眼，吩咐车夫继续前行。

黄家几个护院围拢过来，被李春林摆摆手拦住了，他虽被冷落，却半点也不见恼怒，捻着胡须道：“不急，徐骏车上那人可瞧见了？派个人去打听打听是谁。”

黄家几个护院应声而去，李春林吩咐一声，回到车上继续赶路。

另一边，徐骏已带谢璟到了自家盐场。

盐场今日却有些安静，这一带房舍低矮，一眼可看清里头情形。

只见两派人在盐场中对峙着，一旁有一个盐缸被打破了，还未完全晒干的半流质盐水流到地上。不少盐工拿了棍棒站在谢家的老管事身后，正对着对面怒目而视。对面的人拿着几个装满盐的盐袋嚷道："谢家的盐搀了沙子，证据在此，你们还不认账吗？"

一个年轻力壮的盐工听到就要冲上前："你放屁——"

老管事拦住他，拱手跟对方解释道："这事确实要仔细查查，我们盐场几十年来从来没有这种事发生啊。"

对面站着的男人抱着手臂挑衅道："这可是你们自己说的，那就仔细查查！"他往后头吆喝一声，紧接着身后七八个壮汉从袖中抽出匕首来，瞅准了一旁准备运走的盐袋下手。用麻袋装好的雪花盐摞放在墙边，被这些人拿刀子当场划开，白花花的盐粒瞬间撒落一地！

老管事心疼得不行，连声阻止，对方却在地上抓了一把盐粒，一边推搡盐场的人一边道："还说没有沙子，这不是沙子是什么！"

老管事想同对方争辩，却被前来闹事的男人抬手给了一巴掌。

徐骏带人走进来的时候，正好看到老管事捂着脸闪躲，而站在对面的男人还在拳脚相加。徐骏大怒："住手！"

比他声音更快的是谢璟的鞭子，黑色鞭影甩过去缠住了对方的手腕，一下就把那男人拖倒在地。只听几声鞭响，男人的脸上、手腕上皆红肿一片，他顿时惨叫出声！他身后的几个壮汉也被王肃等人反剪了手按着跪在地上。

徐骏上前先看了老管事的伤。老人家一辈子兢兢业业、做事公道，从未被这样对待过，一时间老泪纵横，颤巍巍道："二当家，这是黄家的人，他们说之前订的盐出了问题，都是搀了沙子的劣盐，这不可能啊，咱们盐场从不做这种亏心事……"

徐骏让人去请了大夫，扶他坐下："我知道，这事我会处理。"

被谢璟抽了鞭子的男人打不过就骂人，嘴里骂得很脏。谢璟上前，二话不说卸了他下巴，男人疼得哀号一声！

谢璟蹲下身，拿匕首拍他脸，冷声道："我素来喜静，若敢再吵，我就割了你的舌头，你不信可以试试。"

男人瞪大了眼睛看着谢璟，疼得冷汗直冒，忍着不敢出声。他从未见过这般不讲道理的人，即便是谢泗泉也总要先审问几句；这人不按套路出牌，一句话不说上来就动手啊！

徐骏走过来看了他们拿来闹事的劣盐，又看了周围一圈，沉声道："十有八九是黄万兴派来闹事的。"

谢璟起身道："我也这么觉得，二当家，我让人去请个能说话的。"他看了看身后王肃，王肃微微颔首，领命而去。

李春林的马车还未走出两条巷子，就被王肃带人截了回来。黄家护院虽凶，但被十余杆枪指着脑袋，就算平日里再横，此时也不敢跟他们叫板——子弹可不长眼睛。

李春林强自镇定心神，到了盐场见了徐骏等人只是拱手问道："徐二当家，这是何意？"

徐骏黑脸道："没别的事，想同王掌柜谈谈上一单生意。"

李春林看了看地上被按住的那些人，脸上带了几分怒火："上个月我们黄家可没少从你们盐场买食盐，徐二当家，买卖不成仁义在，你为何无故打伤我黄家买办？"他说着要上前，却被谢璟一鞭子抽在脚边，一声脆响，石板砖上留下深深白痕，石屑都被抽了出来。

李春林哑然。

谢璟挡在徐骏前头，抬眼看了看他道："确实需要理论，你手下人打了我盐场管事，这事不公。"

李春林眼皮直跳，还未开口，就见眼前那少年拽过黄家买办，不过眨眼工夫，便将黄家买办两条胳膊都卸了，骨头摩擦的声响令人牙酸。那买办再被丢回李春林脚边的时候，张大了嘴巴，疼得眼泪鼻涕都流下来。

谢璟淡声道："这才公平。"

李春林当众被打了脸，脸色红红白白，怒道："你是什么人，我和徐二当家说话，哪里轮到你——"

谢璟没吭声，他身后的徐骏冷道："这是谢家少主，福泉庄少东家，你说轮不轮得到他说话？"

李春林恶狠狠道："徐二当家这是铁了心要和黄家过不去？"

徐骏："是你黄家无缘无故在我谢家地盘撒野！"

李春林眯眼："徐二当家，我劝你做人做事留一线，你就不怕两虎相斗，落得个两败俱伤的下场?”

徐骏冷笑:“旗鼓相当才称得上是两虎相斗，你黄家还不配。”

李春林吃了大亏，脸上挂不住，转身要走，到门口却被人拦住。刚才“请”他来的那些护卫拿了麻绳，把他和地上那些黄家人一并绑了，连他身边的护院也没放过。李春林大惊失色，挣扎道:“这……这是做什么！快放开!”

徐骏也没料到如此，看向谢璟，谢璟解释道:“二当家莫慌，我们在北地习惯了，遇到歹人都要抓起来送去警局。这些人看着是挑衅，其实是勒索，不可纵容。”

西川盐商之间下绊子的事儿多了，但大多都是小事，民间不太习惯惊动官府，徐骏还是第一次见到这样的操作。

紧接着，谢璟又展示了另一招。

把那帮人送进警局之后，谢璟立刻让人去找了记者。记者来了之后，拍照采访，当天就写出了稿子，紧跟着不到三天时间，又连续做了报道。

蓉城日报好几天的头条都刊登了此事，标题震撼——《西川黄万兴家奴入狱,家中竟藏财富万贯》《黄家掌柜纵凶殴打七旬老人》《西川黄家:‘劣’盐调包，万金入袋》……轮番轰炸之下，西川全城百姓也开始讨论起来。报纸上写的关于谢家之事极少，只提了几句，大部分也都是苦主的身份，黄家买了谢家盐场的好盐拿去兑了沙子，只为谋求更大利益。

谢璟等报纸出来之后，让人大批购买给报童沿街派发，又雇了说书先生，让他们在茶楼宣传此事。

一时之间舆论越演越烈，黄家各大商号遭了殃，不少订单被退，不只是西川当地，连外地商家也不肯要了。

不过三天时间，黄家信誉全失。而让百姓更感兴趣的还是掌柜李春林。

报纸上曝光了一张李春林宅邸的照片：门庭宽阔，铜门坚固且装饰豪华，门两边甚至放了一对府台衙门才用的石狮子。

报纸上写了，这石狮子就花了近两万现大洋!

李春林不过是个掌柜，一年俸银有限，哪里来的钱买这么贵的物件?门外便如此奢华了，那门里，岂不是还有更值钱的东西?

李春林人在牢里，家中就遭了三次小贼。

黄万兴去衙门赎人，花钱打点了一通，最后把人领回来。他也十分不痛快，虽知道不该和手下大掌柜起隔阂，但如今看到他，都忍不住去想报纸上那些文章……李春林这个大掌柜到底偷摸昧下他多少财产？

黄万兴五十岁左右，人看着干瘦矮小，远不如名字大气，穿戴上也不甚讲究，一身半新不旧的长袍，坐在主位上看起来还没有刚从牢狱里出来的李春林气派。

李春林先是哭诉了一阵，但见黄老爷没反应，慢慢收拢了声音，低眉耷眼地跪坐在地上。报纸上有一点没写错，他确实是黄家家仆，混了这么多年才有了今天的一切，而拥有这些的前提是黄老爷对他的信任。

黄万兴有些不悦，看着李春林问道："我花了那么多人力、物力，搭上一个外地商家的生意，你就把事办成这样？"

李春林哭诉道："老爷，实在是徐骏手下那个人莽撞无礼，我还什么都没来得及说……"

"你还要说什么？现在全西川的人都知道咱们黄家商号卖劣盐，经营了十年的生意被你搅黄了！"黄万兴踢了他一脚，骂了一声，"没用的东西！"

李春林抱着他腿，哀求道："老爷再给我一次机会，我保证这回一定办成！"

黄万兴问他："你打算如何做？"

李春林飞快道："我们也找报社，谢家登一家报纸，我们就登两家、三家，他们写半个月新闻，我就找人写上一个月。我一个内侄就在报馆做事，找他写更多的新闻把这事儿压下去……"

黄万兴刚开始听着还行，听到后一句的时候心里又不是滋味起来。

黄家在下城刚发达了十年不到，他家中子嗣发展最好的一个也不过念到中学，最后还是花钱捐了一个学校继续读着。像是报馆里这样的工作，只有读书人才能做。他手下这个大掌柜李春林竟然还有一个在报馆工作的内侄——西川最近流言满天飞，其中传得最多的可就是黄家奴仆私吞家产，打算取代黄万兴的小道消息。

黄万兴看向李春林的时候，眼神里带了一丝戒备。

李春林说的那个报馆的内侄，其实是个八竿子打不着的远房亲戚，说出来纯粹是为了给自己面上贴金。他觉察出黄万兴对他不满，越发想要表现自己。

黄万兴重新坐回主位上去，没吭声。

李春林心里忐忑起来，跪在那儿没敢动。

过了片刻，黄万兴喝了半盏茶之后才开口道："登报纸的事就算了。不过这次是你办事不力，商号生意损失严重，我当扣你一年薪俸。"

李春林连声答应下来："应当的，应当的。"

他答应得太过干脆，黄万兴目光又沉下来，看着他道："既如此，你先下去吧。"

"老爷，这上城盐场的生意……"

"你刚从狱中出来，回家暂且歇息几日，这些事情先不用管。"

李春林到了嘴边的话又咽下，应了一声。

李春林四十来岁，不再年轻，方才在房间里跪了许久，出来的时候脚已有些麻了，双手扶着墙壁慢慢走着。他的心腹走过来想要扶一把，李春林摇头道："不必，你跟我讲讲这段时日到底发生了什么事，老爷为何对我猜忌如此之深？"

心腹低声道："李爷，您进去之后，咱们老爷原也想状告上城谢家，还把断了手的买办也抬去官府，想让他当证人。结果谢泗泉也抬了一个人去官府。"

李春林拧眉："他抬了谁？官路上的？"

"……他抬了盐场的老管事，说是那天也被咱们的人打伤了。"他顿了一下，小声道，"那老头七老八十的年纪，浑身贴了膏药，官府的人碰一下就喊疼，话都说不清。谢泗泉以此为借口硬是拖了三天，然后这事在西川登了报，闹成今天这般。"

李春林思索片刻，总觉得如果只是这样，还不至于让他们主仆离心。

等回到家中一看，才发现家中招了贼，那些蠡贼不但偷了钱，还把他家的院墙拆了一个大洞，如今只粗略堵着。李春林的家眷见他回来，哭得一把鼻涕一把泪："你可回来了，咱家招了贼，丢了好些值钱的东西，如今官府抓了一个小贼，好歹追回一包袱金银，但官府的人说只有老爷您亲自去领才肯给呀……"

李春林一口老血差点吐出来，哽着问道："那贼人也在官府？"

家眷哭道："那没有，小贼当天罚钱打了板子就放了。咱家那些金银扣在官府，要了几回也不肯给。"

李春林道："糊涂啊！你们真是糊涂！"

家眷一味只哭闹要他去领那一包袱金银回来，李春林脑子转得快，却也无法跟妇道人家解释清楚。

他转念一想，就明白过来，这一定是谢家安排好的。

从一开始在报纸上大肆书写，谢家就已经打了这个主意。对方知道把他抓进牢狱里困不了几天，但要的就是这么几天的工夫。报纸上的流言再加上西川人的口口相传，三人成虎，黄万兴再信任他也会起疑，对方这是使的反间计啊！走一步看三步，谢家何时出了这样工于心计的人物……李春林如今哑巴吃黄连，有苦说不出。他在牢狱里本就吃了几天苦，如今在黄家又跪了半天，一个踉跄，眼前一黑摔倒在地。

李春林在晕过去之前，脑袋闪过一个身形。青年沉默，却长了和谢家主相似的脸，一双眼睛看过来的时候犹如浸泡在雪水里的利剑，寒芒毕露。

上城，谢家。

谢璟站在厅堂正中，面前主位两张太师椅上的是谢泗泉和徐骏，两旁各一排座椅，上面坐着谢家几位大掌柜和盐场数名总管。

谢璟把这几日上城情况逐一汇报给众人，从容镇定，说话也流利。

谢泗泉慢慢喝了茶，拿眼睛瞟了两旁众人，努力压下上扬的唇角。

谢璟说完报纸，又说了一下最近人手的安排。他没管盐场的具体事务，但手里有谢泗泉派给他的几十个好手，只拣着做了的事简单说道："……听大当家的吩咐，现西川谢家各大盐场实行宵禁，各添门岗数人，另已派人去外城找当地掌柜谈了劣盐巴之事，快马加鞭，再过几日就有回信。"

等谢璟说完，徐骏先开口问："诸位还有什么要说的？"

盐场的几名总管率先起身，拱手道："没什么说的，少东家替咱们撑腰，兄弟们服气！"

商号掌柜也起身道："多谢少东家添派人手，我们这几日生意倒是好得多，有盐帮的兄弟们看护心里也踏实。"谢家除了盐庄，还经营了诸如药材、青茶、蜀锦一类的商铺。托这段时间报纸上新闻的福，谢家各个商铺卖出去的货物都比平时多了许多，各店铺的掌柜嘴上不说，但看向谢璟的眼睛都是发亮的。

徐骏见众人没有意见，又转向谢泗泉问道："大当家？"

谢泗泉咳了一声，放下茶杯，手撑在膝盖上敲了敲，看了其余人一圈道："少东家做事，我们大伙儿也瞧见了，还算稳妥。大家就按少东家之前说的去办，今日会议就到此为止，都散了吧。"他招手让谢璟上前，拍了拍他胳膊，"璟儿留下，我有话同你说。"

谢璟等在那儿，背手站立。

徐骏看了他一眼，又看了看人一走就没个正形的谢泗泉，忍不住摇了摇头："你还不如一个孩子。"

谢泗泉全身上下都充满了得意劲儿，脚尖晃了几下，抬高了下巴道："我璟儿这般优秀，全西川谁能想出这样高明的点子？"

谢璟这几天听了太多夸奖，内心平静，不为所动。

徐骏道："没有外人，璟儿先坐下，我们慢慢谈。"

谢泗泉拉着谢璟的手，让他搬了一张椅子坐在自己旁边，饶有兴趣问道："接下来如何做？"

谢璟摇头："不知道。"

谢泗泉："啊？"

谢璟解释："要看对方怎么做，对付聪明人有一种办法，对付笨些的有十种办法。"

谢泗泉："对付聪明人怎么做？"

谢璟："一力破十会。"

他说得认真，像是真的会这般去做，徐骏忍不住莞尔。一旁的谢泗泉也哈哈大笑起来，宽慰谢璟道："黄万兴这人我知道，不过凭借了几分运气罢了。他这份儿家产想要来上城，还差了几分火候，只怕自己还未动，就被身边人盯上了。"他看了谢璟，眼睛微弯，"璟儿这次立功，有什么想要的没有？"

谢璟想了片刻，低头从怀里翻找出一只小石虎："舅舅，我之前一直没来得及问，这是我娘的遗物，当初在一尊佛像里找到的。您见过这个没有？"

谢泗泉看了一眼，忽然"咦"了一声，伸手接过："这是云梦山伏虎寺里偶然得来的，那会儿我和阿姐去山上拜佛，从那边捡到的，阿姐觉得它有趣，没想到竟然留到现在。"

谢璟疑惑："无意捡到？可这上面还有星图。"

他指给谢泗泉看，谢泗泉瞧了，但并没认出，只看到几个模糊的细小坑洼，拧眉道："这我就不知道了，过去太多年，我也记不清，但当时阿姐并没提过星图之事，许是后来打磨的。这星图是哪里？"

谢璟道："星图为西川。"

谢泗泉怔愣，片刻手指轻轻拂过石虎，轻笑一声。

这是阿姐刻的，没错了。

她还想着西川，想着家。

谢璟问道："以前教我的一位黄先生说它或许和寻银诀有些关系，舅舅，你听过寻银诀吗？"

"怎么没听过，每年都有不怕死的跑去岷江打捞银锭，哪是那么容易捞起的？枉死的可不少。璟儿你别信那个，咱们家有钱，你要什么只管问舅舅要就是！"谢泗泉把玩了一阵石虎，递还给谢璟道，"这东西和寻银诀没什么关系，你收着吧，留着做个念想。"

谢璟接过来，小心收拢好。这是娘给他留下的东西，他很爱惜。

谢泗泉道："璟儿，徐骏在我这儿称一声二当家，我也没拿他当外人，西川谢家他说话同我一般，不分彼此。今日正好你也在，给二当家敬杯茶，以后他和舅舅一般疼你。"他招手让人送了茶来，是用酸枝木托盘铺了一层红绒布，上头的茶盏也有讲究，比平时郑重得多。

谢璟给徐骏敬茶，规规矩矩行礼，喊了他一声"二当家"。

徐骏接过茶喝了一口，从袖中掏了一个红封给他，厚厚一沓。

谢泗泉在一旁拿眼睛瞟了一眼，小声怂恿："璟儿打开瞧瞧，二当家给你多少零花钱？"

谢璟不疑有他，只当是西川规矩，认真打开了，一旁的徐骏都来不及阻止。红封里厚厚一沓都是银钞，折合数目一万大洋。

谢泗泉在一旁都没想到有这么多，笑着道："璟儿快谢谢二当家，我都不知他小金库竟存了这么多钱，估摸着是一把抄底，都给你了。"

谢璟听话，要跪下磕头行礼。

徐骏慌得想站起来，一旁的谢泗泉抬手把他按在太师椅上，让他受了谢璟这一拜，开口道："璟儿既认了你，以后咱们就是一家人了，他还小，若有什么地方做得不周到，你多替他担待些。"说完又低头看了谢璟，叮嘱道，"你也是如此，舅舅若是外出，谁敢动二当家一下，你就跟那天一样，给我狠狠揍他们一顿，出了事儿舅舅给你撑腰！"

谢璟点头应诺："舅舅放心，一切有我。"

数日后，下城黄家也开始派人发放报纸。

虽也找了报馆，但只是一个小报，刊登的文章写得也不行，满篇"之乎者也"，看得人云里雾里，念上半天都不知道讲了些什么东西。谢璟之前找的都是大报馆，写的也都是新式文章。新式文章最近十分流行，用白话文写作，跟口语无异，就连街上妇孺都听得懂，不需要再找人逐字逐句解释。

下城黄家连着发了一段时间，别说抹黑谢家了，就连上面写的关于黄家自己盐场的声明都没人看。

李春林急得嘴上起了泡，不住地在家中踱步。有小厮急急忙忙从外头跑进来，差点跟他撞到一起。李春林抓着他肩膀连声问道："如何了，今日可有什么消息？街上有人议论谢家没有？"

小厮跑得气喘，来不及说话先摇头："没，没有……"

李春林气得推搡他一把，怒道："怎么会没有?！那么多报纸，每天不都是发下去，分得精光吗!"

小厮哭丧着脸道："李爷，确实没有人议论谢家。至于那些报纸，我去问了，被一些街口的老妇人哄抢回去剪鞋样了……"

李春林气得大骂，但也无计可施。

经过一个月的发酵，上城谢家和下城黄家不合的事闹得很大。

但因为之前谢璟已打好了舆论基础，在西川占了先机，百姓几乎一边倒地偏向谢家。黄万兴闹了一阵，半点好处没捞到，很快就不再发放报纸了，灰溜溜地缩在下城，许久没有露面。

谢泗泉这一段时间瞧不见黄万兴那张老脸，过得舒心了一些，但也没有放松警惕，带谢璟出门的时候还是让几个好手随行。

谢泗泉这日带了谢璟去盐场，他知道外甥怕闷，特意和他一起骑马前往。

谢璟身边带了王肃他们几人，骑马跟在谢泗泉身后。

谢泗泉带谢璟绕了一圈，特意让他撒开了在旷野里跑一跑。谢璟还好，倒是白十四在马厩里关了许久，终于能畅快地跑起来了，跑得风驰电掣，鬃毛飞扬。谢璟今日穿了一身西川人的骑射装，腰系细带，头发上也编了两条坠着红豆珊瑚珠的小辫子，脑后微长的头发则被扎起来。迎面烈风袭来，他躬身伏在马背上，被激起一阵快活笑意，纵马肆意疾驰!

谢泗泉有些担心，喊了他一声："慢些跑!"

谢璟回头喊道："舅舅——"

"什么!"

"来啊！我们比一比——"

谢泗泉挑眉，扬鞭指了前面远远一座小山丘，看向外甥："来！看谁先到那座山，你敢吗?"

谢璟二话不说，催动胯下骏马，"驾"了一声率先跑去!

谢泗泉本身骑术就不错，瞧见外甥在前头跑，二话不说就跟了上去。一路跑到山丘脚下，谢泗泉仗着对地势熟悉，领先了谢璟一个马身到达。

两人放开马，让它们随意去四周溜达着吃草，自己则找了一处软些的草甸，仰面躺下歇息。

谢璟额头都是汗，躺在那儿还在回味："舅舅，下回我还要跟你比赛。"

谢泗泉喉咙里发出沉沉的笑声，手枕在脑后得意道："行啊，我等你能赢我的那天。"

"我再长大一点，就能赢你。"

谢璟说得认真，谢泗泉在一旁听了又笑起来，觉得可爱。

谢泗泉带谢璟在这里转了一圈，很快又去了盐场。

八月的天气，天阳挂在天上似火炉，闷热得厉害。

盐场里，煮盐的热气蒸腾，几排低矮房舍里的门窗都拆了去，尽量让热气散一散。但即便如此也依旧白雾滚滚，不少盐工打着赤膊，手上的长杆铁铲不停在锅里搅拌着，挥汗如雨。旁边还有扛着盐袋往外搬运的盐工，清瘦精壮的身材，弓着腰，有些力气大的能一次扛两三袋盐货。

谢璟跟在谢泗泉身边，一路上不断有人问好。不知是不是错觉，盐场里的人看向他的目光格外热情，喊"少东家"三个字也中气十足。

谢璟不解，谢泗泉却心知肚明。

盐场那位老管事十分有威望，人也公正，年轻时候带出来的徒弟不知有多少，如今做了管事的就有三个，到另外几家盐场做把头的更是多了。谢璟那天出手，不只是替老管事讨回了公道，也为谢家盐场挣回了颜面。盐帮的兄弟们最重义气，"少东家"这三个字，如今是叫稳了。

谢璟一路被人喊得也有些习惯了，只沉默地跟在谢泗泉身后，去看去听，话极少。

盐场几位管事最初是带着几分新奇去看谢璟，但很快就激动起来。新来的少东家模样和大当家相似，但这脾气性格却像极了他们二当家，十分稳重，他们心里可太踏实了！

走到最后一处盐井的时候，刚好有卤水打上来。粗大的竹筒被数名盐工喊着号子捞上来，打开底部阀门放出一池卤水，水花滚动，却是黑色的。

谢璟问："这里为何和别处不同？"之前看的都是清澈的卤水。

一旁的盐工道："少东家有所不知，这是黑卤，最为珍贵，制出的盐口感也比旁的要好，上城只咱们这一处才有。”他说完，又带谢璟去看了一下成品，黑色卤水熬煮工序要多几步，蒸煮出来之后依旧是雪白的井盐。

谢璟没见过，有些好奇。

谢泗泉拿了一小罐打开，怂恿他尝。

谢璟拈了一撮儿放在嘴里，舌尖刚一触到立刻拧了眉头：“好咸。”

盐工在一旁都看傻眼了，谢泗泉倒在一旁直乐：“傻小子，盐自然是咸的，它做菜好吃一些，空口尝是尝不出来的。”

谢璟“哦”了一声，背着手站在那儿。

谢泗泉看了看时间，也没带谢璟回府里去，直接在盐场吃了饭。

盐场有食堂，吃的都是大锅饭，越是天热放的辣椒越多，味道重一些好下饭。食堂除了一荤一素两样菜以外，每桌还有一大碗泡菜萝卜；大厅中央放了两个半人高的竹木桶，一桶是蒸熟的白薯和米饭，另外一桶里是熬煮得米粒开花的稀饭，管饱。

谢璟对吃的不挑，吃了两大碗稀饭，十分好养活。

谢泗泉见他基本没怎么动菜，给他夹了也不见吃，想了想又推了一小碟泡菜萝卜过来：“尝尝？”

谢璟喝了一口稀饭，摇头含糊道：“咸。”

他不说还好，说了谢泗泉又忍不住想笑，咳了一声才压下去。

谢泗泉有意带他在这里吃，一来想让谢璟知道盐工平时的生活，二来想让他多接触一下盐场的工人，不论是谈生意或是谈感情，再也没有比坐下来同桌吃一顿饭来得更快了。果然，一顿午饭吃完，盐场的管事和把头们看着谢璟的表情都是笑眯眯的，“少东家”三个字喊得也更亲切了些。

谢泗泉一边和几个把头说话，一边用眼角余光瞧了小外甥，心里十分满意。这孩子在外吃了许多苦，但脊骨坚硬，依旧是他们谢家的好儿郎。

下城黄家再闹又如何，说到底不过也就能斗上这么一阵子。再过几年，产业交到子侄辈的手里，他敢保证，整个西川也找不出比他外甥更厉害的。

谢璟吃了第三碗稀饭，才把嘴里的盐味儿彻底压下去。

黑卤熬的盐果真厉害，如果说盐的咸度也分等级，谢璟觉得黑盐比平时吃的那种高出好几倍，他尝一口之后就后悔了。

谢泗泉也瞧出些端倪，吃过饭后，让人送了一壶清茶来办公处，带谢璟去那边坐着谈事：“今日带你来盐场，是想给你讲讲‘出山约’。”

“出山约?”

“对，我接手的时候，可没现在这么风光，也艰难过一段日子。”

谢泗泉当年不足十三岁就成了家主，阿姐出嫁，家中只剩了他一人。他手里虽有些银钱和土地，却不是混吃等死之人，加上还跟阿姐许诺过买大船去看她，因此那几年很是做了一些胆大包天的事儿，“出山约”就是其中一件。

所谓“出山约”就是土地所有人和客商签订契约，地主先出“一井三基”的用地，也就是每一口盐井和它开采所需的碓房、车房、灶房的用地，盐井开凿施工期间，哪怕是三五年都不可收取租金。等盐井凿成投产后，拿全井收益分股，主家和客商按股分红利。谢家当年共开两家盐场，拿全井收益分三十股，主占十八股，客分余下十二股，契约年限届满后盐场全部无条件归还主方。

也就是所谓的，客走主人收。

谢泗泉道:“我当年将祖产房舍、田亩全部押出去，收了五位客商押山银各四千两，也多亏了这两万银子才盘活了家业。”他喝了一口茶，又道，“截至今年，最后一口井也到了年份，刚好是第十八年。”

谢璟在心里算了一下时间，按当时物价折算，实在是一笔巨款。谢泗泉那时不过是个半大少年，竟然敢下这么大的赌注，委实有些厉害。

谢泗泉摸了摸下巴，骂道:“奶奶的，要不是还扣下了徐骏，这生意就真亏了，那些晋商一肚子账本，谁也算不过他们!”

谢璟动了动唇角，没吭声。

他之前听徐骏说过这事儿，不过二当家要委婉得多，当时语气平淡只说了一句“来西川的客商里就有我的父亲，也是因此约，我才留在这里”。想来这里头还有一段故事。

谢泗泉狐疑看向他:“笑什么?”

谢璟眨眼，面不改色道:“没有，就觉得舅舅好厉害，二当家也厉害，我听说当年西川不少开凿盐井的技术都是晋商带来的。”

谢泗泉点头，实话实说:“他们确实厉害。”

谢璟问:“舅舅当初就看中二当家的本事了?”

谢泗泉认真想了片刻，摇头道:“当时图他家有钱，他家是晋商，祁县人。金太谷，银祁县，这话你听过吧?祁县那地方富商云集，能人辈出，徐骏家中有些来头，当地号称徐半城。”

谢璟怔愣一瞬:“二当家这么有钱?”

谢泗泉勾着他肩膀:“所以你知道了吧，以后要是没零花钱了，就管二当家要，他那人面冷心软，你记得一定多说几句软话，保管要多少都给你。”

谢璟摇头，又问他:“之前给了好多，舅舅，那些钱我可以随意支配吗?”

谢泗泉心疼道:“当然能，给了你的，随便用就是!”

谢璟站起身。

谢泗泉看他:“怎么了?”

谢璟耳尖泛红:“水喝多了，我去方便下。”

谢泗泉等他走了，才低头瞧见一壶水都喝空了，不由失笑。

第十三章 引火烧身

晚上，谢府。

谢泗泉还是让人给谢璟送去了一笔钱，总共是五万银元，其中一万是谢泗泉给的，和徐骏一样，说是给他的见面礼；另外四万是贺东亭托人送来的，让谢泗泉代为转交。贺东亭还写了一封信给谢璟，内容语气很和蔼，并没提任何工作上的事，只问他在西川吃得习不习惯，缺什么穿的、用的没有，如需要什么列个单子回信给他，他着人送来。

随信一同来的，还有一张照片。

照片是一张商会的合影，里头众人都穿着西式礼服，站在中华总商会门前，背后飘扬的是华国旗帜和各处商会旗帜。照片不过巴掌大小，里面人多，面容并不能看得真切，但谢璟一眼就在一排黑白色的人影里认出了白容久。

白容久同贺东亭隔了一排，身量比周围人都要高一些，没有笑，只抬头看向前方，似是有些风拂过，微微吹动他额前的头发。

谢璟看了好一会儿，才挪开视线，去找贺东亭。

贺东亭在正中央，倒是很好找，不过也没什么好看的，和之前一样。谢璟只略扫了一眼，就放下了照片。

谢璟看完，把信放在桌上，喊了王肃过来低声道："爷那边可有写信来？"

王肃摇摇头，他们一直没收到。

谢璟微微有些失望，不过他今天得了一张照片，也不能算全无收获，略想了一下，又问:“帮我联系蓉城那边的商号，我要买些东西。”

王肃道:“要买什么?”

谢璟:“买枪，还要一些子弹，若是有炮筒再来两个，没有也无妨，毛瑟枪多来两杆。”

王肃问了数目，微微吃惊:“这么多?”

谢璟道:“不算多，要用好几年。”这两年已隐隐开始有些乱了，到时候那些不长眼的撞上门来，以舅舅和徐骏的手段对付黄万兴还行，对付那些人还差了些。现在多买些物资，至少能自保。

白家商号有自己的门路，这些东西还是可以弄到。王肃答应一声，连夜去了蓉城。

谢璟自己坐在房间里，拿着那封信又看了一遍，开始提笔回信。

他还是第一次给贺东亭写信，开头写了几个字就有些别扭，他虽读书，但大多都是学以致用，管账一类还算顺畅，写家信实在有些不习惯。他想了想，让人给装了一份儿西川特产，大多是些易存放的山货干果一类，托商会的人送回沪市。

谢璟准备这些的时候，也给东院众人准备了一份儿，把这些天吃过觉得好的，都收了一些放进去，让护卫送去西川这边的商号，交给白家在此处的买办。

白容久近些日子开始派人来采买盐货了，对方显然已得过吩咐，对谢璟毕恭毕敬，但因他是下头办事的，对白容久的事知之甚少，谢璟也就不怎么打听了。这些山货送过去，白家掌柜连声道:“一准儿给谢管事送到，您放心吧。”

谢璟问:“何时能到?”

掌柜略想一下，回他:“快马加鞭，大约要十天。”

谢璟“哦”了一声，过了片刻，又从怀里掏了一封信给他，低声道:“这是我给九爷的信，你一并捎去，别让其他人瞧见。”

掌柜双手接过，十分郑重，保证道:“谢管事放心，必定送到九爷手上。”

掌柜手上的信封轻飘飘，但在他心里却重越千斤。谢管事如今是何等人物，竟然还亲自跑一趟托人传信，这一定是西川的重要消息。

几天后，王肃回来复命。

王肃这次带了一批封存结实的木箱，听谢璟的吩咐，并没有直接运到谢家，而是找了地方先存放起来，他只身回去见谢璟。王肃递了册子过去道:“我这次带回来一半物资，另一些还在筹备，最晚不过七八日，就能全部运来。”

谢璟核对了一遍数目，点点头。

王肃又道："我回来的路上，还听说了一件事，下城黄家遭遇了山匪，有人被绑票了。"

谢璟："黄万兴被绑了？"

王肃："没有，听着好像是他手下的掌柜李春林。"

谢璟摸了摸下巴，这倒是件稀奇事，李春林这样的老狐狸竟然会栽到山匪手里。他吩咐道："派两个人去查探清楚。记住，身上带上家伙，遇到什么事儿先走，命比什么都重要。"

王肃答应一声，去了。

另一边，云梦山。

此处是西川出外必经之地，山谷狭长，常有落石，离着转斗乡几十里地，易守难攻。山里瘴气重，毒虫也多。常年有些不入流的山匪流寇逃窜入山，但能活下来的不算多。而行商都知道此地凶险，宁可绕一整座山去转斗，也不肯涉险踏入一步。

此刻云梦山上，一座破旧庙宇内。

李春林被绑在大殿柱子上，他身边的几个黄家护院比他还惨些，有些挨了拳脚，有些双手双脚被捆了。他们这些男人身边，还有一个半大少年和一个老妇人，少年昏迷不醒，而老妇人则双目流泪，嘴里还塞了一团脏布，正在那儿哭。

一旁的木桌上有两个白布褡裢，摊开了放着，里头露出来几根金条，褡裢里鼓鼓囊囊，瞧着装了不少金银。一旁还胡乱堆了几只被踩扁的烛台、银盘和不知材质的酒壶。

这些都是下城黄家的人，那半大少年是黄万兴的儿子，而那老妇人则是黄万兴的老娘。

李春林被捆在柱子上，努力扯出一点笑容："各位好汉，我们黄老爷这次请大家帮忙，是诚心诚意，之前也已经献上了钱财，为何做出今日之举啊？"

对面的一众山匪却发出哄笑声。山匪头子拿刀正在切一块烧熟的山鸡肉，他一脸络腮胡子，随意吃了几口就将骨头丢在一旁陶碗里。

李春林一日一夜粒米未进，此刻饿得眼睛发绿，直勾勾看着那被啃得七零八落的烧鸡，咽了咽口水。

"确实是黄老爷请我们来此地，说起来这还是头一回有人花钱请我们绑人，你黄家有点意思。”山匪头子嘿嘿一笑，看着他道，“但老子怕这活计不熟，就先干了一票练练手，兄弟们你们说是不是？”

后头参差不齐一片声音，嬉笑说“是”。

李春林：“不若放了我，等过段时日有外地客商经过，再下手不迟？”

山匪头子懒声道：“遇到再说。”

李春林不住地小声求饶，山匪头子道：“为什么绑你们？这还不是听了你们黄老爷的要求吗？是他自己说不能乱绑，怕打草惊蛇，我瞧着其他家也不方便下手，就拿你们黄家试试。”

李春林惊慌：“张老大说笑了，我家老爷说的是上城谢家，你们不绑谢家人也就罢了，怎么还绑了我们和府上老夫人啊。”

山匪头子道：“自然是为了拿钱，抬了人来，那就备赎金吧，道上的规矩想必你们黄家都懂。”他看了一眼旁边的黄家老太太，心里也烦得很，他仗着手里有百十号兄弟，昨日趁夜打着火把，涂了锅烟黑脸，打破了黄家的大门冲进去大肆抢劫。谁知道连着抢了两进院子都没找到值钱的东西，恼怒之下，把黄万兴的老母亲抬到山上来，跟那边要赎金。

李春林看了桌上那儿两个白布褡裢，咽了一下道：“可，可我们之前已经给了一份儿钱了呀。”

山匪头子：“那是让我们绑上城谢家的订金，你们的，另算！”

李春林：“交钱也行，不如余老大先放了我，我在府里威望高，冷不丁被人截了，总得需要一个回去报信要钱的您说是不是？再不济，给口吃的……”他还要说话，就见余老大不耐烦地冲手下吩咐了句什么，两个凶神恶煞的大汉走过来对他拳打脚踢，狠狠打了一顿。

对方骂道：“绑你就绑了，爷爷还要伺候你不成？”

李春林被打得鼻青脸肿，哭号不止。他心里暗自后悔，当初这馊主意还是自己跟黄老爷提的，原本想找一些山匪来绑了谢泗泉的人，杀鸡儆猴，但现在他才知道这是与虎谋皮，先遭殃的是自己啊！

云梦山上出现了一群山匪的事，很快传了出去。

不只是黄家，另外一些商户和百姓也遭了殃。

西川富饶，百姓手头都有几个闲钱，这帮人显然不想走了，百十号人盘踞此处，不止劫道，还专做“抬人”的事儿。所谓“抬人”就是绑票，把人像猪仔似的，四脚朝天绑在粗竹竿上，抬回山寨，管人家里要赎金。

黄万兴在小公馆里来回踱步，短短几日，就急出了白发。

前几日山匪来他家中抢劫的时候，他并不在府内，而且他向来抠门吝啬，什么好东西都藏着，家里人都不知道，何况那些山匪！也正因为没翻找到什么之前的东西，山匪张老大骂骂咧咧把他老母亲“抬”走了！

山匪要的钱多，黄万兴虽抠门，但是个孝子，咬牙凑了钱，先把老娘赎回来了，但其余的还得卖些东西再凑凑。

二姨太坐在椅子上，被他转得头晕：“老爷，要不然就先拿些首饰送去啊？好歹都是金银。”

黄万兴道：“你没听那山匪说吗，只要现大洋！”

二姨太：“那现在一时半会儿也卖不出钱来，老夫人是送回来了，兴儿可怎么办啊。”她说着就哭起来，被绑了的少年正是她生的儿子。正房太太关上门照旧吃斋念佛，其他几房也不吭声，老夫人是回来了，但受了惊吓，如今话都说不利索。

黄万兴拿起呢帽，咬牙喊人备车，又去了官府。

黄万兴出钱粮，委托官府的人出城剿匪。

官府之前已派人去过云梦山，但兵力不足——留守西川的这些大多都是守城门的和文官，让他们收税还行，剿匪实在没这个本领。黄万兴和一众百姓恳请，官府硬着头皮派了几队巡逻兵去剿匪，沿途倒是零零星星打了几个流寇、毛贼，至于云梦山上那帮匪人，刚到了山脚就和他们发生激战。对方手里有枪，瞧着数量还不少，占了易守难攻的地势，官兵几次上去又被打回来。

原想围山困住那帮山匪，但官兵们围了几天，就见山上送了一只木匣子下来，里头装着一只割下来的耳朵，耳朵上还有一只刻了字的单边银耳环——正是黄万兴小儿子的。

西川城里的规矩，下一任继承人会单耳佩戴耳环，黄万兴最满意的就是这个儿子，一时瞧见忍不住痛哭出声。

山匪手里还有人质，官兵也不敢贸然行动。僵持一两日，围城也没有效果，只得撤回城内。

西川城商户和百姓，一时间人人自危。

“平日只知道收税，治安却半点也指望不上！”黄万兴忍不住骂了一句，“出那么多钱和米粮有什么用！”

他这段时间都没敢回黄府宅邸住，一直在小公馆藏身，一来是有些担心自身安全，二来就是二姨太每日哭个不住。他自从收到木匣子之后，嘴上起了泡，连肺都不大好了，连着吐了两回血。

二姨太哭道："你自己手里不是还有几杆枪吗？使唤不动别人，那就自己去！多招募一些人手就是了，十块大洋就有人肯走。"她把手腕上的几只绞丝金镯子一并摘下来，全放在面前的小茶几上，"我什么家当都不要了，只要我的儿子！他就算是废了、残了，我也养他一辈子！"

她这话提醒了黄万兴，他脸色变了下，忽然道："对啊，我手里有枪有护院，其他几家也有……"他立刻起身，一刻也坐不住，开始去找其他几家商户周旋。

上城，谢家。

徐骏正在给谢璟上课，明显能瞧出对方有些心不在焉，但是问什么依旧能答对。

徐骏道："我看你心神不宁，今日就先不念书了。"

谢璟立刻坐直身体。

徐骏笑道："没怪你，只是担心，要是有什么事要我帮忙尽管开口。"

谢璟摇摇头，想了一会儿又抬手挠了一下脸颊，小声道："这两天瞧中一件东西，只是手里的钱有些不凑手。"

徐骏道："缺多少？"

谢璟说了一个数："两万多大洋。"

这些钱在徐骏这里不算太多，但数额其实不小，他问道："你这是看中什么物件了？古董？"

谢璟含糊道："就蓉城府商号里的东西。"那边商号里新运来一批枪械，都是德国货，这物件如今有钱也难买，留着守家最合适不过。

徐骏略想了一下，点头答应下："一会儿我让管家给你拿钱，凑个整，给你三万大洋。"

谢璟有些惊讶，他知道徐骏会给钱，但没想到会全给。

"这钱我虽给了你，但现在不能去蓉城，这两日你先跟着我，等过段时间我再带你一同过去。"徐骏怕谢璟多想又解释道，"这段时间下城在闹山匪，云梦山那边来了一伙匪人，专抬人勒索钱财，听说还死了一个人，事情闹得挺大。"

"云梦山？"

"对，就在码头渡口到西川的路上，离着转斗乡不远，以前大家都走那条峡谷，后来老是出事，才慢慢改为去转斗。”

“走那里更近吗?”

“嗯，出川的话，走那里只需大半日，不用住一夜。”

徐骏这条路走得很熟，对云梦山也有所了解，跟谢璟一再强调之后，又道：“你舅舅今日去下城谈事，没让你跟着，也是担心你安危。那些人既然能在云梦山落脚，怕是也有些来头。”

“舅舅去下城没事吧?”

“他不碍事，有胡达他们在，一般人近不得身。”

谢璟想起那些西川汉子的身手，心也略放下些。

徐骏拧眉：“只是这山匪的事，有些蹊跷。”

谢璟转念想了下，问道：“二当家的意思是，他们绑的人不对，还是落脚处不对?”

“我也说不准，只是觉得他们来得太过突然。”徐骏绕了一圈，又点回主题，“所以从今日起，你要么跟我一起出门，要么就带足了护卫，切不可单独出去。”

谢璟答应一声，和以往一样顺从。

徐骏看了他片刻，忽然抬手挽起他耳边的头发，露出耳朵，视线落在他耳垂那儿笑道：“你舅舅还未给你扎耳洞?”

“没有，扎那个很重要吗?”

“于你舅舅而言很重要。”

谢璟略有些不解：“可是我看也没有几个人扎耳洞，是不是要等成家之后?我看其他几家的家主年纪大些的才戴。”

徐骏被他追问一通，只能实话实说：“西川规矩我不知道，谢家只讲你舅舅的规矩，他说什么就是什么。”

“西川风俗和中原不同，还是问清楚好。”

徐骏笑了一声，反问道：“你打问这些，莫不是想娶媳妇儿了?”

谢璟眨眨眼，不置可否。

徐骏道：“难怪你今天心不在焉，不过学业还不能放下，虽不去学堂，在家中也能学很多。你舅舅同你这般大时，已经吞下周边两家盐场，把家产扩了一倍。”

谢璟道：“舅舅比我厉害，我心不在这儿。”

“……”

徐骏看着他，瞧着那张脸心里默念一句：真像。

不管是这张俊俏的脸，还是那一本正经却能气死人的说话方式，都和谢泗泉如出一辙。

黄万兴连着求了周围数家商户，让他们一起出人剿匪。云梦山上那些山匪绑了不止黄家一家，另外还有两家遭殃，有一家姓沈的还死了人，因此都恨得牙根痒痒。黄万兴来求的时候，对方立刻就答应了。

沈姓家主道："我答应黄兄也不为其他，只因家人和四周百姓无辜受到牵连，此患不除，西川不宁。"

黄万兴连声称是："沈兄说得对。"

"只我们下城是不够的，下城护院少，枪也少，还需求助上城几大家帮忙。"

黄万兴咬牙："我去求。"

他如今也悔不当初，自己在下城的生意做得好好的，跑去上城圈一块盐场干什么！若非如此，也不会引出这许多事来，如今还搭上一个儿子。黄万兴在心里骂了李春林一通，就是因为这人挑唆，他才一步错步步错，落得现在这个下场。

黄万兴亲自带厚礼去了趟上城，拜访谢泗泉。

碰巧谢泗泉不在，他等在小厅不肯走，心里惴惴不安，猜测谢家主是否故意避而不见。他越是这么想，就越不愿走了，也不知道下回还能不能踏进谢家大门。

谢泗泉从外头回来，去小厅见了他，随意拱手道："黄老板，好久不见。近几日有些忙，你也知道我家中那些盐场陆续收回，手续办起来麻烦得很。"他坐下一气儿喝了半盏茶，道，"说起来，下城还有几口盐井，收回之后还能和黄老板做个邻居，以后请黄老板多多关照了。"

黄万兴近十年才发家，比不得谢家这样的老式盐商，如今又有事儿求上门，自然一叠声的好话，讨好笑道："谢家主这是说哪里的话，是我请您多照应才是。之前手下不懂事，多有得罪，我在这儿给您赔礼。"

谢泗泉道："你手下那个掌柜，叫李春林的，听说被绑了？"

黄万兴噎了一下，点头说是。

谢泗泉："我听人讲是在你家被绑走的？估摸是把他当成你了。"

黄万兴被戳得心窝子疼，但面上不敢表现出分毫："谢家主，实不相瞒，我这次来是有事想求您。"

谢泗泉道:“何事?”

黄万兴:“云梦山上盘踞了一伙匪人，专做抬人绑票的勾当，西川城内受害的不止黄某一家，黄某凑齐了手头的大洋也只够赎回老母亲一人，还有一个幼子被绑在山里……”

谢泗泉:“你要借钱?好说，立个字据，你名下房舍田亩、盐场皆可抵押，我这就着人陪你去钱庄走一趟。”

黄万兴嘴唇抖了抖，没吭声。

谢泗泉啧了一声，半抬了眼睛看他，眼神里带了几分看不起:“黄老板，我听说你为人节俭，一身衣服都要省着穿三五年，但这是你亲儿子，你不会连救命钱也舍不得出吧?”

黄万兴咬牙:“黄某舍得，但这钱不能这么出。我儿被那匪徒割了耳朵，老母亲被吓得如今还瘫在床上不能动弹，下城数家商户遭害，沈家还折损了一条儿郎性命，这帮匪徒不杀，西川就没有一天太平日子。”

“黄老板这是要出钱剿匪?”

“是，我同下城各家已商议好，决定共同出资剿匪。我黄家愿意出钱、出人，只求上城谢家主高抬贵手，放下之前恩怨，一同出人剿匪!”

谢泗泉倒是没难为他，开口道:“这事我早就想过，黄老板且回去听信儿。”

黄万兴怔愣:“谢家主这是，这是答应了?”

谢泗泉挑眉:“西川盐商，一脉相承，我骗你做什么。”

黄万兴羞愧难当，面上红一阵白一阵，起身给他深鞠一躬，佝偻着走了。

晚上吃饭的时候，谢泗泉说起剿匪之事。

徐骏道:“你下午从外头回来衣服都没来得及换去见他，就为了答应剿匪之事?”

谢泗泉夹了一块鱼肚给谢璟，随口道:“那倒也不是，纯粹是看黄万兴不痛快，想去挫他锐气。”

徐骏道:“剿匪之事，还需从长计议。”

谢泗泉:“每年都这么说，这山匪这么多年断断续续就没停过，但今年尤其严重，这还是头一次闯到城里来绑人。现如今只是下城，若那帮匪人得了银钱，招兵买马，还不得攻进城里来。”

徐骏拧眉不语。

谢泗泉一边给谢璟夹菜，一边道:“你也瞧出不对来了吧，那帮人只要现大洋。山匪哪有这么多讲究？米面钱粮、金银首饰，什么都要，这帮人却只要现钱赎人。我瞧着不像是山匪勒索，倒像是哪里吃不上饷粮，明里暗里抢钱来了。”

徐骏心里也隐约有这样的猜测，一时间沉默，即又缓声道：“若是如此，更需从长计议，我今日让人去巡逻队查问过，据说他们有不少枪，还有一门山炮。”

谢泗泉冷笑：“瞧瞧，哪儿有这样的山匪？”

谢璟把碗里夹的菜吃完，眼瞧着舅舅又要夹菜，挡着道：“我吃饱了。”

谢泗泉道：“哪儿就饱了，你才吃多少，徐骏跟你这么大的时候一顿能吃三大碗。”

谢璟：“我像舅舅，不像二当家。”

谢泗泉哄他：“我当时也吃这么多，你听话，多吃才长得高。”

谢璟：“我已经比舅舅高了，而且舅舅现在吃的都没我多。”他夹了一块鱼肉给谢泗泉，“舅舅也吃。”

徐骏瞧见，顺手夹过来放在自己碗里，对他道：“你舅舅嘴刁，由他去吧。”谢泗泉这么多年做家主，在外从来没落下气势，但其实心里面压力一大也不太吃得下饭。旁人都当谢家主嘴刁难伺候，徐骏知他好面子，也跟着这么说。

吃过饭，谢璟先出去了。

谢泗泉和徐骏坐着喝茶，都拧起眉头。

徐骏沉吟一下，道：“我们手中人马不足，即便上下城合起来，护院能有多少？而且其他家未必有胡达他们的身手，只怕都没摸过枪，最好还是雇人办事。至于钱，也好办，府上现钱还有一些，其他几家也能凑到些，若还不够我就写信去关中请父亲帮衬些，只是暂时周旋应没什么问题。”

谢泗泉道：“钱的事，你不用管，我可以去问贺东亭借。”

徐骏惊讶，抬头看他：“你不是同他素来不合？”

谢泗泉不乐意道：“那也比你回家受气强。你爹那脾气，还读书人呢，棍棒使得比谁都厉害。”

徐骏笑道：“父子没有隔夜仇。”

谢泗泉：“胡扯，我和你才没有隔夜仇。”

徐骏：“……”他一时也不知道这算不算被谢泗泉占了便宜。

谢泗泉还在拧眉：“人还好办，只是枪难找。咱们手里用的还是早些年采购的，如今外头乱得很，这个司令那个大帅，打得不可开交，弄几杆枪比上天还难。”正说着，忽然听到外头院中有嘈杂声音，像是许多人抬了东西在搬动，谢泗泉和徐骏也来不及再聊，起身去看。

内院里，谢璟正让人搬了一只只扁木箱放过来。木箱密封很好，搬动的人手脚沉稳，放下时十分小心。

谢泗泉走过去问道：“璟儿，这是什么东西？怎的这么多，还都搬到我这来了？”

谢家内院没有外人，谢璟也没避讳，打开其中一只扁木箱，露出里头铺垫的稻草来：“舅舅，你看。”

谢泗泉起初没看出什么端倪，伸手过去拨开干稻草，手指碰到冰凉之物才凝神，很快翻出里面的长枪，眼神都变了，到了嘴边的问话硬生生咽下去。谢泗泉抬眼看了四周大大小小木箱，又看了还在陆续往这里搬运的人，终于忍不住喃喃道：“怎么这么多？”

徐骏也有些惊讶，走上前来看了下，低声问道：“这是多少？”

谢璟道：“二百多杆枪，子弹若干。”他另开了一只扁木箱，打开翻找一下，拿了把手枪递给他，“舅舅，这个你带在身上防身。”

谢泗泉接过来看了一眼，都是崭新的枪，确实比他身上现用的好。他把手里的那把枪递给徐骏，自己又拿了一把收起来，当即替换了以前的。

谢璟看见，问道：“二当家也会使枪？”

徐骏点头道：“略懂一二。”他手上动作利落，看着比谢泗泉还熟些。

谢璟上回听徐骏说“略懂一二”，还是他说盐场管理的时候，于是轻笑一声。

所有扁木箱搬好之后，在内院堆成一座小山。

谢璟清点完毕，把册子交给谢泗泉：“舅舅，数目都在这里，你和二当家再查看下。至于这些东西，你们自己看着安排。”

谢泗泉：“你自己好不容易买来这些……”

谢璟：“原就是担心有匪患，提前给你们准备下的，现在用正好。”王肃走过来，低声在谢璟耳边说了一句，谢璟点点头又对舅舅道，“这里是一半，还有一半在路上，只是现在手续上有些麻烦，可能要过几个月才能运来。”

搬运这些扁木箱的都是白家护卫，谢璟待他们忙完，带着他们离开。

一直等谢璟走了，谢泗泉还有些反应不过来。

徐骏指挥人把所有东西搬运收藏好，忙完之后，已经深夜。

谢泗泉坐在桌边，借着灯在看那本册子，简单几行字，瞧在眼里却触目惊心。这会儿能运这么一批真家伙进川，实属不易，不说蓉城，只说其他几处关卡地方，重重审查，十分严格，毕竟不管哪方势力都对这些军用物资看得极重。

徐骏坐下，问道："怎么了？"

谢泗泉把册子递给他，道："你自己瞧。"

徐骏看完也愣了下："还有两门炮？这委实有些重了。"

谢泗泉："一营五百人，璟儿怕是按照这个数目给准备的。"

徐骏："这也太多了些，谢家人人扛枪，也不过如此了。"

谢泗泉拧眉："这东西不便宜，他哪儿来的钱？"

徐骏："……我给的。"

谢泗泉怔愣："你知道他要买这些东西？"

徐骏摇头："我不知道，前些天的时候他说想买些东西，钱不凑手，我就给了他三万现大洋。"他话说到这里，忽然也微微皱起眉头，看着册子心里默算了一下，"但三万大洋也买不了这么多啊。"

谢泗泉闭了闭眼睛："我也给了。"

"你给了多少？"

"五万。"

徐骏："你这给的也太多了。"

谢泗泉反驳："你还说我，你不也给了吗？而且那五万里头，还有四万是贺东亭托我转交的，那也是贺东亭不对，胡乱给孩子钱花。"他心里一直拿谢璟当小孩儿，猛地收到这么一批军需物资，一时间心里又骄傲又心疼，"也不知道他这些年在北地都学了些什么，你今天瞧见他装枪没有，动作可太快了，单手装好的。白老九乱教，什么危险的玩意儿都敢让小孩碰，真是胡闹。"

徐骏轻叹一声："回头要亲自去拜访一下那位白九爷，当面感谢。"他不曾见谢璟动用过谢家商队，但是转念也想明白过来，谢璟这批东西也好，安全运达也好，用的是白家的力量。

这件事上，他们欠白九爷一份人情。

两日后，谢泗泉接到帖子，几家商号联名邀请他一同商谈剿匪事宜。

谢泗泉收拾妥当，准备出门，谢璟已站在大门口等他。

谢泗泉问他："你这是要出去？"

谢璟道："我陪舅舅去下城。"

谢泗泉收了那些枪，就对他多了几分放心，略一想点头道："好，带上你身边的护卫，跟我上车。"

谢泗泉的马车宽敞，坐下几人都不觉得拥挤，王肃自觉占了门口一角，手一直按在腰侧警戒。谢泗泉看了他一眼，又抬头去看谢璟，小外甥今日穿了和他相仿的衣裳，一副西川人打扮。

谢璟今日穿了一套灰蓝色长袍，领口露出一截雪白衬里，斜襟六枚银盘扣，胸前一只排穗白玉坠儿。舅舅喜欢锦带，他却觉得皮革更为结实，腰间皮带别了两把镶嵌宝石的匕首，微长头发拢在脑后扎起，额前有碎发落下微微遮眼。这会儿他正一手略微掀开一角马车布帘往外看去，神情淡漠。

谢泗泉抬手捏他脸一下："你才多大，整天绷着脸做什么？多笑笑才是。"

谢璟手下意识提起，很快辨认过来，又放下道："哦，好。"

谢泗泉问："你今日跟我去下城，可还有什么事？"

谢璟想了片刻，道："我怕舅舅吃亏。"

谢泗泉轻笑一声，逗他道："那你打算如何做？"

他不过是开玩笑的一句话，没想到谢璟认真地说道："不如趁机组建西川商会，也好统筹安排。"他亲眼见过白容久在黑河组建北地三省商会，整合的过程都记得清楚，这些事已做过一遍，轻车熟路。西川盐帮各自有小圈子，互相争斗，此刻群龙无首，不如借机复制北地模式，让舅舅坐上西川头一把交椅。

谢璟低声诉说安排，谢泗泉几次看向他，忍不住问道："这些也是你在北地学的？都是谁教你的。"

谢璟笑了一声："九爷教的。"

很快到了地方，那些商户举办会议的地方就在上、下城交接之地，来了不少人，挤挤攘攘正在说话，一个个面露愁容。

黄万兴是联络人，但他本身也并非长袖善舞之人。西川商人和别处的不太一样，都是闷着头干一辈子的，这会儿出了山匪，你一句我一句，都说不到一处去。

还有人扯着黄万兴的衣袖，不住质问："黄老板，你家里人命关天，等着去救，你就和我们出一样的银钱？老子也不是冤大头，来这里纯粹是为了给西川百姓除害，尽一份力。你要这样，老子第一个就走！"

黄万兴咬牙道："我，我再出一倍，这样总行了吧？"

对方还在问："那枪呢？"

黄万兴钱还能凑出些来，人也勉强能雇得上，这枪实在是难为他。他完全没有门路去弄来，一时哑口无言。

谢泗泉带着谢璟从门口走进来，两人一前一后，谢泗泉朗声道："上城谢家，出枪两百杆，儿郎五十人！"

这一声，立刻让整个大厅安静下来。

西川城里，各大商号能有个十几杆枪，就已经很厉害了，谢泗泉一口气借出两百杆枪，这数量实在让人倒吸一口气。这只是他今日拿出的，谢家不可能把家底一把掏光，一时间众人看向谢泗泉的目光都变了，若说以前是警惕，此刻则有些敬畏。谢家主手头有这样一批资源，万不是他们能比的。

黄万兴听到这话，有如遇上一场及时雨，连忙上前几步亲自请了谢泗泉入内："谢家主，快快请进，黄某恭候多时啊！"

谢泗泉也没跟他客气，径直走到最前，在太师椅上坐了，问道："大伙儿商议得如何？"

众人七嘴八舌。各商号财力不同，出的东西也不一样，有些上城的老式盐商并不愿意参与其中，只派了子侄辈过来送了两千银元，算是走个过场；而下城遭了匪患的人家表现也不尽相同，有些人吓破了胆子，还在主张息事宁人，而黄万兴和沈家则主张彻底清除，永绝后患。

谢泗泉坐在那儿刚想开口，忽然肩上搭了一只手，谢璟微微弯腰凑近了低声道："舅舅别吭声，一会儿他们要求您。"

谢泗泉心思一动，便坐在那儿等着。

果然，没过一会儿这些人就把话题转移到谢泗泉身上，无他，谢家有枪。

上城谢家出五十人，二百杆枪，他们自己一家显然是用不了的，那么出借的这些枪谁家能多分一些，显然就对哪一家更为有利。这年头，兵荒马乱，谁也不想白白死人，能保全一条性命才是最要紧的。沈家仗着和谢家是世交，上前说了软话："谢家主，沈家祖上和您家里可是八拜之交，这回剿匪，无论如何一定要匀给沈某一些枪支……"

其他家听见，也纷纷上前，吹胡子瞪眼道："怎么，就你沈老大家里的儿郎性命值钱，老子手下的兄弟们命如草芥吗？"这人一边说着，一边转头向谢泗泉拱手道，"谢家主，赵某虽与你平日没什么来往，但素来敬重你为人，知道你重义气、讲公道，这次出人剿匪，你谢家既拿出这么多，当立首功！别的不多说，我赵家只服你谢泗泉一个，我手下三十个儿郎，全都交与你，剿匪之事，听你号令!”

这话说得相当漂亮，明里捧了谢泗泉，暗里又给赵家人马占了三十个枪支名额，实在高明。

在场许多人听出话外之意，跟着也嚷嚷起来。

谢璟负手站在谢泗泉身后，轻轻咳了一声。

谢泗泉便开口道:“诸位所言，谢某惶恐，只是剿匪之事凶险万分，云梦山上枪炮无眼，我怕无法承担此重任。”

在场商户谁人不知凶险，越是如此，才越想抱紧谢家大腿。

“谢家主过谦了，谁人不知你十三岁起就坐上家主之位，能力出众!”

“是是，谢家主精明强干，人中豪杰!”

……

一时间说什么的都有，也有几家与谢泗泉素来不合，躲在后面没有出声，反而暗暗讥笑，认为谢泗泉这是当了冤大头。有这么多物资，做什么不好?用来剿匪，就是折损了自己的力量去救别人家的儿子。

谢泗泉被捧了一阵，面上略推让几句，也没再拒绝:“那既如此，谢某也只能临危受命，不再推辞了。”他话锋一转，又道，“只是授命在外，凡事都要立个章程。”

众人道:“谢家主但说无妨，咱们都听着!”

谢泗泉:“西川盐商由来已久，往日各争长短，不如趁今日这个机会组建一个西川商会，互利互助，大伙说如何?”

谢家一来，就出人出枪，震慑众人。因此谢泗泉开口说这话时，一时间没人敢反对。反倒是黄万兴救子心切，当即答应下来，其余人互相看看彼此，也纷纷应下。

因有山匪作乱，时间仓促，也没算什么日子，当天就成立了西川商会。

在各大商号推举之下，谢泗泉坐上了头一把交椅。

有些人面上同谢泗泉贺喜，心里却在滴血，他们都知道这头把交椅的分量有多重，从今往后西川上、下两城，怕是只听谢家一家的话了。有些人懊悔之前没多拿些物资出来，虽不及谢家，好歹能在商会争一个好位置。也有些人心里酸涩极了，看着谢泗泉和他身下那把椅子，眼红得不行。

西川商会之事，比谢璟想的容易得多，几乎没什么异议就成了。

谢泗泉回来的路上，坐在马车里都一改常态，脊背挺得笔直。

谢璟笑着问："舅舅，那椅子舒服？"

谢泗泉感叹："那可太舒服了。"他视线转到谢璟身上，"你这招妙啊，我在西川还从未这么扬眉吐气过，今天真是不费一兵一卒就这么解气，你瞧见那些人的老脸没有？"

谢璟点点头。

谢泗泉乐得不行："那些老头子之前就阴阳怪气，刚才喊我'会长'的时候，脸都绿了，可真痛快。"

谢璟道："过段时间他们还会来求您。"

谢泗泉："为何？"

谢璟："剿匪一事，家主留守，他们子侄辈随行。舅舅手里枪多人多，他们为了家里小辈的安危，或想躲在后方，或想糊弄了事，总要舅舅来统筹安排，他们自然会来求您。"

谢泗泉问："这也是白家九爷教你的？"

谢璟笑了一声："是，九爷很厉害。"

谢泗泉有些酸意："我也很厉害。"

"嗯，舅舅也厉害。"

小外甥太听话，他说什么都顺着。谢泗泉只觉得像是一拳打在棉花上，正想再同他说些什么，忽然就听到外面有人骑马追来，一叠声地喊他。

谢泗泉让车夫停下，掀开马车帘往外看了，果然如谢璟所说。对方一边骑马跟在一旁，一边拱手笑道："谢家主，我家主人一直敬佩您的为人，今日见后，更是为您深明大义所感，特意让小人请您一叙。前头已摆下酒宴，还请谢家主赏光。"

谢泗泉道："你家主人是何人？"

来人道："我家主人姓赵，下城东江盐场就是我家产业。"

今天议事的时候，见的人太多，谢泗泉隐约记得有个赵姓的商人很上道，一直站出来为他说话，便客气道："原来是赵老板，久仰大名，本应去见见，但家中实在事多。"他指了指一旁的谢璟，"这不，身边还带着个小孩儿，他不惯在外头吃酒，我得陪着回家。"

对方瞧了，小心问道："这位小公子看着面生……"

谢泗泉笑道："我不常来下城，你不认得他，这是我福泉庄少东家。"

谢家产业里多以“泉”字命名，其中福泉庄最大，专做盐货。谢泗泉这么一说，对方立刻领悟，喊了一声“少东家”。

谢泗泉：“你回去同你家主人说，改日我做东，请他来上城吃酒！”

来人忙答应下来，拱手送马车离去。

马车轻微晃动，谢泗泉手肘撑在一边膝盖上，侧头看了谢璟片刻，视线落在他空荡荡的耳垂那儿，忽然笑了下，伸手去捏：“璟儿，你今日做得好，舅舅送你样东西好不好？”

谢泗泉没带谢璟回家，而是半路去了一家银匠铺。

谢璟起初以为他来买什么，等到舅舅吩咐银匠端来一盘各色宝石、耳环让他挑选的时候，才反应过来：“这是给我的？”

谢泗泉笑道：“是，打从你一来西川我就想着这事儿，择日不如撞日，就今天了。”

谢璟哦了一声，低头伸出手指拨弄一下银盘上的宝石坠子，在银盘里挑选半天，没有看上的，抬头道：“舅舅，这些都太过鲜艳了，我想要个素银环，戴着不碍事。”

谢泗泉立刻又让人去重新拿了一份儿。

一旁有银匠备下工具，但谢泗泉没让他碰，亲手拿了银针在火上烤过，准备动手。

谢璟微微歪头，道：“舅舅，等下。”

谢泗泉捏他耳垂一下，手感肉乎乎的，笑着吓唬他道：“怎么，现在就怕了？我还没落针呢。”

谢璟道：“能不能不扎在耳垂？”

谢泗泉奇怪：“为何？”

谢璟左边耳朵被他揪着，跑不了，只含糊道：“我那里最怕疼，你扎耳骨那儿。”

谢泗泉宠他，答应下来，抬手在耳郭那儿摸索一下，问道：“这里？”

谢璟这次很干脆地点头：“好。”

谢泗泉手上的银针落下，谢璟微微拧眉的工夫，他已迅速地扎了进去，只让谢璟疼了一下，很快就戴上了银耳扣。

谢璟挑的素银环样式简单，环绕在耳骨半圈，扣住之后，在阳光下散发着淡淡光泽，像短兵开刃时的寒芒，但很衬他。

铜镜中，舅甥俩一前一后，谢璟端坐在前面，谢泗泉站在他身后微微弯腰，凑过来仔细端详。看了好一会儿，谢家主脸上露出满意笑容道：“不错，终于像点样子了。”

谢泗泉让银匠依样打了十几只这样的单只素银耳扣送回家，随后带着谢璟心满意足回去了。

谢璟第一次戴这东西，耳朵上突然多了点分量，耳骨倒是不疼，只是抹了药膏，带了点薄荷的清凉。他伸手想碰，被谢泗泉拦住道：“现在不能动，过两天就好了。”

谢璟手就往下，自己轻捏了一下耳垂。左耳下面一点细小疤痕还在，那是他当年出水痘时留下的。

白容久常说，这是他身上的记号。

不知这次他身上多了一处记号，白容久还认不认得出他来。

第十四章 云梦剿匪

回府之后，谢璟就被白家护卫接走了。对方只低声说白家商号有事来找，谢璟立刻下了马车跟着去了。

谢泗泉立刻吩咐道："胡达，你带两个人跟着一起过去，若有什么事也好帮忙。"

胡达答应一声，小跑着追上去。

谢泗泉看着外甥背影，心里有些不是滋味。

晚上吃饭的时候，谢璟还未回来，谢泗泉吃醋吃到千里之外，带着酸意道："璟儿跟白家那帮人跑了。"

徐骏听了，道："你说白家商号？他们刚派了一个新掌柜来西川，今日一早就来求见，来了好几回了，璟儿去看看也正常。"

谢泗泉道："哪里正常？他是我谢家少主，怎么就管起白家的事了？"

徐骏道："这有什么，能者多劳。"

谢泗泉不爽："可我总觉得璟儿是白老九带大的一般，心里不甚痛快。"

徐骏实话实说："不是你带大也好，北地白家规矩多，我看璟儿也是个规规矩矩的。"

"……"

谢泗泉摔下筷子，气饱了。

接下来几天，和谢璟预料的一样，陆续有人前来拜访上城谢家。

来拜访的既有商户的人，也有官府的人。守城的长官还亲自来了一趟，给他们这些自发组织的商户支援了一箱枪和一箱子弹。另外还有一纸委任状，因这次负责人是谢泗泉，上面就直接写了“兹任西川商会会长谢泗泉担任此职”一行字。

如此一来，西川商会算是过了明面，谢泗泉这个会长也扎扎实实坐稳了。

谢泗泉像是凭空多了一个身份，上城谢家的地位一时高了不少。他以前只觉这些都是虚名，斗个气罢了，现在才发觉商会的妙处。

官府对谢家也客气极了。云梦山匪一事闹得大，他们原本打算动员西川商户出钱粮自行剿匪，这会儿有人主动愿意去，他们立刻双手赞成，莫说是委任状，要什么都答应!

统合好人数，很快选定了日子，出城剿匪。

各家商号家主坐镇西川城中，几乎每家都出了人手，凑了近三百人的队伍。

出发那日，谢泗泉碍于规矩不能同行，让徐骏带谢璟同去。他把谢璟送到门口，亲手给外甥整了整衣领，叮嘱道：“路上小心些，有二当家照应你，我也放心。”

谢璟答应一声。

谢泗泉挥挥手，谢璟翻身上马，跟着徐骏一同去了。他身后两侧七八个白家护卫紧紧跟随，那些护卫骑马时身影微微低伏，都是马背上使枪的好手。

一行人趁夜赶路，到云梦山的时候天色将明，徐骏吩咐大家找树林隐蔽处分散扎营。

谢璟找了一棵大树，爬上去先看了看远处。

云梦山极高，山顶云雾环绕，周围只余鸟鸣。

徐骏站在树下等着，过了片刻，谢璟爬下来，他问道：“可瞧见什么没有?”

谢璟摇头：“没有，树木茂盛，我爬到高处也看不太清，峡谷出口似是在靠东的方向。”

这次一同来的都是各家商号派出的盐工伙计。有些商号家中有人被绑了，心里焦急，花钱雇了一些好手；也有些让家中子侄辈一同前往，这些少爷此刻正坐在地上休息。那些盐工伙计还好，平日里负重搬运，每日行走惯了，还能坐下吃些东西；商号的几位少爷也不知是怕还是累，只能勉强喝下几口水。

谢璟环视一周。他之前想得太过简单，只觉三百人对付一百多山匪，应是足够，但完全没想过其他情况。盐工伙计畏缩胆怯，商号少爷手无缚鸡之力，有些少爷身边被五六个护院围住，若真的遇到山匪，这帮人只会先护着他们家少爷逃跑。

王肃打了点山泉水，弯腰走到谢璟身边，把水囊递给他，谢璟低声询问探查地形之事。

王肃擅长地势侦察，来西川数月，对这里气候也有所了解。他低声正说着，忽然听到前面传来一阵吵嚷。

徐骏呵斥的声音紧随其后："住手！还未遇敌，自己人先打起来，像什么样子！"

树林里，两边人各自站立，泾渭分明，显然是这些家族之前就有仇怨。

一个身穿长衫、戴着眼镜的青年正被两个伙计扶着，气得发抖。他衣摆有些泥污，这会儿什么也顾不得，带了怒气道："自己人？徐当家的，你问问他们，他们拿我们当自己人了吗?!"

青年对面站着的是十来个黑色短打穿戴的大汉，领头的那位头发剃得只剩青茬儿，这会儿听见，嘿嘿笑道："怎么没拿你们当自己人了？不过就是占你们一个铺位，拿几张饼子罢了！兄弟们出来得急，再说这伙食之前也说好了统一发放，你张家为何吃起独食了啊?"

青年被气得面红耳赤，在那儿骂他，但说的都是些斯文话，对方全不在意。

徐骏劝说了几句，把东西要回来还给了张家，那青年拿到之后拱拱手，另外找地方坐下。那些身着黑色短打衣裳的汉子倒也没闹事，只是对徐骏态度也不甚恭敬，随意抬抬手就算行过礼，嬉笑着又去了另一处，像是摸上山打兔子去了。

不多时，对方回来，果然开始生火。

徐骏让人拿水浇灭火，冷声道："我说过，此处不可点燃明火。"

那几人不太乐意，站起来扔了手里刚剥了皮的野兔，虎着脸道："你们花钱让老子卖命，一口肉都不给吃，这活儿还怎么干?!"

这帮人是一家商户花钱雇佣来的。那家商户舍不得自家人来做剿匪这样危险的事，在外头花钱雇了几个来跑一趟。钱花了，对方也来了，但到了却原形毕露不肯听话。

徐骏拧眉。他来的路上就想过会有这样的情形，便对他们道："我知你们收了一半银钱，但既来了，就没有退回去的道理，再闹也无济于事。若真不想干了，按规矩先挨三十鞭，再回西川……"

谢璟开口打断他，道:“二当家，他们知道得太多，不能放走。”

徐骏看向他，等他说完。谢璟继续道:“万一他们走漏了风声，会害了此行所有人。山匪手里有枪，子弹可不管你是何人，打中了就没命。”

他这话一出口，周围人脸色纷纷变了。

那几人原本就是故意闹事，想借机逃走。虽然只拿了一半钱，但也颇为丰厚，够他们生活上几个月。这会儿听见谢璟说话，他们心知不妙，转身想跑，却听得身后人低声呵斥:“王肃，胡达，给我拿下!”

早已绕到四周堵着的十余名护卫立刻出手，二话不说，先把人按在泥里，一手掐着脖子死死按着，另一手拿绳子捆好。为首闹事的黑衣汉子力气大些，两次都没能捆上。他一边挣扎一边愤怒地看向谢璟，骂道:“你这个小白脸净出孬主意，谁说老子不去杀匪，你有种出来……单挑……呜呜!”

谢璟负手站在那儿，脸上表情冷淡，扫了一眼，清点了人数后，吩咐道:“堵住嘴，吊在树上各抽三十鞭。”

胡达领命，封了那几个闹事之人的嘴，把他们捆在树上，各抽了三十鞭。那些人才被抽了十几鞭，额上就布满冷汗，嘴被堵住也喊不出声，一个个眼神涣散，有些被抽到一半就昏过去了。

谢璟沉声道:“拿些泉水泼醒了，继续打。”

胡达答应一声，接过一旁递来的山泉泼醒了那几人，让他们硬生生挨了剩下的几鞭。

其余人围拢看着，一时间，树林里静了下来。

谢璟扫了一眼周围的人，冷冷道:“若再有临阵脱逃者，这就是下场!”

周围人稀稀落落应“是”，声音都不敢太大，再看向谢璟的时候已收起之前轻视的心思。

谢璟教训完了，也没放那些犯错之人回西川，依旧捆在树上，以儆效尤。还有人自诩心善，想求情放他们下来给一些水和吃食，谢璟冷冷看了那人一眼，道:“三天死不了人，若实在担心，你大可陪他们一同试试。”吓得对方不敢再说一个字。

这次不用谢家提醒，其他几家人也盯紧了树上绑着的那些人，生怕他们跑了会连累自己。那些人下场凄惨，也震慑了一小部分雇佣来的猎户、镖师，一时间都没有敢再犯的。

谢璟又问道:“谁对这一带山路熟悉?”

之前戴眼镜的青年站起身，抢着道："我家中曾走过数年山路，峡谷那里也走过两回。"他说着带了两个伙计过来，瞧着四十来岁，面容老实，"他们两个当年曾经和家里商队一起走过峡谷，我腿脚不便，去了也是累赘，谢少爷不如带上他们两个，许能帮衬一二。"

谢璟问了一下，两个人确实都是老手。他挑了其中一个，又带了胡达、王肃等几人，去探查峡谷那边。

徐骏在原地休息，看见并未阻拦。

三百来人分成几圈，核心处是几家商号派来的负责人，年轻人居多，但也有几个大掌柜，此刻正同左右之人说话。反倒是徐骏单独一人坐在中央，无人敢上前攀谈。

众人一边休息一边低声说话，谈论的声音不大，但还是能模糊听出在议论谢家的事情。

"瞧见没有，刚才那小子不但长得像谢泗泉，出手也一样狠哪！"

"听说是谢泗泉的外甥？"

"哪有外甥跟舅舅姓的道理，一准儿是……私生子。"

那人小声说了一句，周围人都不敢接茬儿。还有人拿眼神偷偷看向徐骏那边，向前倾身，压低了声音问："你说这话也不怕徐二当家听见，快别说了。"

"徐骏和谢家主未必合得来。"那人解释道，"当初谢泗泉为留下徐骏，那可是用尽了手段，甚至不惜败坏徐二当家的名声。"

周围人面面相觑，他们还真没见过。

有人问道："你的意思是说，谢家使了美人计？"

"这我就不清楚了，反正徐二当家这些年卖力气干活，没见落下什么好处，白给他们谢家出力。"那人"啧"了一声，"当年徐家入川财大气粗，这徐骏能甘于人下？依我说啊，徐骏被谢泗泉压了一头，这么多年，这次终于憋不住了——"

"什么？"

"那个谢璟……徐骏是故意的。"

那人凑近一点，努嘴示意山路方向。探路这么危险的事，其余几家不敢接这烫手山芋，都躲着，唯独谢璟去了。

谢家这位少东家，和谢泗泉眉眼里有七八分相似，其余几家都是从家族争斗中闯过来的，对宅院里的这些事也都清楚，一时之间吸了一口气。

有人忍不住问出了口："这……徐二当家平日为人和善，不能吧？"

"说不准，这得看谢泗泉平日待徐骏如何了。"

其余人都不吭声了。谢泗泉那爆脾气，谁能受得了，年纪小些的少爷们，但凡回去问一句他们的叔伯，就知道当年他们几乎都被谢泗泉收拾过，明里暗里没少吃过亏。

众人偷偷观察徐骏，徐骏却稳坐在那儿，等着谢璟回来。

另一边，峡谷。

谢璟带人远远看了一圈，摸清了大概方向，小心探查的时候发现路上还有一些印子，像是有马车经过。车辙很浅，周围泥土痕迹新鲜，是刚刚留下的，时间不超过一天。

王肃道："马车很少，不超过两辆，上头没压货，应是只坐了人。"

谢璟看过之后，并未多留，回去找徐骏说了峡谷之事。

徐骏问："你如何想的？"

谢璟道："听二当家安排。"

徐骏摇头，视线直直看向他，道："我想听听你的。"

谢璟略一沉吟，道："我刚才带人去看，发现峡谷有马车被劫，那帮山匪留下马车，只怕是为了运送银钱出西川，他们自不会绕路转斗，最近的就是峡谷那条路。若是等他们运送银钱时下手，不知要等到何时，不如我带几个人趁夜探入，一把火下去，他们自然会倾巢而出。"

徐骏："……"

徐骏看向他："你今天晚上要摸上山去？"

谢璟点头，他看了看四周的人，又看向徐骏，平静道："这些人大部分都是伙计、盐工，有一把力气是不假，但不敢拼命，也没杀过人。若是带他们慢慢攻山，只怕还未上山就被吓破了胆。二当家，只能速攻，不能耽搁。"

徐骏才智出众，不过几句就听明白了谢璟的意图，虽兵行险招，但确实是最快、最安全的解决办法——安全是对于这三百人的队伍而言，并非是谢璟带着的先遣队。

徐骏问道："你有几分把握？"

谢璟想了想，道："五六分。若是不成，试探之后我就撤退。"

徐骏点头："好，那我分一百人去峡谷山口的密林处接应你，其余人依旧在高处。你记住，不可深入，谨防落石。”

谢璟答应一声，起身要走。

徐骏喊住他，道：“你可知你舅舅为何答应让你来？”

谢璟试探着问道：“干些粗活，替二当家分忧？”

徐骏指了指他耳边的素银环扣，沉声道：“你耳朵上这枚东西，不是所有人都能戴的。你来，就要立威，不可坠了我上城谢家之名。”

谢璟用手指在上面轻轻抚过：“二当家放心，我知道了。”

谢璟不傻，从这些天谢家人对他的态度和来的这一路上只有个别人才戴的单边耳环，他隐约已猜到，舅舅想扶他坐稳少东家的位置。

不过这耳环对他来说，只有一个意义：从今日起，他要护着舅舅和二当家。

谢璟带了一行人去前头探路，一直猫到天色渐晚才摸上山去。他挑的人都是猎户，让他们沿途做了一些小陷阱，不致命，但人若是进去了，一时半会儿也挣脱不开。这些猎户很听话，但也有些手脚发软，走路磕磕绊绊。谢璟并未为难他们，低声对其中一个做得好的人道：“你带其他人在附近多做些陷阱，等到子时，若是我还未下山，你们就去峡谷口那儿跟接应的人会合。”

那人连连点头，答应下来。

谢璟安排好，让胡达带人揣着火种摸去西边山崖，绕路找寻机会；自己则带王肃几个沿着山匪经过的小径前行。

谢璟带人走了一段距离，就瞧见一处破败庙宇，围墙倒了大半，其余地方被人用树枝等物粗粗遮盖起来。厚重木门上朱漆斑驳，但门是完好的，紧紧闭着，隐约能看到里头一点光亮，远远传来人声。

王肃带着人找了一处僻静角落准备翻墙过去，忽然听到有人说话，却是两个喝了酒的山匪在墙边小解。

谢璟和王肃一人一边，拧了他们脖子，只听骨头“嘎巴”一声脆响，那两人就瘫倒下去。

谢璟道：“找两个身形相仿的，换上他们衣服，分两路进去。”

王肃领命行事。谢璟带了一个人先翻墙进去，动作极轻，几乎没有发出任何响动。

谢璟摸黑探了两间屋子，身后护卫紧跟着。忽然，院中传来几声谈话声音，俩人便即刻分开，各自滚向一边角落的阴影处。

那几个山匪向谢璟的方向走来，护卫额上冷汗都下来了，手按在腰间，随时就要冲出去。

谢璟的手放在窗户那儿，趁对方在拐角处的时候，他腰身一折，竟从破了一半的木窗里倒翻进去。脚下碰到了碎瓷罐一样的东西，眼见就要落在地上，他忙用手捞住了，顺势滚到窗边。

外头院里的人粗略看过一遍，骂骂咧咧道："前头喝酒吃肉，让我们干这些脏活儿累活儿。这后院就捆着一只'猪崽'，拿枪托砸晕了，哪有那么容易醒过来！"

寺庙很大，这一排原是柴房和僧人的禅院，离前头大殿有一段距离。那二人只随意打着火把看了下，很快就回去了。

谢璟盯着窗户外头，忽然听到身后有轻微声响。黑乎乎的房间里居然还有另一人的粗喘声，那人冲着谢璟方向挥拳就砸！谢璟下意识侧身躲过一拳，对方力大如蛮牛，他只能仗着身形腾挪躲避，在黑灯瞎火里和那人扭打一通。对方挨了谢璟两下，也回敬了谢璟脸上一拳，两人都忍着没吭声。

谢璟急于摆脱，也下了狠手，那碎瓷罐被他一掌按在地上发出一声闷响，变成锋利瓷块。他勒住对方脖子，举起一块就要往下划。

被勒住的人挣动几下，骂了一句。谢璟忽然听出，紧跟着反应过来："二少爷?"

白明禹还捏着谢璟胳膊没松劲儿，想挣脱。谢璟转而捏他手腕软筋，白明禹这才"嘶"了一声，松开问："谁?!"

"我，谢璟。"

谢璟推开一点窗，往外观察情况。月光照进来，两人这才看清了彼此模样。

白明禹身后还有刚割开的绳子，脸上、胳膊上有些擦伤。他俯身过去，蹲在墙边也在看谢璟，好一会儿才惊喜道："真是你！你怎么来这儿了，也被绑来的?"

谢璟摇头，指了指外面："云梦山剿匪。"

他又问："二少爷怎么来的?"

白明禹一脸愤怒，不肯说。

谢璟瞄到地上的麻绳和竹竿，唇角微微扬起一点——原来是被抬上来的。云梦山匪抬人一贯是把人翻过来，四脚朝上，捆猪崽儿似的捆着，再用竹竿把人抬上山。他都可以想象这一路白二少爷心里有多愤怒，估计问候了对方祖宗十八代。

被抬上来的白明禹脸色极臭："你们西川人好不讲道理!"

谢璟纠正他："我是北地人，东院的。"他看了下外面的情况，此时门忽然发出轻响，一个护卫从外头闪身进来。那护卫在白容久身边已久，自然认得白明禹，见了又惊又喜，先喊了一声"二少爷"。

白明禹见他们不止一人，心下大定。那护卫递了一把枪过来，他一边接过拿在手中，一边问谢璟道："你们带了多少人?"

谢璟道："三百。"

白明禹拧眉："山上这帮人瞧着也有三百多，这两日陆续有人扮成商队模样从峡谷进来，分散上山。若非如此，我也不会以为这条路安全可行，跟着一起进了峡谷。"

谢璟沉声问道："这些人是匪是兵?"

白明禹毫不犹豫道："兵。宜城有两个司令打起来，其中一个输了往西跑，就是冲着西川方向。"

谢璟心沉下去。兵祸大于匪祸，现在这几百人他们都不一定对付得了，后面只怕还有陆续转来的逃兵。若云梦山被他们占领，西川上下两城想必再也不得安宁。

白明禹道："不过你也不用担心，九爷已从蓉城府请了官兵，以剿匪之名出动，过两日就到，我们只要咬牙撑过这几天就好了。"

谢璟怔愣："你不是一个人来的?"

白明禹笑道："怎么可能? 九爷和黄先生也来了，西川出了事，爷怎会不管你?"

谢璟没吭声。

白明禹奇怪道："我说九爷来了，你怎么没反应?"

"爷什么时候到?"

"蓉城府的官兵人多，行军路线不同，九爷走水路过来，可能明天晌午就到。"白明禹又问他，"你那边有人手没有? 爷初来，我怕他们也着了道，最好有人去告诉一声不能走峡谷这边。"

谢璟拧眉："没人探路?"

白明禹："……我就是探路的。"

正在商量，谢璟"嘘"了一声，压低声音："有人来了。"

护卫贴身于门后角落。谢璟冲白明禹打了个眼色，白明禹心领神会，立刻坐回之前的位置，抓起绳子放在身上做出“缠绕”的样子。

片刻后，院子里响起急匆匆的脚步声，紧接着这扇木门被推开，进来一个人。这人是山匪里的一个，也是想趁机摸一下肉票身上有没有钱财。就在他伸手乱摸的时候，谢璟和白明禹合力将他打倒。白明禹下手极狠，一下敲在脑袋上，那人顿时就软倒在地。

谢璟看了一眼，确认这人身上衣服和之前在围墙那儿看见过的类似，对白明禹道：“把人捆在这里，你换上他的衣服，一会儿趁乱摸出去。”

白明禹答应一声，换衣服的时候差点没被山匪身上的臭味呛晕过去，强忍着才换下。

三人摸黑出去，先搜了两间屋子，找到了跟白明禹一同前来的护卫，解开绳索把人救下之后，发现其中一个肩上被弹片伤了好大一个口子。他们立刻让他先返回山脚下，其余两个则跟在他们身后。

谢璟探查了山匪人数，果真如白明禹所说，看起来绝不止百十人。他低声道：“你白天来的时候，还有没有瞧见被绑来的人？”

白明禹摇头：“后头院里只我们一车四人，那帮山匪在外头大殿吃喝，晚上也睡在那里。”

谢璟猜着，或许山匪是把人藏到了哪里。还未开口，白明禹忽然凑过来，在他耳边道：“小谢，要不要干票大的？”

“什么？”

“今天那些引我入峡谷的‘商人’，虽只有一辆马车，但车上装的是炸药。”

谢璟眼睛亮了一下，抬头去看白明禹，见对方晃了晃手腕，笑出一口白牙。

白二少爷在榆城码头放火烧船的时候，这帮人怕是还没摸过枪。今夜要是谢璟没来，他自己也能脱身，以他这般记仇的性子，只怕这会儿已经点了炸药扔去大殿了！

白明禹道：“我既逃了，那帮人肯定要搜山戒严，不如今天晚上干票大的。你不也带了三百人吗？揍他姥姥的！”

谢璟略一想，点头应下。

白明禹皮厚耐打，一路上睁着眼骂上山，那帮山匪只当他是有钱人家的少爷发脾气，没当回事儿，却不想白二少将路线记了个清楚，全都刻在脑子里。

那一车炸药分量不多，但也足够用了。白明禹对这事儿极为熟练，他在北地摸爬滚打这些年可不是吃素的。谢璟若有所思，看了片刻，放轻了脚步离开，出去不多时，摸了一瓶酒回来。

白明禹道：“什么时候了，你还……”

谢璟拿酒淋湿了布条麻绳，顺着半埋起来的炸药延伸出去一小段距离，低声道：“这样安全些。”

白明禹把后半句话收回去，给他竖了竖大拇指。他面上不显，但心脏怦怦直跳，碰到拿命走钢丝的事儿，谁都紧张，小谢干这事儿却比他稳。

埋好之后，便是安静等待。

破旧庙宇里原先供奉的佛像已被推倒，供桌被搬到大厅中央，拼凑在一起，摆了酒肉，一众山匪正在里头大吃大喝。也有发生口角争执的，弄出很大声响，周围人非但不劝架，反而发出哄笑声，怂恿之下还有人打起来，待到后半夜才安静下来。院中巡逻的人也偷懒，这深山老林除了他们绑来的人，没人敢上来，因此也懒得去转悠。

天色微微泛白，将明未明。

巡逻人偷偷拿了一小坛酒躲起来喝，正醉眼惺忪的时候，忽然听到“啪”的一声，一根粗糙木箭带着火苗击中了他手里的酒坛，“哗啦”一声，酒水洒了一地。火苗也越来越大，却诡异地径直分向几处涌去，宛如蜿蜒的火蛇，吐着信子，速度极快地涌向庙宇墙角柱下！

巡逻人恍惚一下，酒劲儿醒了大半，正想高呼，脖子上忽然“唰”地缠上一根极细的鞭子。黑色鞭子在夜色里几乎看不见，只听得一声轻响，执鞭之人便勒住他的喉咙，把人拖倒在地，迅速拽入一旁树影之中。

几个呼吸的工夫，火蛇蜿蜒，烟火四起。紧跟着，几处焰火倏然爆起，一道接一道的雷霆之声炸响，震得庙宇大殿和几处房舍梁柱崩塌，黑色烟气混着惨叫之声飞涨漫天！

云梦山上轰鸣巨响，山林震荡。山脚下，守在峡谷入口的徐骏神情凝重，死死盯着前方山路。

时间一分一秒过去，徐骏额上冒出细密汗珠，他强行压下想要入山寻找谢璟的冲动，守在原地埋伏等候。过了一刻钟的工夫，陆续有山匪跑下山来，有抱着枪的，也有什么都没拿只背着包袱的。徐骏看着冲下山来的人赤红了眼睛，咬牙道：“打！”

三百人里并非人人有枪，而且也不是人人都打得准，徐骏早有准备，让人买了数十挂爆竹扔在铁桶里，分散在通往西川的出口那儿制造声响。山匪本就被炸得魂飞魄散，刚从大殿捡回一条性命，此刻哪里分得清楚爆竹和枪声，只听得到处都是声响，吓得抱头鼠窜。慌乱中还有十几人被乱枪打中，惨叫一片。越是这样，逃下来的山匪越是急于逃命，慌不择路冲进了峡谷。

峡谷上方，早有徐骏安排的几十个盐工汉子等在那儿。这些人一把力气，往下推了硕大的石块，滚落下去的巨石把路堵了，人也被砸死许多，峡谷里一时间哀号不断……

谢璟带人在破庙收尾，他枪法准，下手干净利落。山脚下有枪声响起，白明禹侧耳听着，忽然问道："小谢，你到底带了多少人来，我怎么听着像是好几千人啊？"

谢璟笑道："我舅父一人，可当千军！"

白明禹被炸药声炸得有些耳鸣，听不清楚，又问一遍："你说什么！"

谢璟拍他肩膀，道："我说让你起来，该去找人了！"

白明禹跟着站起身，问道："找什么人，不是都打下山了吗？"

谢璟没理他，带了护卫翻墙下去，一边派人细细搜寻，叮嘱他们不要遗漏，一边又抓了一个浑身是血的小头目过来。这人看着凄惨，却只被炸伤了脚趾和半边胳膊，其余都还完好，也能说话。谢璟审问之后，问出山匪藏人的地方在后面山崖的石洞里，很快带人去营救。西川数家商户和百姓被绑，也不知现在还有多少人坚持下来。

山崖石壁陡峭，仅有两棵松树长在地面之上，上面捆着两根手臂粗的麻绳，有使用磨损的痕迹。

"王肃和我下去。"谢璟把麻绳递给白明禹，"你力气大，若有事我就晃绳子，你拽我们上来。"

白明禹点头应了，把麻绳往胳膊上绕了几圈，牢牢锁住："你放心，丢了这条命我都不会松手。"

谢璟笑道："你的命我不敢要，留着给虹姑娘吧。"他说完就下去，也不管山崖边上站着的白明禹面红耳赤。

山崖石洞里并无山匪，只有之前被绑来的肉票，谢璟和王肃将他们尽数救出。一共有六男五女，另外还有几个孩童，谢璟用厚衣服把小孩罩起来，抱在怀里一个个送上去。石洞里还藏了一些金银珠宝，王肃正拿了竹筐慢慢搬上来，瞧着还要一段时间。

谢璟上来的时候，白明禹正从一个女孩手里劈手抢过刀子，叱骂道："拼死拼活救你出来，你却想死，就算不为自己，也要为山下想尽办法救你出来的爹娘想想啊！”

谢璟放下怀里的孩子，走上前道：“她就是为了爹娘，才不想活的。”

西川女子比中原女孩更重视名节。谢璟从怀里拿了一根金条，塞到女孩手里，对她道：“拿着，或是回家寻你父兄母亲，或是离开，都比死了强。这么多天你都熬下来了，没道理枉死在这儿。”

女孩身上衣服被撕破几处，脸上也带了淤青伤痕，但依旧能瞧出模样姣好，此刻口中嗫嚅几下，终于忍不住痛哭失声。

谢璟依样给了旁边女孩一些金银，白明禹心里发酸得厉害，又抓了一大把珠宝塞给她们。

谢璟叫护卫过来，送这些人下山去，自己则找了一棵树下坐着休息。

白明禹心里还在难受，坐过去挨着他道：“人都找齐了？”

谢璟：“齐了，活着的就剩这些。”

“她说，昨天夜里还死了一个。”白明禹沉默片刻，眼圈泛红，握紧了拳头道，“早知如此，我路上应该再快一些，好歹能多救一个人。”

谢璟和他并肩坐在那儿，没有说话。

太阳初升，云梦山再次被照亮。破旧庙宇只剩断壁残垣，火已熄灭，只剩几处浓烟还在飘散。大殿被彻底炸开，房梁倒塌，石墙陷落，缺口处有阳光落下，刚好照在那尊被推倒的佛像上，镀上一层金光。

佛像双手合十，法相庄严，慈眼视众生。

谢璟起身路过，站在那儿驻足片刻。他衣服上沾了星点血迹，染了脏污，但脸上十分虔诚，双手合十弯腰拜了拜。

白明禹跟在后面，正好看到他的侧脸。

谢璟的脸白得近乎透明，仿佛光线都能透过。他此刻合拢双眼，面上一片宁静，看不出任何表情，身上虽是黑衣，但也是西川样式，人似乎也高了些。白明禹把他从头到脚看了一遍，视线最后落在谢璟扎起的头发上。那随意束起的小辫上坠了珊瑚珠，露出来的左耳垂上还有一枚素银耳扣。

半山腰留下的那些猎户陆续赶来，胡达和他带的人也在击杀了几名落单逃窜的山匪之后赶到这里。谢璟没急着下去，留在这儿守着，还问胡达要了一个酒囊，用牙咬开了，倒出一些清洗手臂。

白明禹才发现他胳膊上有擦伤，走近就闻到了一股酒味：“你胳膊怎么了？”

谢璟用烈酒冲洗了伤口，平淡道："没什么，下石壁的时候不小心擦了一下。"他晃了一下酒囊，里头还有些酒，便顺手扔给白明禹。

白明禹吓一跳，下意识接过，却有些茫然。

谢璟道："请你喝西川的烈酒。"

白明禹："……你比之前野多了，都不太像你了。"

谢璟轻笑："哪里不一样?"

白明禹："说不上来，反正感觉很不同。小谢，你还回去吗?"

"为什么这么问"谢璟撕了一块干净些的衣襟，扎好胳膊上的伤口，"当然回去。"

入口那儿有脚步声响起，谢璟耳尖动了动，微微抬头，最先映入眼中的是一双熟悉的靴子。白明禹喊了一声"九爷"，谢璟喉咙里却忽然发不出声，像是高兴到了极点反而不会笑一般，抬起头来，看了好一会儿才慢慢弯起眼睛。

白容久走过去，站在谢璟身边，弯腰仔细打量了眼前狼狈的青年——脸上还有几处被烟熏黑的地方，但一双眼睛跟幼时一样，一见到他就闪闪发亮，藏不住的欢欣雀跃。

白容久问道："怎么？几个月不见，不会喊人了?"

谢璟急忙起身，喊了一声"爷"。他没站稳，差点撞到白容久身上，被扶住了还想抬头去看，脸上最后一丝疲惫也被驱散。

"爷，你怎么上来了？二少爷说你晌午才到，这里还不安全，要不你先下山，我陪你一起吧?"谢璟站起身，一叠声道，"这路我来过一遍，记得住，昨儿夜里还让他们设了陷阱，等我去叫个猎户来……"

白容久抬手摸了摸他的脑袋，谢璟立刻不说话了，抬头看他，乖顺得很。白容久轻笑："山下还有些乱，我请了帮手来，还要收拾一会儿，山上反而安全一些。"

谢璟立刻道："好，爷请了谁来?"

"一位老朋友。"

白明禹在外头忙碌，谢璟找了一处僻静地儿陪白容久说话，告诉他昨夜的经过。谢璟省略了许多危险的事儿，实在省略不了的就全推在二少爷头上。

白容久看了他胳膊上的伤，微微拧眉："这可不是石壁擦出来的，枪弹无眼，你今次还是冒进了些。"

谢璟瞒不过去，低声道："爷，我错了。"

白容久问："错在哪儿？"

谢璟想了想，小声道："我逞能。"

白容久轻轻弹了他额头一下："你做事有分寸，只是不该以身犯险。我把王肃他们给你，不是让你护着他们的。"

谢璟手指捏着衣角，抬头看着对方。

白容久轻叹一声："我昨天一夜未睡，总觉得有什么事发生，此刻才踏实一些，下次不可再犯。"

白容久身上带了药，给谢璟胳膊上换了一块干净纱布，又检查了他其他伤处，除了脚腕一两处轻伤，嘴角淤青一块，其余没什么了。

一直等到下午，山下才来了信儿，请他们下山。

白明禹去后头找白容久的时候，正好碰到对方出来。白容久扶着谢璟，而刚才威风的西川上城少主这会儿胳膊上缠着纱布，倚着白容久慢慢走着。白二想不明白，他才一会儿没瞧见，小谢怎么就变得这般柔弱，不能自理了？

他绕着转了一圈，疑惑道："爷，小谢伤着了？"

白容久道："是，身上伤了两处，需回去上药。"

白明禹更奇怪了："什么时候伤着的？刚才还能跑能跳的，比我劲儿还大！"

谢璟看了一眼，道："昨天夜里翻窗进一个房间，救二少爷的时候伤的——"

他还未说完，白明禹立刻大声咳起来，跑上去献殷勤道："爷，我来，我来！我力气大，我背小谢啊！"

白容久淡淡看他一眼，道："不用，去前头看着些，莫再走错了路。"

白明禹："……"

白明禹灰溜溜地走在前头，他虽然看不见，但总觉得小谢在后头肯定笑他了！什么人啊，打小儿见着白容久就装，一点儿都不拿他当亲兄弟！

山下枪声早已平息，峡谷入口已被穿着统一军装的人接手。徐骏带着人正在照顾伤员，搬运物品。

谢璟被白容久扶到山脚下，徐骏老远瞧见，立刻走过去问道："这是怎么了，伤到哪里了？"

谢璟晃了晃胳膊，道："没事，只是轻伤。"

徐骏松了口气，还是要让医生来看过才能放心："白九爷带了医生来，我让他来看看。"

赶过来的医生也是熟人，正包扎好了一个受伤的盐工，提着药箱走过来时，瞧见谢璟一下就笑了："小谢，真是你？我刚才听他们说起少东家和你同名，还只当听错了。"

谢璟也没想到，白容久随行的医生竟然是方继武。方继武给他检查了一下外伤，谢璟看了他一眼，又抬头去看外面的人，白容久这次带了不少人，好些都是当初北地留下陪在老太爷身边的。

谢璟抬头去看白容久，面露担心："爷，北地如何了？"

白容久道："叛乱已平息，只是日本人闹得厉害，之前结了仇，生意总归要收拢一些。"

"很严重？"

"还好，俄国这两年乱得更厉害些，一时半会儿生意也做不成。祖父找我商议之后，决定往西南迁移。这也是前几年就料到的。"白容久伸手摘掉谢璟头发上的草叶，手指碰了一下小辫子上的珊瑚珠，"你在西川都是这副打扮？"

谢璟伸手要摘下，白容久拦住道："不用，只是瞧着有趣。"他摸了一下谢璟那枚素银耳扣，"这也是西川风俗？"

"是。"

"你戴着倒也合适。"

谢璟有些不好意思，好在白容久碰了一下很快就收回手，谢璟感觉耳边有山风吹过，面上这才清凉了几分。

白容久带徐骏去和军方的人打招呼，稍后才回，众人随后便去了转斗乡。几人同坐一辆马车，徐骏看着外面清理战场的士兵，试探问道："白先生这次搬兵救援，西川城百姓身怀感激，只是不知这次带兵来的小将军是谁？"

白容久客气道："徐二当家不必如此称呼，我们年纪相仿，你喊我一声'白九'即可。"他顺着徐骏的视线看向马车帘的外面，轻笑一声，"来的人名叫罗念秋，是我的一位朋友，以前在京城念书的时候和我一起，都拜在黄明游黄先生门下。他祖籍蜀地，这次也是凑巧，没想到还能帮上二当家一些忙。"

徐骏："罗将军要在西川驻守多久？"

白容久："多则半月，少则三五天。"

这有些出乎徐骏的意料："只是路过？"

白容久点头，道："还为送人。"

徐骏还要再问，忽然听得有马蹄声迎面而来，不多时就听见谢泗泉的声音。

谢泗泉到底还是耐不住，一听到信儿就立刻带人前来接他们了。他骑马跟在车旁，也不进去，只冲里面拱手打了招呼，瞧见谢璟的时候更是凑过去，笑着喊道:“璟儿!”

谢璟喊了声“舅舅”。谢泗泉使劲儿揉了揉他脑袋，哈哈笑道:“好小子!我都听说了，你这次可立了大功，一会儿咱们去转斗乡，我摆了酒宴给你们接风，好好喝一顿酒!”

第十五章 接风洗尘

很快就到了转斗乡。

谢璟下车之后，因胳膊上还有伤，谢泗泉让他去歇着，自己去准备晚上宴请之事。徐骏事情繁忙，叮嘱胡达跟在谢璟身边照顾。胡达倒是想跟着，但白九爷身边的护卫一个个冷着脸，铜墙铁壁一般把他挡在外面。

胡达跳着脚也瞧不见里头的少东家，在外头喊了两声“小主子”，也只听谢璟回了一句，让他先走。

胡达不敢走，但也挤不过去，只能找了一处墙角缩着。

花厅里装了博古架，权当壁影，模糊瞧见里面桌边坐着三个人，两个人执子下棋，另一个则站在一旁观看。谢璟跟在白容久身后，绕过博古架，才瞧见里头都是老朋友。黄明游正在和贺东亭下棋，而站在一旁扶着椅背观战的年轻男人正是几年未见的曹云昭。

谢璟以前受过曹云昭恩惠，对他记得清楚，一眼就认出：“曹公子！”

曹云昭抬头愣了一瞬，紧跟着笑起来，几步上前仔细打量了一遍：“小谢？不得了，长得这般高了，快过来让我瞧瞧——”他伸手去拽谢璟，但被白容久拦了一下，立刻道，“白九你这又是如何，看一看都不成了？”

白容久淡声道：“看可以，别碰，他胳膊上还有伤。”

一旁的贺东亭听见，忙站起身问道：“怎么伤着了？我看看，可瞧过医生，伤得重不重？”

谢璟受伤，一下围过来三个人。曹云昭心疼俊美少年受损，白璧微瑕；贺东亭担心儿子，碰一下谢璟的手指都小心翼翼，生怕碰疼了。只有黄先生最放松，听见是擦伤之后还笑呵呵道："幸亏伤的是左手，这右手还能提笔写字。"

贺东亭不赞同，还要找医生。谢璟道："已经找过了，换了药，不碍事。"

几人坐下谈话叙旧。谢璟想不到他们几人会凑到一起，问了之后，就听曹云昭得意道："我留学回来，家里安排了一个职务，没想到赶来上任的路上竟然遇到了贺先生和老师，因都在沪市乘船南下，便一路结伴同行。"

白容久喝了一口茶，道："也不知是谁，一路打听到我在沪市，找过去讨钱讨经费，不知道的还当我才是要上任之人。"

曹云昭笑道："你我之间的交情，不必讲究这些。"他说完，又好奇地看向谢璟，"小谢，我还从未听你提起过，原来贺先生竟然是你父亲，这真是……"

白容久在桌下踩了他脚一下，曹云昭"嘶"了一声，顿住话。

一旁的贺东亭握着茶杯，视线微微移开一点，难得有些紧张。他清了清喉咙正想说些找补的话，忽然听到对面的谢璟开口："是，之前发生了一些事，未来得及说。"

曹云昭也瞧出气氛不对，虽不知怎么回事，但还是打了圆场笑道："原来这里头还有些故事，我看贺先生很疼你，算是苦尽甘来。"

谢璟点头道："父亲很疼我。"

一声"父亲"，让贺东亭几乎握不住手里的茶杯。他努力按捺下激动的心情，嘴唇微微发抖。

不多时，谢泗泉差人来请他们赴宴。

经此一役，西川几家盐场异常团结，一同摆了庆功宴，请远道而来的几位客人上座，待敬过一轮酒水之后，最后一位客人罗念秋才姗姗来迟。

罗念秋身形高挑，面容英俊，人看起来颇有几分侠气，大约是军人的关系，入座后脊背笔挺。

曹云昭因是来蜀地上任，也算和西川关系更近一层，起身介绍道："诸位，这是罗念秋，罗将军。"他又点了白容久那边，笑道，"我们三人以前在京城念书的时候，家中长辈关系都不错。因我来眉山上任，路途遥远，家里人放心不下，特意让罗将军送我一程，不承想半路遇到西川之事。"

在座西川几家盐商自然连连发出感谢之词。

罗念秋起身道："罗某是个粗人，打开天窗说亮话。这次云梦山匪并非普通拦路劫财之人，而是因宜城战乱跑出来的逃兵流寇。这些人盘踞此处，实为接应，宜城方向还会陆续有逃兵前来。我受命于军部，既见了自然不会袖手旁观，这段时日我会带兵驻守云梦，待解决了西川之事再回蓉城府。”

此言一出，刚才还有些惊慌的盐商们慢慢镇定下来。

有人问了时限，罗念秋回道：“诸位不必惊慌，我已联络宜城戒严，不过是为防守逃窜而来的小股人马，最多半月，即可安然无忧。”

谢泗泉看向徐骏，见对方微不可闻地点头之后，起身敬酒道：“那我就代西川城百姓敬罗将军一杯薄酒，若有什么需求，或钱粮等物，我西川一定全力支持将军。”

他这话说出口，周围坐着的盐商立刻跟着一同起身，敬酒道：“我西川一定全力支持将军!”

罗念秋起身端起面前酒杯，仰头喝干，亮出杯底，毫无作态，干脆利落。

西川众人也放下心来。他们手里不缺钱粮，但并不想被当成哪家匪兵嘴里的肥羊，铡刀悬在头上的滋味可不好受。

徐骏慢慢喝了一杯酒，坐在谢泗泉身侧，不动声色地观察罗念秋。他今天一直在峡谷入口处，亲眼瞧见罗将军作为。此人虽年轻，但带兵极严，和以往见的那些截然不同，是个可结交之人。

罗念秋也是黄先生门下学生，来了转斗乡喝了几杯酒水之后，特意去见了黄明游。黄明游在隔壁一桌，桌上都是熟人，贺东亭陪他坐在那里，一旁还有白明禹和谢璟，瞧着气氛欢快许多。

罗念秋尊敬恩师，上前亲自给黄先生倒了酒，陪着说了几句话。他这次从蓉城出兵，虽明面上说是为了护送老师黄明游和曹云昭，其实是因为白容久找上门，亲自许诺了人情。北地白家的一个人情，价值千金。

罗念秋坐下略饮一杯就退了出去，他在走廊里遇到了正向这边来的白容久和曹云昭，开口道：“白九，我有话要同你说。”

曹云昭喝多了两杯，狐疑地看向他们：“你们要说什么?”

罗念秋：“说眉山军政要人，还有当地税收和府县管理，你可要留下听听?”

曹云昭一听这些就头疼：“这一路铲平匪患，还没打够?宜城那边两个司令打得够凶了，怎么眉山还要搞这一套?我光听着脑袋就大了。”

罗念秋：“你去了之后总会用得上。”

曹云昭不满：“整日投靠这个投靠那个的，我可不想陷在里头。我就想踏踏实实做点事，建个书馆、报社，也好过那些虚名。我坐轮船归国的路上翻译了好些书，准备印出来给大家看，也发给学校一些，好歹也算为开启民智做些贡献。"

罗念秋只笑，并未多说。

曹云昭还抱着几分爱国的浪漫热情，最不爱听罗念秋那一套。他自诩是风花雪月堆砌的，不肯和他们站在那儿谈俗事公务，摆摆手道："你们说吧，我过几日到了眉山再听。我先去陪陪黄先生，数年未见，甚是想念。"说完就快步向前，进了前头的包厢，溜了。

转斗乡的酒楼挑高了房舍，一旁的走廊用粗木围栏，并未设窗。罗念秋站在那里掏出烟盒，磕了一下，递向白容久："来一支？"

白容久没接，咳了一声道："不了。"

"身体还没好？"

"老毛病。"

罗念秋自己也拿下嘴上叼着的香烟，在指尖把玩，并未点燃。过了片刻，他问道："白君瑞如何了？我听闻他在北地遇刺，身上中了两枪。"

白容久道："托福，前几天收到电报，已经开始好转。"

罗念秋："平岛仁爱医院那里医疗水平不错，我认得几位西洋医生，可打电话帮你周转，送去那里疗养对他身体好一些。"

白容久摇头："堂兄挂念北地，只怕不会离开。"

罗念秋倚靠在栏杆上，拧眉沉默，过了一会儿才叹道："是他会做的事。你们白家的人都固执得很。"

厢房里传出谈论诗词的声音，黄明游和曹云昭拿筷子沾了酒水，竟然敲着杯盘唱起来。黄明游脸上红光发亮，曹云昭也不顾什么学者风范，这会儿卷起衬衫袖子，金丝细框眼镜倒着戴在脑后，击掌而笑。

罗念秋站在那儿听了片刻，道："曹云昭太过天真，还是和以前念书时候一样，这么多年没变过。"

白容久轻笑："总需要一些有赤子之心的人。"

"说得也是，他唱歌荒腔走板不着调，说得比唱得好听，确实找不出第二个来。"

大约想起当年之事，彼此都笑了。

片刻后，罗念秋道："人未变，但世道变了。北地只是开始，我接到命令，下一步要开始往西南后方做准备。”

白容久问：“要打仗了？”

罗念秋：“说不准，提前做些准备也好。”

白容久点头，跟他道谢。

罗念秋戴上军帽，帽檐压低。因人在灯下，白容久未能看清他神情，只看到他下颌冷硬，薄唇微张道：“若你见到白君瑞，替我转告一句话。当年我和他在军校同吃同住三载，我对他的评价依旧不变——生逢乱世，守城之才，难堪大任……恕我直言，北地只凭他，守不住。”

这话极不客气，但罗念秋并非有意羞辱，只是用平淡语气讲出，说完就颔首，转身离去。

罗念秋驻军扎营，身先士卒，未在转斗乡多留，趁夜返回。

转斗乡原为驿站，入秋后，来往的客商不断，提供住宿的房舍多，饭菜尚还可口。隔日一早，大厅里摆了许多桌子，供客人喝茶吃早点。

昨夜，几家商号的代表已打着火把归家，留下的只是少数。

白容久一早在大厅看到白明禹，问道：“黄先生他们如何了？”

白明禹头发翘起来一点，虽然用水压过，依旧倔强地支棱着：“爷放心，黄先生现在还未起，只怕要睡到晌午，曹公子也差不多，昨天实在喝多了些……”他说完之后，见左右无人，又小声告状，“昨儿半夜，本来要散场的，谢璟他舅舅又让人搬了三大坛西川烈酒来。”

白容久：“谢家主为人热情。”

白明禹张了张嘴，没敢吭声。

同样早起的还有徐骏。徐二当家瞧见他们，过来一起喝了杯茶，他看了白明禹一眼，吩咐后厨单煮了一碗醒酒汤。

白明禹喝到甜汤的第一口，就有些不习惯，慢慢咽下其中的小汤圆，嘀咕道：“这不是小谢喜欢吃的吗？”

徐骏笑道：“是。不过西川一带都习惯早上吃一小碗，暖胃。”

白容久也分到一小碗，但他昨天并未多饮，对甜食也没什么兴趣，略微吃了两口就放下汤勺。徐骏昨天见到白容久扶谢璟下山，有意想问问他和谢璟在北地的过往，但三两句之后，就变成了白容久在问，他在答。

白容久：“他在西川吃得还好，住得也还习惯？”

徐骏：“都还行，璟儿以前在北地……”

白容久："北地寒冷，比不得这里气候宜人，不过璟儿喜欢骑马上山猎兔子，他在这里也经常上山吗？"

徐骏："很少，家主带他骑过一次马。"

白容久微微拧眉，缓声道："他最怕闷，关在家里养不好，还是要经常放他出去透透气才是。"

徐骏下意识想答应，反应过来又抿唇不吭声了。他怎么觉得这小外甥是替白九养的，来西川像是做客游玩一般。

白明禹吃东西快，在外也懂规矩，不敢一直凑在白容久跟前，低声说了一句就去外头办事。

徐骏看了白明禹一会儿，点头道："你家里这个小辈不错。"

白容久喝了一口茶，轻笑道："比不得谢家，地灵人杰。"

白容久赞得真心诚意，徐骏心里舒坦了。

上午的时候，谢璟也未出现，确实有些反常。白容久亲自去找了一趟，才发现人病了，在低烧，忙让人叫了随行医生方继武过来。

方继武瞧了之后，低声道："没什么大事，只是伤口在愈合，加上这两日受了惊吓，有些轻微发烧，卧床静养两日就好了。"

方继武拿了针剂，推在针管里。白容久见此，开口道："我来吧。"

方继武把针给了白容久，白容久看他一眼，他怔了一瞬，退开两步，低头没问一个字。

谢璟有些迷迷糊糊，被翻过去的时候下意识按住白容久的手。白容久低声哄他："不碍事，我轻一些。"

打完针，谢泗泉和贺东亭也找了过来。

贺东亭刚听说谢璟病了，焦急道："昨天看着还无碍，怎么一下就病了？"

方继武解释道："是手臂上的伤口沾了水，怕感染发炎，刚打了针。"

白容久给他们介绍："这是方医生，医学院林医生的高徒，擅长西医。"

谢泗泉有些担心："转斗这里什么都没有，不如先带璟儿回去，也好疗养。"

方继武道："问题不大，路途奔波，反而容易加重病情，不如留在转斗观察两日。"

"刚给璟儿打了一针，晚上有我看着，还备了针药，休息一晚上，明天应该就能好转。"白容久顿了一下，又道，"以前在北地的时候，也病过两回，都是如此。”

谢泗泉没照料过谢璟那么久，贺东亭更是如此，两人即便再担心，也只能托付白容久照顾好谢璟，其余做不了什么。

西川城还有事，谢泗泉不便在转斗乡久留，决定先回去，临走的时候把谢璟托付给白容久。贺东亭倒是想留下，但谢泗泉心里还记恨他，不肯让他和外甥单独相处，硬带他一同回了西川。除了贺东亭，谢泗泉动身的时候还邀请了黄明游和白明禹，黄先生年纪大，留在这里不太方便，不如去西川城里稍作休息，而白明禹则是谢泗泉点名要带的。

谢泗泉骑在马背上，将系了五彩绳的马鞭绕了两圈拢在掌心，随意敲了两下，抬眼看着白明禹道：“我瞧着九爷身边人也多，白二少留下也帮不上什么，不如先随我去西川城做客。黄先生孤身一人，也需要你照顾，是不是？”

白明禹回头看了白容久，见白容久微微颔首，不情不愿跟着去了。

徐骏留在这里，一边守着谢璟，一边奔波于云梦山一带和罗念秋商谈米粮等事。他们在此驻军几百人，加上马匹，半月嚼用需妥善安排，徐骏义不容辞。

转斗乡，白容久坐在谢璟床边，正在给他念书。

桌上放了方继武的药箱，各家的人已经走了，房间里只他们两个人，一时间整片楼都安静下来。窗外有鸟鸣声，还有竹叶被山风吹动的沙沙声响，谢璟听了一阵，有些走神。

白容久合拢书，问他：“可是困了？”

谢璟摇摇头，笑道：“我刚来的时候，不知道外头有竹林，总疑心是下雨，还起来关了好几回窗。”

白容久低声轻笑：“这里是和北地不同。”

“这世上还有很多地方，和北地、西川都不一样。”

“嗯。”

“爷，我们都要好好的，别生病，我想多看看。”

“好。”

晚上的时候，白容久守着谢璟。谢璟打了针，睡得很沉，额上的汗把头发沾湿，显得有几分狼狈，闭着眼睛还沉浸在梦境里。

谢璟梦到很久以前的事。

梦里，北地战败，几座城池接连沦陷，生灵涂炭。

白家在北地的三百余家铺子，尽数毁在战火中，白家半数人折损在战场上，白老将军一脉尽数战死，南坊上方的飞机轰鸣声不断……白容久带人在榆港争抢一线生机，但也无法带那么多的难民离开，何况离开之后，也无处可去。

此后，白家人隐姓埋名，分几路南下。

白容久身体开始不好，从入秋开始就咳得厉害，只能乘船，谢璟跟在身边一路照顾。

船到码头，进入蜀地的路难走，他们遇到几支商队，结伴入川，却不想还是遇到了山匪。

商队里雇了镖师，和白家护卫并不一样，三教九流什么人都有，这些人故意找碴儿，拿话戏弄谢璟。老镖师嬉笑道："硬闯是不行的，那山匪厉害得很，手里枪也多。我们山里人打狼，一般要先抓只母狼来引。"

一旁有男人骂道："老子这里没女人，有也自己享受了，轮得到他？"

有人开荤话，惹得周围一片哄笑。

那老镖师"嘿嘿"一笑，磕着烟袋斜看白家马车队伍一眼，视线落在一旁骑马的谢璟身上，黏上了就挪不开："山上那位不爱雌的，喜欢公的。"

有人顺着他的视线看过去，低声哄笑了两声。

那老镖师高声问："就看这位先生肯不肯割爱了！"

周围静了一瞬。

一只手掀开马车门帘，里头传来轻微咳嗽声，但是很快就被压住了。白容久喊了左右护卫，淡声道："给我割了他的舌头。"

惹事的人果真被割了舌头，血流一地。

谢璟不想只被护在后面，晚上的时候和护卫上山，砍了山匪的脑袋带回来。

白容久掀开车帘，冷漠地看向他们。谢璟和孙福管事跪在一旁，老管事唇角嗫嚅，张口刚想说话，就被谢璟拦下来："是我带人去的。我……我年轻冲动，不知分寸，就带人上山了。"

白容久第一次对他动了怒，脸色铁青："你还知道'分寸'二字？！"

谢璟抿唇，跪在那儿不吭声。

车上人被气得咳嗽不断，孙福管事吓得连喊了几声。

谢璟先服了软，红着眼眶道："我错了。"

"错哪儿了？"

"我……我逞能。"

“哼!”

……

梦里的事分散凌乱，断断续续，像是过了很多年。

谢璟出过错，但只有一件事，他觉得自己做对了。

白容久遣散众人，连孙福管事都送走了，自然也想过把他也送走。谢璟很少服软，但这次他在白容久病床前低头小声道：“爷，我被送过一回，不想再被送人了。”

白容久抬手落在他脑袋上轻轻摩挲一下，过了好一会儿才道：“你不是被曹云昭送来东院，是我瞧着你好，硬从他手里抢的。他在蜀地任职，你回他身边，比在这里强。若我以后不在了，也有人能照顾你一二。”

谢璟听不得这话，也不肯离去。他在白容久身边照顾他，给他煮茶、煎药，还学了做饭。起初做得不好，后来慢慢熟练起来，每逢白容久多吃小半碗，他心里就高兴。

战火经久不息，物资匮乏，白容久把钱和人脉都给了新掌舵人，自己留在山城极少露面。

谢璟和白容久住在寺庙后面，每日清晨都能听到敲钟的声音，从春到夏。

白容久吃的药极苦，谢璟跟当地人学做点心，每天都做四五个梅子饼送去，清淡微微酸甜的口味，白容久吃过药，会和他一起分着吃。

后来，白容久病得重了，昏睡时间居多，偶尔起来还会咳血。谢璟无能为力，重病的人却反过来安抚他，手落在他发顶时都有些力不从心，令谢璟鼻酸不已。

再后来，药渐渐不管用了，谢璟听信别人说的偏方，用匕首从右手手臂上割下一条肉，用来熬药。手臂伤口处缠了绷带，血浸出来一些，很疼，但他毫不在乎。

初春第一天，白容久的精神忽然好了许多，能坐着陪他聊天了。谢璟惊喜万分，想推他出去转转，但又怕春寒，站起来又坐下，高兴得不知如何才好。

白容久招手让他过来。谢璟磕磕巴巴跟他说话：“爷，你好些了是不是?我前两天刚去寺里求签，解签的师傅说‘万物更新，旧疾当愈，所求皆如愿’……”

“璟儿，你听我说。”白容久轻咳两声，低声道，“人生很短，当有聚有散。”

谢璟眼眶发红。

白容久靠近一些，慢慢道：“过两日有商队来，你跟他们往春城走，或是继续往南，或是过海……”谢璟摇头，白容久却笑了一声，“我原打算让虹儿来接你，带你去南洋，可又怕你挂念我，不愿意去那么远。”

他轻轻碰了碰谢璟藏在袖中的手臂，隔着衣服也能摸到上面厚厚的绷带：“若我离开，你不可再做傻事，不可伤了自己，也不许跟来。”

谢璟手臂很疼，可心口更疼，像是被人用刀活生生挖了一个窟窿。

大悲无声，他手臂颤抖着，却一声也哭喊不出。

那是他多年来深受其恩，如今以血肉入药，也无法挽留住的人。

……

谢璟被梦魇住，左手攥着右臂，指甲几乎陷入肉里。他越想挣扎，越是攥得更紧，骨节泛白，掐出血痕，疼得头发都汗湿了贴在脸颊上。

后面有人搭他的肩膀。谢璟忽然惊醒，反手按住：“谁?!”

“是我。”

谢璟怔了一下才反应过来，松开的时候额上满是汗珠，喃喃道：“爷?”

“是我。”

两声回答安抚了谢璟，他心口还在怦怦直跳，疼痛的感觉未曾因苏醒过来而减少一分，说话声音还有些哽咽。

白容久探他额头，拧眉道：“怎么出了这么多汗？我去叫医生。”

谢璟心有余悸，不肯让他走，哆嗦着话都说不清。

“我在这儿有什么用?”白容久安抚他，“我去让医生给你打一针，等退了烧，睡一觉就好了。”

谢璟摇头，身子微微颤抖。

白容久不忍心，轻声道：“是我思虑不周，璟儿害怕吗?”

谢璟牙齿打战：“我怕……死。”

白容久道：“我守着你，不会让你出事。”

“你也不能……出事。”

“嗯，我们都长命百岁，一辈子好好的。”

谢璟听他说了许多遍，心里才安定下来，心跳慢慢恢复正常，只眼角还有未干的泪。

在转斗乡养了两日，谢璟熬过心魔，开始慢慢好转。

云梦山匪患很快被清除干净，峡谷一处有罗念秋驻守。他带兵严格，歼灭了几股逃兵之后，再没有人敢往西川跑。

徐骏依旧留守云梦，不只是他，西川城盐商也有些担心。虽然罗念秋当初说得极好，但碰上西川这块肥肉，未必人人都能放开嘴。

谢璟跟着白容久一起见过罗念秋几次，骑马回来的路上，他也未瞒着白容久，道：“舅舅有些担心。”

白容久道：“罗念秋和其他人不同，这人信得过。”

谢璟看向他，等他继续说。

“罗念秋当年和我一同拜黄先生为师，念了几年书，后来我回北地经商，他去了军中，也是机缘巧合，堂兄和他一同念过几年军校，是过命的交情。”白容久解释，“宜城内乱，平叛本就是他的任务，西川出饷粮，他出兵，互利互惠罢了。”

谢璟问：“他不想占西川？”

白容久笑道：“他志不在此。”

从云梦回来的一路上，不管遇到徐骏手下，还是其他几家派来送粮的护院，见了谢璟都有些畏首畏尾，恭恭敬敬喊他一声“少东家”。

谢璟虽还未回去，但西川城已传开了关于他的凶名，比起谢泗泉这混世魔王更有甚之。毕竟谢泗泉只戏弄下城几个主家，再放荡不羁也没抽人鞭子，谢璟却当着众人的面动武。听说那几人还在树上被捆了三天，只给了一点水，抬回去的时候，背上、腿上都伤得不轻。

不过这些事，谢璟在白容久面前一概不会认，能推就推，推不过就耍赖。

西川上城，谢家。

谢家庭院很大，有些是后来扩建的；最初的那座小院被围拢在边角处，竹林环绕，只留了一条蜿蜒小路，其余都被遮挡起来。

这里房舍矮一些，但门窗雕花精致，庭院和房内也干净整洁，虽未住人，但一瞧就知道有人精心收拾着。

月亮圆了大半，月光皎洁，映照在地上白茫茫一片。

谢泗泉提了一坛酒，坐在屋顶一边赏月一边喝着。

忽然，旁边传来砖瓦声响，过了一会儿，贺东亭慢慢爬上屋顶。他没像谢泗泉那么随意，弯腰扶着过来，走得小心翼翼。

谢泗泉看他一眼，有些不屑：“难为你也会做这些事，怕不是第一次爬屋顶吧？”

贺东亭坐在他不远处，摇头笑道："不是第一次。"

"哦?"

"以前沉沉带我爬过一回，她说在屋顶看月亮比别处要亮一些。"

谢泗泉将酒盏递到唇边，仰头一饮而尽，用手背擦过唇角，狠声道："你配不上我阿姐!"

贺东亭抬头望着那轮明月，过了片刻，才缓声道："从一开始就是我高攀。我从未见过你阿姐那般好的人，若不是她，也不会有今天的我。"他从怀里掏出一样东西，在月光下看过去，像是一枚石雕物件，不过巴掌大小。他将那物件递给谢泗泉，道："我去璟儿院子的时候见了寇姨，才知道那枚石虎在佛像里。这是沉沉当初给我的。"

谢泗泉接过看了，却是一枚用和石虎一样材质的黑石雕刻的龙，打磨得粗糙。不知为何，龙头朝下做汲水状。

贺东亭道："沉沉曾说过一个歌谣，'不止江口沉银，山中也有宝物'。"

谢泗泉自幼在蜀地长大，这样的歌谣不知听了多少，也不怎么感兴趣，道："若是与西王相关，我也知道一些，年幼时听老人讲过。当初张献忠一路抢了金钱财宝无数，除了在江口水藏了一部分，还另将一批财宝秘密运往山里埋了起来，同行的还有三百石匠。"他把石龙交还给贺东亭，"但我劝你还是趁早打消这个主意，别想着去找那些宝物。山里比江上还要危险几分，你又不缺钱，费这事儿做什么?"

贺东亭捧着那枚石龙，道："这是沉沉刻的，藏的自然是她的宝贝。"

谢泗泉看向他。

贺东亭道："石龙石虎本是一对，沉沉刻了石虎，我则为她在石虎背上刻了星图，她说以后西川也是我的家；石龙身上没有星图，因为她说，以后我去哪里，她的家就在哪里。"

谢泗泉黑着脸听，但未打断他。

贺东亭轻笑："我也听过那个童谣，石龙对石虎，石龙在我这里，石虎则在西川城。这样也好，以后璟儿要什么，我们都能给得了。"

石龙对石虎，买尽蓉城府。

以贺东亭和谢泗泉二人的财力，若倾尽全力为之，确实可以买下一座城。

谢泗泉仰头去看月亮，哑声道："阿姐是我心中至宝。"

贺东亭道："她在我心中也是如此。"

谢泗泉咬牙："汉人都狡诈，你当初许诺要照顾好阿姐，你没做到。若是以后你敢再娶，或是对璟儿不好……"

贺东亭轻咳一声，打断他道："不会，我看了医生，可能没几年时间了。"屋顶风大，贺东亭的头发被吹起，许多白发藏在其中。他叹道："我这次来西川，也是想把一些东西交给璟儿。他年纪还小，若是以后我不在他身边了，你替我照顾些。我总归对不起他，没能尽到一个做父亲的责任。"

谢泗泉沉默片刻，忽然骂了一句。他伸手想摔了酒坛，但被贺东亭按住。贺东亭对他道："当年我和你阿姐成亲的时候，你年纪尚小，她不许你饮酒，如今我们好好喝一杯。"

贺东亭倒了一盏酒，递给谢泗泉，自己则用了酒坛。两个斗了十余年的人，在这一天坐下，难得地喝了一杯酒。

贺东亭喝得很慢，他看看月亮，又看看这间小院。这是当初谢家姐弟二人住过的老房子，也是他和沅沅曾经的记忆。他想念亡妻。

谢泗泉仰头喝干酒盏，紧抿双唇，过了一会儿才冷声道："你不要以为这样就可以逃去阿姐身边。你见了她，若是说起没将孩子带好的事，她定然也要骂你。"

贺东亭说："嗯，是我没用，可我很想她。"他身上中了慢性毒，肺已经不太好了，时日无多，却出奇地平静。死亡对他来说并不可怕，而是期待已久的归宿。

几天后，谢璟和白容久一行回到西川城。

谢璟大病初愈，清减几分，不过精神还好，大约是在屋子里待了几日未出门的缘故，皮肤越发瓷白，显得眼睛更黑亮了。

回去路上，白容久也坐了徐骏的马车。

谢璟头发扎成一束，随意编了几根细细的小辫子，一同梳拢在脑后，上面坠了几颗珊瑚珠。路上马车颠簸，珊瑚珠发辫碰撞几下缠绕在一处，白容久伸了手给他拨了拨，靠近了同他说话。

谢璟侧身附耳倾听，面上表情认真，还要伸手去解开："乱了，不然我散着吧？"

白容久摇头，多看了两眼。

徐骏如坐针毡，硬着头皮开口道："白先生对珊瑚珠很感兴趣？"

白容久："确实有趣，未曾在别处看到这样的用法。"

徐骏："倒也没有多稀奇，不过是打磨成的珠子，不值什么钱。白先生要是喜欢，等回去之后我让人送些给你。"

白容久颔首："那就多谢二当家。"

徐骏沉默了片刻，开口道："璟儿，我有些东西落在马背上，应是昨天忘了拿上来，你帮我去找下胡达，跟他要了拿过来。"

谢璟答应一声，掀开车帘就去了。

马车仍在行进，里面安静了一瞬。徐骏抬眼打量了白容久一番，试探着问道："白先生，听说白家在北地生意做得很广？"

白容久道："尚可，不过是祖辈勤奋踏实，以诚待人，生意才慢慢做大起来。"

"都经营些什么产业？"

"祖辈做些酿酒、杂货生意，之后开了典当行，如今在沪市开了几家纺织、染料工厂。"

"听贺老板说，白家也投了新式银行一成银钱？"

"是，也就是些金融投资，都是小打小闹，说来惭愧。"白容久并未谦让，沪市的这些，比起祖辈百年留下的基业还是差了许多。

徐骏询问了许多。因他家中跑商做生意，也去过关外，许多商号谈起来才知晓也是白家的，他心中暗暗吃惊。不说北地三省诸多酒坊工厂，只说关内的，白家的商号已遍及大半华国，更沿着边境线发展到其他国家，经营项目里有钱庄、酒水、布匹、药材、洋货、粮店……不一而足。

白容久："自祖父时起，白家商号开始向关内发展，经营了许多年，如今略有些成绩。只是商号太多，也不能一一查看，有些善钻营者擅自打了白家旗号借贷筹钱，只要在白家钱庄、银号管辖之内，我们都尽量制止。"

徐骏："尽量？"

白容久："实在太多，外贷不足两万银圆的，一般很少问及。"

徐骏："……"

谢璟拿了东西回来，问道："二当家，胡达那边只有这一个小包袱，还有一个水囊，你要找的可是这个？"

徐骏有些心神不宁，原本那点底气散得差不多尽了，胡乱接过来应了一声"是"，翻了翻，又起身道："我下去再找找，你们坐。"

大半日功夫，马车队进了西川城，直奔上城谢家。只是车队数量比去的时候多了一半，白家车队低调地跟在后面。

白家马车高大气派，身后跟着的两队护卫皆穿一身石青衣裳，单肩背枪。他们身下骑的多是军马，高大健硕又清一色白如雪，加上阵列整齐，统一行进时，引了不少人站在路边看，议论着“来者何人，好大的阵势”。

谢家没有那许多规矩，开了主门迎接贵客。

白家车队停在门外，白容久披了一件薄斗篷下车，从大门口走路进去，并未有半分冲撞冒犯的意思。

谢泗泉接了信儿，在家中等了一天，又见白九给足了自己面子，心里也高兴得很，亲自过来迎接了他们一行，带着去花厅喝茶谈话。

白明禹和黄明游也等在花厅，一旁小桌上还摆了几碟做工精致的小点心。黄先生正美滋滋喝着茶，白明禹倒是无心喝茶吃东西，不住往门口看着，远远瞧见他们过来，立刻高兴地站起来在门口等着，见了白容久便拱手问好。

白容久点点头，又对谢泗泉道谢：“这些天承蒙谢家主厚爱，家中小辈莽撞，给你添麻烦了。”

谢泗泉笑道：“不麻烦，我这几日瞧他顺眼许多，你教出的人不错。”

几位长辈携手进去，坐下谈话。

白明禹跟在后面，咳了一声，冲谢璟使眼色。

谢璟落后两步，低声问道：“何事？”

白明禹道：“他们大人说话规矩多，没意思，你别往前凑，过来咱俩说话。”

谢璟脚步未停：“我也是大人。”

白明禹拽他衣袖，三番两次阻挠。谢璟大病初愈，再加上在西川好久没遇到力气这么大的人，一个没留神，脚下差点绊倒，吓得白明禹连忙去扶他：“你别吓我，我可就碰了你一下……你当真生病了？”

谢璟拢了拢衣领，道：“病了两日，已经大好了。”

白明禹看了他好一会儿，面色古怪，还是小声问出来：“你那天……真不是装的啊？”

胡达跟在后面，谢璟踉跄一步的时候他就想去扶，现在听到这话更是气不打一处来，压着怒气道：“我们小主子在外头卖命出力，二少爷当初也在云梦，是亲眼看到的，你现如今说这话是什么意思？！”

“不不不，我不是……我是说……”白明禹连忙解释，但一时半会儿也说不清楚。他抬头看了前头，见白容久和谢泗泉也停下脚步回身看这边，立刻闭上嘴，闷声道，“我说错了。”

白容久问：“发生何事？”

胡达气得不行，指着白明禹道：“他说我们小主子装病！”

白容久冷了脸色，视线落在白明禹身上，沉声道：“在外多有不便，今日暂且记下，回去领罚。”

白明禹：“……是。”

谢泗泉揣手站在一旁，倒是一句话也没说，冷眼瞧着白容久在那儿教训自家小孩。

徐骏倒是想说话，但看了左右这么多人，欲言又止，还是按下没敢提。

谢家摆了晚宴招待远道而来的贵客，盐帮菜地道又精细，加上蜀地人擅长调味，尤其是鸭子和鱼做得最好。这回谢泗泉还特意让厨房上了一条几斤重的雅鱼，这时节正是鱼肉最嫩的时候，吃起来鲜美可口。

席间还有一份儿羊肉炖鱼汤，这在蜀地少见。黄先生却格外喜欢，连着喝了两碗：“这是晋中的菜色，难得在外吃到，还做得这么有味儿，跟在老家吃也没什么区别了！”

谢泗泉笑道：“这是我们二当家从老家带来的厨子，自然做得一手地道晋菜，黄先生既喜欢，就多吃些。”他盛了一碗羊肉鱼汤放在徐骏面前，顺口道，“也怪我之前思虑不周，忘了您也是晋中人士。”

黄明游听得这话，和徐骏攀谈起来。他们老家虽不在同一座城，但离着并不算远，也算是老乡了，一时之间相谈甚欢。

贺东亭也一同入席，只是并未饮酒，还有些轻微咳嗽。谢璟看了他几次，忍不住低声询问，贺东亭只推说自己着凉感冒了，其他一字未提。

“北地来的商队里，有一个叫方继武的医生，他医术不错，中西医都懂一些。不如一会儿我请他来给你看看，开些药，喝了可能会好一点。”谢璟现在听见咳嗽声就担心，加上贺东亭变化有些大，数月不见像是老了好几岁，他忍不住又叮嘱道，“以后要注意。”

“哎，好好。”贺东亭看着他轻笑，神态温和。

席间有说有笑，谢璟吃东西并不拘束，看起来在西川被照顾得很好，很是习惯这样的生活。

白容久饮酒时候，眼角视线扫过几回，略放心一些。

白明禹跟谢璟坐在一处，他憋了这几日，实在想找人说说话，见了谢璟就开始小声告状："你舅舅好凶。"

谢璟埋头吃饭，随口道："还好吧。"

白明禹："一点都不好，你都不知道这两天他带我去干什么了！他带我去盐场，只给了一条裤子，一把铲子，让我煮盐!"白二委屈极了，但他看了前眼头坐着的人，又不敢高声说话，偷偷在桌布下面摊开手给谢璟看，"你看啊，你三天没回来，我给你家没白没黑干了三天活儿!"

谢璟瞧了一眼他的手，把嘴里的兔肉咽下去，又问："吃黑卤盐了没有?"

说起这个白明禹立刻道："对！你舅舅还喂我吃了一口盐巴!"

谢璟失笑。

白明禹继续叽叽歪歪："他请黄先生吃黑卤盐做的各式大餐，然后骗我吃盐巴——"

谢璟道："我也吃了。"

白明禹狐疑地看向他。

谢璟道："真的，这里风俗如此。未成婚的男子进了盐场，都得先吃一口盐巴，忆苦思甜，不能忘记祖辈创业艰难，这也是我谢家祖训。"

他说得太认真，白明禹差点就信了。

贺东亭在一旁轻笑摇头，看着谢璟满眼宠溺，并未揭穿。他此刻才觉得这孩子和沅沅如此之像，不只是外貌，连一本正经骗人的模样都像极了。

第十六章 眉山赴任

酒席之后，宾主尽欢。

谢泗泉又让人在外面园子里摆了茶，让众人一边赏月一边品茶。

贺东亭起身之后，并未急着过去，而是叫住谢璟，对他道："璟儿，我有些话要同你讲，你跟我过来一下。"

谢璟听到，起身跟上去。

房间里，贺东亭拿了一枚石龙递给谢璟，坐在那儿跟他讲了自己和谢沅过去的故事。他讲得慢，偶尔还咳一声，但即便相隔多年，每件小事他也依旧记得清楚。

谢璟端了茶给他，听得认真。

贺东亭道："这东西不值什么钱，但既是你母亲留下的，那就一并传给你。"

谢璟点点头，小心接过，收好。

贺东亭又拿了一旁的文件袋，取了几张文件纸出来，全是最后一页需要签字的，中文、英文都有。贺东亭已在旁边一栏写好了自己的名字，递给谢璟之后，指了空白位置让他签名。谢璟扫了一眼，看出是什么，不肯写："父亲还在，我不要这些，而且我自己也有钱……"

贺东亭叹了一声，道："你收下吧，我也没什么能给你的了。"

谢璟还是不肯。

贺东亭握着他的手，一笔一画写下名字："你小时候我没抱过你，也未曾来得及教你念书写字，今天让我偿了心愿，好不好？”

谢璟想要挣脱，他力气比贺东亭大，但贺东亭握着他的手微微颤抖，说的话更是让他于心不忍。像是他要挣脱的，不是一双手，而是这份亲情。

谢璟签了字，认了这个父亲。贺东亭如释重负，伸手轻轻摸了他脑袋一下，笑道：“如此我也放心了，再见你娘也有个交代。”

谢泗泉宴请之后，送了白容久，一直等到夜深了也未见谢璟回来。他听说小外甥在贺东亭那儿，立刻差人去请。

外头有人敲门，已是第三次了。谢璟高声问道：“谁？”

敲门声顿了两下，传来徐骏的声音：“是我。”

谢璟去开门：“二当家？怎么半夜过来了，可是出了什么事？”

徐骏：“你舅舅让我来找你。”

谢璟只当谢泗泉担心自己身体，对他道：“我病好了，已经无事。”

徐骏：“……咳，你舅舅病了，想让你去看看。”

徐骏站在门口，万分无奈。谢泗泉一直认为自己在谢璟心里只排在寇姥姥之后，屈居第二，绝不甘心排在第三。

谢璟跟父亲说了一声，跟着徐骏回去。路上二人低声聊着云梦剿匪之事，徐骏问道：“黄万兴现在如何了，他当真和山匪做了交易？”

“十有八九。上面主审的胆子小，哪个也不敢得罪，原本是审不出什么来的，罗将军派了几个人来西川走了一趟，当天夜里就从黄家管事李春林嘴里挖出了消息。”谢璟冷声道，“李春林都交代了，只说黄家愿拿百两黄金买谢家主事人的一颗脑袋，也亏他舍得下血本！二当家和舅舅外出时身边切记多带几个人，万事小心为上。”

徐骏脸色变了：“这事我会处理，你在家中，过几天再外出。”

谢璟点头应了，他并不害怕。黄家的大门都贴了封条，眼看就要凉，此刻已是强弩之末，也翻腾不出什么花儿来了，。

徐骏点点头，咳了一声，又叮嘱道：“你舅舅这些天着实记挂你，一会儿见了若是说什么，你让让他，哄着些说话。”

谢家主院的卧房里，谢泗泉盘腿坐在床榻中央，披着一件云锦外衫，单手托腮，瞧见谢璟进来，盯了一路也没吭声。

谢璟走到跟前，探了手碰他额头：“舅舅病了？”

谢泗泉抬手握住他，挑眉道：“谁说……徐骏跟你说的？”

谢璟点头："舅舅哪里不舒服？"

谢泗泉眼睛转了下，道："浑身难受，心也乱跳，嘴里不是滋味。"

谢璟："怕是上火，我待会儿让医生开两副清热解火的药来，我瞧着黄连、金银花来煎就不错。"

"不一样，我这是老毛病……"

"一样，多喝几副就好了。"

"……"

最后还是徐骏端了一碗"药"来，澄清的一碗水里只放了一勺蜂蜜。他把药搁在桌上，清了清喉咙一声道："我有些日子没回来，瞧着盐场那边的账册堆了好些，我今天晚上在厢房处理下公务。璟儿，你舅舅既是病了，你就留下照顾一晚吧，你们也许久未见，好好聊聊。"

谢璟端了那碗药，坐在床边喂给舅舅。

谢泗泉喝出了酸味儿："你以前给人喂过药？为何做得这么熟练，是不是以前在白家的时候……"

谢璟道："以前病过两回，那时舅舅不在，都是九爷亲手喂我吃药，因此记住了。"

谢泗泉心疼外甥，红了眼圈："你身边无长辈照应，若是我在……若是我能守着你，也不至于如此！"

谢璟吹凉了勺子里的"药"，递到谢泗泉嘴边，笑道："舅舅先吃'药'吧，等过几天，我再同你谈谈云梦剿匪的事儿。"

谢泗泉咽下去，追问道："为何要过几天？"

"我现在说了，你也听不进去。"

"璟儿，你还小，不懂得那些利害关系。莫说贺东亭那里，就只说白家，那也和咱们家不一样，你不要看白九现在待你亲厚，若是以后万一……"

谢璟将勺子放回药碗里，道："不会有万一。"

"你只能管得了自己，如何管得了他？"

"舅舅不懂。"

谢泗泉还要再开口，忽然被谢璟单手拽着手腕按在床铺上。谢璟的胳膊横压在谢泗泉胸口处，只差几分就抵着对方的喉咙。他低头看着谢泗泉，缓声道："舅舅什么都不知道，又怎么能替我做决定？你根本不知道，我的命是他的，他的命也是我的。"

谢泗泉用了几分力气，未能挣脱，恍然发现一直被他当成小孩儿护着的外甥，其实已长出了尖牙利齿；只是平日爪牙收拢着，看着懒洋洋的，不争不抢，只有被触动了底线时才会露出来。

谢璟很快放开他，起身下去，端起搁在一旁的药碗，自己仰头一气儿把蜜水喝了，平静道："舅舅喝得太慢，我替你试试药。"

谢泗泉张了张嘴，到底一句话没能说出来，仰躺在床上看着床顶的帐幔，若有所思。

谢璟没回去，他既答应了二当家，就留在这里照顾舅舅。床铺上躺着一个"生病"的，床边的竹榻上还有一个看护的，当真是守着睡觉。

谢泗泉声音发涩，故意问道："你为何不回去?"

一片黑暗里，他听到小外甥回道："我陪舅舅一起睡。"略微停顿一下，对方又道，"就像在沪市的时候，刚见到舅舅那会儿一样。"

谢泗泉回想起初见的时候，心里顿时就软了。他翻了个身看过去，虽然瞧不见，但总觉得更亲近几分，小声问道："手臂上的伤如何了?"

谢璟轻笑："舅舅不怪我刚才动手?"

"那有什么，若你一直在西川，我可以陪你玩摔跤，从小玩到大。"谢泗泉并不在意，"就是现在瞧着，你在北地长得更好，力气也大，是学了拳脚功夫?"

"嗯，九爷特意找了人教我，枪法和软鞭也是。"

谢泗泉既同他谈起北地的事，谢璟就慢慢讲给他听，说北地的雪，还有那些山林，黑河酒厂的鹿茸和烈酒。一开始生活并不如意，不过慢慢就好起来，谢璟说得轻松，都是记忆里有趣的事，关于危险的事一字未提。

谢泗泉静静听着。他当然知道在北地的日子有多艰难，但谢璟言语里并未有任何低人一头的意思。即便是提起白九，他言辞里有崇拜，有欣赏，并没有一丝畏惧。

白家待谢璟很好，白九待他最好。谢泗泉一边听，一边想着。

过了一会儿，谢璟安静下来。

谢泗泉问："没了?"

谢璟："没了。"

谢泗泉道："多说点你和白九的事儿。方才不是讲了南坊吗，你说他夺回土地之后呢？你们在酒庄如何了，白家东院的人是怎么认下你的?"

谢璟笑道："不如何，那是不能告诉舅舅的事儿。"

谢泗泉“嘁”了一声：“小气。”

谢璟捂着胳膊。这两日没有做噩梦，但之前的梦太过清晰，手臂上一整条肉被割下来的痛楚时不时地浮现，隐隐发作。他当初割肉入药，也是这条手臂，现在摸着手臂完好，心里一阵踏实。

不是为手臂，而是为那个不用再日夜喝药的人。

他和白容久之间的情义，没有几个人能懂。

夜深了，房间里安静下来，只余下轻浅的呼吸声。

隔壁厢房里，徐骏披着衣服正在翻看账册。他一手捧着册子，一手握笔，但也有些心不在焉，时不时侧身去听，等听着隔壁没什么动静了，不由得松了口气。他这一夜都没敢靠近战火圈，这一大一小两个，当真是哪个也不能得罪。

谢泗泉夜里想了许多，没怎么睡踏实，第二天起来得有些晚了，打着哈欠坐在榻上怔愣片刻，忽然想起什么，急急忙忙穿了鞋就往外走。

徐骏从门口进来，被他撞了一下，连忙扶住了道：“怎么了？”

谢泗泉问道：“璟儿呢，他去哪儿了？”

徐骏道：“白家订了一大批盐货，需要船队运盐，顺便让璟儿也熟悉一下路线，打算两家常来常往。”

谢泗泉冷笑道：“他哪里是要盐，我看他是要人！”

徐骏无奈：“以后也确实要交给璟儿，就让他跑一趟吧。”

门口轻微响动，谢璟端了木托盘过来，上面放了自己亲手做的两碗粥并几样小菜。他进来的时候，刚好听到谢泗泉说了一句“不知好歹的中原人”。

谢璟警惕道：“舅舅骂谁？”

谢泗泉：“……”

谢泗泉：“……我骂你爹！”

过了一夜，两个人倒是没什么太大的隔阂，虽然谢泗泉依旧心里不甚痛快，但现在也变成对自我的担忧。之前是担心白九不好，如今却是担心自己不成——若是外甥将来受了欺负，他怕是还砸不了白家的院子。

吃过饭之后，谢泗泉还想装出一副病歪歪的模样，但左等右等也没瞧见谢璟过来，一问才知谢璟吃过早饭就出门去了，这会儿怕是已经到了盐场。

下头人躬身道：“少东家带了白九爷他们去盐场了，说是接了新订单，去看看盐货。”

谢泗泉起身站了一会儿，想了想，又坐了回去。

徐骏奇怪道："你不跟去瞧瞧？"

谢泗泉坐着未动，吩咐下人道："去，给贺老板报个信儿，再派辆车，送他去盐场。"

徐骏嘴角抖了下，看向他。谢泗泉也看过来，挑眉道："看我做什么！孩子也不能只我一个人管是不是？他贺东亭也该尽尽义务！"

贺东亭去了盐场，没待多久就提前坐车回了谢府，直奔谢泗泉的院子。

谢泗泉这会儿也不"病"了，坐在那儿晃腿，抬眼瞧着气喘吁吁跑进来的人问道："怎么，不在盐场多陪陪璟儿？他可是头一回自己谈生意，你这个当爹的也该在一旁多提点些才是。"

贺东亭见他如此，也明白过来："你今日分明是故意的！"

谢泗泉挑眉："什么故意啊？"

"你故意让人送我去盐场，让我瞧见白九使唤璟儿……你这样不对，你得管管啊。"贺东亭面上略显焦灼，为难道，"璟儿还小，万一以后白家不肯放人怎么办？唉，早知如此，就不让你带他来西川。"

谢泗泉冷笑一声："来我西川又如何！"

贺东亭有些旧式思想，但又不敢当着谢璟的面说什么，只私下跟谢泗泉嘀咕："我觉得你教得不好，现如今，璟儿越发跟你一样了。"

谢泗泉一听见这话，眼睛立刻就眯起来。他本来还想张口骂架，忽然就不生气了，拊掌笑道："你教的像你，我教的像我，如何不对？"

贺东亭抿唇不说话。

谢泗泉讥讽道："你用了十几年时间，不过教出一个贺书玮！璟儿在我这里，最起码活得肆意畅快。我西川就是如此行事，你若是看不惯，趁早坐船回去。"伤口上撒盐，这事儿他可太擅长了。

谢泗泉一张嘴刀子一般，杀人不见血，几句就把贺东亭说得脸色苍白，匆匆走了。只是把人骂跑了之后，他自己也不太痛快。

徐骏一直在厢房没敢出来，等人走了才踱步过来，瞧见谢泗泉脸色，犹豫一下问道："你又如何了，刚才不是吵赢了吗？"

谢泗泉："……我感觉像是在骂自己，烦得很。"

徐骏叹道："你就随璟儿去吧，他年纪虽小，也懂人心好坏。"他斟酌了一下，还是补了一句，"而且你也管不了。"

谢泗泉："……"

谢泗泉闷声道："让我想几天，这两天璟儿在我跟前，我也好瞧清楚白九这人到底什么样，不能把璟儿随随便便就交到什么人手里。"

接下来几天，白容久事务繁忙，并未在谢府久留。除了处理白家在西川的商号生意之外，曹云昭还来找过两次，说要修建报馆书社。

谢璟倒是留在府里，照顾了两天"病号"。谢泗泉这两天好好感受了一下外甥的孝心：不仅每天陪着聊天下棋，谢璟还亲手做了饭菜给他吃，晚上还有一笼清淡的小点心。

从未有过如此待遇的谢家主有点飘了。

第三天，谢泗泉瞧见谢璟换了衣裳要出门，追问道："璟儿去哪里，今天中午不在家里吃饭了？"

谢璟道："嗯，约了人，晚上不回来了。"

谢泗泉握着他手，还在装病，单手按着太阳穴就开始喊疼。谢璟反手挣开，站在一旁，但也没走。

谢泗泉知道外甥吃软不吃硬，小声道："也不知怎么的，今天一早起来，头就疼……啧。"

谢璟道："舅舅，我问过医生，你这病三天就差不多能好了。"

谢泗泉："不成，还是头疼得很……"

谢璟转身看向一旁站着的徐骏，忽然开口道："二当家可曾去过沪市，听说过'仙乐斯'没有？"

谢泗泉："……"

谢泗泉咳了一声，道："好像也不怎么疼了。"

徐骏瞧得清楚，冷声道："虽不曾去过，但也有所耳闻。可是你们在沪市的时候发生了些什么事？"

谢璟道："舅舅特意带我去开了开眼界，确实气派。"

谢泗泉也顾不得装病了，站起身道："没有的事儿啊，大门都没进去！"

谢璟看向舅舅，过了片刻才点头道："对。"

徐骏脸色已变。

谢泗泉难得露出几分紧张，勉强笑了笑，道："徐骏，你莫听璟儿开玩笑，我那是逗他玩儿的，什么'仙乐斯''帝乐斯'的，我听都没听说过！"

徐骏眼睛直直盯在谢泗泉身上，努力压住了情绪："璟儿你先出去，我有些话要同你舅舅讲。"

谢璟答应一声，隐约听到里面二当家带着怒气低声斥责："谢泗泉，你身为家主，带着少主在外，行事如此放浪，让外人如何看待?!"

谢璟心想，舅舅今日很忙，估计没时间管他了。

白家在西川城的商号只设了一家，说是商号，不如说是一处落脚点，里头随意摆着一些南北杂货，进来的人并不多。

商号的二楼腾出来做了会客室，收拾得干净整洁，此刻正在招待贵客。

曹云昭今日来访，白容久正坐着陪他喝茶说话，瞧着有些心不在焉。

曹云昭道："你若是觉得喝茶没什么味道，不如我们改成喝酒?"

白容久兴致缺缺，看着一扇半推开的木窗，道："没什么意思。"

曹云昭道："两个人确实没什么意思。要不然这样，我可以再找些人来。听说西川城里也有不少名士，前两日不是还有人专程拜访了老师吗? 你包个场子，咱们热热闹闹喝一顿。"

白容久转过头来，挑眉道："你今日来求我办事，为何是我包场子?"

曹云昭道："因为我求的就是钱，我没钱，当然要你出。"

"那你呢?"

"我作陪。"

白容久笑了一声，不置可否。

曹云昭坐着不肯走，还在游说老同学投资自己事业，说了半天见对方并未听进去多少，就道："我出国之前把小公馆里许多人托付于你，听说不到三个月他们就被尽数遣散。白九，你既给了她们遣散费，不如也给我一些，一家人整整齐齐才好。"

白容久："……"

白容久："你还要不要脸?"

曹云昭："不要了，我就要所学校，要个书局。"

这人一身正气，面色坦荡，白容久简直看不出这人是来伸手讨钱的。

白容久本就要在眉山设厂，曹云昭一听，立刻就打算接揽下来，一脸高兴道："那不如就办职业院校，'寓教于工'，学生们学了技术，顺便你也能招揽到熟练的工人，如何?"

白容久道："先做些调查，建厂一事，我留两个人跟你一起去眉山看看。近日染厂订单加大，有些机器也不好运输，还需从长计议。"

曹云昭家世不同常人，只听他这一句就拧起眉头来，低声问道:“怎么突然多了染料订单，真要打起来了?”

白容久微微拧眉，过了一会儿才缓缓摇头:“我也不知，既扭转不了，也只能提前做些打算。”

曹云昭叹了口气。北平那边已吵得不可开交，光是换任就换了两届总理，他家中父兄虽还混迹官场，但也没有之前那般强势，恐怕家里也是提前得到了什么消息，才把他送来蜀地避一避风头。只是曹公子远道而来，空有一身留洋学来的本事，却无法施展。他上任之处一穷二白，和蓉城府、西川城自是没法比；加上他是从外地来任职的，只能到处寻些老关系，为百姓做些实事。

曹云昭苦笑道:“我请不来你这尊财神爷，若是厂子开不成，届时还求你只当做善事，开家学校也好。”

白容久沉吟片刻，道:“过段时间，家中几位长辈也会南下，正想寻一处风景好些，道路也便利的地方住下。”

曹云昭眼睛一下亮了:“那来我这里吧！既是入川，去了别处也不如我这里稳妥。”

白容久点头:“我也是这般想。至于你刚才说的学校，祖父喜欢小孩儿，也同你一般重视教育。我现在可以给你支钱办两家孤儿院，再开一所小学。”

曹云昭连声答应，道:“你放心，我一定代你好好照顾家里人。”他又问,“白老他们来这里住多久？我也好着人安排住处。”

白容久:“说不准，总归还是要回北地的，不用太过铺张。”他写了一张支票给他，又把提前准备的几台书局所用的机器一并送给了曹云昭。曹云昭认认真真写了一张借条给他，落款签了自己名字，还盖了公章。

白容久看了一眼，叮嘱道:“记得算上利息。”

曹云昭:“……你还贪这点小钱?”

白容久:“我手头也紧。”

曹云昭不信，追问道:“你的钱花哪里去了？别告诉我你要买下半座西川城啊。”

白容久低头喝茶，淡声道:“说不准。”

白家如此大手笔，一时间也让曹云昭心生好奇，只是再三也问不出一句话来，只能按捺住心思等着。

西川这边的盐货装船运输等事，徐骏尽数交给谢璟去做，有心扶持这位少东家。出发那天，徐骏来送行。谢璟在人群里找了一下，没瞧见舅舅，也不见贺东亭。

徐骏道:“你舅舅前日受凉，身体还未好，在休养，就先不来送行了。他让我给你这些。”徐骏说着从怀里拿了几张银票递给谢璟，“出门在外，不要委屈了自己。”

谢璟接过，道谢之后又问:“我父亲呢?”

徐骏摇头:“他这两日……和你舅舅闹了点小矛盾，说想在老宅安静住两天，想些事。”

老宅就是谢家姐弟二人最早住的那处，现如今被竹林所围绕。虽老旧了一些，但收拾得干净整洁，一如谢沅当年还在的时候一样。

贺东亭会去那里，谢璟也没觉得奇怪，在码头喝过一盏薄酒之后，就带队上船。

另一边，云梦山剿匪已经结束，罗念秋带着一队人马等在云梦峡谷入口，等白家和曹云昭的车队到达之后，随行护送他们出了西川，直奔眉山。

眉山和西川相距不算太远，若是急行军，一日可到。这次一路上再未遇到匪徒，倒也顺利。把曹云昭一行送达之后，罗念秋没有进城，只在城外驻扎了一日，次日就拔营离开。

曹云昭揣着委任状走马上任。官场上规矩多且繁琐，不管什么时候都是如此。曹云昭除了解决上一任留下的一团乱麻，别的事暂且做不了，便先给白容久找了一处房舍——他建学校的钱已收了，对财神爷的态度还是极为殷勤，找的院子也够大，位于半山腰上，周围静谧，环境也优美，曹云昭巴不得白容久能留在这儿和他一同发展建设。

工厂要事有许多，白容久分身乏术，把宅院交给白明禹去修整。白明禹在北地时就一直住在东院，只套用了以前那些陈设，倒也修建得齐全，不到两个月的工夫就弄好了。

谢璟刚好随盐队回程，未回西川，直接来了眉山探望，在宅子里碰到了白明禹。

白明禹颇为自豪，带着他看了一圈。谢璟夸赞他几句，想转身去找白容久。白明禹在后头有些于心不忍，还是喊住了他:“哎，小谢!”

谢璟回身:“怎么了?”

白明禹磕磕巴巴道:“我怕你担心，还是提前跟你说了吧。九爷这次来眉山，是想避开你父亲贺东亭。"

谢璟不解："为何？"

白明禹："你还记得沪市东郊华星纺织局吧？"

谢璟点头。那处实为两家纺织厂，难得的是厂子连在一处，占了一块位置颇好的土地，离着码头也近。那一片未来两年地价、房价将会飞涨，是个好地方。

白明禹看了一眼院子的方向，低声道："当初贺老板想作价四十万银圆卖给咱们爷，九爷没答应，说是租，一年五万银圆。"

"这事儿我知道。"

"你不知道啊，九爷用了三个月的时间压了华星的股票，抄底儿全收进来，加上之前华星因为经营不善，连年亏损，最后破产拍卖，被九爷用三十万买下了。"白明禹凑近一点，几乎趴在谢璟耳边小声道，"这三十万其实是说给外头听的。这事是我经手的来着，实际给其他股东支付的不过四万……你还记得这是谁的厂子吧？"

谢璟挑眉，若他没记错，这是贺东亭的。

"现如今已经改名叫恒丰纱厂了。"白明禹伸手拍了拍谢璟肩膀，叹道，"我拿你当兄弟才跟你说的，你……提前做个准备吧。"

白明禹这会儿看着谢璟，眼神都带了同情。贺东亭和小谢是血脉之亲，但小谢一直长在东院；白容久在沪市跑马圈地，小厂没放过，大厂也没落下，还抢了小谢亲爹的生意。小谢站在中间，手心手背都是肉，这要帮谁才好？白明禹都替他头疼。

谢璟等了片刻，又问："就这件事？"

白明禹惊呆了："这事儿还不够吗？"

谢璟想了片刻，笑道："没，我想岔了。"

白明禹问道："纺织厂这事你打算怎么处理啊？"

谢璟道："无妨，总要磨合一下，毕竟以后时间还长。"

白明禹万万没有想到，谢璟就这么撒手不管了。他在从沪市来西川的路上就开始担心，坐船的时候提心吊胆，下了船也是如此，生怕九爷和贺老板俩人打起来，怎么小谢心这么大？

曹云昭来眉山上任，自然要四处亲自考察一番，而黄明游此次前来，也为了探查风土人情，以作书籍编撰，遂跟着一同走了一趟。

眉山万事俱备，只欠东风。白容久事务繁忙，眉山各大厂子的主事人心里也有了打算，往南邮了一封信，派人去请白虹起。

白虹起要来蜀地的事，很快就传开了。白明禹外出订了一批石料，回来之后听说这事，立刻就去找了谢璟，一直听他说了三遍才咧开嘴傻乐。

自从知道白虹起要来蜀地过冬，白明禹干活儿更卖力了，每天干完活儿还在白容久跟前转来转去，想打听一点消息，那点心思恨不得都写在脸上。

他没别的人可以显摆，趁着没人的时候，就拽了谢璟胳膊跟他小声咬耳朵："哎，小谢，你知道爷为什么把姑姑叫来吗？"

谢璟看向他，想听听他又有什么新见地。

白明禹美滋滋道："我今天问爷了，他跟我说因为'家中有要紧事'，你说——"他拖长了声音，眼睛发亮，"你说爷是不是已经瞧出我俩情投意合，打算撮合我们啊？你帮我分析分析啊，姑姑这个月给我写了三封信了，比往常都多，我拿给你看。"

谢璟："……你还随身带着？"

白明禹道："那是自然。你没收过信，你不懂。"

谢璟话到了嘴边懒得辩驳。

白明禹拿出来的三封信确实都是白虹起写来的，白虹起在信里已经猜测到一点什么，日日上报北地战局；她绕着弯子小心打问白容久近日谋划如何，但因为写得太含蓄，不敢点出一个字，白二这傻瓜完全没看出来，只当对方挂念自己，跟宝贝似的贴身收起来，还时常翻看。

白明禹炫耀完信，得意道："怎么样，没诓你吧？姑姑给我写这么多信，她一定是想我了。小谢，你说等我和姑姑以后有了小孩儿，是不是双眼皮，小嘴巴，特别漂亮？"

谢璟想了片刻："应该会聪明些。"白虹起聪明谨慎，实在比白二少强出一大截。

因白虹起要来，白容久便在眉山多等了小半个月时间。

白明禹每日望眼欲穿，恨不得亲自去码头等着，以前对府上新闻没什么兴趣，这会儿白容久有什么消息，他一清二楚。像是贺东亭提前回沪市的消息，也是白明禹跑来告诉谢璟的。他感慨道："小谢，瞧见没？其实九爷也怪不容易，躲到眉山来不敢和你爹见面，怕你夹在中间为难。"

谢璟："……"

谢璟心想，白二这傻瓜怕是没救了。爷留在眉山分明是为了等白虹起，若说要拉红线，也就只能做这么一点了，其余全靠老天安排。

十月初九，白虹起乘船而来，不过几天时间，就踏入蜀地。

从她入蜀地那一日开始，白容久就被白明禹在身边转悠得头疼，不得已打发他去江口接人。白明禹早就已等不及，得了命令，立刻就起身去了码头。

再之后几天，却是毫无消息。

白容久名义上是白明禹的长辈，待他亦如待子侄一般，感情极好，一时间断了联系，立刻就派人去找。派去的人沿途找了一路，最后只在水牛镇打问到了一点踪迹，再之后就像凭空消失了一般。

白容久听到探子回话，忍不住拧眉："人怎么会突然不见了？"

探子道："回爷的话，打问到镇上的时候，就听说那里常年都有怪事发生。有些人进了山林就消失不见，还有在江口废弃码头失踪的，屡见不鲜。水牛镇上供奉山神和江王爷，前两年的时候还……还献过活贡……"

白容久拍了桌子，脸色极差："立刻带人去找！活要见人，死要见尸！"

白容久拨了曹云昭的电话。眉山城共有三五个县镇，府衙大致都能找得到通讯员，可以联络上对方。说明了情况之后，曹云昭也立刻紧张起来，连夜带人赶去了水牛镇。

白容久这边也没有丝毫耽搁，带了身边车队出行，刚走出城门，就听到前方岔路口马蹄声响。不多时，前方来了一队骑马的西川汉子，衣裳还算低调整齐，马背上却花里胡哨：有些给马儿扎了五彩绳，有些在马鞍上挂了好些铃铛坠饰，一路过来好大的阵仗。这些人大约百十骑，到了路边整齐划一地停下，为首的胡达翻身下马，喊了谢璟一声："少东家！"

胡达等人视线全盯在谢璟身上，等他发号施令。

谢璟骑马跟在白容久马车旁边，略微弯腰道："爷，事出突然，我担心人手不够用，跟舅舅那边借了些人马，以防万一。"

白容久微微颔首："好，代我多谢他。"

谢璟骑马落后两步，带着胡达那队人马跟在白家车队后面，一同赶路。

眉山共有三座县城，水牛镇是其中离着江口最近的一处。镇子很小，地方也很穷，唯一的好处大约就是风景还不错，临山靠江；但临近的一段江面丰水期水流湍急，枯水期又只能容许小船通行，故而只草草修建了一座小码头，半废弃在那里，用上的时候极少。

秋末时节，一场秋雨一场寒。白容久一行人冒雨而来，到达水牛镇的时候已经入夜。

老镇古旧，多数人家都用几块粗大木板挡在门口当作木门。这会儿粗石铺就的街道上已经没有行人，只有马车队伍发出的马蹄声和车轮声。

曹云昭的人提了灯前来接应，除了最前面的一个秘书，后头还跟着几个肩背猎枪的大汉。

谢璟撑了伞，掀开车帘，扶白容久下来。他抬眼看了对面，视线落在那几个大汉身上，虽有几分力气，但能看得出这些人底盘并不稳，不是练家子，倒像是临时雇来的猎户。

秘书匆匆上前，带他们一行人找了一处两进的宅院安顿下来："真是抱歉，没想到来了这么些好汉，招待不周，还请见谅。"

胡达咧嘴道："不妨事，我们找个旅店凑合下就行。"

秘书松了口气，笑道："那就好！这里排外得很，听我们口音不对，连委任状都不看，只摇头不肯接待，就这套院子还是托了镇长给找来的。"

胡达他们本就是蜀地人，比曹云昭等人走动起来更方便一些。他挑了两个人，让他们和自己一起跟在谢璟身后，其余人则很快安排下去，各自找了住处歇息。胡达跟得紧，这一点谢璟很快就察觉了，他甚至都感觉到胡达好几回下意识把手放在腰间的枪上，便寻了左右没人的时候，低声问道："怎么了？"

胡达跟在他身边，在宅子里走着，压低了声音道："不对劲。我一时也说不上来，总觉得这里不像是有人住的地方……小主子留心些，天黑，瞧不见宅子里有什么。"

谢璟点点头。

宅子里黑漆漆一片，进来的人多，也未分散，一时间倒也没什么事发生。

白容久吩咐道："多燃几处火把，照亮一些。"

白家车队带了好些焦油，立刻有人制作了简易的火把，点燃了悬挂在四周，一时间，整个院子都亮堂了。火把点亮之后，谢璟才察觉，这宅子确实和胡达说的一般，并不像有人长期居住的样子。墙角挂了蛛网，院子里也堆了落叶，只是房间里的一些老旧家具还在，勉强收拾了几张床摆在那儿。

白容久毫无睡意，谢璟让人在火塘里燃了几块粗木头，陪白容久围坐在那里，一边烤火，一边低声商议。

不多时，曹云昭赶来。他身边只带了几个背枪的猎户，并无其他人，脸色也极不好。

白容久见了，问道："怎么就你一个人，黄先生呢？"

曹云昭摇头，沉声道："前些日子你跟我联系之后，我就带先生一同赶来这里，不过比你早来了两天。黄先生听说这里的山上有间破庙，里面有壁画，还有外国人来拍照，担心发生什么事，急急忙忙上山去了，我……未能找到。"

谢璟心里咯噔一下："黄先生也丢了？"

"是，也就这一天一夜的事。"曹云昭点点头，愤愤道，"这里山民居多，固执得很。不管我说什么，他们都不肯上山寻人，说是怕触怒山神，简直荒谬至极！我想出钱雇人搜山，也只能从邻县和路过商队里借到些人手。"

白容久烤火的动作未变，半晌才缓缓动了动手，拧眉道："不对，若是真怕，为何不阻止你们上山？"

曹云昭道："我找了此处镇长，让他派了个向导带路。"

白容久："镇长说的管用？"

曹云昭："你不知，此处乃乡野之地，说是镇长，其实也就是当地大姓家族的掌权人，说的话比我好使。"

雨下了一夜，第二天清晨的时候还淅淅沥沥下着，但好在没有起风，只雾蒙蒙的，不太看得清路。远处的江口和山峰都被雨雾笼罩，入眼灰灰的一片。

昨天进镇的时候已经天黑，并没能看清镇上的样子，白天众人出去的时候，才发现镇上其实行人不少，还算热闹。路边有当地人支了摊子卖油纸伞，还有人推了几个铁皮筒炉出来，卖一些烤土豆、白薯一类的吃食，和别的镇子一般，带着市井烟火气息。

水牛镇的镇长一大早就赶到老宅见了曹云昭。老头一头白发，弓腰驼背，见了曹云昭连连拱手，喊了一声"曹大人"。

曹云昭连忙伸手扶起他："张镇长，跟您说过了，现在已经不兴这些了，你我见了称呼名字就好，不用如此。"

镇长年纪大了，牙齿都掉了好几颗，头上戴着一顶瓜皮圆帽，穿一身半旧的长袍大褂。曹云昭对他说了两遍，他才听清楚曹云昭说的是什么，更是不住摆手，口中直呼"旧礼不可废"。

曹云昭道："您老帮忙找的那位向导很好，对山路也熟悉，再借我两日帮忙可好？"

老镇长点头："那是自然，曹大人想用多久都行，老朽听您的吩咐。"

曹云昭跟他客气几句，跟着老镇长去了办公地方。老镇长称那儿叫府衙，喊起来颇有几分旧时做官的威风。

小镇狭长，快到山脚下的时候，才瞧见镇长办公的府衙小楼，只在原来的一栋老旧石头房屋上重新修建，位置刚好在山脚到江口的交接之处。府衙周围看起来被打理过，但也只是拔除了一部分荒草，院子里还有些石料随意累积在那儿，瞧着已经有些年头了。

曹云昭在这里等到了向导，对方听着又要上山，脸色都变了，看了一眼老镇长才勉强答应下来。

听说曹云昭要亲自带人上山，白容久拦住道："你跟镇上还熟悉一些，能说得上话，留在这里统筹吧，我派人上山。"

谢璟抢先道："爷，我去吧，我在蜀地的时间久，而且还有胡达他们在。我带人上山去搜，你在这里陪着曹公子一起。"

白容久点头："小心些，不管如何，傍晚时分一定下山会合。"

谢璟答应一声，带着胡达等人一起跟向导上山去了。

老镇长似乎被他这么大的阵仗吓了一跳，面露担心，问道："曹大人，丢的到底是何人哪？一时来了这么多人找……那两个人很要紧吧？"

曹云昭苦笑道："何止，一个是名满天下的大儒，一个家中滔天富贵。我一时半会儿也同你说不清楚，若是几天找不到人，怕是你整个水牛镇都要被翻个底朝天。"

老镇长耳朵不好，反应也慢，过了一会儿才恍惚道："这般厉害的人物啊。"

曹云昭和白容久留在府衙等待消息，老镇长也没离去。他似乎对旧日的规矩格外讲究，曹云昭官衔比他大几级，他就认认真真做出下官的样子，事事陪在一旁，努力同曹云昭攀谈。

曹云昭家中父兄三人都从政，他自己之前虽然一心搞艺术，但多少也耳濡目染，官面上的话也会说一些。那位老镇长听他说了没几句就面泛红光，显然对这些极为感兴趣，是个十足的官迷。

白容久坐在一旁，手边放了一杯热茶，并未动分毫。他视线落在老镇长身上，只觉这人从言行举止到穿着打扮，实在处处透着怪异。

论做事，老镇长战战兢兢，一心为民，他今天早上派人出去打问的情况也是这般，这老镇长并未做过什么伤天害理之事；论穿戴，一身半新不旧的长袍马褂，款式都是许多年前的，瞧着也并没有因为做官而让家里落下什么银钱，算得上两袖清风。这样一个老人，看着毫不起眼，却是镇上主事之人，是一镇最权威的人物。

曹云昭见老镇长攀谈起来没完，心里也有些焦灼，勉强应付着。对方问起他接下来的打算时，他也只随口道："既来了眉山上任，打算多做些实事，开报馆，办女校，也算为开民智做些贡献……"

老镇长连连摇头："怎能让女子入学？这有违祖宗先例！不可，不可，切勿乱了阴阳。"

曹云昭道："如今外头打仗乱得很，每个人都是华国的一员，早就不分什么男女了。有才出才，有力出力，为国报效才是我辈应当为之。"

水牛镇闭塞多年，并不怎么和外界通消息。老镇长虽对曹云昭很客气，但思想古板固执得很，还在摇头，面上露出十分不赞同的神色。

正在谈话，外头忽然有两个乡人跑来。曹云昭猛地站起身，只当打听到了消息，对方却只看他一眼，就匆匆走到老镇长那边低声说话。

曹云昭狐疑，盯住不放。

老镇长听了两句，就察觉，笑了笑，道："曹大人是我上峰，听听无妨。我还想留曹大人多住两天，一起喝杯薄酒。"他示意那乡人说给众人听。对方看了曹云昭那边一眼，开口道："镇长定制的礼服已经备好，彩绸花灯也准备齐全了。"

曹云昭问："可是要过寿？"

老镇长笑呵呵地顺了一把胡须，道："惭愧，惭愧，老朽发妻离去得早，这么多年都是一个人，今年才续弦再娶。曹大人和您这位朋友来得凑巧，不如多住几日，也喝老朽一杯薄酒。有贵人祝福，是我的荣幸。"

老镇长虽是续弦，但用的是娶正妻的礼仪，吹打一类都要仔细检查。他跟曹云昭他们说过之后，带人很快先走一步去忙了。

曹云昭怔愣片刻，失笑道："我瞧着他怎么也有六七十岁了，这个年纪竟然还要娶妻。白九，你说他这位续弦娶的妻子怕不会也五十来岁吧？这披红挂彩的，一拜堂，白发红袍，那可真是稀奇了。"

白容久坐在那儿，不置可否，喝了一口茶，静静等待。

第十七章 西王沉银

另一边，山上。

谢璟带人跟着向导，很快顺着山路爬上去，一路翻山找到了黄明游失踪的那所破庙。

庙宇破败，门口立着一尊看不出模样的石刻兽，半掩在草丛里，一看就是荒废已久。谢璟在破庙搜了一圈，并没有找到什么。墙上的壁画斑驳，已经掉了颜色，他仔细站在那里辨认一会儿，看着也不过是后人所绘，十分粗糙。

片刻后，胡达跑来找了谢璟，低声道："小主子，这两日下雨，外头的痕迹都被雨水冲没了，没找到什么。"

谢璟问："墙壁、窗户、草丛里也找了？"

胡达："都找了，周围树林子低矮，没看到有人经过的痕迹，脚印也没寻到一个。"

外头天空阴霾，不多时又是阴雨连绵，众人只能先在破庙躲雨。向导是当地镇上的人，是个黑瘦矮个的汉子，此时瞧着外头，露出胆怯焦虑的模样："这雨下得大，要等一阵才能下山。"

谢璟道："你是怕上山，还是怕镇长？"

向导过了一阵才小声道："镇长平日待我们不错，尤其是这两年，若是有什么事相求，即便镇长不答应，去找如夫人总能劝得动。"

谢璟拧眉："你们镇长纳妾？"这称呼原指妾，谢璟见过有些附庸风雅的人娶了妾室，因看得比较重，开玩笑似的叫了这么一个称呼，只当“如同夫人一般”。

向导：“不，镇长寡居多年，近几年才聘了夫人。”

谢璟不解：“那为何叫‘如夫人’？”

向导：“镇长娶的新妇，名为柳如意，大家都叫她一声‘如夫人’。”

谢璟听到这个名字只觉耳熟，思索片刻，忽然反应过来：“你说她叫什么，柳如意？”

“是我们夫人名讳。”

“她可是从外地来的？”

对方有些迟疑，但很快又摇摇头，不肯再说一字。

水牛镇上的人与外界接触极少，对外头来的人很是忌惮。谢璟他们即便拿钱利诱也没问到什么，反而吓得那个向导宁可去外头屋檐下躲着，也不进来跟他们一处避雨了。

胡达低声道：“小主子，这样的山民挺多，和外头不一样。老辈儿里不怎么跟外头打交道，怕生得很。”

谢璟瞧了外头屋檐下瑟缩的乡民，道：“我看他对山路很熟。”

胡达想了想，道：“许是这两天跟着曹公子他们一起上来过吧？我看他这一路并不太情愿，恨不得立刻就调头下山去。”

谢璟点点头，叮嘱道：“下山之后派两个人跟着，多留意这个人一些。”

中午，大伙在庙里生火，烤了一点干粮吃，等到雨停了，就下山去。那向导一路走得飞快，像是山上有什么猛兽在催赶似的，到了山下脸色才好看一点，只是额头仍然挂着汗珠，脸色发白。

谢璟下山之后没按向导指的方向走，对他道：“你先回去吧，我在四周转一下看看。这里离镇上近，过会儿我们自己回去就是。”

向导像是也不想跟他们有什么瓜葛，一听说让走，立刻就跑了，头也不回。

谢璟身边带的人多，也不在意这些。他先去周围转了一圈，想看看镇子四周的情形。

水牛镇和蜀地其他地方差不多，小镇周围山峦居多，开垦过的土地只有零星几块，有乡民在埋头打理那一点贫瘠的山地。

谢璟四处转着的时候，忽然瞧见不远处有三五个行迹诡异的人，穿了一身灰不溜秋的衣裳，手里拿着些尖头竹竿一样的物件，正在地里和当地乡民说着什么。那些人个头矮小，又佝偻着身子，看起来贼头贼脑，格外可疑。

谢璟眯着眼，指了指那边，对胡达低声吩咐道：“把那几人带过来，我问两句话。”

胡达立刻带了几个西川汉子过去。领头那人刚开始还硬气，在西川汉子手里扑腾着，嘴里也嚷个不住，但一见了胡达手上的马鞭，立刻就老实了。

谢璟问道：“你们是什么人？在这里鬼鬼祟祟的做什么？”

那几个人都穿了一样的灰色衣裳，脸上沾了尘土，脏兮兮的，一双眼睛却很警惕。胡达几人肩上还背着枪，对面几人瞧见，犹豫片刻，还是低声说了。

他们是江口的几个土夫子，因枯水期来临，就在周围找了几处古墓，挖出了一些宝贝。这人也算是有几分机缘，因这些财宝被误抓进兵营，很快又被兵营里的长官任命了一个小职位。那长官拨了一些人马给他，让他们专门搞古董宝贝换些银钱。

“我们前两天在江口挖出了一筐铜钱，一下都没摸到，功劳就全被人抢了……”

谢璟：“挖到沉银了？”

土夫子摇头：“还没有，不过老话说‘有铜必出银’，已经有苗头了！”

谢璟又问：“你们在哪儿挖？总共来了多少人？”

对方老实道：“都在江口，离这里不到百里地。这里马车不好过，江面水流也湍急，我们不走这边。”他说着看了看左右，靠近一些，从怀里掏了一张羊皮纸给谢璟看，“您瞧，这是有人给军中献上来的藏宝图。我们就是按这个挖的，还挖到了一只石虎哪！”

谢璟眼皮一跳：“石虎？”

“对对，也是黑石打磨。现在只见石虎，没能瞧见石龙，想必这几日也快挖到了。这张羊皮纸是我趁那些人不注意抄的一份儿，据说是一位石匠送来的，说家中祖上交代，当初西王在蜀地抢掠的那些宝贝有一半被沉在水底，另一半被运到山里去，也是打算充当军饷用的。那位西川王想着东山再起，但是进去藏银的人没见出来的，后人也没了消息，只这么一幅模糊不清的图传了下来，说这小镇的山里有宝贝。”

谢璟看了一下，这图画得粗糙，上面的石虎和石龙也是两团模糊不清的图案，只一个大概形状。这些人不懂，谢璟却看得分明：这些人拿反了图，石龙应为龙首朝下，做汲水状——和他收着的那个黑石小龙一模一样。

那几个土夫子有心巴结谢璟，上前献图，谢璟也就顺手收下，又问了他们这两天见到的人。只是这几人白天一般不出来，晚上才探查地形，因此也没见到失踪的人。

谢璟道："你替我看着些，若见到，立刻来联系我。"

那几人连声答应。

谢璟放他们离开，带队回到府衙，下了马径直去找白容久，把土夫子的事说了一遍。

白容久问了几句关于江边驻军的事，脸色略微放松，道："无妨，我知道是谁了。罗念秋来的时候也提过一两句，那个参谋长和他是旧相识，算起来也是罗家的人。他们在江口，可知道有多少人马?"

谢璟道："听说有几个营的兵。"

白容久沉吟片刻，道："白二和黄先生失踪，昨日去接虹儿的人也说找不见人，这件事不能再拖，时间越长，变数越大。我明天去江口一趟，寻些帮手。你替我守在这里，切勿轻举妄动，不管对方说什么做什么，你只管拖时间，等我回来。"

谢璟道："好。"

谢璟又说起今天在山上破庙里打听到的消息："爷,今日上山的那个向导说，他们这里有个'如夫人'，是柳如意。"

白容久想了片刻，听谢璟说了一句"琵琶女"，才记起柳如意是谁。

谢璟问："可要去跟曹公子知会一声?"

白容久道："等他回来再同他说吧。"

谢璟点头应了，看了看外头天色："外头瞧着还要下雨，曹公子又出去寻人了?"

白容久道："嗯，他去了镇长那边，有些事要商议。"

谢璟站在白容久身侧，说话时两人靠得很近。白容久见他视线移向一旁，便问道："怎么了?"

谢璟微微拧眉："我刚才回来的路上，瞧见许多龙虎雕像，这里的门窗上也刻了许多。"他抬手触碰白容久身后墙壁上那一处凹凸的石纹，上面也雕刻了兽类，只是太小，年代也久了，看不清楚，样子很模糊，我在想它们会不会有什么用意。"

另一边，镇长家中。

老镇长热情招待曹云昭，不但沏了热茶，还让家里人备下饭菜，坚持要留他吃饭：“不过是些粗茶淡饭，上峰突然造访，一时也没什么准备，请您尝尝乡野味道，吃个新鲜罢了。”

四碟三蔬，另外一盘里放着咸鱼。米饭倒是管饱，但是那米粒看色泽也是陈年旧粮，当真是粗茶淡饭。

曹云昭一行人虽多，但在镇上行动不便，有求于老镇长，也只能坐下陪着吃了一顿饭，跟他聊了几句。曹云昭实在不耐烦听老镇长讲那些腐朽至极的官话，他的视线落在堂厅里挂着的那幅中堂上，想夸却又夸不出口，最后看着一旁的八仙供桌，道：“你家中这套桌椅不错。上头雕琢的小兽古朴细致，可是龙凤?”

“是龙和虎。”老镇长和善道，“都是前人留下的。这里穷，百余年过去了，一直都没改动过。”

曹云昭道：“是，刚来的时候瞧见镇上的人拿木板当门，吓我一跳。”

吃过饭，可以谈正事了。曹云昭提出多留几日，老镇长沉吟片刻答应了，但也提了一个要求，想请他为自己主持婚礼。老镇长道：“按旧历，有上峰在的时候最为吉利，老朽冒昧开口，还请曹大人勿怪。”

曹云昭随意应下，老镇长很是欢喜，跟他说起“如夫人”许多事，直言是“贵女”。

曹云昭没往心里去，取笑道：“如夫人？你倒也会享齐人之福啊。”

“不不不，曹大人误会了，不过是一个称呼，只因她名里带了一个‘如’字，闺名为‘如意’。”

“她叫什么?”

“柳如意。”

曹云昭忽然怔愣在那儿，呆呆看着老镇长好一会儿才道：“那位如夫人可是从北地来的?”

老镇长疑惑道：“曹大人怎知？她娘家确实在北地，不过也是很久之前的事了。她前些年入川之后，一直留在这里未离开过。”

曹云昭站在那儿听着，心里不是滋味。

老镇长犹豫再三，又问：“可是……旧相识?”

曹云昭下意识摇头，他不想给柳如意带来麻烦。老镇长却先长叹一声，看向曹云昭的时候神色惋惜，双手拢在衣袖中道：“怪我，曹大人北地出身，我竟没能早些想到。既是故人，也别无他法了。”

曹云昭想要辩解几句，不知为何忽然一阵倦意袭来，身形都站不稳了。失去意识之前，他模糊看到数道人影从房间里蹿出，他努力睁眼想看清楚一些，却陷入一片无尽黑暗。

入夜，镇长让人送信来，说留了曹云昭在那边喝酒招待，商议明天主持婚礼之事。

谢璟在门口见了对方，又问:“秘书呢？也在镇长家中？”

来传信的乡民神色紧张:“在，都留在那里了，说是明天直接去府衙，不回来了。”

谢璟听到曹云昭身边有人，也就没再多问，点头应了一声，让对方走了。

第二天一早，天刚蒙蒙亮，白容久就准备动身去江口一带。

谢璟担心他的安危,让胡达带一些人跟着一同去。胡达不肯,急道:“小主子，家主来的时候说了，你若有个什么事儿，我也不用回去了！你让他们去，反正我不走!”

白容久也道:“这次不用马车，骑马更快一些，我带二十人就够了，速去速回。”

谢璟想了想，道:“那就再挑二十人马，多备几杆枪防身，我也放心。”

“好。”

谢璟也没含糊，立刻去挑选了人手，都是常跟着商队出远路的好手，对山路熟悉，手脚上也有些功夫。

不多时，人都齐了，在大门外候着。

谢璟拿了披风过来，给白容久穿戴好，眉头依旧没松开。

白容久看他片刻，忽然笑了一下。

谢璟疑惑:“爷，可是有哪里不妥？”

白容久摇头笑道:“只是觉得你长大了些，本事了。”

谢璟送了白容久一行出门。不多时，又有乡人来送信:“曹大人和秘书等人都在镇长那里等着了，曹大人请您也过去，切莫误了婚宴吉时。”

谢璟略想片刻，答应下来。他们上山寻人还需向导，总要和镇长周旋一二。

镇长大婚，总不好空手而去，谢璟让胡达去路边店铺里买了几匹绸缎和几坛子酒、几匣点心带着。胡达办事利落，回来的时候却一脸不痛快，嘟囔道："小主子你不知，这镇上的人也不知什么毛病，开的十家铺子里有七八家都是做丧事的，绸缎更是只有寿衣店才有，我只能先买几匹织锦布凑合一下……真是晦气！"

天气转阴，但好在没有下雨。

谢璟骑马带着手下一队人马走在路上，他抬头看了一眼天色，微微皱眉：这种天气，看起来并不像什么良辰吉日。

带路的乡民没有骑马，但走得很快，几乎是一路小跑，把他们引到镇口和山脚相接的地方。谢璟喊了一声"停下"，那乡人还未反应过来，胡达等人已迅速从两边包抄，把那乡人拦在半路，一杆枪结结实实抵在他后脑勺上。

谢璟看向对方，沉声问："怎么走这条路，这不是去镇长家中的吧？"

那乡民没见过这种大阵仗，一下脸都吓白了，结结巴巴道："确……确实不是，镇长家中房屋陈旧，大婚是在府衙举行，小……小少爷饶命，饶命啊！"

谢璟略想一下就记起那个镇长穿着半新不旧的衣裳，给人的印象也是守旧又抠门的，这样的人会用府衙举行大婚也不奇怪，好歹府衙的房子还是石头砌成，也更气派一些，怕是还挪用了一些公物。不过府衙也好，比去镇长宅子让谢璟放心那么一点，他让胡达等人收枪，跟着乡民过去。

那乡民吓破了胆，带路到了府衙之后，给谢璟他们指了指门口就跑了。

府衙大门被装饰一新，门口张灯结彩，用红、黄二色绸缎绕了石柱，确实是一副要大办婚事的样子。有不少人在院子里头来回忙碌，还有些人在灶房杀猪做菜。镇长平日抠门，今天难得大方，看得出花费不少。

老镇长被人扶着走过来，他年岁大了，满头白发，眉毛、胡须也都白了，今日穿了一身不太合体的暗红绸袍新衣，带了一顶黑绸的瓜皮小帽，上头还缀了一颗拇指大的绿松石。老头颤颤巍巍过来跟他们道谢，看到他们手中礼物，直言让他们破费了。

老镇长是个官迷，虽用了府衙做大婚之地，却坚持没开正门。所有人都需走角门，原因也简单得很，因为他们没有出仕。

老镇长道："没有功名在身，也不是秀才、举人老爷，只能如此。都是旧例，还望贵人千万不要见怪。"

谢璟没跟他争这些，送下礼品，道："今日来得匆忙，也确实有些事要办，还请镇长把曹公子请出来，我同他说几句话就走。"

老镇长连连点头，让人去请，很快就有人跑出来道：“曹大人在里头忙，说让小少爷进去说话。”

谢璟：“他忙什么？”

老镇长红光满面，笑道：“想是老朽大婚，曹大人想着如何主持，毕竟要说些场面话。”

谢璟带了胡达几人贴身跟着，刚进后院就看到门口又摆了一张小桌，一老一少坐在桌旁，逐一问谢璟一行人的年龄、属相，生怕他们冲撞了新人。

谢璟属马，并无冲撞，先一步进了宾客小厅。

小厅空荡，宾客竟无一人，屏风后似有一男一女在低声说话。谢璟刚想过去，但又想着后面或许就是柳如意，曹云昭一夜未归的原因想必也是因为她了，谢璟抬眼看了看，一时又坐下来，没吭声。

只隔着一扇木门，他听到胡达扯着嗓子在和对方争执，似乎是属相有些不合。等了一阵，屏风后的声音也渐渐消失。谢璟拧眉不解，正好有个乡民送茶水进来，谢璟叫住那人，问道：“今日娶的可是如夫人？”

那人连连点头：“自然是。”

谢璟又问：“我听闻那位夫人已经来镇上两三年了，为何今日才娶？”

那乡民道：“因镇长一向恪守旧礼，这三年只见过如夫人一次面，又算了吉时，所以今日才大婚。”

再问却也问不出什么来了。

胡达在外头喊谢璟：“小主子，你还在里头吗？”

谢璟：“在。”

胡达喊道：“我等一刻钟，若是曹公子不来，咱们就进去接你！”

外头人听见他要硬闯，一时又吵嚷起来。谢璟没动桌上茶水，眼看着门口，不知为何，他忽然闻到下雨之后湿漉漉的泥土味。起初不是很明显，但是慢慢地，味道越来越重，眼前也有些模糊。他有些站不稳了，咬住下唇，下意识屏住呼吸。伸手去扶桌子时，他竟发现拇指内侧覆了一块菌丝一类的东西，大约是时间久了，菌丝变成黑灰色，这才得以显形。

耳边还有胡达与对方吵嚷的声音，却像是隔着很远，听不太清晰。

地宫。

一个面容姣好的女孩身上裹着薄薄的衣服，冻得嘴唇发青，身体也微微抖着，正是刚入蜀地就消失不见的白虹起。

一旁的白明禹正拿着一个尖锐物件在凿墙面，他使了力气，这会儿额头上冒了一层薄汗。他人清瘦了几分，但看着精神还好，至少比一旁的白虹起要好得多。地宫内全是潮湿的泥土气息，但也因为如此，土墙并不是很硬，万幸还能推开一些。白明禹此时已经砸开一个洞口，若是有灯，就能看到他手里拿着挖墙的东西正是白虹起的高跟皮鞋。两只鞋中，一只的鞋跟已经断了，现在只剩下一只可用。

白虹起赤着脚蜷缩着，等白明禹砸了一阵回来，她就在怀里摸索出一包小饼干，喂了一块到他嘴里。

白明禹一边吃一边问道："姑姑，你吃了没有？"

白虹起嘴里弄出些声响，含糊道："吃过了，我不动，不怎么饿。"

白明禹伸手碰碰她，摸到她身上滚烫，伸手就要脱自己的衣服。白虹起赶紧拦住，道："别，和昨天一样，你抱抱我就暖和了。"

白明禹手顿了一下，很快听她的，把她整个人抱在自己怀里。

白虹起身上微微发抖，忍不住往白明禹怀里靠拢，轻轻叹了一口气。

白明禹抱着她，下巴抵着她脑袋，忽然笑道："姑姑，其实我以前一直想抱抱你。"

"登徒子。"

"就像现在这样。可是怕你打我。"

白虹起没吭声。

白明禹轻轻蹭她发顶，像小孩儿似的跟她示好，轻声道："我给你写了好多信。我以前最烦这些，但是不知道为什么，跟你写信就不觉得烦了。"

过了片刻，怀里的女孩轻哼："我还要谢谢你不成？"

白明禹笑了。他就喜欢这样泼辣些的，性子也直爽，一高兴把心里话都讲了出来："我将来想要个小孩儿，名字都起好了，叫'一琼'。"

"一琼？"

"嗯，咱俩都姓白，一'琼'二白，配我们刚刚好。"

"……"

白明禹被拧了一下，哎哟一声："真的！我就想，若是能娶你，被赶出家门我也认了。一穷二白怕什么，我有力气，有本事，我养你。"他握住白虹起的手，即便身处黑暗也不敢低头看她，抬着头小声道，"我养你一辈子，真的。"

白虹起依偎在他怀中，没有说话。她想起过去种种。白明禹没撒谎，这傻小子确实一直都对她很好。只要是她写的信，不论再小的事，这傻小子也会认认真真回信，一点小事能跟她说上两页纸；还有随信送来的那些礼物，有些是昂贵珠宝，有些则是路边摊上瞧着有趣买来的拨浪鼓、纸灯笼……他总是这样，好像瞧见什么好，就恨不得都捧着送到她面前来。

她正想着，就听见白明禹道："姑姑，我前几日来的时候，瞧见一匹好漂亮的蜀锦。等出去以后，找最好的裁缝给你做几身新衣裳，漂漂亮亮的。还有鞋子，我给你买两双……不，给你买十双。"

白虹起攥紧他衣袖，轻哼道："我不要。"

"为何？"

"谁知道你还送给了什么人？"

"你当我是什么？我哪给过旁人一件，全都给你了！"白明禹带着这个年纪愣头青一般的莽撞，认真发誓，"我就只给你一个人买过东西，要是骗你，老天打雷劈了我！你明知道的，我心里只记挂你一个。"最后一句，听着已有些委屈。

白虹起过了一会儿，小声道："沪市那么大，比我好的人……"

"没有，没有啊，我可一个都没见着！"白明禹抢着打断她的话，不知为何，心口像燃着小火苗似的发热，明明也没说什么越矩的话，但莫名开始脸红。他手臂用了点力气，抱紧了怀里的人，凑近她耳边小声道："我不管别人怎么说，反正你在我这儿就是最好的。"

白虹起推他一下，却没推动。这人力气大得如蛮牛，没什么分寸，她靠在他胸膛，耳边都是"砰砰砰"的剧烈心跳声，一时之间也分不清是他的还是自己的。

"姑姑，我在东院瞧见你的第一眼就喜欢你，在南坊的时候，我满心想的都是怎么娶你回家。"

白虹起咬唇。在南坊的时候？那会儿她把白明禹当成竞争对手，当成九叔收在身边的徒弟，处处跟他比较。那时的白二也呆头呆脑的，闲着没事儿老跑到她身边气她，好几回气得她差点要拿鞭子打人，只觉得他讨厌得很。

她以为，白二是想跟自己比个高低胜负，但仔细想想，却早已有些端倪，只是她自己没往那处想。

那年南坊一场秋雨，白二站在车行门口等她回来，身上衣服都湿了，但那个被他拢在袖子里的小木盒却分毫未沾雨水。他小心护着，一直站在门口等她回来；北地火车上，这傻小子不顾旁人眼光，硬是一路送她到关外；水牛镇上，从见面第一刻到被困地宫的数日，白二一直护着她，从未抱怨过一句。他没放弃她，也没放弃自己……

这人力气大，看着莽撞，却也知道疼人。

"傻里傻气。"白虹起嘀咕一句。

白明禹听见，起疑："姑姑，你是不是骂我？"

"没有，我在夸你。"

"你说我傻……

白虹起笑了一声，伸手在他结实的手臂上掐了一小下，轻声道："真是个呆子，我说的是傻人有傻福。"

白明禹平日直来直去，今日却难得转了一个弯儿，电光火石之间忽然明白过来，很快眼睛就亮了，咧嘴直笑。他一时高兴得不知道做什么好，只抓着怀里白虹起的手，拢在手心里搓了搓，给她哈了口气，又小心翼翼地抱紧她。

白明禹心想，要死了要死了，原来戏文里说的是真的。姑姑看他一眼，跟他说一句话，他的心都要从嗓子眼里跳出来，莫说金山银山，要他的命也给了。

这几天，白明禹仗着自己力气大，连着推了两面封死的土墙，终于找到了一条出路。他扶着白虹起，一路跌跌撞撞向前，在一片黑暗中摸索前行，也不知走了多久，终于看到一点昏黄的光。

白明禹大喜过望，几乎是背着白虹起，一路沿着低矮的土穴爬过去，却不想那里并不是出去的路，而是另一处地穴。

不是土穴，而是加了石壁和木板堆砌，像是一间屋子，中间还有一座小型祭坛，左右按天地四方之数，各摆了几坛谷子之类的祭品。最上面供奉的香油灯被点着，之前瞧见的一点光亮也是它发出来的。一豆灯火下，可以看到陶盘里几枚皱巴巴的果子，不知放了多久，已经失去了水分。

祭坛一旁有人影动了动，白虹起先察觉，低声惊叫一声，攥紧了白明禹肩上的衣服，低声道："有人在那儿！"

白明禹胆子大，放下她之后，自己捡了一根缠绕着绸缎的木棍过去，凑近了看清对方，立刻喊出声："黄先生？！"

他们一路兜兜转转，爬了不知道多久的土穴隧道，竟然遇到了黄明游。

黄明游被捆了双手，绳子虽被挣开一些，但并未全散。他人看起来有些疲惫，但意识尚还清醒，也认出了他们二人，一时之间目光带了欣慰，喃喃几声“活着就好”。

白明禹和白虹起连忙扶起黄先生，却发现黄明游有一条腿拖在地上，软绵绵的没什么力气，像是腿骨断了。

白明禹恨得咬牙：“那些刁民！”

黄先生脸色不太好，指了祭坛的方向，对他们道：“那里还有几坛谷子。记得找封存完整的，带壳嚼上一把，可以充饥。我这几日全靠这些谷子，勉强支撑到今天。”

白明禹听话，去翻找了。

黄明游借着那一点灯光，才看清白虹起身上穿的是金箔纸衣裳，而白明禹额头上、身上都有血迹和泥污。尤其是头上，伤口已经开始结痂，几缕头发和血混在一处，十分狼狈。黄明游问了他们二人被抓时的情形，得知他俩是在江口就被盯上的，叹了一声。

白明禹翻找到一小坛酒，也不知道放了多久，喝起来辛辣。他给其他两人都分了一些。白虹起抿了一小口，呛咳得脸色通红。

白明禹一边嚼谷粒，一边打量黄明游，见他身上套着奇怪的长袍，看不出是什么制式，疑惑道：“先生，你怎么也被抓来这地宫了？还有您身上穿的这是什么衣服，怎么像唱戏一般？”

黄明游喝了两口酒，稍微好一点了：“这是以前帝师穿戴的。这些山民不懂那么多，胡乱给我套了几件，乱七八糟得很。”

白明禹不解：“这是做什么，抓我们来陪他演一场戏吗？皇帝都没了，他弄这些有什么用？”

一旁的白虹起却变了脸色，伸手碰了碰自己身上的金箔纸衣裳，衣裳发出轻微的“沙沙”声响。

“若是我一人，还只有几分猜测，但是看到虹姑娘身上这身，我想怕是不会错了。”黄明游叹道，“这里是一座活墓。”

“活墓？”

“对，未死之人给自己修葺的坟墓，我们都是他的祭品。”

黄明游让白明禹扶着自己站起来，看了一圈之后，拧眉算了半日，忽然道：“不，不对，应是按二百年前的旧历，若是那时……”他让白明禹扶着自己又换了一个位置，算了片刻，道，“对了，这就都对上了。”

白明禹："先生？"

黄明游苦笑道："你们可听过西王沉银的故事？"

白明禹没什么反应。一旁坐着休息的白虹起开口道："先生说的可是沉银诀？但这里是山上，并非江河之中。"

"当初西王入蜀地，兵败逃走，把金银等物熔铸成金饼、银砖一并带走了。据说，一部分宝藏通过水路，从江口沉入水中；还有一部分被秘密送入山中，伴有石匠三百余人，他们共同守着西王宝藏，待后世开启，重新建功立业。"黄明游嘴唇破皮，干哑道，"那三百石匠无一人从山里出来，有传闻说是被杀了，但那些宝藏也毫无踪迹。现在看来，是被那些石匠藏起来，并世代守住了。"

白虹起攥紧手，紧张道："先生，您是说那些人当初不是把宝藏藏在山里，而是……而是修了座墓？"

黄明游点点头。

若是如此，一切都说得通了。

这百余年来，水牛镇人丁单薄，鲜少跟外界往来；物件雕刻多以龙虎为形；而全镇上下尊旧守礼几近于苛刻，乃至这座活墓，也全是因西王藏银才留存。

墓穴内部还有少量壁画。黄明游拿了油灯，让白明禹背着他过去看，想再弄明白一些。这些人囚禁他们的地方并非随意选定，他一边看，一边问白明禹："抓你们来的时候，那些山民可说什么了没有？"

白明禹道："问了生辰八字。姑姑原本不肯说，直到他们打破我的头，这才说了。"

黄明游又问他们的生辰八字。因是先生问起，二人都说了。

黄明游略懂紫微斗数，算了一下，道："他们应是在找命格极尊贵之人用来压气运，你二人的八字都不错，虹姑娘的更好一些，所以才给她穿了金箔纸衣。"

白虹起身上穿着这么一件衣裳，不由得头皮发麻，虽还算镇定，但脸色已变得苍白。

白明禹不在意这些，他闷头嚼谷子吃。连吃了几把谷子之后，又喝了两口酒，他这才略微恢复了一些体力。

黄明游被那些山民打扮过一番，头上的发冠已经掉在地上被压坏，衣服还算完整，胡乱裹了好几层。也因为如此，他并没有受凉生病。白明禹把自己的外袍脱下来给白虹起穿了，又套了一件黄先生的衣袍。黄明游虽然人矮了点，但身体略胖，他的衣服穿在白明禹身上倒是刚好。只是这衣服是用绸缎做的，很薄，聊胜于无。

黄明游认真看了一遍墓穴里的壁画，认出一点，对他们道："这里不是乱画的，周围应该还有一些壁画，你们来的时候瞧见没有？"

白虹起裹着袍子，哆嗦了一下，道："不太清楚，我们摸黑过来，也只有您这里有一点光亮。"

黄明游道："这是长明灯，灯油尚还充足。白二，拿上这灯，扶我出去看看。周围应该还有壁画，顺着这个找，兴许有办法出去。"

白明禹点头道："好，我以前经常往山上跑。我们老家后院就是山，我闻得出这里的空气，还算新鲜，肯定有路。"

三个人凑在一处，主意也多一些，慢慢安定下心思，就不那么害怕了。黄明游腿断了，行动不便，被搀扶着走了几步就满头大汗。他咬牙硬撑着，白明禹瞧见，立刻蹲下身背起他："先生，您抓紧我，我背您走。"

白虹起在一旁扶着，另一手举着灯，三人缓慢前移。

白虹起身上一阵一阵地发冷，起初还能咬牙坚持，但慢慢地发起烧，有些走不了路。她把油灯交到黄明游手里，语气镇定道："你们走前面，我在后头跟着。"

白明禹不肯："姑姑，我力气大，轮着背你和先生都足够。"

白虹起催促道："你背先生，先生比我重要。"

白明禹压根儿不听，把黄明游放下，开始脱下自己身上的衣服。白虹起还未来得及开口阻拦，就被他一下子抱起来。他像抱小孩儿似的，连衣服带人一起将白虹起捆在了自己身前，又转身回去，背上黄明游，咬牙起身："黄先生，劳您将油灯拿稳了，我背你们去看路。"

白虹起眼里含泪："你还有没有一份大局观？若是九叔在这里，定然也要骂你。我让你带黄先生走，听到没有，你这个傻瓜……你走啊！"

"我不管。"白明禹双目赤红，"你总得让我试试。你就在我跟前，让我眼睁睁看着你在这里等死，我做不到！"

白虹起没动，只在他胸前安静落泪。白二瘦了许多，她甚至能感觉到他的肋骨。过了一会儿，白虹起哽咽道："若是一会儿有出口，你们先走，记得回来接我。"

白明禹道："好。"他一步步向前，目光坚定，"若是有出口，我就先带先生走，等出去了再带人来接你；若你不在了，我就跳下来陪你一起死！”

白虹起抱着他，低声应了。

黄明游舔舔唇，沙哑道：“也不一定没有出路。白二，你往前头走一点，我看看墙上的壁画。”

白明禹按他说的做了。

黄明游举着油灯看了片刻，开口道：“这是祭祀之图，沿着这条岔路往前，按旧历分布，当往前走。”

他们摸索着走了一阵，黄明游终于确认了路，语气中带了一点振奋：“这里离主人棺木不远，先去那里，若是没封死，说不定能找到出路！”

第十八章 被困地宫

另一边，水牛镇府衙中，小厅的门扉轰然倒下，胡达和另几个随从冲了进来，后面还跟着些乡民。

谢璟目光一凛，果断抽出匕首，奋力一挥，连皮一起将手上的黑灰色菌丝削了下来，鲜血从伤口涌出来。痛觉让谢璟脑子清醒了许多。

“小主子！”胡达惊呼出声。

谢璟撕下自己的袖子，把伤口包起来，冷静道：“我应当是中毒了，之后再解释吧，现在先解决眼前的困境。”

谢璟和胡达的面前，越来越多的乡民围拢过来，他们的面容上都带着莫名相同的热切。为首之人大喊道：“镇长有令，将谢璟送进墓穴。无关人士，如有阻挠……一并陪葬！”

一呼百应，其他乡民发出绵长的吼声，应和着为首之人的命令。那吼声像是远古时代的古怪吟唱，听得胡达几人头皮直发麻。

正这时，一个护卫走到胡达和谢璟身旁：“小主子，老大，我们在屏风后找到一条垂直向下的秘密通道，咱们是不是能从那里逃出？”

胡达：“此话当真？小主子，那咱们快跑吧。”

谢璟看看前方的人群，沉吟片刻，道：“走。”

几人迅速退到屏风后面，进入秘密通道。那些乡民们却仿佛对这些视而不见，静默地看着他们，不为所动，好像完全不害怕他们会逃走。

胡达殿后，最后一个进入秘密通道，疑惑道："他们为什么不阻拦我们?"

谢璟淡淡地说到："因为这就是他们所说的墓穴，我们早已是瓮中之鳖了。"

话音刚落，几人便看见秘密通道的口子正被人用重物缓缓堵住。

胡达大惊失色："小……小主子，你是在开玩笑吧?！还是你是他们假扮来引诱我们?!"

"我们寡不敌众，即使有枪，贸然冲出去，也只会徒添伤亡。"谢璟拿出身上的火折子，吹了下，黑暗的通道里燃起了豆大的火光，"倒不如将计就计，进入他们所说的墓穴，另找生路。"

"可是……"胡达还是有所顾虑。

"我们的任务是，活着出去，若有余力，便尽力为九爷探明这古怪墓穴的情况。"谢璟坚定地拍了拍胡达的肩膀，"不入虎穴，焉得虎子!"

胡达听罢，心里激动起来："属下定不辱使命!"

几人在原地休整了一会儿，便就着火光摸索着往里走，走了一段，谢璟忽然见火苗轻微动了两下。他细细观察了一阵，道："这里有风，看来不是死路，往里走。"

几名随从紧护着谢璟一路向前。谢璟情况不大好，旧伤未愈，又添新伤，刚刚脑子昏沉的情况重新出现，说话断断续续，眼神也时不时失神片刻，但还能坚持。

顺着石阶一路往下，土穴越来越宽敞，慢慢可以容纳三人并行。

周围有潮湿的泥土味，还有别的一些，不知是铁锈还是血腥味，一时间说不上来。胡达动了动鼻尖，低声道："奇怪，怎么闻到青草味儿了？又像是苔藓一样，湿漉漉的怪味道。"

又走了一段，折转之后，一行人面前忽然出现了一间十分庞大、完善的墓穴，墓穴另一面隐约透出一点昏黄的光。

这墓穴空间极大，也不知挖了多深，猛一看竟以为是地面上某处宅院缩小之后的样子，前面甚至还有一道石桥。

看样子，此处应是主人的墓穴。

谢璟站在石桥前。墓穴昏暗，本该是黑白两色，他眼中却忽然映入大片红色，他意识到自己中毒的情况越来越严重，撑不了多久了，必须抓紧行动。他盯了那石桥片刻，抬脚走了过去。

胡达喊了谢璟一声，没有得到回应，只能咬牙跟了上去。

石桥之后是一扇完好的石门，像是凭空出现在这里，直通向哪里的卧室一般。这石门做工考究，大约是在地下久未见光，上面的朱漆还十分鲜艳。石门上雕刻的都是龙纹和虎纹，和镇上常见的一样，石虎昂首向天，石龙低头盘旋，二者呼应。

谢璟推开门进去，只见里面的石桌上点了长明灯，一旁竟坐了一个活人。一个梳着盘髻的女人，穿着一身大红嫁衣坐在墓穴的石床之上，看到有人进来，吓得瑟缩一下。

胡达没想到墓里还有活人，吓了一跳，慌忙和几个西川汉子一起挡在谢璟前头，用枪口对准那女人，大喝一声："是谁？出来！"

女人发出一声哽咽，慢慢站了出来。一阵铁链声响起，众人这才看清她原来是赤着脚被锁在这屋子里的。

谢璟借着一点灯光看着那女人，果然乡民们说的"如夫人"就是当年的琵琶女柳如意。谢璟猜测，这大概就是曹云昭失踪的原因，说不定他现在就被关在这墓穴当中。

柳如意也在打量他，面上有些惊讶，迟疑问道："谢……谢管事？你怎么会在这儿？"

谢璟点了点头，说："我们被水牛镇的乡民们围堵了，不得不进入这墓穴里。柳姑娘，若我没猜错，你便是那老镇长未过门的妻子吧，你为何在此？"

柳如意苦笑："谢管事果然料事如神，此事说来话长。"

她跟谢璟讲了自己这三年来的遭遇。原来自从离开北地之后，她接连被转卖于他人，辗转来到了蜀地。她不知道是何人买了自己，只知道对方看了她的生辰八字，连面都没见，就掏了一大笔钱给她赎身，接她来了水牛镇。

只是，等待她的并不是好日子。

"那时我在镇上住了有小半个月，却一直未见到为我赎身的人。直到年祭之日到来的那天，我看见一个穿着暗红棉袍的鹤发老人来到我家里，身后跟着十余壮年，将我强行架到轿辇之上。平时待我和善的乡民们非但没有伸出援手，当我被捆住双手双脚，像畜牲一样被送上了祭台，他们还在下面高兴地鼓掌。"

这镇上的人都疯了，但更疯狂的还在后面。柳如意从祭祀仪式的祭文中了解了他们的历史。水牛镇镇民百年来遵从古训守着这地宫，又不知道从什么地方听说了一些歪门邪道，动起了歪心思，把命格尊贵的活人送进地宫，等老镇长寿数满九，一同入葬，这样便能改换命数，下一世享受荣华富贵。

乡民称呼她为“凤命”，只说她生辰八字极好，用来生祭再合适不过……柳如意只觉荒诞，若她命真的好，又怎会落到如此?!

谢璟拧眉道:“你方才说水牛镇镇民百年来守着这地宫，莫非这墓穴不是老镇长挖的?”

柳如意道:“是的，这地宫历史已有百年以上，只府衙之下这一块是老镇长改建的一座‘活墓’。我也不知道这里连接着哪里，总之这地方极大。”柳如意摇头苦笑,“其实三年间我清醒的时日并不多,那老镇长让人喂我吃一种菌丝，吃过之后人会陷入幻境，久久不能醒来。只有一次我清醒过来，守墓人恰好不在，我便趁机往地宫深处逃去，寻了一处坍塌的土穴逃到一个破庙里，只是没多久便被抓回来，脚上也被捆了铁链。”

谢璟心念一动:“你还记得那处坍塌的土穴在哪里吗?”

柳如意道:“我记得是从这个方向跑出去的，但出去之后要怎么走便不记得了。”

胡达大喜:“知道方向就行，至少又多了点出去的希望。”

说话间，谢璟忽然身子一软，往地上摔去。

“小主子，你怎么了？是因为先前中的毒吗?”胡达扶住谢璟，惊愕道。

柳如意怔愣之后问道:“中毒？你是不是也感染了菌丝?”

“是这种吗?”谢璟抬起受伤的那只手，胡达这才看到灰黑色的菌丝已从谢璟的指间蔓延到了整个手臂，看起来极其骇人。

柳如意拿了桌上的油灯,靠拢过去借着灯光看了一下,点头道:“对,是这种，这东西原是瘴气里长出来的，最怕光，喜欢潮湿阴雨天气。谢管事身上有伤，身体虚弱，极易沾染上菌丝，定是在路上被沾染上了。。”

胡达看了左右，又忙问道:“我们一直都在一处，为何小主子身上有，我们反倒没沾染上?”

柳如意道:“刚才听你们口音，应是蜀地人吧，或许你们常年住在这里，对瘴气已经有一定抵抗力，所以即便沾染上，也不是很严重。”她看了看谢璟，“谢管事是外地人，更容易受瘴气和菌丝的影响。”

胡达心里“咯噔”一下，看着她问道:“严不严重，会死吗?”最后一句声音都颤了。

柳如意摇头道:“不会。”

胡达:“你怎知?”

柳如意道："水牛镇上的人给我喂了三年，你看我，现在不也好好活着？若是在外头，听说晒一晒就会好些，只是这里暗不见天日，大约要过几天才会好转，不会伤了性命。"

这些年她在这墓穴里勉强活着，清醒的时候何止想过逃跑，她还想过死。被囚禁在这黑漆漆的墓室里，别说几年，只怕几天人都要疯了。可守墓人给她食用了这种菌丝，那菌丝带有强烈的致幻性，在一段时间里，她只能看到自己想看的……

皆是食用了菌丝的缘故，她以为自己嫁给了曹云昭，在墓中浑浑噩噩过了三年，自己一人唱了一出独角戏。

谢璟在一旁坐着休息，大约是用酒水洗过伤口的关系，看起来略微好一些。

胡达担心小主子安危，越发焦急。他问了柳如意许多关于菌丝和活墓的事，但柳如意知道的也不多，回想起来的，也多是镇上的人对府衙下墓穴的恐惧。平日里没有人下来，只有一个独眼的守墓老人，会给她送一点水和食物，大概要三五天才来一次。

两人说话间，谢璟眼前的红色又变得浓重起来。他忽然起身，掏出腰间的枪，走到柳如意身前，枪声骤响，在四面封闭的室内发出嗡鸣，把众人都吓了一跳。原来，谢璟把柳如意脚上的铁链一枪打断了。随后，他竟欺身上前，一手按着她胳膊，一手去扯她衣裳。

柳如意心中大骇，慌忙抵抗，死死抓着领口，脸色都变了："谢……谢管事！你这是要做什么，放开我……你放开我！"

谢璟没有理会，很快把柳如意的腰带扯下来，连同她身上的火红嫁衣一并脱下。然后在柳如意和旁边一众人惊恐万分的眼神下，他把那套嫁衣穿在了自己身上。

红衣耀目，他穿得极为认真。原本在柳如意身上略显宽大的嫁衣，如今在谢璟身上却显小了一截，但谢璟毫不在意，把衣摆都铺整齐了，双手扶着膝盖，端端正正地坐在了那张石床上。

柳如意吓得连滚带爬，躲去了对面的墙角。她身上只穿了一件水红色的单薄里衣，此时正瑟瑟发抖。

一旁正准备上前按住谢璟的西川汉子们也傻眼了，他们手抬起来一半，却不知道接下来该做什么，这会儿正面面相觑。

烛光昏黄，火苗微弱地跳动。

谢璟坐在石床上，眼神尚未清明。他听到有人在说话，像是在远处，又好像在旁边，断断续续的，都是在喊他。但他心里只觉得烦躁……不该是她，也不该是这些人，周围的声音都不对。

谢璟拧眉，朝着声音传来的方向，随手甩了一只茶盏过去。果然，一声瓷片脆响之后，周遭安静下来。

胡达站在一旁，紧张极了。谢璟不知怎的，忽然甩出来一把明晃晃的匕首——就插在他脚前，若是刚刚他再进一步，只怕要被切掉半只脚掌。

胡达的视线落在谢璟腰侧，那里还有一把扣在宝石刀鞘里的匕首，还有枪。他硬着头皮上前，慢慢靠近谢璟，抬起的手还未碰到对方，就见谢璟单手抽出匕首，一个刀花翻过，泛着冷光的匕首就贴上了他的手腕。

胡达咽了一下口水，小声喊他："小主子？"

谢璟翻过匕首，用刀背不客气地拍开他的手，冷声道："手不干净，别碰脏了我的衣裳。"

胡达错愕，看看谢璟，又看看一旁的柳如意，连手背上被匕首抽出的淤青也顾不上了，慌忙问道："这是怎么回事？！"

一旁的几个西川汉子，下意识用枪口对准了柳如意，疑心她在搞鬼。

柳如意也被吓住了，含泪摇头，道："不……不是我，我也不知谢管事为何突然这样……"她的视线落在谢璟受伤的手臂上，忽然想起来，"菌丝！是那些菌丝作怪！"

胡达恍然想起，柳如意刚才说过，染了菌丝的人会产生幻觉，只能看到自己想看见的场景。

谢璟坐在床上，歪头看着烛火，思索着自己为何在这里……是了，他今日成亲。

他要成亲了。

谢璟想起这事之后，低头开始整理自己身上的红衣。他轻轻抚平上面每一条褶皱，眼神里带着爱惜。之前他就觉得眼前一直有一片红色飘来飘去，现在终于想起来，原来是大婚之日府里绑的彩绸喜带。而最红的一片，就是这身婚服，现在已经穿到了自己身上。

他想了片刻，越发觉得这样才是最合理的。

谢璟模糊听到了鼓乐声，但依旧觉得奇怪——旁边太过安静，没有人说话。

他抬头，看向对面站着的几道人影。虽然看不清那些人的模样，但总觉得是熟人。他手上那柄镶嵌了宝石的匕首翻转几次，忽然指向对面的人，疑惑道："我今日大婚，你们为何不笑？"

胡达整个人都要吓傻了，额头上汗津津的。他从未遇到这样诡异的情况，勉强提起嘴角，露出一点笑容，身边几人也连忙照做。

谢璟却还是不满意。他环顾四周，在空无一物的大床和石穴里缓慢看过一遍，像是看到了一些旁人看不到的东西："五色鸳鸯被，彩羽屏风，云纹靴子……是了，靴子要多几双，鞋底略厚一些，要耐磨，但不可太硬。还有这几样红莲、金瓜……"他视线落在墙壁那处的人身上，拧眉，"吉日良辰当欢笑，你们为何又不笑了？"

眼见谢璟说了一堆古怪的话，又拿着匕首走过来，胡达吓坏了，连忙喊了一声："小主子！"

谢璟："你喊谁？"

胡达："自……自然是喊您。"

谢璟又问："这是哪里？"

胡达试探着说："是西川上城……"他见谢璟冷了脸色，又向他走了一步，身上汗毛都炸起，忽然福至心灵，大喊了一声，"东院！这里是东院！"

谢璟停下脚步，神色忽然变得平静。

"东院。"他轻轻跟着说了一遍，然后点头说了一声"好"，又坐了回去。

胡达怕他无意中伤了别人或是自己，想趁机拿下谢璟手中的武器，但谢璟清醒的时候武力值有多高，现在更是有增无减。那菌丝有轻微的麻痹性，人就算受伤了也不会觉得有多疼，在这样的情况下，别说谢璟还有枪，即便没有，只凭拳脚功夫，旁人也根本近不得他的身。

胡达观察一阵，见他一直稳坐在石床之上并没有动作，心里的不安也退下去一些。他喊了其余人过来护着谢璟，自己用布条浸了灯油绑在木棍上，勉强做了一个小火把，出去转了一圈。

这座活墓很大，挖得如同地宫一般，胡达没敢走远，只看了附近几个临近的穴室。这些墓穴外头都很粗糙，大部分是木头和泥土建成的，就只有前面锁住柳如意的那一处是石室，雕刻也与别处不同，以龙凤为主，想来最为要紧，应为凤宫。

另有一间封闭的墓穴，他拿匕首撬开门，只见里面有已经腐朽的木箱，还有很多陶土坛子。胡达小心翼翼走进去，脚踩下去感觉不太对，低头看了一眼，发现是一些掏空了心的树杆，有些已经断成两截，露出里面包裹的黑色铁块。他蹲下身，用匕首拨开看了看，才发现是银锭。这些银锭比他之前见的要大很多，上面有银匠的名号，应该是统一铸造，银锭表面泛着黑色，仿佛在水里浸泡多年一般。

胡达转身，又踢了踢陶土坛子，没看到什么机关，这才壮着胆子走过去查看。

只看了一眼，他脸色就变了！

那粗矮、宽口的陶土坛子放的全是耳坠之类的饰物，看样子年代已久，金银制的都有，但大多饰物的表面都覆了一层斑驳的黑色。

那不是水锈，而是人血。

胡达只觉得心惊，胳膊上鸡皮疙瘩都起来了。

这么多耳坠收拢在一处，全是不同样式，堆得如同小山，即便他没有亲眼看到，也可以想象出当年佩戴这些耳坠的妇人经历了怎样的惨状。耳坠老旧，并非现在的款式，而且只凭一个水牛镇，无法积累如此多的血债，看来镇上的这些人不只是进山为西王藏宝的石匠，还是当年西王留下的残兵余孽。

他们祖祖辈辈守护的财宝，全都是用人血换来的。

胡达瞪着这一室金银，手都抬不起来，颤声道："杀……杀人的……魔鬼……"

凤宫石穴里，柳如意蜷缩在墙脚，身上一阵阵发冷。长期被喂食菌丝，让她身上出现了一些副作用，有时会像现在这样头痛欲裂。她不敢出声，努力咬唇忍着，这疼痛也带给她几分清醒。

她抬头看着谢璟。谢璟身前的石桌上有灯，因此可以看得见他的神情。这三年来，都是她自己沉浸在一场大梦中，这还是她第一次见到陷入幻境的人是什么样子。

这三年里，她梦了许多关于曹公子的事，但醒来之后，依旧能分得清真假。曹公子于她，是天上星，水中月，触不可及，是她只有在梦里才敢想的人。一旦清醒过来，她就立刻想起自己是谁，来自哪里。

她几岁的时候就被卖进胡同里，卖她的人正是她的亲舅舅。

那会儿，她还不叫"柳如意"。家里给她取了一个贱名，说好养活，但不过养了她七八年，父母就先后去世。之后，舅舅管了她几顿饭，就把她卖了。

她那会儿还小，什么也不懂。进胡同之后，鸨母也没让她直接去做那些服侍人的事。见她年纪尚小，又长得有几分姿色，就让她去伺候一位头牌姑娘，想借着头牌的手来调教她，让她多学一些本事，大些了好卖得更值钱一些。

头牌姑娘脾气很大，对她却很好，还亲自给她改了名儿。那姑娘拿她当亲妹妹，说："我自己一生不如意，不如这两个字给你，从此你就叫'柳如意'吧。"

柳如意在那里认识了第一个对她好的人，私下里有了一个姐姐。

那姐姐问她："你可知道别人为何说我们命苦？"

柳如意摇头说不知。

那姐姐却也没告诉她，只叹了口气，说："青楼女子向来命运多舛。你以后要记住，若认准了一个人，就死缠着他，直到他赎你出去。只有离开这个地方，才能重获新生。"

姐姐说得坚定，但是直到最后也没有离开烟花柳巷，甚至连一个喜欢的人都没有遇见。任凭活着的时候有多风光，多少公子哥儿挥洒千金只求见她一面，但死了之后，不过一卷草席，人就没了。

柳如意看似柔弱，实际上却坚韧得很。她与旁人不同，做什么事，都记得姐姐那句话。

她想出去。

若是有人为她赎身，她就跟那人走，她不想和姐姐一样死在这里。她想重新活一遍，活得像个人。

后来，曹云昭出现了。曹公子成了她唯一的希望，她没别的，想用身子换，可曹公子没有要她，还说他不愿如此。

曹公子给她披上衣裳，视线一直落在她脸上，声音温和道："如意，男女若要在一起，必须是双方互有爱意。我会帮你，不需你报答什么。"

柳如意看着眼前的男人，第一次真正看清他的模样。曹云昭受过新式教育，又和那些念新式学堂的人不完全一样——和她在楼里见过的那些男人都不一样。他是第一个真正愿意和她站在一处，用平等的目光看待她的人。

可对她来说，曹云昭太高不可攀了，哪怕她想尽办法住进了曹家那栋小公馆，也不过是曹公子众多红颜知己其中之一罢了。

她与曹公子，不过几面之缘，何来名分？这三年，不过是她痴心妄想。

水牛镇的老镇长要凑足寿数九十九，需要成婚二人的年龄相加，故而留她至今。不知幸与不幸，这三年的时间，成全了她的一场梦。只是朱颜易老，好梦难长。

……

柳如意双手抱紧膝盖，眼里忽然涌出泪来，口中喃喃喊着那个人的名字。

过了一阵，墓穴上方忽然传来响动，甚至还有土块塌落下来，外头传来闷闷的轰鸣之声，只是隔得远，墓穴内只感觉到轻微晃动。

石床之上，谢璟忽然动了，警惕地站起身抬头看去。

周围几个西川汉子赶忙围拢过去，一边想护着他，一边也在防备，但连喊了几声都无法叫醒谢璟。

胡达从外头急急忙忙跑进来。他身上都是土，额头上也挂了一层薄汗，十分狼狈，显然也感受到了墓穴的震动："快，找石墙或者石桌，先躲着！"

过了一阵，震动才平息。

胡达竖起耳朵听了片刻，惊喜道："许是在挖掘了！我听到一点声音，虽是断断续续，但一直在挖，我们有救了！大家找些安全牢固的地方等着就……"话未说完，忽然看到谢璟站起身，眼睛直直看着前方，大步就要出去。胡达见状，连忙跑去拦住他。

谢璟陷入幻觉，力气很大，胡达按不住他，又喊了几个人过来，嘴里不住哄道："小主子，你要去哪儿？这里是东院啊，你在这儿等着，祝贺你成亲的人马上到了！"

而此时的谢璟看到的却是完全不同的景象。

他听到轰鸣声，还感觉到震动，这些声音汇聚在他耳边，形成一道道飞机空投炸弹的轰炸声。参加婚礼的宾客四散跑着，乱成一团。谢璟慌得不行，一时一刻也坐不住了……外头乱了起来，那些宾客挤挤攘攘，没长眼睛一般乱撞，甚至还把他往后推搡过去。谢璟眼神发狠，再有人靠近，就直接卸了对方一条胳膊，反手把人推倒在地，直直向前走去！

他绕了一圈，走到大街上。逃难的人多起来，熙熙攘攘十分难走。只有他一人逆着人流，拼命想去最危险的地方，有土块、石块掉落下来，谢璟肩上挨了一下，闷声忍住了。

耳边的声音越来越大，起初是嘈杂的，后来听到身后有人喊了一声"九爷"。谢璟回头去看，在一片硝烟废墟中看到熟悉的身影，也不往前挤了，立刻转身回来。

他们没有逃难，而是回了府里。府里宾客已经跑光了，只剩他们两个。

白容久站在谢璟身后，问道："听说你今日成亲，很忙？"

谢璟有些出神，犹豫一下摇摇头："外头乱了，爷，我带您也去避避吧？这里太危险。"

白容久缓声道："今日你成亲，就不去了吧。"

白容久清瘦许多，高大的身影站在那里，偶尔咳一声，谢璟目中带着担忧。白容久笑了一声："不碍事，只是这两日胸闷想咳。"

谢璟立刻道："爷，我去熬药。"

白容久拦住他，摇头道："不吃药了，今天你成亲，即便不用应酬宾客，我总也要来饮你一杯薄酒。我听了你的话，喝了这么久的药，你今天也听我一次可好？"

"……好。"谢璟答应得很勉强。

他想给白容久熬药，即便现在手臂很疼，即便要割下一条肉，他也想熬药。

白容久的视线落在他手臂上，谢璟不动声色躲开些许，忽然听到白容久问他："手又磕到了？"

谢璟摇头笑笑："没事，爷好些了，我就放心了。"

白容久站在镜前端详他们两人映在镜中的模样，忽然笑道："我有点想不出你以后白了头发的样子。"

谢璟怔愣一瞬，张口答道："和现在一样。"

白容久轻笑："我比你大几岁，应当是我先长出白发。"

谢璟低声道："爷操心的事太多。"

白容久叹道："是太多了，不过以后好一些，等白二来了之后，只管使唤他去做事，我也能有几天清闲日子。"

谢璟不由得高兴起来，大夫说过，若是白容久不再这般劳累，身体也会好一些，或许养将几年就有转机。

外面有飞机盘旋，轰鸣声时远时近，爆炸似乎并不太远，连房子里的家具也跟着震颤。白容久有些迟疑，抬头刚想说些什么，谢璟抢着开口道："我不走，爷，别赶我走。"

白容久问道："你不想出去？"

谢璟摇头："不，我刚才只是在看门口那边的衣裳，我准备了好些，连靴子都多备了几双。"

白容久又问："你留在这里，怕不怕？"

谢璟笑了一声："爷怎么会问这个，我不怕。"他是当真一点都不害怕的，要是可以，他甚至愿意用十年时间，来换这一天。

谢璟忽然头痛欲裂，脑海里闪过许多画面都是他自己一人的，像是长途跋涉并不知去往何处，"十年"两个字一闪而过……他好像忘了什么，但一时记不起，只头疼得厉害。

此刻，石墓里。

谢璟起身走到镜子前，站在那里，呆呆重复手上的动作，即便脸色难看，也颤抖着手慢慢重复下去。

一旁的人不敢高声说话，生怕惊扰到他。除了胡达和柳如意，一旁还多了三个人，正是沿着土穴一路找来此处的白明禹三人。

白明禹费尽力气，好不容易赶来这里。沿途土墙并不结实，甚至有几处在震动之下坍塌，也幸亏他们动身早，抢在前头险之又险地进了石墓。白明禹一行人进来的时候，正好是谢璟要出去的那一刻。白明禹力气大，硬生生用肩膀把谢璟顶了回来，此刻是彻底没了力气。他瘫坐在一旁，身上还有土渣，手边还有震落的石块。

白明禹心有余悸，看着谢璟，喃喃问道："黄先生，他这是在做什么？"

黄明游也一身狼狈，观察片刻才道："他在梳头。"

白明禹不解："梳头？就这么对着空气比画？"

胡达赶忙过来，小声把柳如意之前说的关于菌丝的事跟他们讲了一下。黄明游沉吟片刻，道："我以前只在书上见过只言片语，没想到竟然真的有这样的菌丝。既然不会害了性命，那暂时不要吵醒他，只小心护着些，别离开石墓。"

胡达答应一声，见他们几人身体虚弱，又给了他们一点水和食物，这才慢慢把知道的都讲了。黄先生在脑海里把这些信息汇总起来，待听到胡达说两边耳室还放了一些古物的时候，他眼睛忽然睁开了，急着追问几句，还让胡达带他去看。

胡达道："先生，那里是土穴，刚才怕是震塌了一些，不太安全。"

黄明游道："若随葬品是按品级摆放，这周围绝不可能只有金银，怕是还有竹简、金册。那些金银不值什么，但记录的文字怕是以前从未发现过的，快带我去看看，抢出来一件也是好的。我既然来了这里，就不能眼睁睁瞧着它们毁在这儿呀。"

黄先生对那一段历史颇为关注，连声催促胡达带他过去。果然如胡达所说，那边墓穴不太结实，几人忙按黄先生吩咐，先拣着要紧的抢出来一些，竹简、书卷和金册一类都是第一批要拿的东西。

墓穴里财宝无数，但黄先生眼里只看得到那些记录了文字的书册。西王抢掠无数古籍，有些甚至是后世只听闻名字、从未见过的书籍。胡达等人搬了一些放在石墓这边，又继续去拿，如此两三次之后，忽然觉察脚下不对，地面仿佛在变软。

胡达低头一看，脸色变了："有水！"

他们在大墓里一路走来，没有见到任何防护。它本也不需要什么防护，因为它修建于江口地下，与一道地下暗河相连。开启之日，也是它沉入水底之时！

第十九章 挖掘地宫

石墓里，众人神色皆有不同。

柳如意蜷缩在墙脚暗自落泪，而胡达等人经历过几次绝境，并不肯放弃一丝一毫希望，还贴在石壁墙边努力探听上方挖掘的情况。水缓慢浸入，已淹没脚面，他们的神情也显得焦灼起来。

黄明游让人把他搬到石桌上坐着，怀里抱着那些刚抢救出来的书卷金册，此刻他手里紧紧抓着一卷，正借着石墓里一盏昏暗油灯在看。他看得极快，一目十行，手在微微发抖，嘴中也不由自主念得飞快，额头上都冒了细密的一层汗。这是他在专注背诵时才有的反应。

白明禹抱着白虹起坐在石床上，把她拢在自己怀里，给她取暖。白明禹问她："姑姑，你还冷吗？"

白虹起有些发烧，她摇摇头，视线落在地面上一处微微发光的地方，问道："那是什么？"

"哪里？"

"就在小谢脚边。"

白明禹起身过去，小心捡起来，才发现是一个锦囊，里面放着一颗夜明珠，打开了之后，那光泽看着比之前更亮了一点，但也只有一点微弱荧光，勉强可以照亮一寸些许的地方。白明禹拿过来，递给她道："是小谢的一颗夜明珠，我以前见他戴过，他一直贴身收着。"

白虹起伸手，那一枚白色珠子滚到她掌心，自带微弱光泽。她看了后，露出惊讶神色："这不是我家中的宝物吗？奶奶前两年拿给了九叔……"她话说了一半，再抬头看向谢璟，目光渐缓。若是小谢，倒也衬得起这份宝物。

她忍不住抱紧了白明禹的胳膊，白明禹也把她搂紧了一点，在她耳边低声哄道："能出去，别怕。等出去之后，我带你去吃这里最好吃的鱼，鱼骨里还藏着宝剑，可好玩儿了。姑姑，等以后我们有了孩子，我也带他来吃这里的鱼，带他找鱼骨剑……"

白虹起笑了一声，眼眶渐红："好。"

他们几人在墓穴里守着，外头震动的次数减少，但挖凿的声音越来越大。

黄明游背书不止，其间短暂歇了一会儿，喝了一点水，吃了两口东西。胡达看了看四周，带众人挪到石床之上，连谢璟都一起搬过来了。这会儿谢璟已有些陷入昏迷，胡达搬他过来的时候，他的手握成拳状，指尖用力到发白。

黄明游道："听这声音，外面应该已经搬了救兵来，再坚持一段时间就能出去了。这里是最坚固的一处，即便被挖开，上方也有石头挡着，不会有事，我们就在这里等吧。"

众人答应一声，黄明游又低头去看书卷。水已经漫过脚踝，他怕书卷泡在水中会被毁掉，抓紧一切时间记住书中所写。

外面，府衙院中。

水牛镇府衙已经被全部拆了，下面地基被挖出好几个大坑。

此刻天色已黑，两个营的士兵正在各处挖掘，数百人忙碌不休。两边燃起火把，日夜不停，顺着府衙下面的地道整个儿拆开，生生用人力破开了一道巨大坑洞。

水牛镇上的那些人被士兵控制住，有些乡民试图阻止挖掘，却被绑在一旁；另一些人则被枪拦下，不许向前，也不许离开镇上。

地宫入口处，老镇长颤颤巍巍站在最前面，干枯的双手握住身前的枪杆，梗着脖子撞上去，豁出性命一般嘶喊着让他们停下："你们……你们要遭报应的啊！快停下，这是对先祖大不敬！"

一旁的士兵厉声呵斥，见他还要往前，就在他身上套了绳索，低声斥骂："老实些！"

"你们……你们有违祖宗礼法，乱臣贼子！人人得而诛之……！"

白容久走过来，两旁背着枪的军人分开两列，让出了一条路。

那个老镇长依旧瞪着来人，面露恨意。

白容久站在他跟前，淡漠道："我再给你一次机会，让人带路。"

老镇长"哈哈"笑了一声，拼命想往前扑，却一个踉跄倒在地上。他身上的袍子脏乱，脖子、肩上还套着绳索，头上戴着的那顶瓜皮帽不见了，白发凌乱地散在脑后，神情在火把照耀下忽明忽暗，透着些诡异之色。他仰头看向白容久，张口就是污蔑："什么人，你说的可是曹云昭曹大人？若是问他，我还想问问你们，他拐了我的夫人跑去了哪里！"

周围火光猎猎，老镇长顶着一头乱发向四周大喊："曹云昭和我要迎娶的夫人是旧相识，他狼子野心，那日我好意请他来主婚，谁知道，他见过我夫人之后就神色诡异。我再回来的时候，就发现他拐了我夫人私奔了！夺人妻子，禽兽不如！！"他转头看向白容久，往地上"呸"了一声，嘶声道，"你也不是什么正人君子，竟然庇护这等奸人，你们必然也是有勾结……"

白容久走近一些，沉了脸色："把人捆紧些，让他在这里看个清清楚楚。破晓之前，把这几个地方全给我挖开，一定要将人找出来！"

老镇长却笑起来，面上透着诡异的红润："他们是被选中的，既然被选中了，来到这儿就走不了，也出不来，你们再也找不见——"

"即便是把整座地宫挖空，我也要找到。"白容久半垂着眼睛看他，暗潮涌动，带着毫不遮挡的杀气和冷意，"活要见人，死……我要你们全部陪葬。"

白容久让人围了这里，里里外外，把这个府衙包围起来。

火把照得四周大亮，挖掘声音不绝于耳。

老镇长被按在那里，额上青筋暴起，眼睛直直看着那一车一车运上来的泥土，胸口不住起伏。

破晓时分。

挖掘地宫的人挖到了府衙下方的几个小型墓室，竟发现了曹云昭的踪迹。白容久当机立断，立刻抓了水牛镇上的那些人，全部关押进牢房中。

曹云昭身上只有一些外伤，昏睡则是因为药物，短暂休息之后就恢复过来。他让人扶着自己来到地宫入口，却看到那里已经被挖开好大的一座坑洞，别说人，入口简直能跑入一辆马车。

曹云昭往里头走了一阵，才看到白容久，对方站在最前面，面色绷紧，一双眼睛里带了红血丝。

扶着曹云昭的人是白家护卫，低声道："曹公子，我家爷知道出事之后，就没睡过一刻，若可以……还请您劝劝。"他说完，也不敢再多言。

曹云昭叹了一口气，他路上已经了解到大概经过，东院一连折损了几个人进去，白九最为护短，他这会儿劝什么都无济于事。曹云昭跛腿走过去，低声问道："多久了？"

白容久哑声："两天一夜。"

曹云昭看了前方，神色复杂。

白容久已做了所有能做的事，两天一夜的时间，拆开一座地宫，找出一条生路。

过了片刻，曹云昭道："我也不知道小谢他们在哪里。我被打晕之后，只醒过一回，模糊记得是被关在一处耳室内。对了，他们善用草药，你可以找些军犬来嗅一下，或许能找个大概方向。"

白容久："试过了，昨日下雨，加上又被泥土封在下面，没什么效果。"

曹云昭看到一旁管子，还有抽水机的声音："地宫开始进水了？"

白容久："是地宫下面渗水，问了挖掘的人，只说可能是大墓原本设置的机关，还有可能是地下有暗河。"

曹云昭心惊："那若是被渗透了，岂不是就塌了！这些人要毁了地宫……"他看了四周，立刻道，"你找人审问几个水牛镇上的人，就那个老镇长身边常跟着的乡人，他们肯定知道，找他们带路，先把人救出来！"

白容久摇头："他们不但不带路，进去之后就毁坏了机关，浸入地宫的水越来越多，我不敢再相信他们。如果不是如此，我也不会着急挖开。"他闭了闭眼，过了片刻声音微颤，"还是我太心急，哪怕是找些人下去探路也好，现在只能挖得快一些。"

曹云昭也急得不行，要打电话去找人，白容久拦住他道："人手足够，我已找了帮手。"

军有军法，商有商道。

白家九爷只用了半日，就搬了两营人马回来。

他之前去找那位驻军的参谋长成立了一家江口淘金公司，自掏荷包拿出了十万银圆，承诺双方一起开挖水牛镇，若有收获，三七分成——白家只要三成，七成尽归军营。

参谋长把他当成了活财神，恨不得供起来，二话不说立刻带人来了水牛镇！

莫说水牛镇地下有什么，即便是没有，白家九爷这十万大洋也解了他燃眉之急，好歹能弥补上之前在江中亏下的钱，不至于回去让司令大发雷霆，掏枪毙了他。

水牛镇地下大墓被发现，一时间众人惊呼。

白容久挖墓是为了救人，而参谋长则要简单得多，他就是为了随葬的那些金银。他把江口那些人手全部调回，连同起重机、金属探测仪，也全部调来这边，加快速度挖掘水牛镇地宫。参谋长也没藏私，他把手头的藏银图都透露给白家，这图纸虽然没挖到江中沉银，但上面有墓穴的分布，可以模糊辨认出一些，倒是和水牛镇上的地宫有几分相似。白家重金请了精通这方面的人来，按照图纸细密测算，终于推断了几处墓穴，倒是都对应上了，挖掘速度也在变快。

就在水牛镇挖掘进行到第二天的时候，谢泗泉也带了十几个人赶来。他带来的是西川最好的工匠，还有几个晋人。挖井和打洞差不多，这些人都是做惯了的，西川百余米深的盐井他们都能挖得，这里自然也不在话下。

西川谢家的人多做工程相关的工作，来了之后帮了很大的忙，土穴之前有轻微坍塌的趋势，现也止住了。

第三日，挖出了一些金饼银砖。白容久全然不理会那些东西，一直盯着下面通道入口，希望看到熟悉的身影。

水牛镇很小，不过三天工夫，就被挖得七零八落，勉强清出了出口。

谢泗泉一看到地穴通道，立刻就要跳下去找人，却被人拦住道：“谢家主，九爷说了，这上面的事都交给您全权负责，他已经带人下去了……”

谢泗泉无法，眉头拧得死紧，但也只能留在地面上。

石墓里。

水已经深了，慢慢没过石床，一众人都只能挤在石床上站着。

黄明游把一些金册、竹简扔下，只护着手里的书卷。灯油已经只剩下一点，光线更加昏暗，他眼睛不好，已经不能看清上面的小字，但依旧把书卷抱在身前。他平日里拿只茶壶都嫌沉，这会儿抱着十余斤的书籍，却只恨自己拿得太少，不能都护下来。

周围的人也帮他拿了一些书卷。胡达之前去探路的时候，伤了一条胳膊，视线却还在巡视四周，试图找地方出去。

白明禹背着谢璟，谢璟此刻已陷入昏迷，趴在白明禹肩上，双眼紧闭。

白明禹看了石墓四周，咬牙道：“先生，一直这样等下去也不是办法，时间久了，怕是水都要灌进来，我们得想办法先出去!”

黄明游道:“你带小谢，胡达那边三人一个带虹姑娘，一个带柳如意，另一人带着胡达，刚好。胡达胳膊伤了，你们护着点……”他话音未落，石墓周遭又是一阵颤动，墓室内的水忽然涌高了一截，没过了众人的小腿。大约是地下暗河冲了大量的水进来，墓室墙壁也没有之前那般牢固，有的地方甚至开始出现裂缝，碎石纷纷落下。

众人都挤在石床上，此时避无可避，只能尽量弯腰躲避要害。胡达离着黄明游近，危急时刻忙用胳膊撑在黄明游头顶上，替黄先生挨了一下，好歹没让老人家被石头打破脑袋。等到稍平静下来之后，黄明游哑声说完刚才的话:“你们一人带一个，别管我，先带着这些书出去!”

“先生不可!”

“听我的安排！我年纪大，腿也伤了，是累赘。你们若是真心替我着想，就背上这些书出去，快走!”

……

谢璟这两日神智不清，一直沉浸在幻境中。

他只觉得自己走了很远的路，又仿佛落下了什么，他一直在寻找，可四周荒野无垠，他找不到自己要找的，心里越发焦灼。

他跟在许多人身边，懵懂前行。大部分人都是破衣烂袍，即便是天气寒冷，也不见谁身上穿着厚些的棉衣。实在是太冷了，那些戴着金丝边眼镜的大教授也顾不得体面了，跟难民学着搓了草绳，把棉袍系在腰间，袖口也用草绳捆住，试图让身体暖和一点。

前面就要过河。谢璟麻木地跟着往前走，一脚踏入水中，河水冰凉刺骨，但他仿佛什么都感觉不到。

周围的人互相鼓励，给彼此打气，还有一个老教授哑声喊道:“大伙儿再坚持一下，过了这里就是新校区！咱们虽然跟大部队失散了，但马上就能会合，等会合之后，就能跟以前一样了!”

周围人应和着，加快了脚步。

河水慢慢升高，谢璟脚下滑了一下，差点摔倒。也是这一下，让他忽然清醒过来。他停在河中央，转身回头去看。河面白雾茫茫，看不清他来时的路。

一道熟悉而清瘦的身影站在河边，久久未动。

旁边有人握住谢璟的手，问道:“哎，小谢，马上就到啦，不要担心！你跟上我们就是，咱们一起走呀！”

谢璟挣开那人的手，毫不犹豫开始往回走。水浅的地方他就用跑的，水深的地方他就游过去，他想起了自己方才落下的是什么——他把白容久落下了。

谢璟躲开所有人，向着自己认定的那个方向奔去。他一直到了河边，河滩泥泞，行走艰难，他鞋子失了一只，赤着一只脚站在湿冷的泥土里，狼狈不堪。

白容久向他伸手，眼里带了无奈，也带了一分温和。

白容久轻声问：“怎的又回来了？”

谢璟看着他摇头，一句话也说不出，眼泪不住流下。

白容久哄道：“璟儿听话，放开手，你该出去了。”

谢璟只顾摇头，不肯走。

白容久轻笑一声，沉声许诺：“你放心，等你醒来之后，我还在你身边。”

谢璟无论如何哀求，都无能为力，只能看着对方越来越远。他感觉自己仿佛被一股强力带着前行，眼前的画面断断续续，许久之后才听到耳边有人不住喊着自己名字。那声音由远及近，他终于听清了一声。

谢璟恍然回神，眼前从一片茫茫的红，逐渐变得清晰起来。

墓穴震动，周围的人变多了，不住有人一边喊着什么，一边奔跑向前，也有人冲他们这里跑来。谢璟耳中嗡鸣一片，他听不清别人的话，只能听到身边的人一字一句说着：“没事了，没事了，我在这儿……”

水牛镇，地宫挖掘第三日下午。

白容久抱着谢璟从大墓出来，一身泥泞，但万幸未受重伤。

白明禹和胡达等人相继被救出，黄明游被水冲到另一处洞穴，被发现时，先生依旧高举着手中的书卷。

水牛镇地宫被挖开，不仅惊动了军方，也惊动了远在北平的一些大学者。国家研究院史语所考古队的傅教授立刻组织人员，成立了工作小组，顶着重重压力，在动荡局势下，进行艰难的抢救性挖掘。黄明游腿上受伤，但坚持留在水牛镇参与科考活动，连日默写之前记下的书卷。这些文献都是孤本，其价值远非金钱可衡量。

地宫的后续挖掘，白、谢二家的主事人并未参与。

白容久从沪市叫了孙福管事来此地守着，亲自带谢璟回了西川去休养，请了最好的医生，守在谢璟身边寸步不离。

谢璟身上的菌丝在晒过太阳之后，很快就被拔除干净。他身上没有什么重伤，只是十根手指的指甲因太过用力而劈裂了，被上了药，仔细包扎起来。

但不知为何，谢璟一直都神思混沌，没能完全清醒过来。最初他还有些离不开人，连着做了许多天噩梦，但问的时候，他也说不清梦里的具体情形，只微微发抖，身上直冒冷汗。过了几天之后，谢璟慢慢才知道这是哪里，对身边的人也开始能辨认过来。

白容久一直在西川，紧要些的事就派白明禹去处理。

白明禹身上的伤早就好了，他也就在地宫里被饿了两天，头上虽被打破流了血，但只是皮外伤。白虹起留下整日给他煲汤，因吃得太香，反而瞧着气色大好。

谢璟身体早已开始好转，只因谢泗泉与白容久担心，不得已休养了一个冬天。之后，江口水牛镇那边也传来消息。

一个冬天的时间过去，水牛镇地宫的抢救性挖掘也收获颇丰。地下暗河涌上的水被及时抽走，土墙重新加固，傅教授所带领的考古队，在之前挖掘的基础上，又进行了修整与勘测，打开了好几个颇有考古价值的墓室，挖掘出许多古董书卷和金银器物。

至于老镇长的活墓为何会在府衙之下，据说是因为老镇长被权势富贵迷了眼，讲究"'棺'上加官"，所以才把自己活墓建在府衙下方，拿整个府衙镇住运势。当初锁着柳如意的那个墓穴被挖开之后，众人才发现石床下还有夹层，其中有一方巨大的石棺。

石棺被挖出的当天，老镇长眼见着最后的希望破灭，一头撞死在了府衙废墟上。

他怀揣长久的执念，早已走火入魔，如今死也要死在这里。

老镇长死了之后，水牛镇上出现了几个疯疯癫癫的人，面容可怖，说着胡话，满口咒人。这些都是老镇长身边最忠心的追随者，在老镇长死后不久，他们被关进大牢，最后在牢中相继自杀。

水牛镇上的其他乡民，对老镇长和地宫的态度更多的是惧怕，他们愚昧，但求生的基本欲望还在，并没有勇气去死。

这些乡民胆小，谁管着这里，他们就听谁的话。水牛镇上缺人力，曹云昭下令让他们义务劳动，铲平府衙四周，修建了一处学校房舍；除此之外还重新修建了码头、渡口等，用的都是从地宫挖掘出来的石料、泥土，物尽其用。

参谋长带的兵在地宫里挖出了一些金银古董，那些宝物都堆放在一处，对于如何处置，人们却有些犯难。

北平来的大教授希望他们捐出来，但参谋长哪里肯；还有不少古董贩子闻风而来，试图收购地宫古物，再高价转卖出国。有几个眉山的乡绅为此还找上了曹云昭，他们偏居一隅，做地头蛇和恶霸习惯了，只当曹云昭也是那些过来混个“万民伞”的官老爷，想花钱买通曹云昭。曹云昭对此深恶痛绝，下狠手惩办了两个，风气渐渐才开始收敛。

蜀地这两年虽未被外界战火波及，但军阀混战也是免不了的。外强林立，一方面要警惕那些想趁火打劫的外国强盗，另一边还要小心那些虎视眈眈的盗宝者。

曹云昭看得长远，他给了一切可以提供的便利条件，全力帮黄明游和北平那些大教授，一同护住了宝藏。

石墓里，老学者们正在紧张地进行考察挖掘。这处墓室的墙壁上有壁画，大约是数百年前绘制，记载了一场宏大叙事。

西王掌权极短，但劫掠无数，其中宗庙礼器和历史名家典籍的数量最多。他甚至专门绘制了这样一幅巨大的壁画，来彰显并纪念自己功绩。壁画上，楼宇密集，庭院精美，西王的仪仗华贵，车辇众多，冠盖如云；无数宫人正在举行祭祀仪式，万人跪拜，钟鼓齐鸣；远方还有严阵以待的军队……壁画细腻生动，甚至连击鼓奏乐之人举手怒吼的神态都描绘得清清楚楚。

因为时间久远，壁画已有残缺，有后人用金粉修补的痕迹。水牛镇上的人，世世代代信奉这些，并虔诚崇敬着自己的祖先。

北平来的大教授和专家们，有的在认真测绘，另一些则一旁边看边小声交谈。傅教授是北平专家组的领队人，他看得专注，过了片刻却叹了一声“可惜”。

黄明游问道：“老傅，还能抢救出这么一幅壁画，这是高兴的事儿，你叹气做什么呀？”

傅教授苦笑道：“我今日听说罗司令那边催得紧，怕是等不及我们筹钱，要先熔了上面那批金银。别的倒还好，只是有几件金册实在可惜。”

旁边一人道：“不止金册，那些古董罐子一打捞上来，但凡瞧着还算完整的，还不等我靠近看，就被那个参谋长收起来了。”

黄先生听了也只能颓然叹气。可是，若没有参谋长带兵守在这里，地宫早被人抢掠一空，他们一众文人，手无缚鸡之力，根本护不住这里。

参谋长来这里目的明确，他要的是军饷，老教授们却心急如焚。水牛镇确实有宝物，但在老教授们眼中，这些宝物的价值远非金银可比，尤其是最后那个石棺，里面铺了一层甲骨与象牙笏板，还有几件极为少见的精美金册，上面书写的西王事迹内容迹清晰，皆有名称考据，实在难得。

黄先生急得嘴上起泡，一宿一宿睡不好。

两日后，白容久和谢璟派了人过来。

白容久当初跟参谋长合开淘金公司的时候，合同里写明原本应该分到的三成利润，他没要金银，只要了那些不值钱的“破烂”。所有带文字的甲骨，发黄的象牙笏板，还有古书、竹简……都被白家的人收拢起来，捐献给了国家。

参谋长也做了顺水人情，让白家的人带黄先生进去随意挑选，价格随意开了一点——白九爷没拿那些金饼银砖，之前还给了十万大洋，他们早就知足了。

解了燃眉之急，黄先生喜笑颜开。那些北平来的大教授们更是喜出望外，纷纷给白容久、谢璟二人写文章，赞扬他们，称他们为“爱国商人”。

但凡有些名气的文人，多少都有傲骨，即便是砸钱，也不轻易写什么东西。但是这次，他们却不约而同开始写白容久和谢璟的事，各种歌颂的话，不要钱一般写个不停。有位极为出名的大学者，不惜笔墨写了好几篇，文章夸赞了蜀地众人的举动，更对白容久、谢璟二人颇多称赞，一时之间，白、谢二家的名号时常在报纸、书籍上看到。

这些孤傲的文人有各自的脾气，但也在用不同方式爱着这片土地，爱着这个国家。

只要爱国，就都是朋友，就是他们素未谋面的至交。

第二十章 劫后余生

三月，春日。蜀地山林绿意盎然，树梢枝条抽了新叶，嫩生生、绿汪汪的，透着鲜活气息。

白容久和谢泗泉这一冬天都格外紧张谢璟的身体，一直拘着他在府里疗养，没放他出门。等到天气暖和了，两人商议之后，才找了个踏青的名头带他出来散散心。

众人也没走远，选了城外半山腰上的伏虎寺。

马车晃悠，谢璟掀开车帘往外看。谢泗泉歪歪倚靠在一旁软垫上，问道："瞧什么呢？这一路没什么好看的，等到了地方才漂亮些。"

谢璟好奇："舅舅，那是你之前跟我提过的伏虎寺吗？"

谢泗泉道："对，就是我跟你娘小时候常去的那处。家里长辈在的时候，我们跟着过去，后来就剩下我和阿姐，她就带我去。"谢沅不在之后，他其实已经很久没去过了，想了片刻才道，"那里素斋很好吃，我记得有一道豆腐酿很不错。你不是爱吃豆腐吗？中午的时候咱们就吃这个。"

一旁的徐骏实在听不下去，道："璟儿不挑食。"

谢泗泉挑眉："你什么意思？"

徐骏："他什么都吃，倒是你，该跟他学学。"

两人常为了一点小事拌嘴，谢璟已经习惯，听见了也只坐在一旁笑。

外头有马蹄声靠近，谢璟掀开车帘，就看到了白容久。白容久今日骑马，弯腰看他，问道："可累了？"

谢璟摇头，弯着眼睛，眸子里浸满笑意。

白容久也扬起唇角，问道："要不要出来骑马，我带你。"

谢泗泉听了，顾不得跟徐骏拌嘴，刚想开口阻止，就见谢璟答应了一声，跳下马车就找白容久去了。这二人倒是配合得好，一拉一拽，谢璟就上了白容久的马背，策马远去。谢泗泉喊了两声，也不见人回来。

一行人到了伏虎寺的时候，谢璟脸色红润，骑马吹风也不见什么影响，反而气色更好了些，谢泗泉这才放下心来。

伏虎寺的人跟谢家是旧相识，谢家供奉了香火在这里，待拜完之后，谢泗泉又跟随主持去了一处香室。他只带了谢璟。两人一起去拜了一块牌位，上面用金漆写了"谢沅"名字，笔迹很新。

谢泗泉看着谢璟恭恭敬敬拜祭，一时有些出神。谢璟站在一旁，也不开口，在檀香中等待了片刻。

片刻后，谢泗泉反应过来，上前上香，道："这牌位以前是没有名字的，我总觉得，贺东亭找到的那个不是阿姐，只要我不认，再找找，或许还能找到。但是我又怕阿姐在外孤单一人，找不到回家的路，所以才请大师供奉了长生牌。"他轻轻叹了一声，眼神释然了些许，轻笑道，"现在也算了了一桩心事。阿姐虽提前去了那边，我们还是得好好过日子，等以后过了三途河，见了她，也不会被笑话。"

他说完，又对着牌位拜了一下，认真上香，眼神温柔。

中午，众人吃了素斋。谢璟果然喜欢那道豆腐酿，一人吃了小半盘。谢泗泉看他喜欢，还点了豆腐包，另有一些糯米蒸的小点心，全是谢璟爱吃的，分量不多，但种类花样极多，俨然显示出对外甥宠爱至极。

白虹起这次也跟着一起上山，她模样好，又爱笑，说话也清脆有趣："九叔，我前些日子听水牛镇那边的人说起地宫的事，原来这地宫当真和西王沉银有关。据黄先生他们最新认出的金册所记录，最初修建这地宫的应是西王义子。"

西王义子名为张可旺，也是个能人。

当年，这张可旺接到密令，以开山采石为掩护，秘密挖掘修建了地宫，用来藏宝。只是没想到，大西国覆灭如此之快，这批财宝只能作为将来复辟的倚仗。后来，他们一代代人死守这里，越来越迂腐不堪。到了水牛镇老镇长这一代，更是在县志上写"天示神奇，山裂石出，不烦辇运，不加募助，添修府衙房舍数十楹”…… 翻译过来就是：祖宗显灵，感念我心至诚，石头不用开山就自己裂开，不用搬运就凭空建成了新的府衙和房屋。

这绝对是不可能的。

是老镇长守着财宝，动了贪念。

他用了地宫里的石料，所以石头不用开采就自己裂开；他用了宝藏的一部分，拿钱给自己修了活墓，所以才会添修府衙，只求“‘棺’上加官”。

守着财宝的奴仆，至死也抱着宝物，不肯睁开眼看看这个世界。他们早就把自己“杀”死在这个小小的水牛镇里了。

一梦百年。

白虹起讲完，有些唏嘘。

白明禹小声道：“别说那些了，我不爱听。姑姑，你尝尝这个藕尖，好脆，卤过的，挺好吃。”

伏虎寺的素斋确实不错，谢泗泉见谢璟喜欢吃，特意多住了两天，没急着回去。

白明禹是个闲不住的，带着谢璟要去骑马。谢璟道：“这里和北地不同，山上地势陡峭，不能骑马。”

白明禹道：“那去山上转转也行。我瞧见开了好些花，我们摘些来插在瓶子里。”

谢璟站在那儿不动，抬眼看他。

白明禹推他胳膊一下，凑近了觍着脸道：“摘些来，我送给姑姑，你也给你舅舅和九爷送些，多好。”好歹哄着带谢璟一起去了。

白明禹一路辨认各色野花，摘了好大一捧，用衣裳裹起来，几乎是扛在肩上。他倒也没傻到真扛那么多回去，而是在后山认真选了一遍，凑了一束最好的，小心包起来准备带回去。他收拾好了，却见谢璟站在一处陡坡上翻看着什么，喊了一声也不见回应，便好奇地找过去：“小谢，你在这儿瞧什么呢？”

那处有一块石壁。谢璟捡了一根树枝做棍子，挑开枯草藤蔓，认真看了片刻，拧眉道：“你不觉得这像什么吗？”

白明禹没看出来。蜀地山石多，藤蔓多，到处都是草木，他辨认不出。

谢璟喊了胡达过来，几个人一起清理了石壁，才发现露出来的是半截雕刻的石龙。那石龙身形蜿蜒，鳞甲峥嵘，龙爪锐利，却只剩半截龙尾露在外面，另半截因石壁坍塌，已被拦腰截断。

谢璟在附近找了半晌，终于在一处沟壑旁找到另外半截。那半截龙首所在之处，原本有一处山潭，大约是年代久远，曾有山体滑坡，小水潭目前已经干涸，被半埋起来。但仔细瞧了就不难发现，龙首朝下，正对小水潭做汲水状，和水牛镇的石龙一样。

胡达经历过地宫那一遭，一瞧见这个就头皮发麻，手不自觉去握枪。

谢璟回去找了找谢泗泉。谢泗泉常年在西川城，以前跟家里人常来这里，却并未听说过这件事，很快赶来瞧了瞧。

谢泗泉道："怪事，以前没见过。我刚才去问了住持，说前两年这水潭里还有水有鱼，今年枯水期长，水潭里的水都干了，若非如此，也瞧不见这半截石龙。"

谢璟问："舅舅，我娘留给我的那个石龙，和它一样。"

谢泗泉拧眉："你这么一说，我倒是想起，以前我年年跟阿姐来上香，确实也有一年水潭没水。"他那时年纪小，还想捉鱼，被阿姐教训了一顿。那会儿他只以为谢沅是担心他在寺庙捉鱼犯戒，现在看来，恐怕也并非完全是因为此事。

谢泗泉拿不定主意，找了白容久商议。两人意见一致，决定先不声张，找个理由把黄明游先生接过来。

黄明游来之前还挺焦虑，毕竟地宫那边还有一些书籍未整理，到了之后听白容久一说，立刻赶去后山瞧了石龙。

谢泗泉找了石匠，以给寺院修护石墙为由，试着往小水潭下面挖掘了一下，起初还挖到一些零碎的铜钱和金粒子，然后就是十几尊小金佛，再之后却怎么也挖不动了。这个地方十几年前经历过一次山体滑坡，此处被滑下的巨石挡住，除非用炸药强行破开，否则没有其他方法可以进入。

黄明游没让再动手，自己蹲下身去细细看了半晌。

谢璟踩着石块下去，护在黄先生身边，低声问："先生，可看出什么？"

黄明游道："这里数百年前应该也有一处暗河，只是斗转星移，山河变样，已经说不清当年的模样了。"他看了谢璟，问道，"小谢，你想把它们挖出来吗？"

谢璟摇头："开山动静太大，西川剿匪之后才得了一阵安宁，不能再乱。"

黄明游又问："那谢家主的意思是？"

"舅舅说，此事由我全权做主。"

黄先生看了石壁，语气忽然轻松了一些："这样也好。这些东西许是被人搬来藏在山中，又或者长久以来被水冲来的，具体有多少，一时也说不好，不过它们被掩埋得很好。”

没能见到它们出世，黄先生觉得有些可惜，但也庆幸，除了水牛镇地宫的那些，西川山腹中的宝物只露了一点边角，就又重新隐没于时代长河之中。

得了谢璟一句准话，黄明游起身，揣着手笑呵呵道:“挺好，现在太乱了，也不是它现世的时候。等以后不打仗了，国泰民安了，后人一定能瞧见。”他扶着谢璟的手，费力地爬上去，“真希望那时能有人能详细记录下来，哎，我是看不成喽!”

谢璟陪他上去，登高望远，只见周围山峰连绵，层峦叠嶂，千百年来姿态未变，一直静静守卫在这里。

他们身后，传来伏虎寺悠长的钟鸣。

谢璟有种很微妙的感觉，他虽然从来没见过阿娘，但是这一刻，他忽然能想象得出当年阿娘发现山壁上石龙的样子。

她也没有打开这处宝藏，而是选择让它安静地留在这里。西川不能乱，上城谢家也有足够的傲气，不动用这份财富就能重新站回盐商顶峰。她好像只是把这里当成了一个好玩的谜题，随手雕刻了石龙、石虎，将那模样粗糙的玩笑之作留给未出世的儿子解着玩。

她知道，谢璟早晚有一天会回西川，也知道弟弟会带她的儿子来他们小时候曾经玩耍过的地方。

她从未怀疑过这件事。就像是谢泗泉会带着谢璟寻找鱼骨剑一样，谢沅也跟弟弟开了一个小玩笑。若是她还在世的话，想必很多事情将是另一番样子。

谢泗泉从不远处走来，手上拿着一件披风，过来披在谢璟肩上，嘴里念叨不住:“怎么病刚好就在这里吹风？之前还说药苦，喝的时候还偷偷倒掉半碗，别当我不知道啊……”

谢璟看着他，像是要从他眉眼里辨认出另一位亲人。

谢泗泉疑惑:“怎么了？我脸上脏了吗?”

谢璟笑道:“舅舅，你最近越来越爱唠叨了。”

谢泗泉挑眉，给他系披风带子的手都重了几分，恼怒道:“谁说的？我对旁人才不这样，也就只管你一个!”

谢璟点点头，认真道:“我也一样，我会一直照顾舅舅，等以后给你和二当家养老。”

谢泗泉到了嘴边的话一时也讲不出，心里又酸又软，明明是特别高兴的事儿，却不知为何忽然眼眶泛红。他眨眨眼，按捺下情绪，抬手使劲揉了揉谢璟的脑袋，笑道："傻小子，舅舅厉害着呢，不用你养！舅舅护着你，你只管高高兴兴花钱享福就是。"

谢璟把脑袋抵在谢泗泉肩上，挨着他蹭了蹭。

将伏虎寺后山的事处理完毕之后，谢璟一行回到了西川城。谢璟办事缜密，外人只知道他们加固了伏虎寺的围墙，其余的一个字也未流传出去。

这次踏春，从伏虎寺带回来一些金银，算下来也略有小收获。那零星一小捧金粒子也就罢了，贵重些的还属挖出来的那些小金佛。谢璟找黄明游看过，黄先生说这些已被砸坏，基本上没有什么修复的价值，可熔了另作他用。

谢璟把这些金银都交给了徐骏。徐骏沉吟片刻，道："按老规矩，从哪里来，当还一部分到哪里去。我记得之前把伏虎寺围墙院子加固之后，还剩了些石料，不如出钱请些工匠把僧人的房舍也修葺一下，有些房顶漏水，他们日子也着实艰苦。"

谢璟道："好，我再送些米面菜蔬过去。"

徐骏又道："少捐一些，一下给太多怕是会引人注目，反而不好。"

谢璟点头应了，出去做事。

晚上，徐骏跟谢泗泉说起的时候，谢泗泉难得提了意见："你处理得很好，就这么办。另外，那边山脚下的田地这三年不收租子，权当给阿姐祈福了。"

徐骏道："好。"

"至于剩下来的那些金子，"谢泗泉手里握着一串白玉佛珠，想了想，道，"修路铺桥，做些好事。若还有剩余，就建几座学校。学校便用璟儿的名字吧，这也是阿姐的一份念想。"

徐骏答应一声，按他的意思去办了。

四月。

西川百花逐渐开放，姹紫嫣红。

白家在西川下城置办土地，购买商铺，花大手笔买下了几百亩田舍。一时间西川城都在传，说白、谢二家要合作，谋一桩大生意。

"我刚得了消息，北地白家要来西川发展。这西川城最厉害的盐商是谁？还不是咱们上城的谢家主！等着瞧吧，这两家好事将近，西川城快要热闹起来喽！”揣手的男人说得眉飞色舞，面露得意，“我家里一个远房亲戚，就在白爷新购置的店铺里做伙计，亲眼瞧见的，那店里的牌匾都换了新的，拿红纱裹住。白家怕是要有大变动！”

有人催道：“有何变动？快说说！”

那人“啧”了一声：“你们不知，这北地白家可是了不得。咱们这里是祖辈上传下来的生意，只做这一个门类。那白家却是什么生意都有涉猎，从关内到关外，任你往哪个方向走，都能瞧见白家的商队，生意还一口气做到国外去，赚洋人的钱了！”他压低了声音道，“我听说啊，这回北地来人，拿了好大的一份儿诚意出来，是要和谢家合作大买卖！”

……

西川城里传得沸沸扬扬，连着几日都在说北地人做的事，一时间，白、谢两家合作的事被传得言之凿凿。

西川城的人翘首以盼多日，北地白家终于来人了。

北地一行人在上午进城，这次来的是白家最有权威的长辈，也就是白容久的祖父。

白老亲自前来拜访，谢泗泉扶他上座，白老笑呵呵抚了抚胡须跟他寒暄问好。谢泗泉多少年没被长辈管教过，当家主事之后，还是头一回以小辈自居。

白老喝了一杯清茶，道：“老朽这次远道而来，是想亲自跟谢家主商谈两家合作之事。”白家护卫们把那些礼物抬上来，摆在一旁，一字排开。白老依旧客客气气，眼神里带着笑意：“北地白家，愿以半城为礼，还望谢家主笑纳。”

礼品箱子沉甸甸的，被逐一打开之后，一样样礼物展现出来。都是精挑细选的，从贵重的金银器物到绸缎布匹，还有干果等物，样样俱全。有人上前拿了厚厚一沓礼单，开始唱礼：“黄金、白银、古董各二十件，烈酒五十瓮，绸缎布匹各百匹，另棉花百束、茶枝百束，各色粮食百束，茶果八十匣……”

谢泗泉听着，忍不住拧眉，十几只木箱，放的东西实在没多少，虽听着数量多，分量却都极少。就拿那些酒坛来说，都是极为小巧的一只，小孩巴掌大小，用了水晶料子，可再晶莹可爱，瞧着也跟玩具一般。

礼单极长，一直开到最后一只箱子，对方念道：“白家再送木船三十艘，铁皮船十艘！”

谢泗泉瞳孔微微收缩，盯着白家人捧出来的那小小的木雕小船。那小船做工精致，栩栩如生，和他平日在江上瞧见的一模一样。而那些铁皮船，则是沪市最近才有的货轮的模样，可运人，也可运货，载重大，动力足，十分便利。别说西川，整个蜀地也找不出十余艘这样的船，。

谢泗泉一时间有些怔愣："先生说的是真船？"

白老笑呵呵道："正是，船只不便搬动，现已停靠在江口，谢家主可随时去看。"

谢泗泉忽然想起什么，视线转到刚才那十几箱东西上，瞳孔微微震动："这些难道不是物件，说的是……铺子？"

白老笑着点点头，拱手把礼单册子递交给谢泗泉："略备薄礼，还请谢家主笑纳。"

送来的这些酒坛代表一间间酒坊，那些绸缎则是布庄，而棉花、茶枝则是田亩……这些东西不好装进木箱，白家就每样取了一些物件来代表，做得精致小巧，摆放在木箱里，明面上做了个样子罢了。

谢泗泉以前也曾想过，依照北地白家的富贵，若是白九出手，该会有多张扬。但这次还是大吃了一惊。

白家哪里是送来十几箱东西，这是送来十几箱契书！

手里礼单写得清楚，店铺、田亩多在西川城附近，有些还串成了线。从西川城到锅庄，再到蓉城府，白家已不单单是送了商铺，而是送了一条条商路给他们。谢泗泉看了看礼单，笑道："北地白家百年富贵，果然不是我们能比的！"

白老坐在那里，又让人送了两个锦匣过来："谢家主找回失散多年的亲人，老朽愿再送上一份贺礼，给少东家贺喜。"

第一只锦匣打开，里面放着厚厚的地契和房契，最上面那一张写得清楚，是给谢璟的大宅院。

白老拱手笑道："谢家主得了一位好继承人，老朽特意送上西川下城千余亩地并下城宅院一座。从此西川上下城合为一处，两城之间再无界限，谢家主也可高枕无忧。"

谢泗泉心思微动，视线盯着那所宅子的契纸。

第二只锦匣打开，里面是薄薄的一个小册。白老推过去，对谢泗泉道："这是我孙儿自己找来的一些东西，若是其他时候也不算什么，只是眼下时局动乱，倒显得这些东西金贵。他能凑齐此数，也颇费了些功夫，还请谢家主过目。"

小册上列的不是别的，正是安置在蓉城府仓库内的一批枪械、弹药等军资，数量庞大，足可保一方平安。这些放在当下，是比黄金还贵重的东西，谢泗泉看了几行，脸上表情就变了，慢慢坐直身体，将小册递给了一旁的徐骏。

徐骏匆匆扫过，目光震动，放在太师椅上的手都忍不住握紧了些。他看看那些箱子，又抬头去看一旁的谢泗泉。

谢泗泉问道:“白老，您这是?”

“这是白家的诚意。”

这些贺礼表达得再清楚不过。白家拿出最大诚意，只求与西川谢家结盟，且不论谢璟和白容久是生死之交，只说白、谢两家的前景，也足够令人心动。白九爷亲自准备了礼单，他心思缜密，除了钱、粮、商铺，还送了一城平安——他既然敢送，自然也能保这一城无忧。

白老轻笑呵呵道:“谢家主，您看如何?”

谢泗泉把那小册子放回锦匣，不动声色道:“这礼太过贵重，我们怕是担不得。”

白老客气道:“担得起，小谢在北地时还救过白九的命，再多也担得起。”他吩咐一声，一旁的人从衣袖里掏出一封黄纸，白老接过，双手递于谢泗泉手边。

这是一张契约，黄纸书写，全是依照西川的规矩来，只是契约上写的是两家晚辈，分别是白容久和谢璟之名。

谢泗泉脸色渐缓，白家长辈不远千里亲自前来，又查了西川的规矩，这份儿心思难能可贵。比起先前那些厚礼，谢泗泉更看重对方的诚意。他手指落在上面，没接，但也没推开，只轻声开口道:“老先生，我西川素来规矩多，我想问一句，白九在西川是小住，还是长住?”

白老笑道:“自然是长住。白、谢两家结盟，主事之人自然不能相离太远。谢家主刚寻回外甥，怎好再让你们分离，便让白九长驻西川，这样一来，少东家离家近，谢家主也高兴。”

谢泗泉点头，接过黄纸，垂眼细细看过。

白老则安静喝茶，眼神却都在留意谢泗泉。

谢泗泉道:“我谢家看重的也并非这些俗礼，依我说，不管是公司合作还是什么，都不必这般繁琐。只需简单些，找个黄道吉日就可。”

白老应道:“应该的，那就听谢家主的。我们初来，也不知西川的规矩，一切都按您说的来办就是。”

白家人态度郑重，也十分尊重谢家意见。谢泗泉想了片刻，又提了要求:“我们西川偏居一隅，和外头不大相同。丑话说在前头，我谢家祖辈儿传下来的规矩，只讲一个‘义’字，若是将来白九……”

白老也点头，缓声道：“我就这么一个孙儿，他为人秉性我还是可以帮着说一句的。谢家主只管放心，白家重诺，今日的决定，这一世都不会变。”

“白老可能作保？”

“北地白家，言出必行。”

“好！”

谢泗泉让人拿了笔墨纸砚过来，白、谢两家的当家人关上门，好好商量起了一桩喜事。

另一边。

谢璟在自己院子里，听说北地白家来人了，下意识就想过去拜见。他边走边问：“白家来的人你可看清楚了，真是白老太爷？”

“应当是。”一旁的人也不敢确定，只跟谢璟形容了一下。

谢璟点头道：“那就没错了，我出去瞧瞧。”

刚出院子，忽然有人过来，说：“少东家，盐场那边出了点事，来人请您出去看看。”

谢璟跟着过去。那小厮一路带他去了角门那边，却见一辆马车停靠在那里，车帘微微掀起，里头坐的正是白容久。

谢璟好几天未见白容久，上了马车，高兴道：“爷，怎么今日有空来找我了？”

白容久道：“带你去个地方。”

马车一路出了西川城，路途颠簸，但沿途风景不错。

白容久带谢璟去了城郊一处风景好的地方，离着盐场不远，正是谢泗泉很久之前带谢璟赛马的那处山丘。那一片草甸茂密，远处还有人在放纸鸢。天气不错，他们坐着说了一会儿话，不过几天没见，要谈的事有许多。

白容久道：“祖父这次来西川，是为了商议两家后续结盟的事宜。我提前说给你听，若是船帮由你接手，你也别太惊讶，我原就是点名了想同你合作。你也不用担心其他，只当和平日一样就好。”

谢璟答应一声。

白容久轻笑一声：“两家合作毕竟是大事，不知你舅父会不会同意。不过也好，祖父常说自我掌事后，他落了个轻松，这次就让他好好操持一下，费费心思，也好知这偌大一个白家，我撑得不易。”

谢璟想了片刻：“我来了西川之后，这里里外外，舅舅倒是为我花了不少心思。”

白容久低头看他，就听谢璟继续嘀咕道：“想是也不缺这一回。”

白容久被他逗笑了：“让他们操心去就是，我们只管听吩咐。”

谢璟也笑了，点头道：“好。”

谢璟在外散心半日，又被白容久用马车送回。回来路上，他察觉有人在后头跟着，略微掀开帘子看了下，发现是胡达他们，也就没作声。西川城里还是安全的，只是他上次实在有些危险，谢泗泉这阵子像是一个受了惊吓的老父亲，一刻也不敢放人，但凡谢璟出门，总要让几个人远远跟在后头。

马车停在谢府角门处，谢璟跳下马车，没去自己院子，而是径直找了谢泗泉。进了院子，他一边喊了“舅舅”，一边掀开门帘走进去，步子轻快，进去之后就瞧见谢泗泉和徐骏正坐在太师椅上喝茶谈事。

谢泗泉手边放了一盘剥了一半的瓜子，瞧见他进来之后，挑眉道：“又去哪里疯跑了？过来，这身上怎么还有草屑。”

谢璟走过去，任由他给自己拍打干净，道：“去了之前和舅舅赛马的地方。舅舅，我听说白家来人了？”

谢泗泉随意“嗯”了一声。

谢璟又道：“舅舅答应了没有？可以快些，不用拖拖拉拉的。”

“胡闹，这事又不是儿戏，总要想清楚……”

“我早就想清楚了。”

谢泗泉郁闷道：“那也总得商谈合同，再挑个好日子。”

谢璟点点头：“行吧，两家结盟后，我还有许多事要做，别耽搁太久。”

谢泗泉：“……”

徐骏难得看到谢泗泉吃瘪，忍下了唇角的笑意。谢璟略坐了一下，陪着说了两句话，又匆匆走了。徐骏放权给他，现在西川上城铺子的大小管事都知道少东家开始主事了，跑来问谢璟的人渐渐多起来，确实也有些忙，刚才不算他夸大说辞。

谢泗泉瞧着他离开的背影，又酸又涩，等人走远了之后还跟徐骏吐苦水：“你说这孩子像谁，怎么一点都不听我的话？”

徐骏道：“都说外甥像舅，我瞧着就很像你。”

谢泗泉：“……”

谢泗泉心里本就在难受，这会儿被气得直瞪眼。

他虽然嘴上这么说，但手上的事办得一点都不慢，很快就找了全西川最好的风水先生，挑了一个黄道吉日，把合同放在神龛下，隔了三天，才算礼成。

谢泗泉去取合同的时候，还拜了拜，嘴里念叨着“一切顺利”。

徐骏在一旁听见，不由得看了他一眼。谢泗泉不用转头就知道徐骏在瞧自己，懒洋洋道：“这么看我做什么？这事对两家都有好处，再说璟儿自己也有想法，我这么看重他，自然要大力支持的。”

徐骏道：“我以为你不想他这么早开灶单干。”

谢泗泉道：“确实不舍得，但那会儿是担心他去外头闯荡，现下白九既然要来西川发展，这么算算，其实是我们赚了。”

“北地那些人还在眉山置办产业，开设工厂，如今又弄了这么多军资过来，我担心他们来了之后，蜀地情势有所变动。”徐骏眉头拧起，略微顿了一下，又道，“他们给我们这么多枪，可能还有一点提醒的意思。”

谢泗泉问：“你担心他们占了西川？”

徐骏：“不可不防。”

对于那批军资，徐骏未说出“要挟”二字，但对白家人还是存了一点疑惑和警惕。

谢泗泉道：“你想多了，我倒是觉得白九这人会做事，他给了我一个台阶，但也给自己在西川找了一处安身之所。更何况，璟儿离咱们这么近，若是有什么情况，我们也能及时响应，谢家绝不会吃大亏。”

徐骏面色渐缓，点点头：“也是，反正比我们当年容易些。”

谢泗泉听见，“啧”了一声：“白九只花了半座城，我当时可是差点去了半条命，好不容易撑住这份家业。”

徐骏没吭声，难得目露追念。

第二十一章 两家结盟

五月初八，良辰吉时。

天刚蒙蒙亮，西川城里就一片爆竹声响，锣鼓唢呐，声乐震天。有许多抬了贺礼的人陆续开始入城，从下城一路走过城楼，向上城谢家走去，引得无数人围观。

北地白家知道谢家家主爱热闹，投其所好，不仅用了唢呐，还请了一队西洋乐队，也不拘什么风格，一路吹吹打打，当真办得热闹极了。

西川城的大街上，每隔一段距离都会有舞狮表演，若仔细瞧，就会看到这些舞狮表演所在之处的店铺，都挂着用红绸封起来的牌匾。彩狮的头正对着街口，吞吐绣球，像是在迎接那些抬着礼品的队伍。

西川上、下两城百姓难得瞧见这阵仗，都凑在路边瞧热闹。

为让全城共襄盛事，不少谢家盐场的伙计来回跑着撒花生、糖块，引得小孩跟着一路追。那些人还编了吉祥话，一边给小孩分糖，一边教他们喊个不住，童声稚气，更添欢笑。

鞭炮声“噼里啪啦”炸响，起初是一处，紧跟着满城都响起来。

恰在此时，主街道各家店铺同一时间拽下牌匾上的红绸，虽还是之前的名字，但前面都加了一个印，是一方巴掌大的金色的“谢”字。

沿途商铺的掌柜和伙计站在门口拱手贺喜，身上穿着新衣新袍，面上更是喜气洋洋：“恭喜白、谢二家促成今日联盟之喜，从此风雨同舟，和衷共济！”

一声接一声，延绵不断，但凡礼队经过之地，皆有贺喜之声！

路上的鞭炮碎屑，像是铺了一路的红毯，从下城到上城，浩浩荡荡，整个西川变得喜气洋洋。

街边看热闹的人啧啧称奇，他们在西川城住了这么久，还从未见过这样的奇景。

礼队一路走过去，这边的人只能看到半截队伍，后面的半截隐在街尾。队伍太长，哪怕爬到树上也并不能看到全貌。

西川城里议论纷纷，一时间都在讨论白、谢二家结盟之事。

谢府早已腾出一间厅堂，精心布置，专门用于今日签订契约之事。

作为庞大家业的继承人，两家少主此刻皆穿着一身整肃的新衣，站在厅堂两边。

谢璟穿了束腰暗纹长袍，斜领银扣，雪白小领立了两个角，胸前佩戴了一串白玉珍珠扣儿，一边耳骨上戴了银环，十分醒目。白容久依旧是平日穿惯的淡色衣衫，胸前也有一挂白玉珍珠扣，气度出众，比之前的沉稳又有些不同。

堂厅里，寥寥数人，但每一个都是有名号的大人物。

二人上前领过结盟契约，交换签字，并向一众长辈行礼。众位长辈面带笑意，对二人颇多嘱咐，皆是让两人今后同心协力，好好主持白、谢两家的未来。

礼成，酒宴一直到晚上，宾主尽欢。

谢璟如今算是自立门户，谢泗泉怕他囊中羞涩，又不肯跟自己说，便想着法儿给他送钱，又叫了谢璟过来认一认西川的一众亲戚。

堂厅里，十几个穿着华美的西川富家翁坐在那儿，好些人十根手指上戴了七八个戒指，不是金子就是翡翠。每人都笑呵呵的，说什么话也都紧盯着谢泗泉的脸色，见家主略微颔首才继续说下去，十分懂规矩。

谢泗泉这次叫来的人都是谢家最有钱的几个——有钱且听话。他外甥自立门户，不收点礼钱，那怎么说得过去？

敬茶的时候，谢泗泉只让谢璟给自己敬了一盏茶。至于其余等人，谢璟只略微躬身敬了一盏，剩下的全都代了过去。敬茶之后，谢泗泉又让人拿了一金一银两个大托盘，由两个小厮捧着，收到什么礼就大声唱一遍，满口感谢的吉祥话。

西川这些富亲戚哪敢往银盘里放东西，纷纷抢着把礼单和准备好的金锁、玉佛、大串儿翡翠珍珠等物件，一样样往那金盘里放，生怕自己落后了，让家主不满。他们如今吃着祖辈的红利，家里产业也多交回族中，统一由谢泗泉打理。谢家如今说是谢泗泉的一言堂也不为过，平日里这帮人都要想尽办法给谢泗泉送礼，现在正是瞌睡了送热枕头，更是分外积极。

很快，那只金盘摞成高高的小山一般，金玉珠宝被压在一沓沓银票上，实在壮观。

轮到谢泗泉的时候，他没给钱，而是给了一串钥匙。

西川那帮华服亲戚盯着那串钥匙，一时间噤了声，过了好一会儿，才有人小声提到“祠堂”“族院”之类的字眼。谢泗泉咳了一声，堂厅里安静下来。谢泗泉这才招手，让谢璟过来，把钥匙佩戴在他腰间，对他道：“按往日规矩，这是谢家家主才能掌管的，但如今生意多了，我一个人怕是忙不过来，便不拘泥于这些旧例。打今儿起，少东家的话，就是我的话，可听明白？”

西川那些人这些年被谢泗泉收拾得极为听话，连忙称是，有机灵的已经喜笑颜开地夸奖少东家人中龙凤、前途无限了。

谢泗泉唇角扬起一点，揉了谢璟脑袋一把。

结盟礼成，谢璟搬去新宅住了一整个夏天，除了送白老等长辈去眉山一趟，其余时间都在忙着办理船舶公司之事。

夏末，西川有赛马节日，谢璟与白容久一同前去，他还骑了白十四过去参赛。在一众人骑乘的赛马里，白十四体型最为高大，又当过军马，其他赛马见了纷纷避让。加上谢璟容貌气质都分外出挑，更是引人注目。

赛道上可不分什么地位，都是凭真本事说话。

谢璟骑了白十四冲在一众西川汉子之间，骏马疾驰中，他侧身于马背，快速拾起地上弓箭，抬手瞄准草靶中心，一个不落，全部命中！

白十四的步伐虽快，但也有些不适应西川的山谷地形。谢璟怕伤了它腿脚，控制着略落后几个马身，拿了个中等偏上的名次。

比赛的前百名都可在悬挂的彩绸上挑一件奖品，白十四高挑，谢璟毫不费力就拿到了最高处的那枚拟兽面具，五彩斑斓，还挂了彩穗儿。谢璟拿起来之后在手里抛了抛，面上露出笑意，抬头去寻找同行的人。有热情大胆的西川姑娘跑来跟谢璟说话，还有人送了谢璟一束捧花，要换谢璟手里的面具。谢璟在白马背上连连摇头，手都举高了些：“不不不，不行，我不换。”

那姑娘掐腰拦在前面，瞪大了眼睛道：“你怎么这般小气，跟我换嘛！你身边没有带别的姑娘，我都瞧见了，我从一开始就看中你啦！”

谢璟:“可我对男女之事并无想法!”

白容久穿过人群走来,刚好听到谢璟面红耳赤地跟一位姑娘说话,一时间忍俊不禁。

谢璟也瞧见白容久,连忙拉着缰绳,让白十四后退几步,躲开那几个女孩往这边来。

谢璟想把赢来的奖品送给他,白容久却把那枚拟兽面具戴到谢璟面上,低声笑道:“只送面具可不够,下回拿个头名才好。”

拟兽面具顶部有旋纹尖角,口中犬齿锋利,色泽鲜艳,充满古朴张扬之气。

另一边,白老带着诸位白家人去了眉山之前买下的宅子。

白明禹陪在各位长辈身边,但他这次话特别少,说上两句就忍不住去看一旁的白虹起,尤其是白夫人在的时候,他越发紧张。

白夫人也是白家的传奇人物,无夫无子,自立女户,只凭一人就撑起了南坊的生意,是打出了名号的女掌柜。白虹起自幼被白夫人收养教导,一直喊她“祖母”,祖孙俩感情极深。她这会儿扶着白夫人胳膊陪在一旁,小声说话哄祖母开心。

白虹起:“祖母,这里的院子是白二修的,费了好大功夫呢!”

白明禹在一旁听了,连连摇头:“也没费什么……”话说到一半就看到姑姑在瞪他,一时间硬转了半截,“确实费了一些功夫。”

白夫人心情不错,对他也和气:“我常听虹儿提起你,你年纪虽小,但办事稳妥。”

白明禹心情大好,胆子都跟着大起来,凑在白夫人身边,好听的话不要钱一样往外说。白虹起刚开始还有点紧张,她祖母素来喜静,不知道白二这样行不行。好在年纪大了的人,对小辈儿都偏爱几分,白夫人听着他这样明目张胆的讨好,倒也笑呵呵的,没怎么阻拦。

众人在眉山小住了一段时间,白老对蜀地气候适应得不错,白夫人也喜欢蜀地的景色和美食,夸赞良多。

白明禹一直留在眉山,在各位长辈身边忙前忙后,铆足了劲儿表现自己。

眉山工厂陆续修建起来,但白家第一批送来的人却不是管事和技术人员,而是学生。北地动荡,原先在族学里的老师和学生都先转了过来,因人数众多,只能分为两批,有些去了青岛,有些来了这里。人虽分开了,但总算保护了这些后生。

适逢战乱，这也是无奈之举。

一众北地学生乘船入川，年纪从七岁至十余岁不等，有白家的人，也有其他家在白家族学求学的孩子。他们来到眉山的第一课，就是由先生带着向北躬身拜礼，抬首长望。

他们虽离开故土，但还有一颗想要回去的心。只要学好本事，总能在这乱世有一处用武之地，总有一天可以重回故土。

这一年，白家十五岁以上的学生里，弃笔从戎的占了多数。

白明禹帮着族学众师生安排住处，连带准备教室和其余用品，办事非常利索。族学的老先生头发已经花白，他当年也做过白二的先生，还记得当年顽劣的白家二少爷，此时瞧见也忍不住夸赞了两句，很为他的成长感到欣慰。

白虹起过来的时候，刚好听到一两句，忍不住问起来："这是你小时候的先生吗？他刚才都说什么啦？"

白明禹得意道："还能说什么，夸我呗！我从小就特别优秀，先生一直记着呢！"

"瞎说，我都听见了，先生说你小时候最淘气，还让小谢给你抄作业呢！"白虹起好奇，"你以前跟小谢一起念书，可曾欺负他？"

白明禹把脑袋摇得像拨浪鼓一般，"没有没有，我跟小谢最好了。"

白虹起又问："那小谢欺负你没有？"

白明禹："……不好说。"

白虹起被他逗得笑个不住："就算有，那也是你做事太笨。别说小谢，我有时候瞧见了，心里都着急呢。"

白明禹一瞧见她笑，就忍不住跟着咧嘴笑："我以后不给别人欺负，就许你一个欺负我。"

白虹起脸红了，戳他额头："傻瓜，谁稀罕呀。"

入秋后，白容久和谢璟一起来眉山探望众位长辈。白老对他们二人很热情，还让小厨房做了谢璟喜欢吃的小汤圆，留他说了好一会儿话。

家宴之后，白明禹一直待到喝了茶准备散场了，还不打算走。大约是白容久今日来了——在白明禹心里，白容久才是他长辈。趁着家中各位长辈也在这里，白明禹忽然"噗通"一下跪下来，给白夫人磕了一个头。

众人都吓了一跳。白夫人问道："这是怎么了？好端端的，有什么话起来慢慢说。”

白明禹磕磕巴巴道：“老夫人，您刚才说九爷他们回来是喜事，我……我跟您求个恩典，凑一个双喜临门。”

白夫人怔愣：“你求什么？”

白明禹：“我求您答应我和虹姑娘的婚事，我发誓，我一辈子都对她好！”白明禹越是紧张，越不知道怎么说话，跪在那儿又磕了一个头，眼巴巴地看着白夫人。

白夫人气得柳眉竖起：“胡闹！你当我虹儿是什么人，好人家的小姑娘可不是你这样求的，断没有这般随意的道理！”她气得够呛，茶都没喝完，径直带着白虹起走了。

白明禹傻眼，抬头却瞧见白虹起回头偷偷看他，还对他笑了一下，眨了眨眼睛。

等白夫人走了，堂厅里的众位长辈也忍俊不禁。白老笑呵呵道：“没想到今日家宴会这么热闹。只是天色已晚，大伙儿都散了吧，明日的事等明儿再说，也不急在一时。”

众人陆续离开，白容久和谢璟走在最后面。白明禹跪着没敢起来，可怜兮兮看白容久：“爷，怎么办啊？”

白容久淡声道：“你自己用脑子想想。”说完走了出去。

谢璟跟在后面，脚步略微停顿一下，站在白明禹身边，低声道：“你拍一封电报回青河。成亲非同儿戏，三媒六聘，一样不能少。”

白明禹恍然，眼里又泛起光亮，立刻起身去筹备了。

清河那边接了电报，很快来了人。赶来的是白明禹的父兄，二人风尘仆仆入川，来了之后先找旅店收拾妥当，才带着礼物去拜访白夫人。

白夫人客气了一番，就让他们进了小厅相谈。

都是北地白家的人，算起来两家关系还比较近。白明禹家中这两年生意做得大，但没有白夫人在南坊的家底丰厚。白夫人毕竟是白家嫡系，家中又没有其他子嗣，这些日后都是留给白虹起的。况且，白夫人打小儿也是拿白虹起当下一任女掌柜来培养的，从未想过远嫁之事。

清河白家的人对此倒是早有准备，连声道：“犬子发电报回来的时候，已提过此事，我们对此并无意见，全听您的安排。”

白夫人微微攒眉，试探问道：“即便入赘也无妨？”

白老爷笑呵呵道："若是其他家，那肯定是不行的，但咱们都是自家人，都可商议。既是实在亲戚，那我就关上门说句心里话，我家中还有一个长子，年初的时候还添了一对双胞胎孙儿，加起来也是三个小子的爷爷了，家中人丁尚好。"

白夫人听出对方诚意，脸色缓和许多。

若是入赘到其他家，清河白家父子俩肯定吹胡子瞪眼，不肯答应。但这是自家，倒也没有那么大的心理压力。白明哲还有些舍不得弟弟，但白老爷已经高高兴兴地把白二送出去了。

白老爷虽一直在清河白家，但为人并不迂腐。他有一个儿子留在家中继承家业就已足够，至于白明禹，早在白容久将他带走的时候，白老爷就已想好要让他好好磨炼一下。白容久既然肯收，那清河迟早留不住白二。

说了一上午话，白夫人中午还特意留了饭，让小厨房做了一顿家乡菜。

入赘之事谈得顺利，白夫人也放下最后一点顾虑，笑道："绕来绕去，总归是一家人。"

清河白家老爷道："是是是！之前一直听九爷提起虹姑娘，说她做事极好，我那不中用的儿子以后跟着也可多多学习，是他高攀了。"

两家都不缺钱，只单看人，彼此都非常满意。

白夫人起初也只是气白明禹这臭小子张口就求亲，一点都不正式；这段时间听虹儿说起在地宫里的事，感动于白二几次舍身相救，心里早就已经软下来，此时故意抻着，无非也是想多看看白二的人品到底如何。现在看过了，清河白家的态度也瞧见了，确实是好人家。

白夫人很满意，婚事也应了下来。不过她提了要求，要先订婚——总归是从小养大的女孩儿，她舍不得白虹起早早出嫁。

白家爷儿俩立刻点头，白老爷跟着笑道："好好，订婚也是好的，我家二小子年纪也不小了，如今算是有个人管着。虹姑娘里里外外一把手，做事周到又妥帖，有她在，我们就放心了！"

白明禹父兄这次来，虽轻装出行，但礼金也准备得充足。白夫人却没要，推辞道："既是入赘，这些一概不用，我南坊白家一力承担便是。"

青河白家父子面面相觑，他们也是头一回"嫁"儿子，没什么经验。但白夫人说什么，他们就点头应着——白二把电报快拍成了家书，信誓旦旦说此生只娶白虹起一人。那架势，莫说十头牛，一百头都拉不回来。

白明禹这两天在忙族学和工厂的事，等他回眉山宅子的时候，两边已经谈妥，把他和白虹起的婚事基本定下来了。

当晚，白明哲偷偷敲开弟弟的房门，把带来的那些钱都给了他。

数额太多，饶是白明禹也吓了一跳，连声推拒不肯要："大哥，你把这些带回去。你和父亲都有用钱的时候，家里的酒厂生意也缺不了现钱，我在这里用不了这些，不用给我留。"

白明哲道："如今你跟在九爷身边，家里无论给你房子、田地，还是铺子，都没有现钱方便，只是这两年北地有些乱，一时也凑不出太多。"见弟弟还要说什么，白明哲摆摆手拦住他，"你听我说完。这钱原本就是拿来给你娶媳妇儿的，爹娘准备了好久，我和你嫂子也凑了一份儿。你不用管家里生意如何，这钱断是不会少了你的。南坊白夫人既言明了由她来办婚事，我们也不好拿回去。爹说你也大了，这些给你，以后成婚了手里留点钱，别受人为难。"

"哦，那行吧。"白明禹接过钱袋数了数，"我看看有多少。"

白明哲心里那点伤感立刻被他气没影了，抬手打他后脑勺一巴掌，笑骂道："臭小子，等我走了之后你再数。当我面数礼金，丢不丢人！"

白明禹："当着自己亲大哥，有什么丢人的啊？哥，你们来住多久，多待一段时间吧？"

白明哲摇头道："不了，还要回去。北地终究是祖上基业，还需有人看着。"

白明禹心里难过："若是乱得厉害了，你们就往南边跑。九爷在西川和眉山都置办了土地，慢慢也会有工厂，你们来这里，咱们一大家子人还跟以前一样。万事有我，大哥，你别担心。"

白明哲笑道："有你这句话我就知足了。你这些年跟在九爷身边，总算是长大了些。"

他好好看了看弟弟，拍了拍他肩膀。兄弟俩如今长得一般高大，但比以前关系更好了几分。

中秋节前，白明禹和白虹起订婚。

北地一众人在眉山吃了团圆饭，再过两日，清河白家父子启程回北地，陆续也有其他长辈来辞行。白老留在眉山坐镇，其他人有些留下修建新工厂，有些选择返回故地，守着祖上基业，各自做了选择，做了自己能做的一切努力。

转眼间，年关将近。

谢璟原本计划要去沪市探望父亲，但贺东亭来信，让谢璟留在蜀地过节，不必辛苦折返。谢璟同他打了电话，再三询问，见对方依旧这般说，也就没有再坚持。

腊月之后，东院的孙福管事带了黄明游回来。黄明游抱着刚誊抄好的新书，在房间里摇头晃脑，看得沉醉，一连几日，连吃饭都不怎么在意。

谢璟过去看了一趟，叮嘱人照顾好黄先生，也就由着先生去了。

孙福管事回来之后，新宅里各项事宜很快就被安排得井井有条。若说以前谢璟忙里忙外还有几分吃力，此时有老管事出手帮助，所有事情迎刃而解，谢璟肩上的担子轻了许多，每日走路都带风。

头一次在新宅过年，谢璟做主赏了不少钱，全府上下喜气洋洋。

爆竹声响，碎红遍地，虽没有皑皑白雪，但依旧过了一个热闹的新年。

过年之后，蜀地谢家连着上了一月有余的报纸。

白、谢两家的合作慢慢有了进展，这次不再是外头传的小道消息，而是正儿八经的登报声明。两家一起合开了船舶公司，江上新增的十艘江海巨轮颇为引人注目，还另开了新航线——之前白家在湘江、万江等地拿下的码头和西川谢家的航线连接起来，比之前更远，也更省时。

除了原本的货轮生意，还增添了客轮，服务民生。新船在江面上鸣响汽笛行驶的时候，又上了报纸，引起了一阵热议。

白、谢两家新开的客运公司趁热打铁，卖了好些舱房和船票。这些船票分成三类，高中低价格的都有，童叟无欺。船上干净卫生，座椅和舱房收拾得整洁明亮，服务态度也好，也是江上第一家包餐食的客轮，成了当时的新风尚，很多人都慕名去坐一趟船。

船舶公司的事务大致定下来之后，谢璟和白容久回了一趟沪市。

白容久在沪市还有一些工厂，需要亲自过去一趟，谢璟则是为了自家生意。谢璟不是头一回运盐，但这次在江上行船，和以往又有所不同。船行程过半，两岸风景变了许多，山崖渐缓，不再崎岖。

到沪之后，谢璟去福泉庄交接盐货。他是少东家，这次谢泗泉放开手让他去做，也有让各位大管事多和谢璟接触的意思，以后西川生意需要谢璟接手的还多，总要多磨合一二。

白容久备了厚礼，先一步去见了贺东亭。

贺东亭人清瘦了许多，眼窝有些凹陷下去，身边跟着一位医生。白容久来的时候，他也没有避讳，客气地让白容久等在一旁，打过针之后才请客人入座。

贺东亭道:“有些简陋，还勿见怪。这几日身体不适，一直睡不好，也只有这个房间落地窗大，阳光好一些，能睡个好觉。”

白容久问起病症，贺东亭也只说是旧疾复发，并没多说什么。

白容久道:“去年白、谢两家在西川摆宴，璟儿还问起您，当时就十分担心，只是舅舅说不碍事，也拦着没让璟儿来探望。若是知道如此，他一定早就过来了。”

贺东亭笑道:“是我让谢泗泉别说的。我那会儿病得有些重，一时也不知道能不能好。所幸熬过冬日，如今有了几分起色，还能多陪璟儿一段时日。”

白容久又问:“这病有多久了?”

贺东亭:“有一段时间了。”

白容久:“可想过其他办法?”

贺东亭摇头，轻轻叹了一声:“老毛病，治来治去，也不过就是那几句话，听得腻味了。”

上次白家一行入蜀地，贺东亭一路同行，白容久也曾和他攀谈过，虽说不上投缘，但也彼此欣赏。只是这次，贺东亭显然没有上次那么有精神，说话的时候有些疲乏，走神几次。直到听说谢璟也来了沪市，他才打起了几分精神:“说起来，今日我还未见到璟儿，他去哪里了?”

“去了福泉庄，谢家主如今想把谢家的事交给璟儿打理，慢慢让他接手。”白容久代为解释道，“另外还要陪黄先生跑一趟。上次北平来的那些教授发现了不少古籍，黄先生写了注文，其中有一册为游记，先生特意绘制了山川河流图，需要送去整理造册。想必是书局有些忙，要再等一会儿才能过来。”

另一边的书局，谢璟正陪着黄明游交付书稿。

书局里的人起初并不重视，后来黄明游发了好大脾气，书局的总编才急匆匆赶来，亲自接待。那个小办事员站在一旁像鹌鹑一样，听说“黄明游”三字，脸瞬间就吓白了。

黄明游在书局待了一上午，亲自整理书册，交付印制，弄好之后才走出来。他边走边捶腰，摇头笑道:“年纪大喽！当初跟着商队走南闯北，也不见这么多毛病，现在不过是坐两日船，再忙上半天，这老腰就疼得厉害。”

谢璟道:“先生做事太赶了，注文本就烦琐，您又和章教授合力绘了江河图。这些图，旁人绘上十天半个月都未必能出一张，先生应该慢些来。”

黄明游笑道:“不行呀，还有那么多学生等着，总要赶在春天前把书定下。”

谢璟惊讶:“给学生?”

黄明游点头道:“是啊，我同北平那几位商议过，大家伙儿一致同意尽快印出来。不止这一卷，后面还有一整套呢！我这些年跟着商队走南闯北，见过许多山川河流，因此负责这一卷，其余书卷由北平大学众位教授倾力合作，从小学到高中教材都有。我华国万万里土地上的大好山河,应当让学生们都记住。”

黄先生年纪大了，两鬓白发，和谢璟当初见到他的时候比起来，能看出额前皱纹增了许多。但黄先生身上的傲骨依旧，不管多大年纪，即便背着手走路，也挺直了脊背。谢璟看着他慢慢踱步，哼着小曲走下楼去的身影，不知为何忽然想起先生乘船而上的模样。

老先生手撑在船栏杆上，仰头看着道道青山峰峦，眼中带了自豪。这份自豪来自他眼中的山川河流，来自他脚下的土地，也来自他脑海中熟记的千万卷书籍——那是他心中的故土，是他的国。

第二十二章 战火燃起

沪市，江口，几艘商轮正在连夜赶路。

船上的汽灯明亮，几个轮岗的船员都是被紧急调来的。他们身上沾满油污的衣服还未来得及换，神情略显疲惫，此刻正围拢在一处灯柱下，催促其中一个年轻人读报纸:“小六，快念念，战事如何了?”

“对对，打胜仗了没有?”

“前些天小日本说要几个月打到沪市来，奶奶的，我才不信，咱们那么多人，拼刺刀也不怕他们!”

年轻人翻看着报纸，把这几日的战事读给周围的人听，听得众人一时提起心来，一时又恨得牙痒痒。

几人正在说话，忽然，船身剧烈摇晃几下，停在了江中。

几人往前眺望，就看到前方不远处有一艘军舰，正驱灯指挥他们向前靠拢。除了他们这艘商轮，周围还有十几艘船慢慢靠拢过来。军舰在前，商轮在后，一字长蛇阵向前航行了大约一个小时，直到抵达江面入口的最窄处，军舰才号令停泊。

十几艘商轮不明所以，他们是被紧急调来支援的。如今国难当前，人人都愿意出一份力，军舰如何说，他们便如何做。

夜深，周围的海风都平静了似的，常年生活在船上的海员们隐约觉得哪里有些不对，扭头去看，才发现一旁的商轮正慢慢下沉，一时间有人惊呼出声。

他们在海上多年，看到一旁船只有难，下意识就想帮一把，更何况周围那几艘商轮他们见过太多次，彼此熟悉得连名字都叫得出来。

但是，有经验的船员很快就发现不对，这些船不是遇到了危险，而是自己在放水入舱。

那艘商轮的二副从驾驶舱出来，直到此时才说出了今夜“沉船塞江”的任务：“国难当头，望大家能深明大义，共抱同仇之决心，完成沉江任务，阻止日舰通行……”

船体慢慢下沉，那些上了年纪的船员忍不住哽咽出声。他们一辈子都在船上讨生活，爱惜船舶如同爱惜自己的孩子一般，如今眼睁睁看它沉入江中，一个个都赤红着眼睛，咬唇一言不发。

各船开始放水，船体慢慢下沉。船员们注视着江面上一艘艘陌生或熟悉的船舶，眼含热泪，直到一条小船接他们上了军舰，他们的视线依旧未离开滚滚江水。

天色将明，沉船任务终于完成。

沪市一处临时会议室内，此刻气氛剑拔弩张。贺东亭拧眉坐在右侧，面沉如水，一言不发。

会议桌上，为首的三人皆穿军装。贺东亭对面几人或站或坐，每个人脸上都带着怒火。有一个络腮胡男人径直拍上了桌面，把水杯都震得晃动起来。他眼里带了红血丝，声音更是粗哑，连声追问：“贺老板昨日英勇大义，苏某敬重你的为人，但今日之事未免太过偏颇。试问在座谁的船厂没有牺牲？为何我们的船沉得，福泉庄的船沉不得?!”

一旁的人也满面疲惫，显然一夜未曾睡好，附和道：“是啊，大家都是为国牺牲，没有理由只对一家公司网开一面。唉，还请给出一个说法……”

“贺老板，我王家接到消息，可是二话不说沉了三艘轮船哪!”

众人议论纷纷。原本就是心头割肉，此刻稍有一点不公，立刻就被无限放大，一时间还有人质问起贺东亭和蜀地谢家的关系，俨然成声讨之势。

贺东亭依旧摇头，沉声道：“福泉庄的船，不能沉。”

姓苏的那个男人瞪着眼睛道：“那是为何！他蜀地的船比我们的都金贵，收到战令，还能违抗不成?!”

贺东亭道：“正因它是蜀地的船，才沉不得。”

有人冷笑：“怕是贺老板和他们沾亲带故，为子侄开脱吧!”

有些同贺东亭平日里就有生意竞争，说话也不甚客气；而大多数则是敬重贺东亭为人，越是如此，越是失望，此刻也盼望他说些什么。

“眼下正值危难之际，军政署催迁在即，莫说那数万吨军需物资，就是工矿、砂厂等器械运输，都需要船舶。我与诸位的船只，驶至湘江流域尚可，但若入川江，莫说你苏家那几艘江轮，就算是我的江安轮也不敢轻易入得。非福泉庄的船不可！川江湍急，路险且窄，谢家的船常年往返于此，因而船身狭长，和我们的船完全不同。况且九月之后，水情严峻，届时即便有老手领江，也要谨慎操作。江道狭窄，泄滩难下……”贺东亭看向在座众人，视线环视一周，“若想保住全国工业之星火，谢家的船，不能沉！”

“可军令如山，这沉船塞江的任务又当如何？”

贺东亭沉声应道：“船，由贺家出。”

数日后，阻塞田家镇航道的船，果然是贺家出的，抑或说是白、贺二家通力合作出得的。

白容久造了四艘大型钢骨水泥船来代替轮船——此举挽救下十六艘大轮，确保了南渡航线的航运能力，也立了关键一功。

时间紧迫，钢骨水泥船数量不够，贺东亭将贺家船舶公司的老旧船只一并沉入江中，构成了江面第三道航线。

此次任务中，招商局共下沉商船七艘，海军沉军舰八艘，民营海轮沉江共十八艘。江上防线初步告成，贺家牺牲了最多的船只。

同月底，贺东亭告病引退，战时的水运调度落在更为年轻的白容久身上。

白容久穿一身素服，人清瘦一圈。

他临危受命，接过委任状时，神情依旧和平时那般，没有过多变化，只淡声道：“定不负所托。”

兵贵神速，工厂撤离也是如此。战事一爆发，以沪市为代表的沿海一带的工厂成了敌军轰炸的重点。江面的敌船尚可拦截一些时日，头顶上的飞机可没法阻拦，那炸弹径直往楼房、厂房密集之处丢下，轰鸣声中，不知夺去多少无辜百姓的性命。

漫天轰炸声中，一艘艘船舶满载枪械、弹药、机器，正忙碌而沉默地行驶于江面之上。

九月天气闷热，等候在办公室门前的男人却连擦汗的心思都没有，满面焦灼地看向门口方向，一有人进出就立刻跟着站起身。但他还未等到秘书传唤，一时间也不能入内，只能一遍遍地坐回长椅上去。

终于轮到他的时候，男人连忙站起身。他身上的长衫袖口都被火烧得卷了边，但他此刻的眼神丝毫没有放在自己衣服上，只胡乱整理了两下，就大步迈进去。他这次来，是特意来拜访这位白先生的。如今船只成了最紧俏的东西，他来这里，就是为了求一条船。

"白……白先生，我知道您时间宝贵，我长话短说，我这次来是为了求一条船……哪怕木船也可以。如今战乱，学校里有许多失去父母的孩子，您去街边看看，到处都是乞讨的孩童。我原是小学校长，但如今也不知道是该叫学校好，还是叫孤儿院才好。"男人嗫嚅几声，苦笑道，"黄明游先生曾说，少年才是火种，是希望。我现在好不容易从各界求得一笔善款，但到处都买不到船票，实在走投无路，只能来求您了。"

白容久坐在桌后，手边摆满各种书籍并公文，听到他说也并未抬头。过了片刻，他忙完手中事情，才打电话喊了一个人来，吩咐道："你同这位……"

他抬头看了对方，站在前面的男人连忙道："我姓陈！"

白容久又道："……你同这位陈先生一起去看看，算一算学校里还有多少孩子，安排好船舱位置。这两日去汉口的船舱，应当还有一些空位，让他们上船。另外，从今日起，所有水运客轮，儿童半价，怀中抱着的婴幼儿不收分文。去吧。"

那位陈校长喜出望外，连声道谢，声音都有些哽咽起来。他问遍了所有船舶公司，只有这里的船票未涨价，而若按儿童半价算下来，他收到的善款还有剩余，足可以再送走一批孩子，把他们短时间安置下来了。他向面前这位白先生深深鞠了一躬，这才跟着人匆匆离去。

谢璟进来时，正好与陈校长擦肩而过。他略微让开一步，等人走了才敲了两下门，走了进去。

白容久抬头瞧见他，神情略微放松，招手让他过来。

一旁的秘书是东院的人，认得谢璟，给他们送了两杯清茶，很快就关门出去了。

白容久问道："不是跟船去了汉口，怎的这么快就回来了？"

谢璟低声道："我放心不下，没下码头，又连夜跟舅舅的船折返回来了。"

白容久道："万事急不得。过两日还有南下的船，你跟着一同去吧，到了那边就留下，别回来了。”

“爷，让我留在你跟前吧，那边有舅舅，也有黄先生在，他们……”

“他们不是你，这事儿只有你能办得到。”白容久缓声道，“我把留洋的那几个人给你。汉口不是最后一站，怕是过一段时间，还要入蜀地。”

谢璟张张口，又闭上了。山河破旧，满目疮痍，一退再退。他没有反驳，过了片刻，哑声道：“好。”

他们彼此都未说话，房间里一片安静。谢璟知道他劝说不了白容久，他能说的，只是一声“好”。

白容久对他道：“谢家在蜀地有不少码头，这几年也发展很快，福泉庄的船也是有目共睹的，途经三峡，正是你最熟悉的路。白、贺、谢三家，任何一家都不能单独做到这件事儿，也只有你，可以说得动三家的船……”他嘴角轻轻笑了一下，抬手拍了拍谢璟的背，“璟儿，你当真是我的福星。”

谢璟低头看向白容久。跟着白容久，才是他的福气。

第二日，天刚蒙蒙亮，谢璟就去了贺东亭那边。他在沪市能待的时间不长，昨天夜里同白容久谈了半宿工作的事，只眯眼打了一会儿瞌睡，今天上午还要去码头上做许多事，也只能抽时间来探望一下贺东亭。父亲身体不好，谢璟心里也是记挂着的。

到了贺家之后，难得谢泗泉也在。

谢泗泉身上依旧是昨日刚下码头时的穿戴，风尘仆仆，只头发略梳理了一下，一双狭长凤眼里带着血丝，瞧着也未睡好。他身边带着两个人，给贺东亭送了一些药来。虽嘴上说得不好听，但其实自从谢璟回来之后，他这两年对这个姐夫的态度已经有所松动，比前两年的时候好了许多。

贺东亭瞧见他们，倒是十分感动，尤其是心疼谢璟一早就过来，不由叮嘱道：“璟儿下次不用特意来一趟，你事情忙碌，多休息一点，托人来报声平安就行。”

谢璟道：“也是想您了，心里挂念。父亲最近身体可还好？”

贺东亭被他喊一声，简直比吃了药还管用，连声笑着说好多了。

谢泗泉刚想张口说话，瞧见贺东亭苍白的脸色又没了兴趣，百无聊赖地坐在一旁等了一会儿，瞧着时间差不多了就开始催谢璟。

贺东亭听见也道：“在外面做事一定多加小心，听你舅舅的话，快去吧。”

谢璟答应一声，跟舅舅一起走了。

码头。

谢家负责的船有许多，谢泗泉等谢璟查验完之后，叮嘱他道：“让胡达几个跟着你。出门在外，总要多几个人帮衬一二。”

谢璟道：“不用，我手边有人。”

“如今世道乱，前几日还有劫船的，再多几个随行也无妨。”

谢璟摇头，道：“九爷给我备了人手，舅舅放心。”

谢泗泉听见倒也没再劝，面上露出几分和缓：“白九这人做事还算稳妥，他既派了人手，那就这么办。”

谢泗泉还要忙其他的事，交代好之后就去了其他船上。胡达紧跟在家主身后，倒是脚步有些不舍，低声又问了一遍：“要不……要不我们偷偷去跟着小主子？”

谢泗泉笑了一声，道：“他长大了，让他去，无妨。”

胡达犹豫：“可如今不同。外头乱成一锅粥，小主子他……”

谢泗泉：“他如今比你厉害。你当他从未遇到过劫船的？”

胡达大惊失色，话都打了磕巴：“也……也遇到了？那怎么从未听小主子提起过？不成，家主，您让我带几个人跟着吧，小主子身边的人也不见提起这事啊！”

谢泗泉笑了一声，摇头叹道：“所以我说璟儿长大了，你自让他去闯，我也不能护佑他一辈子，总得有这么一回。”

胡达追在谢泗泉身边低声连说几句，也不见谢泗泉回心转意，急得陀螺一般转来转去。谢泗泉闭眼，权当没听见。胡达说的这些话，他何尝没有在心里念叨几百回？

行船难，留下的人更为不易。

京沪铁路全力运送军队与弹药，其他运输完全停顿，而西迁水路尚能利用的只有两条内河航路。即便费尽九牛二虎之力，好不容易找到的船只转瞬就会被难民占领，

敌机轰炸声中，工厂的职工们拼死去抢他们最宝贵的机器，飞机来了，趴伏在地上躲一躲，等飞机一走立刻又爬起来去拆。有人被炸死了，后面的人也只含泪大喊一声，把同伴尸体抬过一边，咬紧牙关继续抢搬……冰冷的机器上沾染的尽是沸腾的热血，马运人扛，日夜不息。

战事激烈，多地联合成立长江航业办事处，白容久身兼数职，手下指挥数

十艘江海巨轮，承担起了迁移重任。不只是大厂，其余工业星火也从未放弃，轮船租不到，就换为几百艘木船，只一日就将六家机器厂的机器相继运出。

江面船舶往来不停，枪炮声却越来越近，码头上弹片横飞，倒塌的房屋一片狼藉。

军部出于安全考虑，将一段航路封锁，在此河段内的十余船只进退不得。贺东亭得知此事，未等有人来找立刻动身去上下打点疏通，经过几度交涉，终得以解除封锁，使器材运出沪市。白容久的人闻讯赶来时，正赶上敌机轰炸，一座房屋就在贺东亭几人面前轰然倒塌，若非手下护得及时，贺老板只怕要交代在这里。但即便如此，躲过一劫的贺东亭也只是起身拍拍衣服，让众人回去工作。

白容久的人瞧见贺东亭身上有血迹，脸色微变："贺老板受伤了！"

贺东亭感到腿脚有些不便利，被人搀扶着走了两步，摆手道："只是伤了脚，你们回去同白九说，这里自有我，让他去忙大事，这里的调度不需再费心。"

那些人不肯，大约是受过交代，坚持要带贺东亭去医院。贺东亭催促道："他那边事情繁忙，我不过是做些力所能及之事，你们怎么分不清轻重缓急?!快去吧！"

"可是贺老板您的伤……"

"都是些皮外伤，养几日就行，不碍事。你们快些回去，做正事要紧！"

几经催促，众人这才匆匆离去。

贺东亭被人扶着缓步回去。扶着他的人低声道："您对那位白先生真好，外头都说您看重他。"

贺东亭听到，轻笑着摇头："不是我看重他，而是他能力在那儿，今后还需向他借力才是。"

"向他借力?"

"是，不是几年，而是十几年，甚至更久了。"贺东亭低喃一声，目光看向前方，逐渐变得坚定。

白容久精于谋算，银钱、船舶调度能精确到分毫不差。战乱以来，沪市船舶公司倒了数家，也唯独白容久这一处尚还有余力支撑。不但撑住了，更因他对商机的掌握，把公司遇到的困难层层化解，硬是撑过了亏损最重的一个阶段，渡过了战时难关。在完成军部交代的各项运输任务之后，他手下的船舶公司又打通了两条新的航线，使公司有所壮大，为战后海上贸易发展打下了基础——

北地白家百年经营，从未想过只赚国人银钱。

即便是在最难的时刻，白家掌舵人谋算起来也绝不只看眼前——这已是白家刻在骨子里的谋略之道。

翌年十月，武汉失守。

八万吨兵工器材从武汉运到宜昌，中下游西撤的工厂也同时开始迁往湘西和蜀地。

江上每一艘船舶都放满了钢铁器材，这些全是要转运入川的物资；不只是机器，也有权贵的马和钢琴，甚至还有一头专供女士饮用牛乳的奶牛。甲板上挤满了人，有背着全部家当、抱着孩子的平民百姓，也有一批批伤兵。所有人神情木讷，只抱着自己手上少得可怜的一点家当，尽力在客轮上站稳自己巴掌大的一席之地。岸边的人盼望离开，船上的人却心痛得泪已流干——这是他们生存了数十年的土地，若非战火肆虐，他们又怎会轻易离开？

船只一再被扣，要么被难民占领，要么被军方征用，已引发恐慌。

入夜，有一队五六人的伤兵趁着夜色摸到码头上，用手里的枪杆挑开一艘木船，硬是闯了上去。木船上的船工不肯轻易被劫，急得跟他们大喊："我们有手续，盖章办事，有任务……哎哎，你们不能上！"

那几个兵推搡开船主，为首的兵痞更是骂骂咧咧，嘴里没一句干净的话，啐了一口咬着后槽牙道："老子们在前线卖命，眼都瞎了一只，这条命也搭进去半条，怎么就不能要你一条破船！"

"这船不行啊，这是谢家的船！"

"我管你宋家还是谢家，今天这船老子坐定了——"兵痞挑开船上的草帘，一时间愣在那里。

船舱里满满当当的全是小学生用的课本，一旁还有一捆捆的铅笔，上面印着"中华"二字。

船上汽灯昏暗，船工还张开双手拦在前面，神情焦虑，眼里尽是未睡好的红血丝。而他对面站着的几个伤兵，有的断了手脚，有的用纱布缠了半张脸。那纱布已被战火和污血染黑，看不清原本的颜色。

一时间众人沉默，谁都没有说话，只听到船上油灯发出的轻微声响。

船工壮着胆子，颤声争辩："明年春天到了，孩子要上学，他们肯定要用到这些，不值什么钱，都是些书和纸笔……"

为首那个伤兵看了良久，脸上肌肉抽搐几下，狠狠摔下草帘，仅剩下的那一只尚还完好的眼睛泛红，哑声道："下船，让他们走!"

船工飞快装好被弄散的东西，跟那些伤兵鞠了一躬，趁夜离开了。

岸边，伤兵们注视江面上的那艘小船。片刻后，那队伤兵转身回去，没有一人说话，沉默着走入夜色深处。他们也是人，他们也想活下去，但此刻他们有更重要的事要做。

所有人还在等着来年春天。

他们也相信，一定有春天。

谢璟身边有常年行走于川江的老人，他听了对方的劝谏，调动手下所有船只趁夜行驶。果然，谢家所有入川船只，不论江轮或是小船，未损失一条，九万吨物资，尽数运送入川。

蜀地，码头上。

轮船上人员、公物、行李挤得水泄不通，岸边更是站满了人。好些人拖着行李背囊，也有一些人憔悴狼狈，只来得及抱紧怀里的孩子。他们跟着逃难的人群涌向岸边，或是寻找相识的人，或是去寻找地方安置。

谢璟做完手头的事，在码头上又找了半晌，一直到胡达等不及了带人来找，才得知白容久尚未抵达，船要明日午时才到。

谢璟毫不犹豫道："那我就在这里等。"

胡达苦笑道："小主子，这怕是不成。家主还在等你回去，一早就在问了，若你在这里等，怕是一会儿他也要找来。黄先生那边还有好些事要做，白爷那边也说了要先安顿人……"谢璟被人群挤着往前走，胡达伸手护在他身侧，嘴里还在劝，"事情实在太多，还是先回去一趟，总归是自家的船，肯定会回来的。"

谢璟犹豫片刻，还是摇头。码头上的事也不少，而且他心里七上八下，实在担心得很。

他不肯离开码头，就在这里尽自己所能做一些事。他在码头瞧见了黄明游一行人。黄明游带着一些学生写了告示，贴在周围引导难民，还熬了粗粮粥。如今粮食金贵，也没什么讲究，能吃饱就已是最好的了。

谢璟帮着黄先生搭了粥棚，又运来两车粮食，老先生连声感激，一直念他的好。谢璟弯腰扛了麻袋，起身掂了一下："先生不必谢我，若是九爷在，他也定当如此。”

黄明游笑道：“他是我的学生，你不同。”

老先生想说他心善，还未等开口，就听见谢璟说：“一样的，我是白容久带出来的学生，也算是您的门徒。”

谢璟话少，说完就去干活。他干活不惜力气，肩背手扛，完全不像一个养尊处优的少东家。

有了谢璟一行人帮忙，黄明游手头的事倒是顺了许多。即便如此，老先生忙碌一天下来，嗓子也哑了。

入夜。

码头边房舍简陋，谢璟和众人挤在一处围着火塘取暖。

火塘上架了一口铁锅煮粥，下面烘烤着山芋。有学生小声问着不懂的知识，黄明游趁着饭还未熟，跟他们耐心讲解。

谢璟看着篝火，微微走神。

黄明游披了一件厚夹袄，用木棍翻找出两只烧熟了的山芋给他，低声同他说话：“可还习惯？”

谢璟接过来双手倒换几次，吹了上面的灰，咬了一口道：“习惯，舅舅也常烤给我吃，挡饱。”

黄明游看他一眼，自己先笑了。

白天累了一天，众人填饱肚子，很快就埋头睡了。

谢璟也累，但他一直未能入睡，直到天蒙蒙亮的时候才略微合了一会儿眼睛。可他即便闭了眼也休息不好，一闭上眼睛，脑海里闪现的都是梦里白容久生病时的情形，那感觉像是亲身经历了一遍，太过真切，以至于心肺都隐隐作痛。他心里记挂白容久的安危，一早就去了江边等候。

谢璟沿着滩头走了一阵，江面起了雾气，一时也看不到太远的地方。不远处有马帮的人来接货，码头上响起船工吆喝的声音。

一直到中午，谢璟还未等到人。

不止如此，原定的江轮也一艘没来。

不多时，谢泗泉亲自找了过来，一见他就开口道：“还在这里等什么？走走，从宜昌最后来的那些江轮已换了渡口，快些跟我过去！”

谢璟被拽着走了几步，又问：“舅舅，是都换了还是……”

谢泗泉在码头上护着他，急匆匆道：“都换了！不管是沪市还是宜昌，但凡转来的江轮都不在此处，这里不安全!”

谢璟快走两步，又回头去看:“还未跟黄先生说!”

谢泗泉扯着他的手不放，喊道:“我让胡达带人去找黄先生了，他比你还快一步，别停——”

谢璟回头看了一眼江面，紧跟在舅舅身后，大步离去。

新渡口名叫“三川”，原是一处废弃的旧码头。如今战事紧急，这码头被匆匆搭建出来，作临时调度用。一船船物资运进码头，沿途堆满了各类器材。

谢璟抬手掀起车帘去看。他在路上听舅舅匆匆讲了几句，原来昨日有两艘江轮被日军掳了去，万幸损失的并非军工器材，只是一家棉纺厂积攒下的近万吨白坯布。也正因为如此，之后出发的江轮才临时改了航线，也换了渡口。

这已经比预想的情况好了太多。谢璟心里明白，但听舅舅说起的时候，心还是提了起来，待听清被掳的江轮中没有白容久一行的名字之后，他才缓缓吐出一口气。

谢泗泉道:“你别担心，白九那人狡猾得很，不会出事。”他看着谢璟眼眶下的阴影，有些心疼，抬手碰了碰，叹了一声。他才找回外甥没两年，若非谢璟坚持，他怎么也不会舍得放他出来做这些事。谢璟小时候吃了太多苦，他疼爱都来不及，恨不得把人藏进西川城里稳妥过一生。

三川渡口。果然陆续来了几艘江轮，但下船的多是逃难的人，老的少的都有，并未看到白容久一行。

一直到傍晚，轮船上还是只见人，不见货物。

每一艘船上都挤满了逃难而来的人，甲板上都设了铺位，有些人直接踩到棉被铺盖上面，到处都是泥印子。有两艘船紧随其后停靠在码头，情况比前面的更为严重，莫说甲板，甚至烟囱上都趴着几个孩子——只是这一次从船上下来的多是妇人和孩童，偶尔见到几个年迈老人，却一个青壮男人也没见到。

再后面，接连几艘都是如此。没有哭喊，没有呜咽，只有面黄肌瘦的人一队一队走下来。他们身上衣服不尽相同，却个个表情紧张，虽已极力隐忍，但每个人眼眶都是红的。

困守宜昌的三万军民，在最后的危难时刻做出了选择，让儿童和妇女先行。

当地官员已派人前来疏散安顿，人群缓缓向前。两鬓花白的黄明游正在帮忙写告示，手里还握着一支笔，此刻却站在路旁，直直看向这一支队伍；一旁的学生已哽咽出声，眼里浸满热泪，连手都微微颤抖着。

“民心不死，国脉永存……民心不死，国脉永存!”黄明游口中喃喃，忽然冲着江面深鞠一躬，再抬起头时已泪流满面。

谢璟依旧守在此处，但直到入夜也未能再等来一艘船。

谢泗泉陪他守了一夜，晚上和谢璟一起坐在火塘前烤山芋。他一边拨弄火苗，一边念叨:“还未来得及告诉你，你爹已经平安到了。他身边带了一些学生，特意绕了远路，今日早上刚进西川城。啧，也不知道他怎么想的，自己瘸了一条腿，还非要走山路。”

谢璟拧眉:“之前不是说只是擦伤，怎么还没见好?”

谢泗泉单手拿木棍，哼了一声，道:“他这么跟你说的?”

谢璟抬头看他，目露疑惑。

谢泗泉道:“你爹那人倔起来像头牛，非说自己年纪大了，这些年尚有几分薄面，想多做些事，出份儿力，所以一直瘸着一条腿四处奔波，”他凑近了一点，对谢璟道,“我可听医生说了，他要是再不好好休养，那条腿搞不好要锯掉。你猜他怎么说的?他说自己这一路都没用伤腿，都是单腿蹦跶……”

谢璟又好气又好笑，但也只叹息一声。

谢泗泉摩拳擦掌:“他这人简直顽固不化,璟儿,你回去要好好训斥他一顿!”

谢璟的视线落在谢泗泉手腕上，问道:“舅舅，你手怎么了?”

谢泗泉拿衣袖遮了下，随意道:“哦，就骑马的时候不小心擦碰了下。”

谢璟不信，握住他的手仔细看了下。绷带还算干净，但是上面的伤药气味浓重，胳膊上还带着灼烧痕迹，并不像是擦伤。舅舅不说，谢璟也就没有多问。

谢泗泉念叨:“外头现在都在夸你爹。白九统筹大局，你爹也没闲着，雇了好些木船帮了不少人，也算有些成绩。他之前往返在几座城之间，为工厂拆迁运输之事忙碌，呼声颇高，如今一来上头就给他委派了新职务。你瞧着吧，征地重建这桩事，他免不得又要奔波数月。”

谢璟笑了一声:“他和阿娘好像。”

谢泗泉不痛快:“他怎么能跟你阿娘比?你都没见过，你娘可比他厉害多了!”

“他们是一类人。”

“你都没见过……”

“我就是知道。”

谢泗泉看着他，过了一会儿，缓声道:“你和你阿娘才像。璟儿，若是……

若是等不到，你就跟舅舅回西川去，好不好？”

谢璟注视着火塘，并未回答。

幸好两天后，谢璟终于等来了白容久一行。

朝阳初升，江面上雾气弥漫，过了好一阵才慢慢看得清江轮身形，由远及近，缓缓驶向码头。船上走下许多背着行囊的人，谢璟逆行而上，瞧见要寻找的人，眼睛一下就亮了。

白容久比旁人要高，脸色略有些苍白疲惫，远远地看到了谢璟，也向着他走来。

白容久看着人流中的谢璟，忽然想起在北地商号那次，大雪覆地，他冷得几乎没了知觉，谢璟也是这样一步步走来。还有余下无数次谢璟来找他的时候，都是这般，隔着老远就先伸出手，喊他一声。

好像一直都是这样，从未改变。

从三川渡口回来，已临近年关。

战时条件艰苦，通信也颇为不顺，即便如此，众人也慢慢在西南后方扎下根，一点点建起新厂。

曹云昭听说白容久来了，还特意过来看望了一趟，带了不少东西。他之前受了白容久的帮扶，这会儿两人是难兄难弟，自然也要相帮一把。

白容久坐在窗前，正在和谢璟说话，见他进来，便问道：“怎么有空来我这里，出了何事？”

“没事儿就不能来瞧瞧你？”曹云昭看了四周，叹道，“眉山比这里稍好一些，不管是以前带来的工人，还是新招揽的，上面都按人头发了一些救济粮，瞧着还能熬过年关。只是学生那边……我听人说起，有些学生孤身前来，又逢家乡战乱，眼见书都读不下去了，有好些都请愿参军……”

白容久道：“路是自己选的，既有心报国，那就让他们去吧。”

曹云昭又问：“黄先生他们在这里的学校建得如何了，听说被炸毁了几栋楼？”

白容久轻咳几声，道：“是有这么回事。校长办公室被炸得就剩一堵墙，先生苦中作乐，说这叫‘室徒一壁’。”

“这么凶险！”

“是，幸亏无人伤亡，校舍已在重建。”

谢璟给曹云昭倒了一杯茶，对他道："黄先生说'炸得毁的是建设结果，炸不毁的是建设经验'，依旧每日在瓦砾中上课。这里的学生们倒还好，每日苦读，瞧着颇有干劲。"

曹云昭："年节可有安排没有？"

谢璟道："正在和九爷商量。"

曹云昭又看向白容久。白容久沉吟片刻，道："南边运来了一些蔗糖，打算做些糖果、点心一类，分发一下，按人数给吧。"他抬头看了曹云昭，又道，"蔗糖可以分你二百斤。"

曹云昭刚张口，还未出声，就见白容久摇头："再多不能给了，我还有其他用处。"

曹云昭到了嘴边的推辞又咽了回去。他觉得白容久这人也是有意思，不管什么时候，不管如何落魄，看起来永远都是居上位者。

喜滋滋白得了二百斤糖的曹公子，面上忍不住露出笑意。

除夕晚上。

西川每一位教师和学生手中都分到了一个小包，里面装着一捧花生，几颗糖果。

学生们在操场上席地而坐，用说笑来勉强排遣思乡之情。这是他们二十多年里第一个流亡在外的新年，不少人不敢提起故乡——他们的故乡已经沦陷，提起来怕会忍不住痛哭出声，只能呆呆望着北方，希望能透过重重山峦看到故土安康。

有人开始唱歌。起初是一个人，紧跟着其他人也开始哼唱起来。这是学校的先生教给他们的校歌，歌中唱着他们的希望，终有一日，他们定当返回故土。

谢璟把自己那份糖给了黄明游，只留了一小撮，和白容久一同分吃。

白容久手边放着几封信函。如今这世道，电报会被截获，写信反而成了最安全的方式。这些信是随那几百斤蔗糖和药品一同运送来的，是白虹起的信。

白虹起听从白容久吩咐，去年就去了东南沿海一带，接管了那里的生意。她在信里字字恳切，十分担心白容久和众人安危，一封家书写得厚厚一沓，都是在关心白家众人。

白容久看过信，随手给了谢璟。

谢璟扫过一遍，问道："爷，您要过去？"

白容久摇头叹道："让白二过去吧，他们订婚之后也一直未见过面，就说我吩咐的。如今战乱，也没那么多规矩，让白二过去完婚，顺便留在那里等我消息。东南一带的油料价格比这里低，也好弄一些。”

谢璟答应一声，记下了。

白容久还在低头看书函，谢璟掌灯，陪在一旁。

白家生意多而广，白容久的心思并不只停留在蜀地，他手边除了信函，还有一份遍布标注的海路图。这也是白虹起送来的，路线已延伸至国境之外。白容久看了片刻，轻声问道：“若是以后，我们必须南下，可能要过江，甚至过海，你可会跟我一起走？”

谢璟点头：“爷去哪儿，我都跟着。”

白容久抬头看他，片刻后，也跟着笑了。

他怎么会问出这种早就知道答案的话。谢璟是他看着长大的，他所有的心事都在这一双眼中，清澈到底，永无隐瞒。

白容久指着那海路图，谢璟凑过去，两人一起商议着未来。

今天是除夕夜，一盏灯下，两人眼中有光，也有希望。

过去的事已尽数重写，但二人的初心，一如往昔。

全书完

图书在版编目（CIP）数据

民国小商人. 下册 / 爱看天著. — 广州 : 羊城晚报出版社, 2022.2（2022.3重印）
ISBN 978-7-5543-1024-3

Ⅰ. ①民… Ⅱ. ①爱… Ⅲ. ①长篇小说 - 中国 - 当代
Ⅳ. ①I247.5

中国版本图书馆CIP数据核字(2022)第002125号

民国小商人 下

MINGUO XIAOSHANGREN XIA

责任编辑 黄初镇　张灵舒
特约编辑 方剑虹
责任技编 张广生
责任校对 杨　群
出版发行 羊城晚报出版社
（广州市天河区黄埔大道中309号羊城创意产业园3-13B　邮编：510665）
发行部电话：（020）87133824
出 版 人 吴　江
经　　销 广东新华发行集团股份有限公司
印　　刷 恒美印务（广州）有限公司
规　　格 889毫米×1240毫米　1/32　印张 10.75　字数 363千
版　　次 2022年2月第1版　2022年3月第2次印刷
书　　号 ISBN 978-7-5543-1024-3
定　　价 48.00元
